浙江师范大学非洲研究文库
非洲人文经典译丛
总主编 洪 明 刘鸿武
副总主编 胡美馨 汪 琳

我的祖国，我的头颅：

罪行、悲伤及新南非的宽恕

Country of My Skull

Antjie Krog

［南非］安缇耶·科洛戈 著

骆传伟 吕艾琳 译

浙江工商大学出版社 | 杭州
ZHEJIANG GONGSHANG UNIVERSITY PRESS

图字：11-2017-58号

图书在版编目(CIP)数据

我的祖国，我的头颅：罪行、悲伤及新南非的宽恕 / (南非)安缇耶·科洛戈著;骆传伟,吕艾琳译. —杭州:浙江工商大学出版社,2018.6
(非洲人文经典译丛 / 洪明,刘鸿武总主编)
书名原文:Country of My Skull
ISBN 978-7-5178-2746-7

Ⅰ.①安… Ⅱ.①骆… ②徐… ③吕… Ⅲ.①回忆录—南非—现代
Ⅳ.①I478.55

中国版本图书馆 CIP 数据核字(2018)第101822号

我的祖国,我的头颅:罪行、悲伤及新南非的宽恕
WODE ZUGUO WODE TOULU ZUIXING BEISHANG JI XINNANFEI DE KUANSHU
[南非] 安缇耶·科洛戈 著
骆传伟　吕艾琳 译

出 品 人	鲍观明
策划编辑	罗丁瑞
责任编辑	罗丁瑞
封面设计	林朦朦
封面插画	张儒赫　周学敏
责任印制	包建辉
出版发行	浙江工商大学出版社
	(杭州市教工路198号　邮政编码310012)
	(E-mail:zjgsupress@163.com)
	(网址:http://www.zjgsupress.com)
	电话:0571-88904980,88831806(传真)
排　　版	杭州朝曦图文设计有限公司
印　　刷	杭州高腾印务有限公司
开　　本	880mm×1230mm　1/32
印　　张	17.375
字　　数	363千
版 印 次	2018年6月第1版　2018年6月第1次印刷
书　　号	ISBN 978-7-5178-2746-7
定　　价	56.00元

　　本书的版权购买和翻译出版获浙江师范大学外国语学院学科建设经费、浙江省"2011协同创新中心"非洲研究与中非合作协同创新中心支持。

总　序

　　非洲文学作为世界文学的重要组成部分，既拥有灿烂的口头文明，又不乏杰出的书面文学，是非洲不同群体的集体欲望与自我想象的凝结。非洲是个多民族地区，每个民族都有自己的语言。仅西非的主要语言就多达100多种，各地土语尚未包括在内。其中绝大多数语言没有形成书面形式，非洲口头文学通过民众和职业演唱艺人"格里奥"世代相传，内容包罗万象，涵盖神话传说、寓言童话、民间故事、历史传说等，直到今天依然保持活力。学界一般认为非洲现代文学诞生于19世纪末20世纪初，五六十年代臻于成熟，七八十年代形成百花齐放的局面，迎来了非洲文学繁荣期。这一时期的一大特点是欧洲语言（英语、法语、葡萄牙语等）与非洲本土语言（阿拉伯语、斯瓦希里语、豪萨语、阿非利卡语、奔巴语、修纳语、默里纳语、克里奥尔语等）文学并存，有的作家同时用两种语言写作。用欧洲语言写作是为了让世界听到非洲的声音，用本土语言写作是为了继承和发扬非洲本土文化。无论使用何种语言创作，非洲的知识分子奋笔疾书，向世界读者展现属于非洲人民自己的生活、文化与斗争。研究非洲文学，就是去认识非洲人民的生活历程、生命体验、情感结构，认识西方文化的镜像投射，认识第三世界文学、东方文学等世界经验的个体表述。

20世纪末，世界各地的图书出版业推出各区域、各语种"最伟大的100本书"，如美国现代文库曾推出"20世纪最伟大的100部英语作品"，但是其中仅3部为非裔美国人所创作，且没有一位来自非洲本土。即便是获得20世纪诺贝尔文学奖的非洲作家也榜上无名。在过去百年中，非洲作家用不同的语言，以不同的形式和风格，创作了不同主题的作品。尽管这些作品被翻译成多种语言在世界各国出版，但世界对于非洲文学的独创性及其作品仍是认知寥寥，遑论予其应有的认可。在此背景下，在出生于肯尼亚、现任纽约州立大学宾汉姆顿分校全球文化研究所所长的阿里·马兹瑞（Ali Mazrui）教授的推动下，评选"20世纪非洲百部经典"的计划顺势而出。津巴布韦国际书展与非洲出版网络、泛非书商联盟、泛非作家联盟合作，由来自13个非洲国家的16名文学研究专家组成的评委会从1521部提名作品中精选出"百部"经典，于2002年在加纳公布了最终名单。这可以说是迄今为止最权威的、由非洲人自己评选出来的非洲经典作品名单。

　　细读这一"百部"名单，我们发现其中译成中文的作品只有20余部，其中6部为诺贝尔文学奖获得者所著，11部在20世纪80年代（含）之前出版。许多在非洲极具影响力的作家不为中国读者所知，其作品没有中文译本，也没有相关研究成果。相对欧美文学、东亚文学，甚至南美文学，非洲文学在我国的译介与传播远远不足。

　　非洲文学在我国的译介历史可追溯至晚清，但直到20世纪50年代才真正起步。这既有文化方面的原因，也有政治方面的原因。非洲虽然拥有悠久的口头文学历史，但书面文学直到殖民文化普及才得以大量面世。书面文学起步晚，成熟自然也晚，在我国的译介则更晚。中华人民共和国成立以后，非洲国家逐渐摆脱殖民枷锁，中非国家建交与领导人互访等外交往来带动了上世纪五六十年代的非洲文学翻译热潮。当时译入的大部分作品是揭露殖民者罪恶的反殖民小说或者诗歌，这和我国当时的意识形态宣传需求紧密相关。70年代出现了一段沉寂。自80年代起，非洲数位作家获诺贝尔奖、布克奖、龚古尔奖等国际文学奖，此后，非洲英语文学、埃及文学逐渐成为非洲文学译介的重心。进入90年代以来，我国学界开始从真正意义上关注非洲文学的自身表现力，关注非洲作家如何表达非洲人民在文化身份、种族隔离、两性关系、婚姻与家庭等方面的诉求。非洲文学研究渐有增长，但非洲文学译介却始终不温不火，甚至出现近30年间仅有2部非洲法语文学中译本的奇特现象。此外，我国的非洲文学译介所涉及的语种也不均衡。英语、阿拉伯语文学的译介多于法语、葡语文学，受非洲土语人才缺乏的局限，我国鲜有非洲本土语言创作的作品译本。因此，尽管非洲文学进入中国已有数十年，读者对其仍较为陌生，"非洲文学之父"阿契贝在我国的知名度也远不及拉美的马尔克斯、博尔赫斯。

不了解非洲文学，就无法深入理解非洲文化，无法深入开展中非文化交流。2015年初，浙江师范大学外国语学院策划了"20世纪非洲百部经典"译介工程，并计划经由翻译工作，深入解读文本，开辟"非洲文学研究"这一新的学科发展方向。经过认真研讨、论证，学院很快成立了"非洲人文经典译丛学术组"，协同我校非洲研究院，联合国内其他高校与研究机构，组织精干力量，着手设计非洲人文经典作品的译介与研究方案。学院决定首先组织力量围绕"20世纪非洲百部经典"撰写作家作品综述集，同时，邀请国内外学者开办非洲文学研究论坛，引导学术组成员开展非洲经典研读，为译介与研究工作打好基础。

2016年5月，由我院鲍秀文教授、汪琳博士主编的近33万字的《20世纪非洲名家名著导论》出版。这是30余位学者近一年协同攻关的集体智慧结晶，集中介绍了14个非洲国家的30位作家，涉及文学、社会学、人类学、民俗学、哲学等领域。同年5月，学院主办了以"从传统到未来：在文学世界里认识非洲"为主题的

"2016全国非洲文学研究高端论坛"，60余名中外代表参会。在本次会议上，我们成立了"浙江师范大学非洲文学研究中心"——这也是国内高校第一个专门从事非洲文学研究的研究机构。中心成员包括校内外对非洲文学研究有浓厚兴趣且在该领域发表过文章或出版过译作的40余位教师，聘任国内外10位专家为学术顾问，旨在开展走在前沿的非洲文学研究，建设非洲文学译介与研究智库，推进国内非洲文学研究模式创新与学科发展。

与此同时，我们从百部经典名单中剔除已经出版过中译本的、用非洲生僻语言编写的，以及目前很难找到原文本的作品，计划精选40余部作品进行翻译，涉及英语、法语、阿拉伯语、葡萄牙语与斯瓦希里语等多个语种，将翻译任务落实给校内外学者。然而，译介工程一开始就遇到各种意想不到的困难。仅在购买原作版权这一环节中，就遇到各种挑战。我们在联系版权所属的出版社、版权代理或作者本人时，有的无法联系到版权方，有的由于战乱、移居、死后继承等原因导致版权归属不明，还有的作品遭到版权方拒绝或索要高价。挑战迭出，使该译介工程似乎成了"不可能完成的任务"。但我们抱着"20世纪非洲百部经典值得译介给中国读者"的信念，坚持不懈，多方寻找渠道联系版权，向对方表达我们向中国读者介绍非洲文学和文化的真诚愿望。渐渐地，我们闯过一个又一个看似不可能闯过的难关，签下一份又一份版权合同，打赢了版权联系攻坚战。然而当团队成员着手翻译时，着实感受到了第二场攻坚战之艰难。不同于大家相对较为熟悉的欧美文学作品，中国读者对非洲文学迄今仍相当陌生，给翻译工作带来巨大挑战。在正式翻译之前，每位译者都查阅了大量的资料，部分译者还远赴非洲相关国家实地调研。我们充分发挥学校的非洲研究优势，与原著作者所在国家的学者、留学生，或研究该国的非洲问题专家合作，不放过任何一个疑惑。译介团队成员在交流时曾戏称，自己在翻译时几乎可以将作品内容想象成电影情节在脑海里播放。尽管所费心血不知几何，但我们清楚翻译从来都不可能尽善尽美，译文如有差错或不当之处，我们诚挚邀请广大读者匡正，以求真务实，共同进步。

在中非合作越来越紧密的今天，人文领域的相互理解也变得越来越迫切，需要双方学者进行全方位、多角度、深层次的系统研究。我们希望在中国文化走向非洲的过程中，也将非洲经典作品引介给中国读者。丛书的出版得到了浙江师范大学非洲研究院的大力支持，长江学者、院长刘鸿武教授是国内非洲研究领域的领军学者，对本项目的设计、推进提供了十分重要的指导意见，王珩书记也持续关心工作的进展。杭州电子科技大学非洲及非裔文学研究院院长谭惠娟教授在本项目设计之初就给出了宝贵的指导意见。借此机会，我代表学院向他们一并表示衷心的感谢！

"非洲人文经典译丛"的出版是我们在非洲文学文化研究的学术道路上迈出的第一步。随着我们对非洲人文经典作品的译介和研究的深入，今后将会有更多更好的成果与读者见面。谨希望这套丛书能够为中国读者了解非洲文化、促进中非人文交流尽一份绵薄之力。

浙江师范大学外国语学院院长

洪　明

2017 年 12 月于金华

目　录

委员会诞生之前

第一章

我们种族的人绝不落泪

三辆受岁月侵蚀的白色福特赛拉车从议会大楼铁铸的大门旁呼啸而过。健硕的臂膀露出车窗外，车里有人按着喇叭，还有人挥动着前自由邦和德兰士瓦国旗。布满汗毛的拳头在空中挥舞。我攥着笔记本和录音机，一路小跑，穿过石子路来到古老的议会大楼前。在这里，司法联合委员会正在就某立法草案应该包含哪些内容听取公众建议，制定这项法案的目的是建立一个真相委员会。

大厅装饰着黑色镶板，天花板上挂着老式话筒，还配有木制旁听席和绿色皮质座椅。每个人的神色都异常凝重。

"贝灵顿·曼普……鲁克思玛特·古德……苏丽曼·萨罗吉……所罗门·莫迪帕恩……詹姆斯·兰卡……"

安静的大厅里，有人慢慢读着一份长长的名单，名单上是在被警方拘留期间死亡的一百二十个人的名字。

　　"伊曼·阿卜杜拉·哈瑞……阿尔菲乌斯·马力巴……阿罕默德·提莫……史蒂夫·班图·比克……尼尔·阿盖特……尼克得穆斯·可高斯……"

　　每次报告结束时,黑带组织主席玛丽·伯顿总是读着一个又一个的名字,多年来一直如此。一个个名字似一阵阵风铃声,划破死寂、凝固的空气。记者停下了记笔记的手,委员们也放下了笔——死亡数量让人瞠目结舌,然而这仅仅是个开始。

　　两扇门砰的一声被打开,身着黑衣的铁卫团队伍走进大厅,发出咔嚓咔嚓的声音——即使是在地毯上,军靴也发出响声。铁卫团,极右翼南非白人抵抗组织的精英警队。他们头戴黑色盔式绒帽,随时随地都可以拉下来遮盖面部。袖子上镶有三边十字标志。

　　在铁卫团进来之后,穿着普通的卡其色衣服的尤金·特雷布兰奇走进大厅,像是在自家的农场上散步一样。突然,大厅又发出一阵噪音,国会议员、秘书、信使还有一两个部长走进已经非常拥挤的过道。

　　"我们已经要他们暂停所有委员会的会议了,"一名黑人议员轻轻地说,"我们要亲眼看看这个人——看他到底有多真。"

　　大家都在等待。特雷布兰奇的副官要说些什么吗？他从座位上一下子站起来,敬礼,然后说:"不,领导说什么,我就说什么!"

　　司法联合委员会主席乔尼·德·兰克让特雷布兰奇就座:"特雷布兰奇先生,你认为真相委员会立法中应包含哪些内容？"

周围鸦雀无声,兰克说话时的每个发音细节都清晰可辨。特雷布兰奇坐在位子上,用勉强可以听到的声音问道:"三十年前维沃尔德教授被匕首穿心,惨遭谋杀。他当时是不是就坐在我现在的这个座位上?[①]"

我们面面相觑。主席说:"是的。"特雷布兰奇紧紧地盯着他的帽子。会场立即充满了血腥和背叛的气氛。

特雷布兰奇站起来,离开长椅,离麦克风和警卫越来越远,独自站在地毯上。尽管他灰白的胡须修剪得很整齐,他给我的第一感觉仍是"贫穷"。他的卡其色上衣已褪色发白,领口破旧不堪,一看就知道他是贫穷的阿非利卡人[②]。尽管如此,他对声音的把握却出神入化。每一声震颤、吼叫和回响他都控制得游刃有余,使我们沉浸在他的声音的世界中。

"让战士们回家吧![③]"他喊道,然后以平常的声音说,"大赦是天赐之礼!但对于那些从来没有体验过监狱的阴冷凄凉,那些生活在随风起伏的自由草原的政治犯来说,尊敬的主席,对于他们来说,大

---

①　原文为阿非利卡语:Is hier waar ek vandag sit, hierdie sitplek, is dit die plek waar Sy Edele Dr. Verwoerd dertig jaar gelede vermoor is met 'n mes in sy hart?

②　阿非利卡人,旧称"布尔人",是南非和纳米比亚的白人种族之一,以荷兰裔为主,说阿非利卡语,也称南非荷兰语。

③　原文为阿非利卡语:Laat. Die soldate... Huis toe gaan!

赦就是……喜悦之火。①”

国会议员们赶紧在桌子上到处寻找翻译设备，他们一句话都不想漏掉。

特雷布兰奇要求将截止日期推后（后来截止日期定于1993年12月6日），这样那些在1994年民主选举前还实施过暴力的南非白人抵抗组织成员就能获得被大赦的资格。这样南非白人抵抗组织才愿意和政府合作。

特雷布兰奇结束发言后，委员会成员简·范·艾克称赞了他的南非荷兰语。非洲人国民大会议会成员卡尔·尼豪斯虽也讲该语言，却并不那么赞赏。特雷布兰奇用“合作”一词有何寓意？

特雷布兰奇冷嘲热讽道：“看来尼豪斯先生只会说南非语和荷兰语，不会说南非荷兰语。”

有人开始发出唏嘘声。特雷布兰奇夸张地竖起两根手指说：“两个人肉炸弹，一个开奔驰车，一个像我一样开尼桑皮卡车②。尼桑车来晚了，十二点零五分，炸弹爆炸。但奔驰车准时到达，十一点五十五分，炸弹爆炸。就因为他开的是奔驰而不是尼桑，他竟然……获得了赦免资格！”

---

① 原文为阿非利卡语：Agbare Meneer die Voorsitter，Agbare Lede van die Parlement... Laat AL... die soldate... HUIS toe gaan... ［whispering］Laat. MY... soldate... huis toe gaan... ［in a crescendo］sodat die weeklag van wagtende vroue en die wringende hande van kinders kan einde kry... my klere is nat van hulle trane...

② 原文为阿非利卡语：bakkie。

一名阿非利卡议员兼民主党成员——迪恩·斯穆特斯关心先后顺序："不是的，特雷布兰奇先生，你的尼桑车没有来晚，而是在肯普顿帕克世界贸易中心大楼爆炸的。爆炸时发出了震耳欲聋的响声，碎片朝玻璃窗外飞溅，我当时就在现场。他们的袭击不是因为你的行为像一个'大盗'——就像你称呼弗雷德里克·威廉·德克勒克为'大盗'一样——而是针对民主体制的协商。你的人现在银铛入狱，并不是因为他们开的是尼桑皮卡车，而是因为他们拒绝接受民主制度。"

特雷布兰奇怒火中烧，喘着气大喊："你这个女人——虽然我母亲也是个女人——你这个女人根本不懂我在说什么！"

他最后说："如果改变日期能够带来和平，那你们必须改变日期……如果正义能主导一切，我愿意讨论和平……因为我就是这样……我不过就是一个来这里说明情况的西德兰士瓦省的普通农民。"

当事人和辩护律师之间形成了鲜明的对比。前警察局局长约翰·冯·得莫威将军瘫坐在前排的位子上。这种姿势可能是精心策划的战略，也可能是因为我第一次看到他没有穿制服而产生的感觉，我说不清。他肤色发黄，不停地眨眼，像个老人一样时不时咬着嘴唇。而且他每次碰到手指上缠着的绷带，手都会颤抖。接手得莫威将军案子的是一名来自纳塔尔的律师，他红光满面，自信满满，而且说英语。他向司法联合委员会解释,接手这个案子并不是因为自己认同过去发生的事,而是认为将军有一点值得申辩,这一点有关政治。只要某个行为有政治原因,罪犯就有资格获得特赦,仅此足以证明真相委员会应该将调查的重点放在从政者身上。提出种族隔离制度的并不是警方,而是政治家。

这位拥有表演天赋的辩护律师指着得莫威将军说:"昨天下午,我们乘飞机来到了开普敦。在飞机上,将军双眼凝视窗外,看着眼前的夕阳,用哽咽的声音对我说:'在那些政客手里,警察像妓女一样堕落了。我曾经是一名骄傲自豪的警察,现如今却蒙受侮辱,频遭鄙夷。我曾经带着这份骄傲,为这一事业贡献了一生,现如今却落得羞愧、耻辱的境地。'"

自由阵线领导者康斯坦德·维尔容将军对委员会说:"我们都知道,阿非利卡人和非洲人必须达成最终的和解。但只有真相委员会不再恶语中伤阿非利卡人,而是实事求是,才有可能实现和解。"

"我们都没有做到这点,"维尔容将军继续说道,"为了得到我们想要的东西,我们都采取了暴力手段。独裁者的恐怖活动导致革命者也实施了恐怖活动。"

各方纷纷发言,修辞手法纷纷登场。会议上,阿非利卡知识分子指出:因为种族隔离制度,新政府才得以继承非洲最完善的基础设施;因为种族隔离制度,政治罪犯被关押在罗本岛期间都获得了好的学位,非洲人国民大会(非国大)高层领导也因此比非洲大陆上任何政党都有资历；实行种族隔离制度时，南非的死亡人数少于卢旺达的死亡人数。如此看来，种族隔离制度能坏到哪里去？

压迫者筋疲力尽，被压迫者义愤填膺。

这只是序曲，但是，它是在我们听不到它的时候演奏的。

自1995年3月初起，在乔尼·德·兰克主席的领导下，司法联合委员会每天都在一起开会，对听证内容展开辩论，并草拟法案。而负责记录的文职人员则坐在旁边一起工作。为了起草不同的版本供第二天使用，他们不得不一直工作到深夜。"如果就我一个人起草这项法案，"某位委员说，"好几个星期前它就拟好了，而且内容精练简单。但是制定这项法案必须经过现在这个过程，它就变得这样复杂了。"

身上盖着轻盈柔软的羽绒被，身边放着暖烘烘的热水袋——我仿佛蜷缩在母亲的子宫里。透过窗，我看到被月光清洗过的农场正在沉睡。一只珩鸟在远处啁啾。我沉醉于年少时才有的那种无忧无虑的感觉中，不知不觉睡着了——在这张樟木床上，在这间砂岩垒砌的房屋里，在这自由邦的一角，如此安全，如此安宁。

繁星从小院的上空划过。

突然一阵响声,嘘——"亨德里克,进来! 亨德里克,进来!①"

应该是午夜时分。

住在农场另一边的安德里斯正在无线电上呼叫我们的弟弟——亨德里克,无线电嘎嘎作响:"快来啊!② 有人偷牛啦……别开灯,把来复枪带来。"

圆棚屋的纱门砰的一声关上了,亨德里克出门,在黑夜中开车离去。

无线电又嘎嘎地响起来:"偷了多少头?"

安德里斯:"两个人一条狗。他们偷了五头母牛,刚经过风车③那儿,你有子弹吗?"

我穿上睡袍,来到餐厅。爸妈早已坐在餐厅里的无线电旁,穿着羊皮拖鞋,披着毯子。他们焦躁不安,又强行坐下。我坐在他们身边,妈妈给我拿了条毯子,我们都没说话。美好的夜晚突然笼罩在恐怖的气氛中。

"怎么了?"我问道。

妈妈告诉我发生了什么事情。安德里斯的妻子——贝蒂正站在房顶,用夜视望远镜俯瞰着大部分农场,然后高声把看到的内容讲给九岁的苏米恩听。苏米恩就在无线电旁,她再把这些结果转达

---

① 原文为阿非利卡语:Hendrik, kom in!...Hendrik, kom in!
② 原文为阿非利卡语:Kom gou!
③ 原文为阿非利卡语:windpomp。

给皮卡车上的父亲。

快到一点钟了，我们还在等待着。

苏米恩说："爸……爸，有情况……妈妈说他们掉头朝大路方向去了，但她看不到你……你在哪里？"

无人回答。爸妈弓着身子，脸庞似乎被灰色的月光割成碎片。

苏米恩问："爸爸，你在哪儿？你听得到我说话吗？"她的声音充满焦虑。

无线电仍然沉默着……我们在黑暗中静静等待。

十五分钟后，无线电又响了，是安德里斯的声音。他气喘吁吁地说："我们已经抓住一个了，另一个跑掉了。让妈妈从屋顶上下来，锁上门。"

我们仍在等待。然后好像听到了枪声和犬吠，我们等着。是谁开的枪？谁被射中了？哪一方的情况更糟？大草原上到底上演着怎样激烈残酷的场景？

一张全家福吸引了我的目光，我看着照片里微笑着的做船员①的兄弟们，想起了过去的事。妈妈把儿童版《圣经》翻至夹着书签的那页时，亨德里克紧紧抓着她的胳膊："别，别，千万别读那个男的在草原上割自己孩子喉咙的那段。"

我的兄弟们今晚都经历了什么样难以想象的事情呢？

---

①　原文为阿非利卡语：borselkop。

我们等了很久很久，终于广播里传来了声响："叫救护车，让他们来大坝这儿。"

这是我兄弟的声音，但声音太过紧张，我们没办法辨别到底是哪个兄弟在说话。我们三个坐在那儿，月影稀疏了些。我们坐着，心里想着不同的事情。妈妈站了起来，样子很疲倦。她走进厨房泡茶。我和爸爸坐在那里，一句话都没有说。我端着茶回到了冰冷的床，黑暗中双眼干燥发涩。

"建立真相委员会的主意源于非国大的决定，"司法部长杜拉·奥马尔在采访中说道，"当非国大全国执行委员会讨论在这个国家发生的一切，尤其是在非国大训练营（例如夸营）发生的事情时，大家都强烈感觉到应该创设一种机制。这种机制不仅能处理任何违法行为，而且其处理方法必须确保我们的国家是建立在良好的道德基础之上的。因此大家认为非洲需要这样一种机制，一种揭露真相并使其受公众监督的新机制。但为了使我们的社会更加人性化，我们需要传达'道德责任'这样的概念。因此我建议在大赦过程中，倾听受害者的故事。"

非国大认为，立法的起点、焦点和中心应该是受害者，而不是迫害者，受害者应有多个参与立法过程的切入点。应该为损失分类吗？失去一只手臂给多少兰特①？失去一条腿给多少兰特？一条命多少兰特？政府是应该立即给予受害者补偿金，还是等到整体评估之后再发放呢？

每次讨论都会遇到新问题。大赦剥夺了受害者提起民事诉讼的权利。补偿金是否意味着必须实行大赦？国家呢？国家可以申请大赦吗？因为收到补偿金的受害者仍可以决定是否起诉国家。

民主党也想改变日期，但他们想改变的是授权委员会审议有效时期的开始日期。迪恩·斯穆特斯说，工作量实在太大了。这是首个调查时期横跨四十年的真相委员会，而且此委员会不像智利真相委员会仅仅关注失踪人口，它还关注其他重大违法行为，如谋杀、绑架、折磨和严重虐待。最后以 1976 年 6 月 16 日为开端，不仅使委员会审议的有效时期缩短了十六年，而且它还和那个著名的反抗与压迫的循环时段相同，具有象征意义。

但是随着各种可能方案的提出，以及终止该项立法的压力不断增大，各党派开始互相攻击。国家党成员希拉·卡默勒使精力充沛的主席累得趴在自己的胳膊上，后者在话筒边咕哝道："啊，上帝快来救救我吧，这个女人快把我逼疯了！"

乔尼·德·兰克和国家党的佳寇·马利之间冲突不断——兰克主席体型健硕，出身阿非利卡工人阶级，而马利皮包骨头，戴着领

---

① 由南非储备银行发行的一种货币。

结和一副精致的眼镜,两人水火不容。每当马利张嘴说话,主席的脸色马上变得难看。

一天早上,媒体收到纸条,上面写着:"请不要走得太早,我们会给各位安排位置,以及非国大秘密交易的消息。"

突然大厅里出现了好多张来自国家党的陌生面孔,他们从未出席过委员会会议,有人高喊"开战了"。一名国家党成员也不请自来,两党成员蓄势待发,准备开始唇枪舌剑。

果然是唇枪舌剑。德·兰克先生说,应该将其他两项提议提到首要议程,并就此展开投票。马利先生打断了德·兰克先生,他还要求给他三分钟的时间来解释他的请求,他认为应首先讨论柯林委员会支付给非国大成员的补偿金。德·兰克先生拒绝了,但又被国家党成员丹尼尔·舒特打断,舒特也希望给马利多一点时间。

德·兰克再次拒绝,此时他的脸已气得通红。他说自己是主席,掌控着这里的一切。如果马利先生感到不满,可以向最高权力机关投诉,但他决不允许马利先生把司法联合委员会变成媒体的戏台。"你可以愚弄他人,但绝不能愚弄我,我可是这儿的主席。"

"拜托,主席先生,"因卡塔自由党成员库斯·冯·得莫威请求道,"不要让您和马利先生之间的矛盾摧毁我们其他人一年来苦心经营的良好关系,您难道不能以其他方式解决这种矛盾吗?"

马利在座位上焦躁不安,一只手高举着,另一只手挥舞着一叠厚厚的文件。他说,这些文件记载了一百名在圣诞节前秘密接受柯林委员会补偿金的非国大成员的资料。

德·兰克毫不动摇："我们仍有八份法律草案要讨论,上周我们花了一个多小时商定了这个议程,而且大家都接受了。不用多说了,现在开始投票,听清楚:现在开始投票。"后来非国大以十五比七的结果远超其他党派。马利夺门而出,库斯·冯·得莫威也喃喃自语道:"民主制度的重锤啊……"

但这一两天里,结束立法的工作必须退居二线。

"一眨眼的工夫,一切都结束了,"我在当天下午的时事报道中写道,"数周的公开听证后——在今早国会过道里,听证会在上层社会用英式口音进行歇斯底里的交锋后达到巅峰——女王亲自到会,见证这一立法过程之后离开了。"

好望角总是在合适的时机表现自己,东南风渐渐平息,清洁工连最后一片纸屑都清扫干净了,小学生们在街上排起了长队,红毯如同鲜红的血液顺着台阶一路流淌。在大会堂里,气氛有些……怎么说呢……人们有点为女王而盛装打扮的感觉。这是一次炫耀的机会,你可以尽情显摆你的传统服饰、你特意请的设计师的杰作和你发大财之后购买的盛装。

有人穿着光鲜亮丽的印有非洲图案的长裙,袖子像天使蓬松的翅膀;有人穿着闪闪发亮的,从肩膀处摇曳下垂的印度长袍;有人穿着传统的挂珠围裙,围在肉色的媚登峰胸罩上——只有在国会大楼才能见到这种最大号的媚登峰胸罩。一个自由邦游客的衣服好似紫金相间的灌木丛，另一个从斯坦陵布什来的游客和约翰娜·冯·阿克尔一样身着南非铸铁①一样的衣服。两个印度教克利须那派教徒裸露的前胸上是被染成斑斑点点的薄纱口袋，他们一边用歌声称颂伊丽莎白二世女王一边走进门厅。

男人们自然身着传统男性服饰——昂贵的毛质西装，戴着领带、金边眼镜，还有不可缺少的厚领口。

女王一行人进来了。

走在前面的是有色人种中卫队，他们戴着白手套，手里拿着议会金色传统武器。后面紧跟的是黑人黑杖侍卫队——是的，近几年议会的黑杖侍卫队都是由白人组成的……但现在有所改变……

几周来，媒体一直在争抢记者席最好的位置，我只能伸长脖子，睁大眼睛。

这是真的吗？她手拿扣环手提包，脚穿高档百货商店买来的厚重小鞋，看起来就像邻家阿姨一般。如果她真是邻家阿姨，那她左肩上的饰针肯定是赝品，但我们知道，那是真的——我们当然知道她戴的饰针再真不过了。她打开手提包，取出眼镜，把演讲稿放在演讲台上。

她开始演讲了。

---

① 原文为阿非利卡语：potjie。

这是真的吗？看起来像是小镇的妇女社团的集会。演讲内容打印在普通信纸上，每页一段。由于要戴手套，她和其他普通人一样，把每页纸折了个角，便于翻页。

但千万不要误会，内容也许很普通，但几个世纪来，她的英式口音使半个地球为之震颤。议会上次听到"刚强骁勇的捍卫者"这一词是什么时候？

她叠好演讲稿，放进手提包里，便走了。

我们赶紧往外跑，随身携带的包都飞起来了，我们拦住了一辆经过议会大门口的出租车——"我们"指的是编辑和我。

"快走！"编辑喊道，"去海边，去'大不列颠'号游轮！"我们把包里的东西全倒了出来，拉开拉链，扯开衬衫——司机看起来很惶恐。

"开车啊！"我大喊道，"七分钟后就能看到女王了。""什么女王①？"他用疑惑的声音问道。

"戴安娜王妃的婆婆②，如果你能飞速前进的话。"

他从右边转过头来，问道："你说的是女王？就是那个——"他摸了摸头："皇冠上镶着我们国家生产的钻石的那个人？那个衣服缝里灌了铅的人？"

"是，是，是。"我都喊得快背过气了。

---

① 原文为 Watter queen。
② 原文为阿非利卡语：skoonma。

但是头脑清醒①的编辑不会放过一丝值得关注的信息:"为什么要灌铅?""这样她的裙子就不会被风吹到膝盖以上了呀。"司机机智地回答道。

他似鬼上身一般抓住了方向盘,因为他现在有任务在身了。他车技不错,而且想让我们准时赶到目的地。我们绕来绕去,尽抄小路。司机发疯一样地开着车。

他表情严肃地问:"你们为什么会迟到?"

"因为,"编辑一只手打电话,另一只手戴耳环,一边说道,"我们必须向两百档新闻节目,以十一种语言报道女王在议会上所做的演讲,女王现在邀请了一些记者去她的游艇上喝鸡尾酒。"

"她在议会上说什么了?"他问道。"什么也没说……"我们套上全新的竹炭连体丝袜,脚都伸到司机旁边去了。

在后座一堆的杂物里,我们捞出了过时的口红、需要用手指甲一点点抠出来的腮红、被小石子堵住了的睫毛刷、空香水瓶、带扣的手镯——然后全用上了。隆隆的轮胎声和发动机声为我们伴奏。

"我们问,这么普通平庸的人如何才能被包装得如此精美奢华。我们还说,要想像她一样生活,你需要剥削人民,持续几百年后榨干半个世界。"

司机一路驶向码头,然后一个急刹车,一寸不差地停在一群"深

---

① 原文为阿非利卡语:wakker。

刻谈话中的男性严肃政治分析家"后面,他们手里捏着往日校服的领带。

我们跌跌撞撞地下了车,终于到了。

在"大不列颠"号的甲板上,有人在熟悉的欢迎鼓乐中呼喊我们的名字;我们平淡无奇的名字经其口音加工,变成了:"丽丽娜·史密斯斯斯斯,阿非利利卡卡音乐响起!"之后一个人走上前,他戴着白手套。("感觉如何?"我朋友后来问我,但我不记得了,当时我的眼睛死死盯在女王亮丽活泼的黄色长裙上。)

一个男人向我们走来,他是王宫发言人。他说,女王会在各个团体之间走动,而且我们只有在被叫到时才能说话。大家不能问女王任何问题,我们也不能对此次友好的王室招待做任何报道。

掺了奎宁水的杜松子酒比例精确至极,我站在扶手旁越喝越醉。一名肩膀上饰有多条金绳的船员告诉我,驾驶"大不列颠"号时遇到了诸多问题,以至于让女王抵达南非两次。第一次是乘客机来,是非正式的;第二次是乘坐直升机正式抵达,降落在"大不列颠"号上,游艇便在鼓舞人心的二十一声枪响中驶进码头。他说话的时候,胡子动也没动过,一次都没动过。

自由阵线康斯坦德·维尔容将军要求女王参观布隆方丹妇女纪念馆,并以英国人的名义为他们对阿非利卡人的所作所为道歉,但她的行程已经排满了。

在听证会之前，司法联合委员会已经在《真相委员会法案》上花费了六个半小时的时间。委员会倾听了二十多个小时的公众发言，之后用了一百个小时五十三分钟来讨论、整理和草拟各种法律条款。公务员出席会议时，常常眼睛红肿，衣服皱巴巴的，因为他们前一晚又为准备新的讨论文件而一夜未眠。如果全部算在一起，委员会在《真相委员会法案》上共花费了一百二十七个小时三十分钟。

终于，建立真相委员会的法案提交给了国民大会。不久后，对该法案的描述就有不同的版本。它被称为议会所通过的最敏感、技术上最复杂、最有争议和最重要的法律，也被叫作"万法之母"。在提交给国民大会时，大会的参观席上满是学生——有人推测——以及委员会的准候选人。

正如以前在委员会中发生的情形，法案讨论很快就变得情绪化。纳尔逊·曼德拉总统郑重地请求不要利用真相委员会博取政治利益，之后发言的人围绕"不公平"这一主题发表言辞激昂的演讲。

每个人都有自己要讲述的故事——从房子被炸毁的议会成员，到朋友家手指被放进咖啡研磨机的孩子，再到当右翼分子仍在狱中饱受折磨时已在街上自由行走的罪犯。大多数演讲者讲的都是南非荷兰语，他们只想与这一团体、用这一语言尽情倾诉。

一名来自阿非利卡报纸《映象报》①的记者提醒我："核心委员会最终敲定法律时说的是不是南非荷兰语,你还记得吗?"我皱了皱眉头。"当时乔尼·德·兰克为主席,非国大的威利·霍夫梅尔,民主党的迪恩·斯穆特斯,因卡塔自由党的库斯·冯·得莫威、丹尼尔·舒特支持国家党,康奈·马尔德支持自由阵线。我很喜欢,"他说,"那些应对过去负责的人正在努力纠正过去所犯的错误。"

傍晚时分,乔尼·德·兰克在辩论结束时说,这部法律的奇特之处就在于——它拼凑了全国上下所有的观点。"我可以指出哪一项条款是迪恩·斯穆特斯提出的,哪一项是丹尼尔·舒特提出的,哪一项是人权律师提出的,哪一项是受害者提出的,哪一项是警方提出的——就为这一点,我们所有人都有功劳。"所有人是指除佳寇·马利外的所有人,德·兰克说,这个人只想利用委员会讨论获取廉价的知名度。

接下来到了投票的时间,所有支持该法律的人要把他们手里的卡片从他们前面的投票口投进去,然后按下按钮。

大家照做了。

"出了点问题。"议长说。所有卡片都被拿了出来,再放进去。

登记卡片信息的电流似乎不好使了,议长让大家再等几分钟。

最后,议长让支持该法律的成员用传统的举手的方式进行表

---

① 原文为 *Beeld*。

决，并统计赞成的人员（非国大、国家党和泛非主义者大会）和反对的人员（自由阵线），因卡塔自由党弃权。

之后，法案在参议院传阅了一会儿。为了证明自己并不仅仅是为大会敲章的工具，参议员坚持要做些改动。他们想让委员会纳入两名非南非人，并讨论全面大赦。

负责编写法案的文职人员咬着牙关说："这部法案是一张网——是他妈的①网啊，如果改动任何一处，每项条款都要跟着改写。"

让参议院通过这部法案是杜拉·奥马尔的任务。一名有色人种国家党成员讲述自己如何被治安警察折磨并被倒挂起来时，非国大成员大声叫嚷，盖过了他的声音。他潸然泪下，回忆起自己曾多次被摔到水泥地上。在一阵喧闹刺耳的笑声中，一名非国大成员喊道："就是因为这个你的脑子才坏了吧。"

奥马尔站了起来："对于迫害者，我们可以区别对待，但我希望这部法案能教会我们所有人一个道理：我们对受害者要一视同仁。"

这部法案最终传到司法部门。司法部门位于原来叫"维沃尔德大楼"的建筑中。这里的大部分公务员都是白人，而且说南非荷兰语。那些头发金黄、指甲橘黄的公务员——据一名副部长说，没有比他们更好的秘书了——受理了这部法案的立法程序。然后再由

---

① 原文为阿非利卡语：moerse。

那名肩膀有点下垂的中年阿非利卡男子把法案递交给部长、总统和打印社。那人正在电梯里和别人打趣……"待会儿见？""好的①，上帝和宪法肯定允许的。"

纳尔逊·曼德拉总统于 1995 年 7 月 19 日签署了《真相委员会法案》（即《促进民族团结与和解法》）。

他们过来吃早饭了——我那两个兄弟。我们说说笑笑，吃饭聊天，把昨晚发生的事搁置一旁，好像昨晚并没有发生什么事情。我发现他们的政治信仰仍有些倾向于国家党。

"是谁开的枪？"我问道，但我知道安德里斯是这一带最好的枪手之一。

他们解释道，每到月圆之前和之后的一周，他们都会在农场巡逻。自 1994 年选举以来，他们比克龙斯塔德警察局牲畜盗窃小队抓住的小偷还要多。安德里斯通常驾驶皮卡车，亨德里克拿着探照灯坐在后座。他们一看到小偷，就会打开探照灯。

"然后我们会喊：'停下，不然我们开枪了！②'或者用塞索托语说类似的话。"安德里斯说道，"这个时候，你会很害怕，最让人害怕的就是小偷手头有武器，他们随时随地都有可能开枪；也会害怕他们

---

① 原文为阿非利卡语：Ja。
② 原文为阿非利卡语：Staan of ons skiet!

分头行动,一个朝农舍跑,另一个实施抢劫。大多数时候,你就算警告他们,他们也不会停下来。"

餐厅里十分安静。"但他逃跑的时候……我的心中憋着说不出来的怒火……他私闯民宅,违反法律——因为他逃跑了,是他逼得我冲他开枪的——是他逼得我把枪口对准另一个人并扣下扳机的……就因为这个我恨他恨得牙痒痒。"

"一开始我试着射击他旁边那片地。如果他在玉米地附近,而我看不到他的话,我就试着打中他的腿……我一直心惊胆战的,生怕把他打死了,要不然一辈子都忘不了这件事,我这倒霉的一辈子都要活在这件事的阴影下……"

亨德里克又说道:"但最糟糕的是,他们并不以为安德里斯是故意放过他们的;其中的几个人还说,安德里斯是打不倒他们的,因为他们的身体实在太强壮了。"

"警方怎么说?"

"天哪,警察来的时候,他们跟没事儿人一样——他们去了警察局,第二天就被保释了……大多数时候,他们都能被判缓刑。你和他们同时离开法庭,在回家的路上也可能跟他们擦肩而过。我告诉治安法官,他们偷走的不是东西,而是我的人生、农场、未来的计划、内心的平静……"

在第一批黑人撰写的阿非利卡语小说中,有一部小说讲到两个黑人流浪汉谋杀了一个犹太人店主。当有人检举揭发了这两名杀人犯时,小说里的主角却谴责了告密者,于是我开车去采访这本书的作者。

"请问为什么主角要谴责告密者而不是杀人犯呢?"

"因为黑人必须团结一心。"

"但是那个女人看到一个白人男子从克里斯·哈尼的尸体旁逃走,那个女人并没有说:'他是白人,我得闭嘴。'她说的是:'这种行为是错误的,我必须说出来。'"

他看看我说:"没有人能够摧毁白人——他们天生就是幸存的一方,但对于我们来说,如果我们不齐心合力的话,我们就会被摧毁。"

亨德里克轻轻摸了摸右手关节,关节还有些肿。"你打他们了吗?"我愣了一下,问道。

亨德里克点点头:"有段时间我们发现,我们反反复复抓的都是同一批小偷。我们就想,必须做点什么,这样下次他们再想偷东西的时候,就不会来这儿,而选择去其他农场了。"

兄弟们告诉我,自选举以来农场牲畜盗窃案的发生次数已经涨了五倍。

"你多久才能缓过劲来?"我问安德里斯。

他摇摇头"我不知道,我开始发现隐藏在自己身体里的另一面……"

"比如说呢？"

"比如每天都感觉到自己和家人被残忍地虐待……比如知道自己原来可以赤手空拳杀死一个人……我开始学会打架、杀人和仇恨，但没有谁可以让我们依靠。几年前，我们拿起电话就能和国家最高权力机关对话；现如今，我连我们镇是谁在管理都不知道。"

"是的①，但对于百万名黑人来说一直都是这样的。"

"确实……我曾以为新出台的制度是为所有人服务的……残忍虐待普通人的行为原本只发生在黑人居住区，但是现在我看到这样的事情不是在减少，而是扩散至全国各地。"他稍停了一下，然后又一口气说道，"曼德拉在谈及白人和黑人的道德水平时说，死的如果是白人，其他的白人才会说几句关切的话。曼德拉应该把话说完：死的如果是白人，黑人会漠不关心……更糟的是，死的如果是黑人，其他的黑人也会漠不关心。"

真相委员会开始在东开普敦地区举行听证会前，我还有最后一个空闲的周末，孟德利·沙巴拉拉在去约翰内斯堡的路上顺道到农场接我。孟德利是我在南非广播公司的同事。

"孟德利，'莫舒舒'这个名字的意思是'偷东西像剃胡子一样速

---

① 原文为阿非利卡语：Ja。

度快且不出声的人',敏捷纯熟的偷盗技术怎么能成为荣誉的象征呢?为什么丁冈让雷铁夫把瑟空耶拉偷走的牛再偷回来呢?为什么曼德拉要在自传中写他和堂兄弟从叔叔那里偷牛的事情呢?说起偷盗行为时,我们的理解是否不同?"

孟德利久久缄默不语,后来说:"我不知道,我只知道自打我生下来就一直有种说法:偷白人的东西不算偷。以前,非洲人根本没有偷的概念,只认为拿别人家的牛是较量实力的方式。但是你们这群白鬼来了以后,指责我们在偷窃——可与此同时,你们偷走了我们的一切!"

我记得以前我和父母整个星期天都待在家中,房门紧闭。狗一叫,我们马上闭上了嘴巴。"他们喜欢周日来……因为他们觉得我们这时候都去教堂了。"妈妈说道。后来,我离开家门,前往约翰内斯堡。走时我回过头来招手,看到父母就站在生我养我的砂石房前。待我们启程时,父亲关上了大门,松开了拴狗链。

/　第二章

我们是最为分裂的群体

　　负责报道真相委员会的记者和编辑组织了一次讨论。在我们身边，有来自德国、荷兰和智利的记者，其中智利记者特别多。更特别的是那里只有两名黑人记者——一名来自广播电台，一名来自《索韦托人报》①。凡是与真相委员会相关的场合，都很少见到黑人记者，我们应如何理解这一现象？

　　在惯常的"我是谁谁谁"的自我介绍环节中，一名德国记者说："我认为南非仍在承受的伤痛让它难以回首自己的过去——人们思考的是自己是否在灾难中活了下来，国家经济有没有受到打击，大家能不能度过这段时期。"很快，大家就看出来了，外国记者关心的是寻求大赦的人及这些人中会不会有政要。

---

　　①　原文为：*Sowetan*。

我们讨论了各种各样的话题：为什么要报道委员会？该怎样避免情绪耗竭？观众、听众和读者应如何参与进来？真相委员会里的故事应该都放在同一版面上吗？人们不会略过这部分内容吗？怎么才能让往事成为首页的新闻呢？无论哪家报社都无法全天候报道委员会的情况——电视可以通过每天播放听证会的情况，让人们在办公室也能了解最新进展吗？

如果说不同语言的群体和贫困区都能听到广播，那么广播的角色是什么呢？十一种官方语言都有报道委员会所需的单词吗？一名说祖鲁语的同事勃然大怒道："当然有啊！没有的话，我们就自己编。"自己编？他给我们看了一个单子：

埋伏①：趴在那儿等着做坏事

攻击小组②：扭断别人脖子的那些人

屠杀③：毁灭

政治④：有关统治领地的事宜

右翼分子⑤：傲慢倔强的人

---

① 原文为：lalela unyendale。
② 原文为：abasocongi。
③ 原文为：isibhicongo。
④ 原文为：ezombusazwe。
⑤ 原文为：untamo-lukhuni。

连环杀手①：杀人成瘾的人

第三势力②：布满汗毛的手臂

"布满汗毛的手臂？"我问道。

"据说在第三势力开展的活动中，"他解释道，"有人袖子挽得太高，露出来的手臂上总是有很多汗毛——说明那人是白人。"

傍晚时，我们在讨论如何从报道中抽离个人过去的经历。《索韦托人报》记者站了起来："我们报纸的立场是，我们经常报道真相与和解委员会这一类的新闻，所以这回报道委员会的情况不需要做出特别的努力。"

《映象报》的维勒姆·比勒陀利乌斯也站了起来："在军队时，有一次我被派去切断自由电台的电缆，然后把缆线从空中扯下来。这样一来我就成什么人了？我能——我能不——做真相委员会报道吗？"

厅内突然鸦雀无声，我们说了一天陈词滥调之后，终于直击要害了。

"我曾是前南非广播公司的政治记者——是我在报道中剔除了图图大主教这类人的声音，插入了该死的背景音乐。"一名如今在美

---

① 原文为：umbulali onequngu。

② 原文为：ingal'enoboya。

国工作的前南非人说道，"我最后还是因为左翼政治观点被开除了……这样一来我又成什么人了？"

一个说英语的知名翻译站了起来，叹了口气说："真是，这样真没必要。我们花了这么多年的时间，努力让南非白人参与进来，但现在却在黑人编辑上花费时间……经验告诉我，这种谈话毫无意义，一点都没有。"

有人在我身后艰难地站了起来，原来是经验丰富的老记者汉尼·瑟冯坦。他拿着麦克风，胡须和手不停地颤抖，我都担心他是不是心脏病发作了。他断断续续、气喘吁吁地说："这里的所有人都把自己的过去摆在了桌面上，但是你……还在谈什么参与！"他大声喊道："天哪，你这个说英语的①……谈什么他妈的②参与？"汉尼与英国媒体展开较量，连连占据上风，他列举了日期、事件、个别编辑如何篡改信息，以及标题如何被操控以符合民族主义领导的政治主张。他知道日期，也知道带着空头支票去见彼得·威廉·波塔的商人和说英语的白人编辑的名字，那些商人还对波塔说："你想要什么都可以，但是要保护我们的利益。"

一些记者跳了起来，抗议说，这件事发生的时候他们都还在娘胎里；另外一些人却鼎力支持汉尼。一名黑人记者突然离席，英布

---

① 原文为阿非利卡语：julle Engelse。
② 原文为阿非利卡语：bleddie。

战争的情景再现。讨论会在混乱无序中结束，只有在提供饮料和零食的休会时期，才恢复了表面的尊重。

讨论会结束后，我走在回去的路上，感到头昏脑涨。等信号灯时，我看到一群工人在一家养老院外面抗议，他们的罢工行动是今早的头条新闻。其中一人举着牌子，上面写着："犹太人滚蛋！"

一个委员发现自己所依附的道德观念并不被该国其他地方的人尊重，这种情况会发生吗？

而且何谓真相，即使通常意义的真相也不容易说清楚……纳丁·戈迪默曾问过一个黑人作家："你描写白人妇女的时候，为什么她们总是懒洋洋地躺在泳池旁？我们并不是这样的！"他回答道："因为我们对你们的认知就是这样的。"戈迪默说她必须认可那样的真相。

我还是黑人教师职业学院的讲师时，一天清晨，一个年轻的同志来了。他拒绝听我的课，还说阿非利卡语是殖民者的语言。"那英语算什么？"我问道。"英语诞生于非洲的中心，"他信誓旦旦地说，"是我们的'民族之矛①'把英语带到了这里。"这是他所相信的真相，而我作为他的老师，必须了解塑造着他的人生、观念和行为的这一真相。

委员会能对"真相"一词的不同定义保持敏感吗？

---

① 原文为阿非利卡语：Umkhonto we Sizwe。

如果委员会的工作仅仅是大赦及赔偿，那么它选择的就是司法而不是真相。如果委员会认为真相是人们的认知、故事、荒诞话语和个人经验的最广合集，它选择的就是恢复记忆，培育新的人本精神，也许这就是正义的最深刻的含义了。

依据法案，在与内阁协商后，主席必须任命十七名博学睿智的男士和女士在委员会中任职。这些委员必须是在社会上德高望重的人，而且不能有复杂的政治背景。

推进这一步的方式多种多样，每种都可能选出不同的人。第一种：主席应编制自己的名单，之后与内阁讨论该名单。第二种：主席和内阁共同编制名单——很明显，这种方式具有产生地下政治交易的危险。第三种：由非政府组织、教堂和各党派提名候选人，并由专家小组公开面试候选人，这样主席和内阁就能够从入围名单中敲定人选了。最后一种方法的优势在于政治参与度极小，不给在委员会中安插破坏其工作的人员留下丝毫的机会。由于草拟法案演变成了政治斗争，公众对委员会的兴趣已经消失殆尽，公开听证会能够重燃公众的这一兴趣。

第三种方式得到采用。

主席委任的专家小组中有芬克·海瑟姆教授、乔迪·柯拉本、亚严德拉·乃都、巴勒卡·克格斯特斯勒、哈里特·恩古巴内教授、罗斯尔·德·威尔议员和彼得·斯托里主教。

公开听证会于 11 月 13 日上午在开普敦好望中心举行，名单上共有四十六个提名，首先出现的就是 H. W. 冯·得莫威、格兰达·威尔德舒特、多米尼·莫瑞·柯茨和德斯蒙德·图图大主教。

面试遵循固定的提问模式，例如会问：什么样的人才能在委员会中任职？候选人能做出哪些贡献？"我在找为自己的信念付出过代价的人。"专家小组成员兼卫理公会主教彼得·斯托里说。

但没过几分钟，德斯蒙德·图图大主教就把专家小组收拾得服服帖帖的。

"人们应该如何称呼您？"恩古巴内教授问道，"人们不会觉得您有些可怕吗……我都不知道应该称呼您为'殿下''神父'还是'主教'……"

"你叫我什么都可以，只要不叫我'圣上'就行。"他笑着说道，"不，我并不觉得自己令人感到害怕，我倒是希望他们觉得我很有意思。"

他想要在委员会中看到哪种人呢？

"他们也曾经是受害者。我所遇到过的最宽容的人都经受过磨难——似乎磨难为他们撕开了心的封条，让他们能与他人感同身受。我是说他们能治愈别人的伤痛。我们的委员应有精神力量的支撑。"

有人让图图回应铁尼·格鲁尼沃尔德将军的言论——"我向上

帝忏悔,而不是向图图忏悔。"

"年轻人①,如果你和妻子吵架了,请求上帝的宽恕是没有用的,你必须对妻子说对不起。过去不仅玷污了我们和上帝的关系,更玷污了人与人之间的关系。你必须向你伤害过的那些人的代表祈求宽恕。"

大多数候选人都清楚地意识到,他们可能会面临政治压力,而且必须在受害者和迫害者的利益之间艰难权衡。冯·得莫威说,惩罚是这个国家道德与法律规范的内在组成部分,也许人们应该把委员会的透明公开度本身当作惩戒方式。如果因为夸祖鲁-纳塔尔屠杀而在法庭上成为被告,我们的前国防部长玛格努斯·马兰觉得颜面扫地,那么对他来说这已经是一种报应了。

妇女们常被问及她们觉得委员会中是否应该有女性任职,但没人问男人委员会中是否应该有女性任职,也没有人被问及委员会中是否应该有男人任职。

格兰达·威尔德舒特说,当他们站在委员会面前,人们应该感到舒心。但如果是女性站在全部是男性的委员会面前,或者是黑人站在全部是白人的委员会面前,人们就会感觉不顺心了。委员会倾听人民声音的方式将会决定大多数人对委员会的接受程度。

玛丽·伯顿说,原先系统的受益者只有在彻底改变了他们的想

---

① 原文为阿非利卡语:Jong。

法之后,才有可能真正地参与到补偿工作中来。但只有当他们对过去的一切有了真正的了解,他们才会改变他们的想法。

贺兰吉维·默克兹提醒专家小组,非洲文化有自身的和解仪式,不必非要使用基督教中的"忏悔""宽恕"之类的词语。另一名候选人谈到了依拉拉①。当两个人打完架了,就会背对背坐着,一边榨这种叶子的汁,一边忏悔。"汁榨得越干净,心里的怒火也就消除得越干净。"

"你能让右翼南非白人势力参与进来吗?"有人问辩护律师克里斯·得·贾格尔。

"不要让我作为南非白人的象征在委员会中任职。"得·贾格尔说道,"而且如果这个委员会演变为排除异己的组织的话,我得把话说在前头——这方面我真不在行。"

艾利克斯·伯莱恩强调了有效管理的重要性,如果三个委员会、工作人员、媒体宣传工作、财政管理无法高效运作,委员会的工作甚至会没办法开始。这不仅会成为国际笑柄,而且会再次辜负受害者的期望。委员会需要探索新领域。他也警告道,委员会中不能有太多神学家——不然"真相委员会可能演变为教会委员会"。

一定要小心处理"集体负疚"的概念,贾普·杜·兰德特教授说道。人们必须意识到:若非天恩眷顾,我也无法到达。当一个人热

---

① 原文为阿非利卡语"ilala",是一种用于棕榈酒榨汁的草叶。

切追寻就是另一个人排除异己的过程。

考虑到仍有大量任务要完成,专家小组对亚当·斯莫尔冗长、矛盾的废话明显感到不满。他说:"我是一个徘徊不定的人,和这个世界格格不入。这个真相委员会一点用都没有——只不过是把辛辛苦苦赚来的钱浪费在听一群骗子说话上面罢了,只有在文学作品中才会出现有关和解的奇迹。"

他就这样唠叨了四十五分钟,后来芬克·海瑟姆问道:"但是你很有批判性,你想不想在委员会中任职?"

"如果委员会中还有空间容纳一种声音,这种声音独立、批判、坚定,时而淘气,那么我会全心全意待在委员会中——但是我会一直保持自己的批判性。"

大多数候选人说,起初他们是很反对这个委员的,但耗时颇久的乌拉卡普拉斯指挥官尤金·德·库克的法庭诉讼案件改变了他们的态度。他们意识到,委员会能以更少的代价给予人民更多答案——并更加完整地描述过去发生的事。

弗兰克·茨克恩教士是四十六名候选人中的最后一位。

"真相委员会应该为这个国家带来一种新的道德观念……寻求因果报应的人忽视了新道德观念能带来的更高层次的正义——这种道德观念为人民共有,而且摆脱了来自殖民主义、压迫与贪婪的束缚。"

与此同时,我们挂在腰带上的传呼机开始剧烈震动,我们按了下按钮："请给编辑打电话。①"马内利斯走出去打电话了。他回来的时候递给我一张纸条："编辑说我们必须马上出发去比勒陀利亚，不然就赶不上曼德拉的晚宴了。"

但我们正在等待试验结果。在历经三周的面试之后，这个试验已经不是当初的样子了。有人问一名踌躇满志的委员：如果你发现了有关新政府中高层领导的秘密，你会怎么做？大多数候选人都会回答：我们会认真考量民族团结政府的稳定性，因为它对每个人的生死存亡至关重要。南非的民主制度既年轻又脆弱，我一定会小心处理敏感信息的。

但我们得走了。我们关掉了机器，试着悄悄地把设备从桌子那头拉过来。但是两个麦克风像跳双人舞一般缠绕着，从茨克恩的左边划过，最后从桌子上落下，掉在了我们的腿上。茨克恩的视线也一直跟随麦克风移动。传呼机又开始催了："来比勒陀利亚，就现在。"

马内利斯竖起手指，试验结果出来了。茨克恩说："我清楚明白地相信，无论我们发现的信息和政治之林中的参天大树有关，还是和低矮灌木有关，都应该以同种方式处理。如果我们区别对待政要和平民的信息，我们会立即造成新的不公正现象，这和之前的不公正现象一样糟糕。"

---

① 原文为阿非利卡语：Pls phn edtr。

我们走了。星期五,五点,约翰内斯堡,酒店外,雨天。

我们在车里发送着报道,车窗上水汽朦胧。我们边开车,边工作。手机响了,是茨瓦纳无线电台打来的。马内利斯一边脚踩油门和刹车,一边就未来的真相委员会委员的问题进行一问一答。我掌控着方向盘。我们共同体会了躲避车辆的滋味。马内利斯只在语调上让人听出我们差点撞上别人的车:"那个候选人说,委员会应该引进……(声音突然响起来)新——(声音急转)道德观念。"我们用纸条、袜子擦着车窗。

我先后回答了德班的荷花无线电台、南非调频电台晚间直播节目的问题;我们打开了车窗——雨水打湿了衣服;我们边开车,边工作。

手机响了:"我在广播里听到你的声音了,你们在哪儿?我们所有人都在总统府大门外等着呢。"

是上司,我把电话递给马内利斯,我开车,他解释。他说:"我们也不知道……下雨了,我们什么都看不见,但我们肯定在比勒陀利亚附近。"

我们算计着,现在是五点五十,但他还得熨衬衫,看来是赶不过去了。

科萨无线电台打来了电话,莱塞迪文化村无线电台在线等着。我们经过了一个事故现场——警笛鸣响,红色灯光洒在潮湿的沥青路上。

车辆慢悠悠地往前爬着，我从变速杆上方爬过去，马内利斯从我身下钻了过来。我一下子坐在了方向盘后面，脚踩在了油门上。汗水和雨水覆盖着我们的肌肤……这里是先民博物馆……南非大学……

六点钟，手机响了。"我们到凯斯特了。"

"好的，我们已经到台阶这儿了，帕克斯正等着我们呢，我们要进去了。不用打扮，来就行了，这样十分钟后我们就能在位子上坐好了。"

尽管一路上困难重重，我们还是来到了曼德拉总统官邸——"这个刻着让白人无法忘却的名字的住宅"——的大门前。警卫拦住了我们，我们打开车窗，用四种语言解释我们的身份，他们才让我们进去。我们在积水的小路上加速向住宅前进，把车丝毫不差地停在了最后一个停车位上。我们快速下车，打开后备厢，掏出了衣服。我打开后车门，在瓢泼大雨中解开了腰带，马内利斯的 T 恤衫脱到了一半，这时——

"等等！不行，你们不能在这里脱衣服——整栋房子都能看到停车场。"是警卫。"去花园里头吧。"他请求道。

我们拿着衣服，跌跌撞撞地走进了潮湿、泥泞、昏暗的花园，这时传呼机疯狂剧烈地震动着。地面十分潮湿，到处是水坑和泥浆。我边脱牛仔裤，边紧紧拽着衣服。我把换下来的衣服放在地面上，要穿的衣服放在上面,马内利斯也是这么放的。我套上丝袜和鞋子。正当我忙着用叶子上滴落的水滴清洗腋下时,我们听到了些声音。一束手电筒的光照在了马内利斯身上,他正穿着红色内裤,身子略微前倾,边抖动身体边把衬衫脱下来。所有的一切一下子凝固了。马内利斯用洪亮的声音打破了这一凝固的时刻。他像总统似的,气恼地举起手:"喂,拜托你们,有人在这里穿衣服,请尊重我们的隐私。"

警卫们听到这话,顺从地关上了手电筒,向后转身离开了。六点零九分了,我们跑上台阶,及时溜进了队伍里向总统问好。我们的上司愁眉顿展:"你们来了,真是太好了。"她递给我一张擦眼镜的纸巾,问一位门童能不能让马内利斯出去刮刮鞋子上的泥。

11月,列着二十五个人名的名单上交给总统。根据幕后的消息,除了一两个人之外,这些拥有人权经历的精英人士现在都被纳入非国大政府各级部门及其各委员会的官员之中。

有很多名字都不为大多数南非人所知,其中一些名字直到整个过程结束之前都不为人知。

但是在最后的名单被编制出来之前,专家小组和总统必须澄清几件事——曾被严重侵犯人权的受害者应该在委员会中任职吗?像那迈克·拉普斯利神父这样的人呢?在爆炸中丧失双手的人能有多公正呢?黑人受害者和白人受害者一样吗?另外,名单上的人应该是某种道德观念的代表，还是性别、政治立场、种族、省份、语言等的代表？或者说，委员会中将出现哪种南非白人？曾为反对种族隔离的立场付出过代价的人，还是现在能得到国家党和右翼分子支持的人？曾经的右翼南非白人怎能对曾经与他有相同感受的人做出道德决定？

委员会中将出现哪种黑人？人们应该如何区分这两种人：因反对非人道的种族隔离制度而被卷入冲突的人，以及因希望得到与白人同等的物质利益而被卷入冲突的人？会有多少黑人勇于对新政府采取批判性的公开立场？穆斯林和印度教是否应该有自己的代表？那开普穆斯林呢？

当专家小组草拟名单时，很难准确衡量他们在想什么，但可从新增加的两个名字中窥探一二。将科扎·穆戈乔教士添加进来，是为了更好地代表夸祖鲁-纳塔尔省；将辩护律师丹泽尔·波特吉特加入其中，则是由于人们明显对名单上缺乏有色人感到不满。那格兰达·威尔德舒特呢？她不是有色人吗？是，她是，但大家都知道"人"指的仅仅是"男人"。

人们或多或少都能预测到名单中还有哪些人物，其中南非白人有威南德·马兰和辩护律师克里斯·德·贾格尔；英国委员有艾利克斯·伯莱恩、温迪·奥尔和理查德·里斯特；印度人有费泽尔·朗德拉博士和亚斯明·苏卡。黑人委员可以分为两组：一组是未来的"黑人党团"成员——杜弥撒·恩兹贝沙和邦格尼·芬卡；一组是女性——马普勒·拉玛沙拉、贺兰吉维·默克兹和茜茜·堪培培。

这些就是图图主教团队的成员，可他们只能白手起家。他们连椅子、电话、预算都没有，有的只是一部法案。

委员会成立初期工作迅速完成，其效率受到了世人瞩目。一名政府发言人坦言道："真相委员会为我们树立了典范，短短几个月里，真相委员会就成立了四个办事处，且内部沟通良好，社会评价近乎完美，因为委员会不愿被官僚主义作风、政府或任何政党操控而致瘫痪。大家都知道，以契约缔结而成的委员会资金控制十分严格，且会评估自身活动和工作人员，它开创了新的可能性。"

由于图图大主教十分坚持，委员会于 1996 年 1 月末在图图的精神导师——弗兰西斯·卡尔教父的指导下，聚集起来，一起静修。

"前方任务艰巨，人们把他们召集起来是为整个南非做贡献的，但是他们在面临如此重大的工作任务时难免感到心有余而力不足。"卡尔说道。他解释说委员不得在静修期间或吃饭时讲话。"在军队中，人们需要为重组军队或恢复状态而休息；在宗教中，人们则需要在僻静的地方静坐，开始内心的旅程，聚精会神于自己所拥有的一切和眼前的任务。"

穿过主教庭院所在的奢华城郊，我跟着指引来到了大主教的住宅前，在这里委员会将首次接受媒体拍照。虽然广播台记者拍了照片也没什么用处，我还是不想错过逛逛主教官邸的宝贵机会。警卫带着警犬挡在路上，检查着来访者的身份，因为已经有人以死威胁某些委员了。

　　但是当你走在花园小路上，两旁是与肩齐高、花秆耸立的绣球花，一种时过境迁、沧海桑田的感觉油然而生，似乎穷人占据了富人的世界。这个房子的绿化相当密集，到处都是树和各种其他植物。尽管如此，还是可以一眼辨出，这里的植物都是很久前种植的了。没有精致的花园、大片的草坪——只是修修这儿，剪剪那儿，仅此而已。来到一个小院子，从这里可以通向主宅、办公室和其他建筑。三个小孩在只剩下一半水的喷泉边玩水，显然这块庞大的地产外围的房子里还住着几户人家。

　　我们这群记者被带到了餐厅——餐厅里摆放着制作精美的巨大餐桌和雕刻座椅，墙面上悬挂着一块感觉编得歪歪斜斜的壁毯，那是波图么勒妇女满怀着对主教的爱编织而成的。书房里沉重的橡木书架从地板延伸至天花板，一部分书架上摆着一排排的皮面书籍，另一部分书架上放着一堆堆的杂志、教堂手册和只有地方出版社才能印刷的非洲神学作品。一排镶着金边的自画像挂在墙上，旁边摆放着一堆手工礼物和拍坏了的照片。自画像上画的是以前的主教们，他们一个个脸色红润、脸颊圆润。这些画像见证了第一位黑人主教毕其一生服务于那些被忽视的人，而这些人将会永远对他充满感激。一个手工制作的十字架倚在墙上，耶稣看起来更像是寻求大赦的人，而不是受害者。

　　我们等着，这时一个同事告诉了我们一个故事。"图图在纳马夸兰地区传教的时候，"他说，"天气特别热，星期天总是很热。仪式结束了，图图就会去我祖母家，躺在祖母家的树下——她家的树十分茂盛，树下十分阴凉。接下来的一周里，大家谈论的都是那个圣洁的人，那个上帝选中的人，那个像普通人一样躺在树下的人。"

突然大门敞开，十七名委员走了进来。媒体瞬间像疯了一样，不停按快门、打闪光。摄影师互相推搡，电视台工作人员不停地请求人们别挡相机。有人被我的录音设备绊倒了，重重地摔在地上，差点磕断他的牙齿。委员们还没完全坐好，一名记者大喊道："第一次听证会什么时候举行？"

但是委员们正在做其他的事情。他们聚精会神地坐在位子上，图图低下头来，开始祈祷道："……望我们能有足够的勇气倾听被遗弃之人的低语、受怕之人的诉求和绝望之人的苦痛。"因为这是第一次集会，这些委员看起来不是羞涩腼腆就是自命不凡。但不论他们来自哪个宗教，还是代表哪个群体，所有委员的行为举止中都多了一分果断与坚定。

"今天仅供拍照，"图图说道，"因为各大报纸要求拿到每个委员的半身照，拍照结束后，各位便可离场。"

距离第一次听证会只有两周的时间了，真相委员会法案的宪法基础不断受到挑战。早些时候，警察局局长约翰·冯·得莫威已经说过，拒绝大赦是违反宪法的，临时宪法清楚地写着：一定要实行大

赦。史蒂夫·比科的家人、格里菲思和维多利亚·麦森吉紧随其
后，他们称大赦将剥夺普通公民提出民事请求的权利。在成立初期
的几个月里，委员会将频繁地在法庭中澄清法律问题。

在一次新闻发布会上，副主席艾利克斯·伯莱恩说，从一开始
委员会就遭到了反对，大部分反对意见来自右翼势力。调查小队队
长杜弥撒·恩兹贝沙说，史蒂夫·比科于二十年前去世，但委员会
并没有阻止他的家人告上法庭。而且比科的家人接受了庭外和解，
拿走了六万五千兰特。据图图所说，有关委员会的每种说法都很重
要；他坚持让每个家庭都拥有寻求正义的权利。但委员会的任务更
为远大，他说，委员会要"倾听不知名的受害者的声音，倾听那些从
未受到官方或媒体关注的人的声音，并给他们提供叙述个人经历的
平台"。

人们突然对大赦这一主意感到厌恶，而图图是需要出面做出解
释的人："实行大赦不是我们决定的，而是由政党决定的，但大赦确
实为选举提供了可能性。昨天我们协商了一晚上，大家都筋疲力尽
了，今天一大早大赦条款才被加了进去，法案的最后一部分、最后一
句话、最后一项条款才被补充完整，即应在和解过程中赋予大赦资
格。这一条加进了法案后，农民①才签订协议，从而为选举敞开大
门。"图图用他会说的每种语言一遍遍重复着这种解释。

---

① 原文为阿非利卡语：boere。

据乔尼·德·兰克所说,宪法专家认真地审查了这一法案,认为这一法案并没有违反宪法。

与此同时,麦森吉一家宣布,他们将控告秘密警察杀手德克·库茨,并要求赔偿100万兰特。库茨说:"我已经回来六年了,这么多年来他们从没控诉过我,偏偏等我现在申请大赦了才来找我麻烦,真奇怪——而且还偏偏等到我已经准备好为他们在1992年参与一起反前政府民事案件做证的时候。"

"你有一百万兰特吗?"我问道。

"没有啊,我连一万兰特都没有,我什么都没有了……我已经失去了一切。我现在租房子住,连家具都是从我爸妈那里弄来的,我开的车还是我丈母娘的。"

寻求真相的委员会?早在这一想法在议会中粗具雏形之前,就已经有两个会议讨论过这个想法了,而且这两个会议都是艾利克斯·伯莱恩博士组织的。第一个会议是1994年初召开的,我当时心中充满了怀疑,便在大厅后面找了个位子坐下。身患癌症的德国佬站在异国他乡的被告席上,只有这一幕让我觉得正义就应该如此。看到彼得·威廉·波塔手戴镣铐,头上的帽子被扯了下来,食指也被砍断了,等待他的是长期的监狱生活时,人们除了惊讶这才是公正的终极铁证,还能有何反应呢?

但是,我又马上觉得羞耻。虽说反人道主义的罪行都应该受到惩罚。

智利哲学家兼活动家何塞·萨拉戈特，曾任职于智利真相委员会，他整整花了七分半钟才说服了我。纽伦堡和东京审判之所以能进行得这么顺利，仅仅是因为那些罪犯失去了政治权利和武器。他们被彻彻底底地击垮了，而胜利者只需要处理好自己那份正义感就可以了。但是不论在智利还是南非，被推翻的政权仍是新政府的一部分，凭他们的力量足以阻碍任何有关虐待事件的审讯，或挑起新内战。

萨拉戈特认为，与其在纷扰杂乱的妥协中前行，还不如不要过早结束专制暴政，如果后者还有希望得到更为单纯的政治结局的话。对于意识形态纯粹论者们来说，萨拉戈特说的每句话都能被奉为箴言。

人们无法期待政治家有崇高的道德水平，但可以要求他们忠于职守。

现在需要的切实有效的政策必须能避免重复过去的暴行，并尽可能弥补过去的错误。

我们终会面临真相与正义间的抉择，而我们应该选择真相，他说。因为真相虽无法起死回生，却能帮死者挣脱沉默的枷锁。

一个群体也不应该抹除一段自己的过去，因为这样会留下一段空白，而这段空白终将被谎言和矛盾填满，从而混淆了真相。

迫害者需要认识到自己所犯下的过错，为什么呢？因为这是一切的起点。如果想彻底摆脱过去,就必须要在过去和未来之间树起道德的信标。

"这些挣扎教给了我和朋友很重要的一课,没有人天生就拥有无与伦比的勇气,勇气的另一个名字就是学会与恐惧共处。现在已经八年过去了,智利真相委员会也建立起来了,勇气又多了一个新的定义:不奢望简单的正义。即使受现实生活的限制,也要夜以日继地寻求自己最珍视的道德价值。这样虽冷酷无情,却是对自己负责的。"

身份就是记忆,萨拉戈特说。由记不清的事或错误的回忆塑造出来的身份很容易僭越。

波兰哲学家亚当·米施尼克的出现看起来让大家激动万分。他引用了尤尔根·哈贝马斯的话:集体负疚是不存在的,有罪之人必须以个人名义做出回应。与此同时,在反人道主义犯罪滋生的精神和文化背景下,集体责任是存在的。人们应该意识到,传统是充满矛盾的,人们必须批判地对待传统,并清楚哪些传统应该得到传承。发生在德国的僭越行为表明,人们不信任德国的传统或文化背景。正如德国一样,南非也需要质疑本国的思想与心态,但民主文化气息更为浓郁的地区不需要经常这样做。

"在南非这地方,和解是通过把枪口对着你的头得来的。你选择了协商,就选择了寻求和平的正常逻辑。但一旦你起身离开了谈判桌,你就不得不为往昔的敌人辩护——因为他现在已经变成了你的同伴,变成了你的政治和道德负担。"

米施尼克警告人们:"如果你在找替罪羊,而且你还真找到了,那么你会把他刻画成恶魔……然后你自己就变成了天使。"

"……然后你觉悟了……却迷失了。"译员用不确定的语气说着。

米施尼克重重地点着头。

卡德尔·阿斯玛尔引用了亚历山大·索尔仁尼琴的话:"如果我们不处理过去违反人权的行为,我们不仅在保护迫害者微不足道的老年生活,也在削弱下一代追求正义的基础。"

第一批听证会

第三章

痛失亲人的受害者，寒风都不忍侵扰

委员们的面部表情和肢体语言中明显透露着紧张的情绪——图图大主教不停地摩擦着右手，他臂膀僵硬，面露倦意，直勾勾地盯着两面巨大的南非旗帜和一条真相委员会横幅。东伦敦的市政厅被堵得水泄不通。

昨晚，主教说，他总感觉心里七上八下的。"我们一开始就知道，委员会有可能出现严重问题，但第一位受害者的听证会可能让委员会站稳脚跟，也可能使之垮台。"

"那么您最害怕的是什么呢？"

他苦笑着说："像麦克风不好使啦，安全问题啦，这些意想不到的事情……还有像受害者没有到会，或者突然发生暴力冲突，这些糟糕透顶的事情。"

邦格尼·芬卡委员开始吟唱著名的科萨圣歌《对罪恶的饶恕使

人圆满》①。受害者伴随着歌声一列列走进了大厅，在前排入座。

图图大主教开始祈祷，不同以往，这次他好像是在照着稿子念祈祷词："我们渴望将种族隔离制带来的一切伤痛、分裂和在我们这一群体内肆虐的暴力都抛在身后。真相与和解委员会努力抚慰受害人身体和心灵上的伤痛，请赐予我们智慧和指引。"

在宣读当天人们极为关注的死者和失踪者名单时，在场的人起身站立，低头默哀。一大根饰有红十字的白色蜡烛被点燃了，所有委员都前去向受害者问好并欢迎他们，其他观众仍然站着。

媒体室里的记者们并未感受到这一场合多么神圣，他们忙着接通电视监控器，建立清晰的声音接收通道，放置手提电脑，事情多得应接不暇，叫声此起彼伏。电台记者则在另一个小房间。我们有一个新组成的团队，这一团队将用十一种语言报道今天的会议。先播出一个小时的专题节目，来介绍法案的意义、大赦的根源和委员会的运作方式，还有对司法部长的采访，之后直播听证会。在媒体室的小角落里，有人向外国记者介绍东开普省的历史，教他们怎么发"Qaqawuli②"和"Mxenge③"的音。他们像着了魔似的记着笔记。当地人则在远处这么看着他们。

---

① 原文为阿非利卡语："Lizalise idinga lakho"。
② 阿非利卡语，即"荣耀"。
③ 阿非利卡语，即"紧贴"。

要抓住语言的洪流,必须紧扼它柔软光滑的颅骨。

亲爱的,不要死去,你们怎么敢死去!我,作为幸存者,用语言包裹你,这样未来才能记住你。我将你从被遗忘的边缘夺了回来,我讲述着你的故事,书写着你的结局——你们,曾经于黑暗中在我身边耳语的人。

我打开门的时候……发现我最亲的朋友和同志在里面……她站在门口那儿,大喊道:"我的孩子,我的小诺姆扎莫还在房子里!"我盯着她……我最美的一位朋友……她的头发烧着了,胸部也像火炉一般燃烧着……第二天她就死了。我把她的孩子从熊熊燃烧的房子里抱了出来,放在草地上……却发现孩子的皮肤粘在我的手上。今日她与我都在这里。

我就想看看我的孩子,但就在他要打开警车后车厢时,我听到有人喊:"不,别让她看——别让那女的靠近那里!①"但我还是过去了,我拉开绿窗帘……看到……我的……孩子……睡在一堆轮胎中……他口吐白沫……已经

---

① 原文为阿非利卡语:hou die meid daar weg!

死了……然后他们把我的孩子拖了出来，扔到了地上……
我看着他……他已经死了……他们还不让我抱他……

这件事埋在我心里……难以启齿。这件事……没办
法和别人分享，语言……难以形容。他被炸之前，人们砍
掉了他的双手，这样他就不能按手印了……我该怎么说
呢？这件惨绝人寰的……我只想要他的手好好的。

那天是星期天，天气很冷。他来到厨房，说："给我做
点豆子汤喝。"

"但今天是星期天，年轻人①，我想做点特别的。"

但他只想喝豆子汤。

为去教堂梳妆打扮的时候，我们听到一阵噪音，一帮
小年轻从街上走了过来。我们站在卧室里，一句话都没
说，一下都没动。他们包围了我们家，大喊着："间谍去死
吧，间谍去死吧！"还朝我们家窗户扔石头。他们走的时
候，他对我说："别哭，诺图苏耶罗，每个人只会死一次，又
不会死很多次。我现在知道以后会有啥后果。来，我们煮
汤喝吧。"我们去了厨房，把豆子放到了锅里。

---

① 原文为阿非利卡语：Jong。

然后一个熟人来敲门,说:"有人在烧你家店铺,米克叔叔!"

"我会回来吃午饭的。"他对我说。

他们后来告诉我,他走到店铺门口,头也没回……人群里的某个人开枪射中了他的后背……他们后来告诉我,克雷格·科茨说,我丈夫就是背叛史蒂夫·比科的那个人。

两名警察站在椅子上,把我拉到了窗边,告诉我可以往下跳了……我不干……他们就抓着我的肩膀,把我举了起来,推到了窗外……他们中的一个人抓着我的一只脚踝,我只能看到下面的水泥地,当时我们在三楼——一个警察会突然放开手,过会儿他再抓刚放开的那只脚的时候,另一个警察放开手——他们就这么玩来玩去……那时你会想:上帝啊,一切都完了。

他们抓着我……说:"不要进去……"我还是从他们腿下钻了过去,进去了……我看到了贝基……他的身体被大卸八块……支离破碎……地上到处都是……身体碎块和脑浆散落满地,一片狼藉……这就是贝基的悲惨下场。

我在卡里顿广场上听到一阵响声,警察们在庆祝,他

们说："我们制伏了鲁克思玛特！"那天我在牢房里，我看到
两个警察把鲁克思玛特拖上了好几级台阶，一边拖一边
打。我还看到他……脸上一侧的胡子……被一根又一根
地拔了出来，嘴里还在呼呼冒血。两天后，他们又把他拖
了出来，他的双手被铐在了背后，那是我最后一次看到鲁
克思玛特·纳古都。

坐在救护车司机旁边的那个男人——他站在那里，手
里捧着我儿子的肠子，他是抱着那堆肠子上了救护车。

昆斯敦大屠杀之后——我得到停尸间辨认我儿子的
尸体。我们在停尸间前等着……门下涌出了一股股浓稠
发黑的血液……把外面的下水道都堵住了……停尸间里
臭得根本没法待……尸体一堆一堆地叠放着……我儿子
的身体里流出来的血已经变成了绿色。

这个戴着红围巾的白人，他向索尼波伊藏身的厕所开
枪扫射……当时我就站在厨房里……亲眼看着他把我的
孩子拽了出来，索尼波伊当时已经死了。那个白人拎着他
的腿，就像提溜着一条狗一样。我看到那人挖了个坑，把
索尼波伊的脑袋刮出来扔进去，再用靴子把坑堵住。那时

阳光是如此的刺眼……但我看到索尼波伊躺在那里的时候,世界都变黑了。这是刻骨铭心的痛,从来没有在我心里消失,它不停地折磨我,吞噬我。索尼波伊,安息吧,我的孩子,你想说的我替你说了。

我跟他们说:"让我看看他下巴上的胎记,我才能知道他是不是我儿子。"他们给我看了他下巴上的胎记,我说:"这不是我的儿子。"

那晚福兹勒没回家,我就去找他,这件事真的快把我弄疯了。我儿子被枪打中了,竟然没人告诉我。我找啊找,竟然没人告诉我我儿子在停尸间……后来他们才把他的衣服给我,那件 T 恤衫看起来像被老鼠啃过似的。

她那时已经怀了孩子,警察说她变成死人了也能喂孩子吃奶。

巴纳德太可怕了,我们却杀不了这个"条子"。他总是开着这辆红色勇士,戴着这条红色头巾,还管自己叫"西开普的兰博"。每当他开车带领一队黄色卡斯皮装甲车出现在若隐若现的地平线上时,我们就知道:今天有人会死。

我们会永远记得是这个戴红围巾的人杀了我们的孩子。

巴纳德在他的车边站着，这是我失明前看到的最后一幕。他的科萨语说得像科萨人一样地道，然后他把枪对准我。我感觉有什么东西打中了我的脸，眼睛开始发痒。我不停地挠眼睛，大声呼救。从那以后我就失明了……也失业了……孤苦伶仃，无家可归。但今天，我感觉自己好像又能看见了似的。

我听到了枪击声……不停地跑……脚滑了，跌倒了……我从前门爬了出去……看到我儿子坐在台阶上……双手捧着他爸爸的脸……孩子他爸浑身是血……他一遍又一遍地喊着："爸爸，跟我说话啊……"如今，他已经二十一岁了，但我仍大半夜被他的叫喊声吵醒："快擦……快把我爸爸脸上的血擦干净。"

那天早上，我做了件以前从没做过的事情。那时我丈夫在书桌前忙着算账，我走上前，站在他身后，把手放在他胳肢窝那儿，挠他痒痒……他很惊讶，但却非同寻常地开心。

"你还要干什么？"他问我。

"我要去泡茶了。"我说。

我往茶包上倒水的时候，听到了一阵巨响。六个男人闯进我家书房，打爆了他的脑袋。当时我五岁的女儿也在场……那年圣诞节，我在丈夫的桌子上发现了这封信："亲爱的圣诞老人，请送给我一只软软的泰迪熊，它的眼神一定要很友善。我爸爸不在了，如果他在的话，我就不会来麻烦你了。"我想送她去寄宿学校，但那天早上我们往那儿赶的时候，车胎竟然漏气了。"你看，"她说，"连爸爸都不想让我去那里……他想让我和你在一起……我看着他死去，你死的时候你也得陪在你身边……"她现在不过十几岁，却已经自杀过两次了。

一开始，大家是在一旁看着。看得久了，脑袋里剩下的都是死灰。空气凝固了，植物的触角也不卷了。现在不仅是看，还要说，把看到的用嘴巴说出来，用这个国家刚刚诞生的语言说出来。

他们的话喷涌而出，像熊熊烈火，又像滔滔洪水，吞噬着我们。眼泪已经不像眼泪。整个脸颊都浸在水里。没有办法打字，也没有办法思考。

我们所有人都应该为今日听到的经历感到惭愧，但我们必须抓紧时间，结束和放下这不堪的过去，生命是用来生活的。

我的祖国,我的头颅:
罪行、悲伤及新南非的宽恕

——德斯蒙德·图图大主教(第一天东伦敦听证会后)

戈博得·马迪基泽拉小姐:巴巴将为我们讲述"南非半岛的兰博"——巴纳德警官的所作所为。早上好,我来给大家解释一下这个会议厅的方位和摆设。大家往右看,整个大厅都在大家右手边,厅内有两百至两百五十个人。我们就坐在平台这里,大家的桌子是以马蹄形摆放的。坐在马蹄中间位置的就是图图大主教,坐在他旁边的是伯莱恩博士。我坐在马蹄的一端,就在各位对面。现在让我们和巴巴聊一聊。巴巴,能不能告诉我们那天都发生了什么事,能跟我们说说吗?

斯科维佩尔先生:……一辆面包车开了过来——车是白色的,当时是巴纳德在开。他经过我们的时候,让我们五分钟内解散。我们就问了:"不过开个小会而已,他凭什么让我们解散?"——我们当时只有二十到二十五个人。

我想知道这个白人会怎么回答,所以车停下来的时候,我就走近了那辆车。我在车窗边站了有两分钟……一个白人打开车门,掏出了枪。我想知道车里边发生了什么,就往里头偷瞄,却不小心看到了他的眼睛——我的目光正好对着他的。我正看着的时候,旁边的人问他:"你凭什么叫我们解散?"

　　这个白人用阿非利卡语说:"这都是你们自找的,我要开枪打死你们。"我对他的话感到震惊不已,他又用阿非利卡语说:"我说到做到。①"我想知道他为什么这么跟我说话……我看到很多人包围了这辆车——当时还很疑惑,这些人都是从哪里突然冒出来的?

　　之后我听到了一声巨响,就像石头砸中了某个水池。但我没跑,而是走。因为我知道跑的话肯定会被射中,所以我要先走到安全的地方,再开始跑……当我走到自以为很安全的地方时,感觉有什么东西打中了脸颊,就再也走不动了。我待在原地不动,正好躲在房子的一个角落里。我感觉眼睛有点痒,就去挠,但那时候还不知道眼睛到底怎么了。我又觉得有人踩在了我的右肩膀上,说:"我还以为这条狗早死了呢。"我摸了摸双眼——我等着这些人把我拎进监狱。

　　戈博得·马迪基泽拉小姐:巴巴,那你现在身上还有弹孔吗?

　　斯科维佩尔先生:有的,好几个呢。有些在脖子上,你看我脸上也有。但我的脸很粗糙,摸起来像盐粒似的。我还经常头痛。

———————————

① 原文为阿非利卡语:Ek gaan jou kry.

戈博得·马迪基泽拉小姐:非常感谢你,巴巴。

斯科维佩尔先生:没事,还有,我以前很胖的,但经过那件事后就瘦下来了。你看,我现在挺瘦的。

戈博得·马迪基泽拉小姐:巴巴,今天来到这里向我们讲述你的故事,你感觉怎么样?

斯科维佩尔先生:我感觉——感觉回到这里跟大家讲讲我的事情,我的视力又恢复了一些。一直以来我都感觉很难受,我想一定是因为我不能来讲自己的故事。但现在我来这里讲了,就感觉我又能看见东西了。

（卢卡斯·巴巴·斯科维佩尔的证词）

人们想想就知道有些人会故意不关注真相委员会的进程,但很少有人不听电台新闻简讯——就连音乐电台都会播报午间新闻。因此用一般的电台新闻简讯尽可能全面地概括委员会的情况,对我们来说十分重要。这样一来,只听新闻的人也能全面了解委员会的本质。也就是说,过去的事要以硬新闻的形式呈现出来,而且要有足够的吸引力,这样才能制造新闻简讯头条;或者以报道的形式呈现出来,这样约翰内斯堡的简讯作者们才无法忽视过去发生的事。为此我们要充分利用硬新闻写作技巧,在必要的地方进行一些发挥和改良。

电台新闻简讯一般由三个音频组成:新闻播报员读出来的普通

报道、二十秒的他人原声摘要、四十秒的记者语音播报。怎么改变这些元素来达到我们的目的呢？我请求他们派一个专家来协助我。他们派来的是安吉。

媒体室里,我坐在她旁边。今天是听证会的第一天。安吉在手提电脑上输入了密码和代码,联上了网。我们静静等着:微弱的灯光不停闪烁,调制解调器发出咝咝的刺耳响声——如同划碎玻璃的声音。我一辈子都不会忘记这一场景:广播小队的成员们戴着耳机,录着各自指定语言的译文;安吉坐在垫子上,这样她才能够着高高的桌子,对今天的第一个新闻故事展开猛烈攻势——之所以说猛烈,是因为安吉打字时十个手指头都用上了。随着小手指在键盘上敲敲打打,第一天的第一名受害者诺勒·莫哈培的证词被传送到了约翰内斯堡——恰好赶上十一点钟的新闻简讯。

接下来的两年里,我们的工作就有了固定的模式:下午,我们做短新闻,文字搭配声音片段或现场采访;晚上,我们为第二天早上准备更长的新闻;其间新闻简讯也会不断插播。我们第一次讲述了有开头、过程和结尾的完整故事:在一篇四十二秒的报道中,我们叙述了这么个故事——芬戴尔·莫非提让妻子把他的裤子改短点,之后竟消失得无影无踪。后来妻子在芬戴尔的桌子上找到了他一直随身携带的眼镜和烟管,她请求委员会给她一点能埋葬的东西,哪怕是丈夫的一根骨头或一把骨灰。

我们也学得很快,像"月经"或"阴茎"这类词是绝对不能出现在新闻中的，像"他们把我的孩子放在火上烤①"这类话也不可以出现。据说作家里安·马伦曾经抱怨，他不想吃早饭的时候听到血腥的新闻。我们也正需要这样的鼓励。文字稿的前几句我们是这么写的："在今天的东伦敦真相委员会听证会开始前，非国大积极分子西斯罗·姆赫拉伍利的手下落不明，每个人在证词中都提到了这一点。一名囚犯最后一次看到了姆赫拉伍利的手。"然后播放录音："我在伊丽莎白港的警察局看到了一个瓶子里装着某个黑人积极分子的手，警察告诉我那是一只狒狒的手。但我知道西斯罗·姆赫拉伍利……下葬的时候是没有手的。"这段原声太完美了。（我们的语言变化得多快啊——"精彩的证词""性话题""清晰高保真的哭声"，我们也坚持使用"真相委员会"，而非"真和会"，因为这一毫无意义的缩写将会掩盖委员会的精髓。）

我们挑出一段音频，剪掉停顿的部分，编辑成二十秒的声音片段，发送到了约翰内斯堡。我们打开一个小收音机，天线那头传来了新闻："我当时在警察局里泡茶，突然听到一声噪音。我抬头看……他摔下来了……有人从楼上摔了下来……我往楼下跑……发现是我的孩子……我的孙子，我就一把接住了他。"

我们得意扬扬地举起了拳头，我们做到了！

下午一点新闻报道的标题就是：一名普通女清洁工人的心声。

---

① 原文为阿非利卡语：braaied。

一周又一周,一段又一段音频,一件又一件事,之后,死亡及是谁的死亡已经不重要了,重要的是由死亡和逝者编织的连绵不断的悲伤之网不断向人们逼近。就好像在一片广袤无垠、贫瘠荒芜的空地之上,地平线正在不断消失一般。

因此每天的新闻发布会结束后,我们都是这样的——坐在图图大主教的脚下,带着难以置信的表情和强忍着的泪水。四周后,新闻发布会就变了味儿。图图大主教用一丝丝的希望和人文关怀慰藉着我们,我们也不再问那么多批判性的问题了,而是满怀疑惑地倾听着海外记者尖锐傲慢的问题。他们坐飞机赶到这里,就参加一天的听证会,却不停质疑委员会缺乏司法步骤和客观性。

一点淡淡的香水味让你知道周围的某个人是国际新闻记者。国外记者,不论是男是女,显然买得起你在匹克恩佩①的货架上永远都找不到的香水。国外记者的第二个标志是设备。他们的麦克风像发射台上的巡航导弹一样,精准地落在受访者面前,而我们还得在他们旁边找地方放置寒碜至极的南非广播公司专用麦克风。只要按一个钮,他们的录音机就能产出全面编辑过的声音片段和新闻报道。他们的电脑能随身携带,手机和口红一样小。他们知道东伦敦有大事发生,马上提起劲儿来——但这里的一切和他们的做事风格一点都不合拍。"你能报道什么?"一个比利时记者尽量隐藏自己

---

① Pick n' Pay,南非第二大连锁超市,商品种类多,价格低廉。

批评的语调，"大厅里头，我周围这些南非记者总是不停掉眼泪。"

他们告诉我们，这是属于这个世纪的故事。在这个故事里，有盖世英雄，有刁民恶棍；有知名人士，有无名小卒；有高官权贵，有平民百姓；有文人志士，有睁眼瞎子。午夜已经过去很久了，我们身上挂着一圈圈的电缆和磁带，手里拎着手提电脑、磁带录音机、包和笔记本，步履蹒跚地走进酒店大厅。

为什么选东开普省——为什么从这一片安静的、绿色的土地开始？

诺尔·莫斯泰特在他的书《边界》中说，这里是黑人和白人、非洲陆军势力和欧洲海军势力之间的第一道分界线。在东开普省，白人和黑人之间不再只是主人和奴隶的关系，这里为殖民主义、扩张主义、种族和自由的道德斗争提供了戏剧性的舞台。

莫斯泰特认为，几个世纪以来，东开普省的原住民在与外界的交流中一直首当其冲。虽然这里的人以从事平和的农业和畜牧业为生，却以坚决抵抗压迫闻名。科萨族最初由三个主要族群组成：庞多、滕布和科萨。温妮·马迪克泽拉·曼德拉就是庞多人；温妮的前夫则是滕布的王子；史蒂夫·比科则属于科萨族。

因为东开普省出色的教会教育，受压迫的人民才能用英语提出完善的政治观点，从而大大促进了其抵抗运动的发展，在政治思想方面为全球黑人开辟了新天地;泛非主义者大会①和黑人觉醒运动②也起源于东开普省。二十世纪六十年代以来,东开普省的领导层精英不是蹲监狱,就是被流放,让这里的人权事件数量激增,其中很多事件恶名昭彰,如史蒂夫·比科入狱和死亡事件,克拉多克四人惨案③,伊丽莎白港黑人公民组织三成员绑架谋杀案④,比绍大屠杀,以及马瑟韦尔爆炸事件。

在南非所有未经审讯便被捕入狱的人中,有三分之一来自东开普省。为什么?因为丛林战争⑤期间摆脱控制的士兵都要被遗弃在这里——包括来自库武特⑥和臭名远扬的101营、32营的老兵,他们中既有白人,也有黑人。这些人既要远离媒体的聚光灯,也要远离

---

①　非洲和世界其他地方的黑人为反对种族歧视和殖民统治,要求民族独立和全世界黑人的大团结而召开的大会。

②　南非黑人觉醒运动于二十世纪六十年代末兴起,刚开始仅是一种影响有限的思潮,在轰轰烈烈的反对种族隔离和种族歧视的群众性抗暴斗争中得到传播。七十年代初、中期出现了数十个以黑人觉醒思想为指南的黑人群众组织,统称黑人觉醒运动,其中坚力量是黑人学生。

③　1985年,四名游客在伊丽莎白港至克拉多克途中被警察绑架,在伊丽莎白港遭到毒打并被残忍杀害,尸体被焚烧。

④　1985年5月8日,三名伊丽莎白港黑人公民组织成员在伊丽莎白港机场神秘消失后,被诱拐至警局接受严刑拷打,最后被绞死,尸体被焚烧。

⑤　在津巴布韦、安哥拉、莫桑比克等非洲农村地区,国家安全组织和游击队反抗势力不宣而战,史称丛林战争。

⑥　二十世纪七十至八十年代期间,南非与西南非洲人民组织(SWAPO)之间战火不断,因为该组织致力于争取纳米比亚的独立。库武特是一个便衣警察小组,该小组对抗西南非洲人民组织所采取的方式异于传统,也因此成了南非国防军实行秘密行动的杀人工具。

国会和人权组织。东伦敦举行的第一周听证会中,他们的名字时常出现,而且每次出现都和虐待、谋杀挂钩。这些人是:吉迪恩·努伍得特、阿尔伯特·恩顿伽塔、埃里克·温特、克里斯·拉布沙恩、斯比克·冯·威克、格特·斯特莱顿。

　　谁攻破了东开普省,谁就占领了整个国家。显然,各安全部门一直都认同这一点,也给这一地区带来严重后果。虽然科萨族人民主导着南非政治界,东开普省却是全国九个省中经济第二落后的省份,65%的经济活动人口处于失业状态。

　　秉承着反抗精神,东开普省是第一个试图阻止真相委员会的省份。比科家族多次提出诉讼,以证明委员会法案是违反宪法的,同时伊丽莎白港的迫害者也迫使真相委员会不准受害者说出迫害者的名字。

　　只有这个地方才能表达我们的心声,说我们要说的——几乎不用动嘴。只有这个有洼地和平原、瀑布和峡谷、蕨类和芦荟,到处都是强烈对比的地方,才能在无言的黑暗中迸发出过去的声音。经历了千辛万苦,今年四月我们终于能在南非同胞的坚定证词中流下眼泪。

　　10月末——1985年10月10日,她正走在去上班的路上,两个年轻男子向她步步逼近,后来又来了三个人。他们一看见她就开始追她,她跑到一个房子里躲着,他们却把她揪了出来。

他们一把脱掉了她的罩衫,往她身上浇汽油。一个男的抓住了她的脚,用火点燃,开始毒打她。根本没人来阻止他们,警察在到处找她,但怎么也找不到。她想把警察带到他们面前,那些伤害她的人面前,但警察不懂她的意思,因为她失声了。警察便把她带到了布隆方丹。

她在布隆方丹待了三天,开始说起那些伤害她的人。后来,她死了。他们不同意把她埋在科尔斯伯格,因为他们说她是间谍。如果把她埋在这里,他们就烧毁教堂。最后她只能被埋在皮罗诺姆医院,我正好要拜访这里。

波特吉特辩护律师:有人指控她是间谍①,这是真的吗?

马丽缇夫人:他们抓她就是因为这个,但他们烧她是因为我叔叔是警察。

恩兹贝沙辩护律师:你说发生这件事的时候,人们正在抵制商店购物。你妈妈的主要过错就是去肉店买了肉——如果我说错了,你可以纠正我……她有没有试图证明自己的清白?

马丽缇夫人:有,先生。

---

① 原文为祖鲁语:impimpi。

恩兹贝沙辩护律师：根据你今天早些时候录的口供，她付了一百兰特。

马丽缇夫人：是的。

恩兹贝沙辩护律师：她把这一百兰特寄到哪里去了？

马丽缇夫人：她寄给了同志，同志们也声明，因为在消费抵制运动中买过肉，她为了得到原谅，确实支付了一百兰特。他们说原谅她了，她就拿着这封信回到镇上了。

恩兹贝沙辩护律师：她回到小镇的时候，以为自己已经被原谅了？

马丽缇夫人：是的。

恩兹贝沙辩护律师：也就是说……她被杀害的时候还以为自己是安全的，而且已经被原谅了？

马丽缇夫人：是的，就是这样的。

恩兹贝沙辩护律师：警察是什么时候来的？

马丽缇夫人：警察来的时候，她身上已经烧着了。警察来的时候，他们能——他们试着找到她在哪儿，但只能听到她的喊声。他们发现她在主干道上，那时候她身上已经被点燃了。

恩兹贝沙辩护律师：她烧着了之后逃跑了吗？

马丽缇夫人：没有，她跑不动，只能慢慢地走，身上的衣服都在燃烧。她往警察那边走……

恩兹贝沙辩护律师:周围的人是不是不敢帮她?

马丽缇夫人:那些人不让任何人帮她,所以她是一个人走向小车的。

恩兹贝沙辩护律师:是不是这些人把那些人赶走的?

马丽缇夫人:当时他们只有五个人——开始时有很多人,最后只剩下五个了。一个叫提弗·斯拉巴,还有塔伯·谷沙、皮克迪安·柯兰、托托·马亚巴、坦比勒·法拉提。

恩兹贝沙辩护律师:那佐利勒·斯娃雅恩呢?

马丽缇夫人:佐利勒·斯娃雅恩就是那个拿了钱的人,他是整个事件的主谋。是的,就是他声明自己已经拿到了钱,也是他又回来说必须烧死她的。

恩兹贝沙辩护律师:和我们听说过的案件相比,这个案子非常独特。在我们听说过的案件中,我们的人都是被警察或政府杀死的,但在这个案件里不太一样,这里我们的人是被自己人杀死的。你认识死者的丈夫吗?

马丽缇夫人:认识,我知道他叫多提。那天——他什么都不知道,因为他逃到十字街区去了,直到今天他状态都很差。

恩兹贝沙辩护律师:我想弄清楚,你是说自那之后他精神状态都不太好?

马丽缇夫人:是的,我说的就是这个意思。

(托扎玛·马丽缇关于诺布勒罗·德拉图之死的证词)

"真相"这个词让我感觉不适。

"真相"这个词总是绊着我的舌头。

"你一说'真相'这个词,声音就会紧张起来,"技术员火冒三丈地说,"把这个词读二十遍就会熟很多了,揭露真相毕竟是你的工作!"

每次碰到这个词我都会踌躇,因为我不习惯用。我输入这个词的时候,都会打成"真向"或"镇相"。我写诗也从来没用过这个词,我更喜欢"谎言"一词。每次谎言一抬头,我就闻到血腥味。因为它就在那里……和真相只有一线之隔。

但相反的是,"和解"一词我却天天都在用。

妥协、协调、供给、让步、理解、容忍、同情、忍受……没有和解,就没有人际关系、工作成果或人类进步。是的,我们也一点点地在和解中消亡。

但是,当我面对一张白纸,手里拿着橡皮,笔头倾泻而出的文字却与真相、和解无关。周围的一切都在慢慢消退,陷入静寂。某个东西打开了,然后消失在这片宁静之中,声音、画面、文字都自由自在了。我做回了自己。真相与和解根本无法闯入我的自由世界,它们被背叛和愤怒阻截,在我对道德的反抗中摔下来。我画下一道虚线。有那么一会儿,我觉得四肢灵活,非常愉悦。我的一切,每一根颤抖的(否则就没用了)脆弱的纤维和高度灵敏的感觉全都汇集到了一起。极度明朗清晰和凝聚的状态……似乎连呼吸都不需要了。我知道:我正是为此而生。

我并不是承担真相与和解委员会报道工作的合适人选。当别人第一次告诉我,我要带领五人广播小组报道真相委员会的时候,我在从约翰内斯堡回来的飞机上莫名其妙地大哭起来。突然过道里一个人绊到了我的包,我连声说对不起,慌慌张张地找纸巾,抬头一看是德克·库茨。这才是命中注定。

三天后,我被诊断出精神失常。两周后,第一批有关侵犯人权行为的听证会在东伦敦召开了。

过去的几个月证明我的预感是正确的——报道真相委员会确实使我们筋疲力尽,心力耗竭。

因为语言。

一周又一周过去了,我们走进一幢又一幢不知名的建筑,穿过一个又一个灰暗荒凉的小镇,往事的血脉迸发出独特的节奏、音律和图像,让人挥之不去。

为了在新闻中凸显平凡人的声音,为了避免漏网之鱼,我们每晚只睡一两个小时,天天靠吃巧克力和薯条生活。我戒了五年烟了,现在又捡起来了。

听证会召开的第二周,我在时事项目中做问答节目。但我却结巴了,愣住了,说不出话了。我放下接收器,想着:辞职,现在就去,你根本就做不来这份工作。第二天早上,真相委员会派来了自己的顾问,跟记者们说:"你们会和受害者有同样的症状,会发现自己特别无能——没人帮,没话说。"

短短十天内,我就成了反面教材,我对此感到十分惊讶。

"经常锻炼身体,随身带着亲人的照片,在宾馆里看着这些照片就像回家了似的。我们也随身携带喜欢的音乐唱片,和别人聊天……彼此互相开导。"

为了减轻不良影响,我们想了很多招,比如不再去召开听证会的大厅了,因为在那里悲伤只会越积越多。我们在显示屏上看转播,每当有人开始哭泣,我们就低头写稿、乱涂乱画。

宾馆房间大同小异,早餐自助餐厅提供的水果大同小异,房间里忧伤的氛围大同小异,租来的车闻起来大同小异……但受害者说的话,那些细节,每个人的语调……却有着天壤之别,在脑海中难以抹去。

"我要报道诺蒙得·卡拉塔的故事,把故事画成漫画。"我的朋友康德罗教授说,他是来自格雷厄姆斯敦的科萨族专家,"漫画名字就叫'空间之争'。"东开普闷热的午夜,夜色已深,我们静静地坐着,对月小酌。窗外,漆黑的大海驱赶着片片白雾。

"漫画第一页写上大标题'过去',配上两幅画,一幅画上写着

'男性讲述人(历史学家)',一堆男人坐在一起,像在'可兜拓'还是'可罗罗'还是'末茨'还是什么①上那样,就是要画出男人们会面时庄严肃穆的样子。大家开始讲述你是谁,从哪里来的,家族男性祖先有些什么人,你又最崇拜谁。这些能让别人了解你的世界,帮助这些男性讲述人做出经济、政治和历史方面的决定。

"第二幅图的标题为'女性讲述人(孩子们的活动家)',图中有做好的饭菜,小男孩、小女孩坐在桌边,听着虚构的故事,魔幻诡异的片段穿梭在日常生活中。'你们还醒着吗? 在听吗?'老奶奶问道。孩子们必须对老奶奶时而进入虚幻时而回到现实的多维度讲述做出反应,并与之互动。但不像男人们的故事那样被条条框框限制住,这些故事并不在乎条条框框:在这里,男人能变成女人,女人能变成男人,动物能变成人,女人能爱上动物,人吃人,梦境和幻境渐渐展开。"

"我不明白,你想把在锅和火炉旁讲故事的典型祖母形象放到漫画里,可福特·卡拉塔的妻子并不符合这个形象啊。"

"没错,"康德罗教授说道,拳头重重地捶在桌上,"我会在这两幅图上印个橡皮章:移民城市化,强制拆民房。然后开始讲述诺蒙得·卡拉塔的真实故事,她坐在东伦敦英国殖民市政厅的男性空间里,讲述有关这个国家历史的故事。太精彩了!"

---

① 原文为塞索托语:kgotla/kroro/motse。意为传统的法庭。

"你的导入部分只考虑到了文化因素，"我说道，"你可以这样画，诺蒙得和当初迫害她的警察一同抵达市政厅。这样她的空间就得到了保护，也有了明显的分界——她在这个空间里是安全的。然后你马上开始讲述她的证词，警察是怎么闯进她家抓了她丈夫的……"我在翻笔记，但他已经在放磁带了：

诺蒙得：当时我丈夫在房间里，他已经穿好衣服了，而且穿得很厚。我记得有三个警察：文特尔先生，黑人卡奥先生，穿着制服的施特劳斯先生。我丈夫手里拿着根小棍子，他们对他不是很有耐心，总是推他……催着他动作快点，我真想求他们："拜托你们，不要推他，不要给他戴上手铐，他……他胸不好……"【录音暂停……啜泣声……发抖的声音】

约翰·史密斯：你需要休息一下吗，卡拉塔夫人？你还好吗？我可以帮你……

诺蒙得：他们把他带走后，把他的手铐在了后背。只把他带走了【清嗓子】，没带走我是因为我当时也在等待审判——审判我是因为我穿了 T 恤衫——我不知道他们带他去哪里了，我也不知道他们以前带他去过哪……

"这里她为什么会哭？"我问道。

"可能想起她丈夫太脆弱了。因为有人在证词中发现他们之间的关系很特别——他对她推心置腹,什么都一起商量。那晚她丈夫没出现,她立马就知道出事儿了。在结束的时候她在哭,可能还因为她的一个朋友——马修·贡尼维的妻子也在哭。"

"但诺蒙得现在处于一个新的空间——这个空间不是物理上的空间,而是象征意义上的。"

教授微微一笑,说:"是的,我们说的是两种截然不同的社会空间:一种是过去的空间,在这里暴力行为是被允许的;另一种是现在的空间,在这里侵犯人权被谴责为违背道德的错误行为。真相委员会选址在市中心的市政厅,而不是小镇里的社区活动中心,这象征着真相委员会要和过去的体制框架决裂。这个市政厅再也不是白人和迫害者的专属领域,而是属于我们所有人。"

诺蒙得:福特5月份的时候不在这里,他去约翰内斯堡见一个理疗师,因为他患有肩周炎。5月27日凌晨,敲门声和灯光把我弄醒了,当时房间里闪着光。我去开了门,看到了文特尔先生和古斯先生——还有很多警察、几只马、南非国防军,反正站满了。他们闯进我家,说要搜屋子。然后走进我的卧室,开始搜……他们在找文件——统一民主战线文件,然后都拿走了。他们搜屋的时候,文特尔先生问我:"你丈夫在哪儿呢?"我说:"我丈夫不在这里,他在豪登。"他用阿非利卡语说："告诉你丈夫，他可以躲起来了，你可以帮他。但如果我们找到他……他就死定了。①"

我当时既担心又害怕，却表现得很勇敢。我沉默了一会儿，看着他说："你坐到我床上了，站起来。②"

他站了起来，说："这床算什么东西？"后来他们就走了。

警察走了之后，马修·贡尼维来了。他说警察去了所有管理人员的家，把他们的文件都拿走了。

"这段证词讲完之后，"康德罗激动地说，"我再引用八十年代初期美国中央情报局手册里的一页内容，那页内容教拉丁美洲警卫队如何从罪犯那里获取信息。之所以引用这个，是为了解释折磨行为的心理学基础。第一步是借用强大的外部力量，比如说时间。折磨人应该选择他觉得最不可能的时间，这个时候他的心理和身体反抗能力最弱——清晨是最理想的时间。如果这个时候审问他们，大部分人都会感到震惊、不安、心理压力大，很难根据环境调整自我。"

"我觉得很有趣的是她和文特尔关于床的那段对话，他侵犯了

---

① 原文为阿非利卡语：Jy moet vir jou man sê, hy kan maar wegkruip en jy kan hom maar wegsteek, die dag as ons hom kry... dan sal hy kak.

② 原文为阿非利卡语：Jy sit op my bed—staan op.

她的私人空间,坐到她的床上——只有很亲近的客人或孩子才会这么做。他坐在那儿的时候,还顺带威胁着她的丈夫。然后她收回了自己的空间:你做什么都行,你说什么都行,但你不能坐我床上。虽然他对此嗤之以鼻,但还是起身了——不论他是什么样的人,他还是尊重了他们的空间。"

　　诺蒙得:4月份的时候,福特还没有去约翰内斯堡接受理疗,他去参加了统一民主战线的会议。他回来时已经到了晚上,我已经上床,但他把我叫醒,对我说:"诺蒙得,我得告诉你点事儿。""说。""我们和马修在伊丽莎白港被困了好几个小时,我们把斯帕罗落在车里了,因为不想让别人看到这辆车……有个安保小分队(男性)坐在那边……他们在等我们,其中一个人问道:'队长,我们应该现在动手吗?①'他回答道:'时机未到。②'他们问了彼此几个问题,那时候也有人问马修这些问题……"

　　史密斯:你丈夫告诉过你他懂这些话是什么意思吗?

　　诺蒙得:告诉了,他能懂。他说:"我觉得他们针对我们有什么大计划。"他和马修看起来没什么,其实很不开

---

①　原文为阿非利卡语:Luitenant, moet ons dit nou doen?
②　原文为阿非利卡语:Dis nog nie die regte tyd nie.

心,很不舒服……他也对自己听到的话感到十分震惊。

"我不明白为什么福特说'他们针对我们有什么大计划',他听起来像是要做什么事,而不是置人于死地。"

"可能翻译出了问题,但注意,诺蒙得是在同一批警察营造的安全空间里做证的。"

"不一定是同一批警察啊,我采访了安全处的悉尼·姆法马蒂,他说这片区域接到命令,要组建新的安保小队,以确保真相委员会周遭的安全,这些人对新队伍是认可的,不会受到过去滥用权力指责的影响。"

"所以说,我会在大厅内部挂上真相委员会所有的海报和大横幅,这些东西都向诺蒙得昭示着这里是委员会的地盘,是安全的、官方的。安全是指政治活动者、妇女、妻子在这里是安全的;官方是指这里相信她的故事是真的,虽然是女性,但她在这里也能成为见证、守护历史的人。"

"但我们连听到的是什么意思都还不理解。你们还记不记得诺蒙得说,6 月 27 日晚福特、马修、斯帕罗和西斯罗去伊丽莎白港参加发布会,她在家等候?警察监视别人家这种反常现象怎么变成正常现象了?而警察不监视,怎么倒变得反常了?"

诺蒙得:十一点的时候,我感觉很焦虑……睡也睡不着,因为我丈夫还没回来,我知道就算他去……好吧,无论去哪里都会被警察跟踪并骚扰。正好周末时有个牧师来我们家,我把他叫醒了,告诉他我感觉很不安……我走到他的房间,跟他说:"我很焦虑,因为我丈夫还没回来。"他让我放心,说可能是因为太晚了,他明天一早就能回来了。但我仍然觉得不可能,情况并非如此……他不会不跟我说就擅自主张做什么事的,所以我一直醒着,失眠了。平常我往窗外看的时候,总能看到卡斯皮装甲车和面包车,街对面也有卡斯皮装甲车,但那天晚上【轻声说】特别安静——街上没有一辆车,和平常截然相反……但这也就暗示着出事了……我有预感,但同时又很期待他能回来,我还是睡不着。第二天,我醒了,但感觉心理压力很大,因为对牧师的话还抱有希望。

"没有哪本小说的情节能媲美诺蒙得发现她丈夫已经死亡的那段经历。"

诺蒙得:我们【诺蒙得和尼奥米卡·贡尼维】很不开心,晚上睡觉的时候都不知道周五那天我们的丈夫怎么样了。通常有人会把《南非先驱报》送到我家里来,因为我得发报纸。报纸送过来的时候,我看了看标题,孩子说:"妈妈，看这里……爸爸的车被烧了。"那一刻，我全身都在颤抖，因为害怕他出事——连车都被烧成这样了，他肯定出事了吧。我像往常一样发着报纸，但这次心情异常焦虑。几小时后，我朋友来了。她们把我带走，对我说，我必须得和别人待在一起才行，应该去找恩亚米。恩亚米总是在我身边，守候着我，而且我当时只有二十岁，不知道该怎么办……所以她们就把我带到了恩亚米家【口译员翻译结束后放声痛哭】，我到了那里的时候，恩亚米在号啕大哭……这让我也……

史密斯：可否请求委员会休会一分钟……我认为证人现在无法继续下去……

图图：我们能否休会十分钟？

"我认为这阵哭声是真相委员会工作的开始——是标志性的基调、决定性的时刻，整个工作都是围绕这个终极的声音展开的。她当时身着鲜艳的橘红色连衣裙，她的身子重重地往后一仰，她的哭声……哭声……一直萦绕在我的耳边。"

"她想起自己到贡尼维夫妻家的时候，尼奥米卡·贡尼维就在哭，这时候她才开始掉眼泪，这点很重要。有研究称痛苦会阻碍语言生成，把人立即带回前语言阶段——听她的哭声就是在见证语言的瓦解……这让人意识到，要缅怀这个国家的过去，就要穿越到语言还没有出现的时代。如果我们捕捉到这段过去,而且用语言将其固定下来,用清晰的图片展现出来,我们就是在见证语言的诞生。但说得实在些,这段回忆一旦被捕捉,就再也不能侵扰、左右或迷惑你,因为你已经完完全全掌控住它了——只要你想,就能操控它。也许这就是委员会存在的意义——为诺蒙得·卡拉塔的哭声找到它的语言。"

"听证会继续,这时图图开始吟唱:'我们做了什么? 我们做了什么?① 我们犯下的唯一罪行就是我们的肤色。'非国大领导曾经在这个会议上禁止唱这首歌,因为它让听众感觉自己成了无辜的受害者。但今天早上他唱起这首歌时,我的泪水掺着失落和绝望喷涌而出,这种感觉强烈到使我无法呼吸……"

"仔细听她接下来讲故事的时候声音听起来有多疲倦和无奈。"康德罗按下了录音机上的按钮。

　　诺蒙得:一天我在家,我们教堂的牧师过来看我。他来是为了告诉我们福特和马修的尸体已经找到了。唉,尘埃落定了。那时候我已经有了第二个孩子,这孩子和他爸爸很亲近——听到这个消息的时候,他病了。我当时怀着孕……我肚子里的孩子出来了……我都不知道那天是怎

---

① 原文为阿非利卡语:Senzeni na,senzeni na?

么过来的。

"一开始我以为她是说她流产了——但显然这只是她的修辞手法而已，因为后来她说她所有的孩子都是顺产的，但只有最后一个孩子——一个小男孩——是剖宫产的。"

"她说自己去看医生的时候，在等在那里的秘密警察面前表现得很勇敢。"

> 诺蒙得：他对我说："姐妹儿，你得把脸洗干净，擦干眼泪，勇敢起来。"——我听了他的话。所以他们看着我的时候，看到的是一个坚强的人。我去看了医生，然后就回家了。我们拜托邹立威先生，让我们这些家属去认领尸体，他说："可以，我们已经看过尸体了。但我发现他的头发都被拔光了，他【福特】的舌头特别长，手指头也被切掉了，身上伤痕累累。"他看了看裤脚，才知道那些狗咬得有多厉害——他相信在咬人之前，狗一定没有进过食……唉，然后是葬礼……我相信委员会主席知道这个仪式是怎么进行的……

康德罗点了点头："克拉多克四人惨案当事者的葬礼在1985年7月20日举行，这个国家的政治局面从此发生了变化。这次葬礼就像是愤怒的烈火。人们高举非国大和南非共产党的旗帜进行公然挑衅,人们坐着一辆又一辆的巴士聚集而来——国家宣布进入紧急状态。但从某种程度上来讲,这才是种族隔离制终结的开端。"

"两天后,卡拉塔夫人——为什么我们叫她诺蒙得这么久了,现在我却这么称呼她了呢? 难道是她骇人听闻的证词拉开了我们之间的距离,还是我感到惭愧了? 怎么称呼并没有关系,她生完孩子后,秘密警察来了。"

> 诺蒙得:那些警察的头儿是拉布沙恩先生,他说:"豪……你的孩子没有爸爸……你难道不想让我们做孩子的爸爸吗? 我们是来搜房子的。①"

死因审讯在新布莱顿举行,调查的结果是法庭承认他们是被他人杀的,但法庭没有足够的证据证明是谁杀害了他们。我们就这么待在家里等着,连到底发生了什么都不知道。直到1994年,《新国家报》的一篇报道让死因审讯得以重启。

> 史密斯:你说的是写着如何将你丈夫和其他三人在这

---

① 原文为阿非利卡语:Hau... jy't'n baba, sonner'n pa ... wil jy nie hê ons moet die pa wees van die baba nie? Ons kom deursoek die huis.

个社会中彻底铲除的那份笔记吗?

　　诺蒙得:是的,上面写着"由于事出紧急,他们必须永远从社会上消失……"

　　史密斯:死因审讯是不是表明治安势力应该对他们的死亡负责,但无法确定军队和警方谁应该承担责任?

"我们怎么能如此丧失人性? 突然觉得用'隔离'这个词形容我们的行为都太委婉了!"我竭力反抗道。

"白人哪,"康德罗愁眉苦脸地吞下了最后一口酒,继续道,"没有班图精神①……他们虽独揽大权,却没有人性。看看韦伯这只可怜虫,他在阿扎尼亚人民解放军进攻中没了左臂。他为什么每次都一个人来? 黑人受害者来的时候都有家人或社区里的人陪着,韦伯呢? 真的是因为他无亲无故吗? 还是说白人根本就不关心彼此?"

我们无言以对,陷入迷惘。巴纳德、努伍得特、冯·邹尔、冯·维克这些南非白人的名字一遍遍在受害者的嘴中重复着,他们一直在问一个问题:究竟是什么样的人或是人类,会把装有人手的罐头放在桌上? 到底是什么样的仇恨让人变得和原始动物一样?

出现在真相委员会面前的人都是普通人,你平常在街上、公交

---

　　①　原文为祖鲁语:ubuntu。班图精神,即社团管案精神,生活在集体中,大家必须分享物品并互相关心。

车上、火车上都能遇到这些人。他们的身体和衣着总会留有贫穷和辛劳的痕迹。在他们的脸上,你总是能看到震惊、惶恐,而这些都是心狠手辣的警方和不公正的司法系统造成的。"我们对他们来说就是一堆垃圾,连狗都不如,连蚂蚁的待遇都比我们好。"

大家都想知道:这些人是谁?为什么会这样?我们在唉声叹气之余,更需要知道真相,更渴望得知究竟在一些人身上发生了什么事。在这些受害者所问的问题中,最难回答的还是这个问题:这个人我是如此深爱,但他怎么连你心中一丝丝的人性光芒都点燃不了?

一位母亲结结巴巴地说她的孩子死了,她让一个孩子出去买鱼,在街上,这个孩子听到别人说"他们刚刚枪毙了你兄弟"。

畸形的南非社会让玛丽·伯顿委员大吃一惊:"在正常的社会里,如果孩子没有准时回家,你会觉得他可能还待在朋友家。但在实行种族隔离制的社会里,你得先后去警察局、监狱、医院,最后甚至是停尸房。"

人们渐渐明白,种族隔离制是一张编织精细的网——由秘密兄弟会任命领导人员,领导人员再任命部长、法官、将军,同时治安力量、法院、行政组织也都被卷了进来。通过议会立法,种族隔离的暴行被隐藏在视野之外。

没有一个政客出席过听证会,这令人震惊不已,难道是因为他们尊重委员会的独立性?还是他们只是不想知道普通人为推翻隔离制、建立新体制而付出了多少代价？ 来做证的人大多数都是住在寮屋营地的无业游民。

既然人们现在能够讲述自己的故事了，潘多拉魔盒的盖子就被打开了。所有南非人都能听到每个个体讲述的真相，对此黑人听众并没有感到心烦意乱，因为很多年前，他们就已经知道真相。倒是白人感到局促不安，因为他们从来没有意识到受害者的愤怒如此深切，或者是像图图说的，"恶性如此深重"。

真相究竟在哪里？ 真相、和解与正义又有什么关联？

"对我来说，正义就是把所有事情都放在同一个层面上解决。"我的同事孟德利说道，"真相主宰着我们的恐惧、行为和梦境，而现在真相正在浮出水面。从现在起，当你看着我的时候，你看到的不只是一个面带微笑的黑人，你还知道我内心里的事情。我一直都知道真相，但现在轮到你来了解真相了。"

"那和解呢？"

"只有黑人重拾尊严，白人重塑同情心，人们才有可能和解。我觉得和解和大赦都不重要，真正重要的是人们能够讲述自己的故事。"

"对我来说，这是个新起点。"我说道，"我们看重的不是肤色、文化或语言，而是人本身。个人过去承受的痛苦摧毁了一切刻板印象，我们彼此相连，不是因为小团体或者肤色，而仅仅是因为人性……"不知是因为有点醉了，还是太尴尬了，我再次陷入沉默。

"过去三个世纪, 道德支离破碎, 现在终于结束了, 让我们为此喝一杯。"孟德利说着举起了酒杯,"终于, 这儿的人民正在打破彼此之间的藩篱, 我们正好亲身体会。"

"也许我们就应该这样来衡量自己是否成功, 但前提是我们得建立起基于共同人性的道德体制。"

孟德利笑着说:"我们讲话越来越像图图了。"

有一个名字三番五次地出现——图马赫特遣队。图马赫是瓦尔河畔帕雷斯市的一个小镇。"我只是听说过有个组织叫什么特遣队, 是由反对联合统一战线①的人组成的。他们以前总是开车在镇子里转悠, 特遣队建立最初就是为了与警方狼狈为奸。晚上的时候, 我们会看到警车往他们的住宅里送酒。特遣队的人会把名牌挂在胸前, 架着斧头、砍刀和枪四处走动, 杀害同镇人。"

根据目击者所说, 他们通常周六下午进行这种勾当。喝完酒, 吸完毒, 他们就开始瞄准猎物了。他们从不用"折磨"和"杀戮"二词形容自己的行为, 相反, 他们会以规范行为的名义把受害者拖到一个叫"空地"的地方。

一名图马赫镇的普通公民戴维·尼拉珀说, 有天晚上特遣队把他接走了, 又把他从帕雷斯市押送到萨索尔堡市。"就是在那里他

---

① 　联合统一战线(United Democratic Front): 1983 年建立的反种族隔离制组织。

们把轮胎套在了我身上,往我身上浇石油,还让我脱光衣服。我只能脱了个精光,他们说:'你马上就能体会那些警察体会过的痛苦了。'之后他们用铲子铲断了我朋友的脖子。"

在有关夸祖鲁-纳塔尔省的故事中,另一个犯罪团伙的名字频繁出现——阿玛布托。他们穿有别于其他组织的特殊服饰——套头露脸帽和彩色连体工装裤,但他们使用的武器是圆头木棒、长矛和斧头,并与因卡塔和南非国防军串通一气。他们的仪式极其传统,在魔爪伸向受害者之前,他们会饮用"战斗药水",并把药水洒在身上以增强战斗力。他们并不会用"杀戮"来形容自己的行为,而是用一些委婉的词,如"清除障碍""净化场地"。

其中一名幸存者回忆道:"阿玛布托中一个人说:'我们来看看谁手里有斧头……'然后我就听到他们砍倒了门,闯了进来……我不知道昆波拉尼什么时候死的,因为那时候我躲起来了。我没躲在床底下,因为我知道,我只能站着死,如果他们发现我躲在床底下,手段会更加残忍,所以我就躲在了门后面。他们冲进来了,然后就把昆波拉尼大卸八块了……他们把斧子挥向他的脸和胸……用斧头劈开了他的胸腔。"

阿玛布托常常杀人后摘除死者的身体器官,调制成混合物,用来清洗自己犯下的谋杀罪行。特遣队和阿玛布托的战术策略与德克·库茨描述的维拉科普拉斯农场仪式不谋而合,也就是一群乌合之众先喝酒,再挑选受害者,武装起来,最后一起大开杀戒。

图图在读一封委员会于第二周听证会收到的阿非利卡语匿名信:"我为过去发生的事伤心落泪,虽然我已无力回天。我一直在问自己,怎么可能没人知道发生了什么,怎么可能几乎没人做出行动。我也会疑惑,我怎么可能怀着满腔的愧疚和羞耻苟活此生⋯⋯我不知道该说些什么,也不知道该做些什么,只请求您能原谅我的过错——我对所有的苦痛和伤害感到万分抱歉,说出这样的话非常不容易,但我说出来了,此时我的心已破碎,眼已婆娑⋯⋯①"

信里的名字一个挨着一个,字迹散发着淡淡的墨水香味:诺蒙得·卡拉塔、普利斯拉·赞茨、伊莎贝尔·霍夫梅尔、依图图兹罗·莫培罗、恩卡巴卡兹·戈多罗兹、艾琳·斯嘉丽、费兹维·莫非提、诺尔·莫哈培、亚特·斯皮格尔曼、戈万·莫贝克、菲利斯·马赛可、艾利·道尔弗曼、卢卡斯·斯科维佩尔、阿伯道荷·加塞特、约翰·斯密特、默克兹女士、库兹瓦尤·玛塔·库尔伯格·韦斯顿女士、西里尔·莫隆戈、贝基·墨兰格尼的母亲、科勒特·弗兰兹、耶胡达·阿米采。

---

① 原文为阿非利卡语:Dan huil ek vir dit wat gebeur het,al kan ek niks daaraan verander nie. Dan soek ek in my binneste om te verstaan hoe is dit moontlik dat niemand eenvoudig geweet het nie,hoe is dit moontlik dat so min iets daaraan gedoen het,hoe is dit moontlik dat ek ook maar baie keer net toegekyk het. Dan wonder ek hoe is dit moontlik om met daardie skuld en skande van die binnekant te lewe... ek weet nie wat om te sê nie,ek weet nie wat om te doen nie,ek vra u hieroor om verskoning—ek is jammer vir al die pyn en die hartseer. Ek sê dit nie maklik nie. Ek sê dit met'n hart wat stukkend is en met trane in my oe...

一些记者想调去别的地方工作,另一些记者开始关注起迫害者来。聚会上,一些记者会怒发冲冠地冲出大门,或者是看到朋友逃了出去而跟过来。一些人大口大口吞着白兰地,一些人则用达噶左勒杰斯①平息着情绪。四个月后,我们这些记者里频繁出差的人肺部和呼吸道都出了问题——主席得了支气管炎,副主席得了肺炎。有人说是因为飞机坐太多了,飞机就是细菌的温床。不是的,是因为要适应不同地方的气候和海拔,所以有些水土不服。我们已经像一家人了。我登上一架螺旋桨飞机,坐在了一名口译员旁,主教和他的英国保镖坐在后面。颤颤悠悠地上飞机的时候,我看到图图低头祈祷,但我知道我们会没事的。

一天晚上,我回家了,当时我的家人正激动万分地看板球比赛电视直播。他们看起来才像开开心心、团结友爱的一家人,只剩我一个人在黑漆漆的厨房里站了好长时间。一切都变得陌生,我才发现自己连灯的开关在哪儿都不记得了。

除了真相委员会的事儿我也没什么好说的了,但我对此只字不提。

昆士敦天寒地冻的一天,我们穿着棉袄,戴着围巾,倾听着一个

---

① 　原文为"daggazolletjies",一种饮料。

又一个有关"轮胎项链"^①的故事。这些故事令人脊背发冷,就像看着一个个受害者排成了长队,接受着同样的惩罚。

一名男子正为发生在自己餐厅里的爆炸事件做证,他说:

"那天只有一人死亡,完全是因为我们斯伯餐厅的桌子质量上乘。"

我忍不住笑了。

"我朋友走过来跟我说:'卢卡斯,我本来是想来找你的……'"

"……但我的腿不见了。"我自言自语道,笑得都快晕过去了。

一个地方记者把一杯茶放在我面前,试探性地问道:"你是不是已经报道委员会很久了?"

我请了两个星期的假。

我们讲述的都是非自然死亡的故事。

这个男人一个人坐在那里,身上穿着廉价的夹克衫。他用正式又很老式的南非荷兰语说,他没办法告诉我非国大的炸弹是如何摧毁他的家人和朋友的。

---

① "轮胎项链"(Necklacing)是 20 世纪 80 年代中叶出现的一种暴力行为。"轮胎项链"指的是灌满了石油的橡胶轮胎,迫害者把这种轮胎从受害者的头上套下去,困住其手臂,然后点燃轮胎。真相委员会上有提及第一个"轮胎项链"刑罚的受害者马基·斯克萨那,但套在他身上的轮胎是由第三方势力点燃的,当时周围正好有摄像头,镜头立即将这一惨绝人寰的酷刑转播给了全世界。

"我只能用提问的形式告诉你——你们这些真相委员会的委员啊,知不知道气温从六度飙升到八千度是怎样的感受? 你们知不知道能把假牙震掉的炸弹爆炸起来是什么感觉? 你们知不知道寻找幸存者时一无所获,只找到死尸和四肢残缺的伤者是怎样的感受? ……你们知不知道当你去找自己三岁的孩子,主席啊,却怎么也找不到,最后只能一辈子想他究竟在哪里,那又是怎样的感受?"

八十年代末,冯·艾克和得·奈申两家人来到了南非北部边界小城——墨西拿边上的农场度假。一天下午,两家人开着皮卡车①出来游玩,就在这时,车子右后轮压到了地雷,而冯·艾克三岁的孩子恰好就坐在右后轮上面的位置。

"火苗顷刻吞噬了我们,当我缓过神来时,我看到我十八个月大的孩子还活着……他一动不动地躺着,眼睛看着我。得·奈申先生趴在方向盘上……头发熊熊燃烧,血液从额头喷涌而出。"

冯·艾克把他们从车窗里拖了出来,然后去找幸存者了。

"我在车后面找到了妻子和马蒂·得·奈申,他们当场死亡,肢体不全。我继续找啊找,找到了奄奄一息的柯布斯·得·奈申。我跑去他爸爸身边,告诉他:'你孩子还活着,但已经严重烧伤,四肢受损。'他爸爸当时就决定让他去吧……后来孩子就那么去了。之后我发现了得·奈申的女儿丽赞尔达,她正从大草原深处向我们走

---

① 原文为阿非利卡语:bakkie。

来……她一瘸一拐的,一道伤口划过她的脸颊。我继续找我三岁的小儿子,但一直找不到……直到今天我都没找到他……我和儿子亲手埋葬了两个家人,第二天又埋葬了两个朋友。从那之后,我一直在走下坡路。我在家一坐就是好几天……除了坐着什么都不干……生意也被我这么坐没了,我最终沦落为一个白人穷光蛋。"

电子媒体聚集在狭小的侧厅,翻译的声音从磁带录音机里传了过来,这时我们在屏幕上看到了冯·艾克。我又要写新闻稿,又要决定用哪节原音片段,还要在电话里口述纸质稿上的内容,我读道:"……从来没有,逗号,主席先生,逗号,找到……"我的声音突然哽咽,喉咙震颤,胸部像被塞满了东西,一句话都说不出来。

我把电话塞给同事,慌慌张张地穿过电线和电子设备跑到了阳台上,俯瞰着内尔斯普雷特市,大口地呼吸着新鲜空气。我就像个潜泳者,突然浮出海平面,看远方霞光下淡蓝色防护林装点着的山川。我的心在不断下沉,但目光仍死死盯着树林峡谷不放……看哪,闻哪……天堂的景象,天堂的语言:"枸杞子,漆树果实,珍珠鸡。①"我低语道。空气中茉莉花和金银花②香气氤氲,令人昏昏欲睡。我坐在台阶上,感觉自己的身心被一点点撕得粉碎,一具血肉之躯的承受程度不过如此……每星期我们都在各种各样悲痛的声

---

① 原文为阿非利卡语:Mispel, maroela, tarentaal.
② 原文为阿非利卡语:kanferfoelie。

调中被撕扯得越来越孱弱……一个人到底能忍受看到多少人流泪？一个人到底能承受多少倾泻而出的痛苦？……一个人要怎么才能忘记人们说这些话时的语调？这些东西永远挥之不去。

我醒来时，躺在一张陌生的床上。脱皮的嘴唇带着血渍……原声录音在我的耳朵里嗡嗡作响。

我接了通电话——"他们说那个故事很有震慑力……我们能不能再发去一段原声录音？我们是发假牙那段，还是女儿朝他们走来那段？"

我擦了擦脸，说："就发他一天到晚坐着那段，记得补充那天报纸上的报道——有人在皮卡车旁边的大树上找到了他儿子的头发和眼珠子。"

我的头发一根根掉落，牙齿一颗颗松动，脸上起了一片片疹子。宽赦期的最后一天过去之后，我回到家时感觉自己就像个陌生人，而且像从没生过孩子一样。我在家待了好几天，边坐着边盯着周围。我最小的孩子走进房间，说："对不起，我不是很习惯你待在家里。"

这本书中不应该有任何诗歌出现，如果我写了，我希望自己手被砍断。

所以我只能坐着，不管该不该，我都坐在那里，一句话都不说。人们竟然为自己说的话付出了那么沉重的代价。把这些写下来，我才理解它，同时也背叛了它；但如果我不写，我也就不存在了。突然想起了祖母的格言:感到绝望时就做个蛋糕吧,做蛋糕是个自我修复的过程。

我把冰镇菠萝、西瓜、姜、无花果、海枣、核桃放在一个碗里,还有红樱桃、绿樱桃、绿葡萄干、无核白葡萄干,然后放在阴凉的橱柜里。水果在白兰地中浸泡着,就像一颗颗熠熠闪光的宝石一样。我喜欢用十二个鸡蛋和黄油、白砂糖做出的丝绒口感。我做了个水果蛋糕,在开普亮得刺眼的蓝天下,在夏日的热浪中一块块品尝着。

边吃边构思着有关谎言和复仇的可口的台词。

/ 第四章

背叛的叙述每次都要重新去想

伯莱恩博士:斯内耶先生,巴兹尔,安顿死之前待在哪里?

斯内耶先生:我家隔壁。

伯莱恩博士:所以说你那时候——1989 年 11 月那天晚上,或者说凌晨,你都不确定他是否在那里?

斯内耶先生:是的,我不确定。

伯莱恩博士:好的,谢谢。你说你听到过枪响,那你第一次听到大约是什么时候?

斯内耶先生:肯定是在零点三十分到零点四十五分之间,我记得这个时间,因为我之前出门和乐队排练去了。直到零点的时候,我才回家,看到妻子在厨房烤饼干,因为那天是我大女儿十一岁的生日。是的①，我感觉很害怕，立马做出了反应。枪声离我们那么近，我和妻子马上俯卧在了地上。我匍匐到电话机旁，给邻居打了电话。他说肯定发生枪击事件了，不是在他家后院就是在街上。我在儿童房里躲着，妻子把儿子们从另一个房间里领了出来，带他们去了女儿藏身的里屋，因为那个房间距离我听到的枪声最近。妻子给警察局打了电话，他们让她不要担心，因为他们对发生的事情一清二楚。

这显然让我感到更加恐惧，因为从这句话中，我听懂了背后的意思。我推测当时有两种情况：那个被追杀的可能是个被逼得走投无路的罪犯，也可能是被警方包围的自由战士。之后我就去里屋了，我的家人和管家都躲在那里。

当然，他们都在那里瑟瑟发抖……我的孩子们还分别只有十三岁、十一岁和四岁……他们泪流不止，可能都在想下一颗子弹什么时候穿透浴室的门。枪击声不绝于耳。我开始往外爬，爬到了房子后门那边，因为枪声大多是从这里传来的。我轻轻地、慢慢地打开了后窗户，往外窥探，看到我家后院有很多脚在移动。虽然视野受限，我还是清

---

① 原文为阿非利卡语：Ja。

清楚楚地看到后门是敞开的,但我知道我总是把它锁着的。

然后我发现有人在后街上走来走去,有人从我家后门进进出出,有人经过我眼前这扇窗在后院来回走动,而且每个人都全副武装。有些人在我家对面的房子和后街对面摆好姿势,全都携带着枪支,开始射击。我关上了窗户,然后到了前门那边。那时候,我就想着为了安全,我的家人必须离开这座房子。那时候大概凌晨三点了,枪声无丝毫减弱之势。我又回到后门那里,打开那扇窗。就在凌晨三点左右,或者之前,我看到一辆卡斯皮装甲车从丹顿路开过来,就是后面那条路。那是个死胡同,我猜那里没有地方转弯,因为刚经过我的那辆车又从那条路倒出来了。转了个弯,几分钟后开回来了,这回又倒着经过这扇窗,而我目睹了一切。

然后车又经过了这扇窗一次,就在那时我听到车轮加速转动。车子突然加速疾驶,冲向了我邻居努尔迪安先生家的墙,猛烈地撞击着。大约撞了三次后,墙被撞得粉碎。装甲车停在了他家对面,离安顿住的那个公寓特别近,那一刻炮火声和我听到的那种枪击声变得密集许多。当然,我后来才发现,墙被射得千疮百孔,里侧、外侧无一幸免。

卡斯皮车把墙撞碎不久,我回到房间里,告诉妻子发生了什么事。突然我听到前门铃响了，就去看看是谁，原来是一个自称布瑞泽尔军士还是什么上尉的人。他让我把门打开，因为有个恐怖分子藏在我家隔壁，他们得到我家里来。我抗议说我的家人经过这一晚已经够担惊受怕了，让他们进来并把我家当成开炮的有利位置并不是明智的选择，他们可都武装得严严实实的。他却说，他并不需要征得我的同意，那一刻我感到无助又沮丧。

我只能打开门，他一个箭步冲了进来，四五个穿着制服的警察尾随其后，随时准备射击。他们占了几个不同位置，两个在厨房里，正对着那栋房子的窗户那儿，两个在厨房边上的浴室里，也正对着那栋房子。为了安全他们让我回到家人藏身的那个房间，不允许我们出来。我没完全听他们的，我确实回到房间里了，但把房门打开了。我看到厨房里的警察打碎了窗户……听起来好像房顶都要被掀翻了。

面对这种……这种无法控制的局面，我只能一步步妥协。

我听到外面有人喊道："出来啊，你这头蠢猪。① 今天就是你的末日，你今天死定了。"我……我不……知道为什

---

① 　原文为阿非利卡语：Kom uit, jou vark.

么会发生这些事，每次我听到有人喊"出来啊，你这头蠢猪"的时候，我都知道，那不过是说明他们在攻击某个人。枪击声连绵不绝。

我转移到了里屋旁边的房间里，那天早上大多数时间都待在那里。大约七点四十五分，对了①，就是八点差一刻的时候，我发现房顶上有警察，不知是躺着还是蹲着的，只看到他的手或是胳膊动了一下，好像是试图抓住掉下去的东西，也好像是在扔东西。

很快……我是说紧接着，传来一阵震耳欲聋的爆炸声。然后一切陷入静寂，几分钟后，我听到有人说："你快出来吧，一切都结束了。"

我不知道警察在那里干什么，也不知道谁被抬上了救护车，他们结束了之后我们才能进入那栋房子。当努尔迪安终于放我们进去的时候，我们才看到屋里的情形，不知是什么打中了这栋房子，也不知发生了怎样的爆炸事件。

地上散落着衣服碎片，墙上也有；墙上和天花板上鲜血四溅——到处都是。像是头发一样的东西，还有血肉撒在和……和涂在……我不知道怎么说，地上、墙上的每一个角落。

---

① 原文为阿非利卡语：Ja。

那件事，我觉得，成了我们一家人一生难以忘怀的经历。

我想要结束这一切，所以同意今天来到这里做证，但不仅仅是因为要说出真相。

我之所以同意也是因为那些指控，指控像安顿、阿什利·克里尔、罗宾·瓦特维奇、柯林·威廉姆斯等这样的年轻干部是共产主义者，或被共产主义者误导了。这一谣言必须被彻底终结。我相信勇敢的士兵是因为国家效劳而死的，我也相信自己欠家人的，他们连说再见的机会都没有。

（巴兹尔·斯内耶的证词）

很久以来，我都感觉自己并不属于这个国家。我的全名是马可·亨利，但 1991 年，我改名为亚瑟·亨利。因为我再也没有办法以马可·亨利的名字存活在这个世界上了，不仅仅是出于宗教原因，更是由于马可这个名字带给我的只有排斥、耻辱和危险。现在我二十六岁了……我想要重新回顾这个国家带给我的那段经历，因为那段经历让我一生都活在恐惧当中，给我造成了太多心灵创伤。

我来讲述这个故事，是为了继续生活下去，也是因为希望能从这一场噩梦中醒过来，这场噩梦从 1989 年 11 月

16 日一直持续到现在。

十五岁时,我开始积极参与政治。1986 年,我和阿什利·福布斯、皮特·雅各布背井离乡,因为我们当时怀着强烈的信念:有一天我们会变得更强大,并回到这里,保护我们的人民不受国家的野蛮行径迫害……我们的计划是这样的:他们先回来建立组织架构,然后我再发挥专业技能进行完善。我们去了斯威士兰,在马普托正式加入非国大。在卢萨卡的时候,他们检查并接收了我们,又把我们送到了罗安达。后来我们就各奔东西了——我去了"东方"接受军事训练。两个月后,我被纳入了非国大的安全组织,专门研究军事工程。十七岁的时候,我被派遣到苏联待十个月的时间,在那里专门负责特殊情报和军事作战工作。那段时间里,我被任命为十人战斗团队的政委。于我个人而言,这是一份无上的光荣,也是一份重大的责任……我从孩子的世界突然被投入到一个需要时刻保持警惕、成熟和规范的世界。之后我回到了罗安达,和一个苏联人一起负责训练南非地下军团,他们来到罗安达就是为了接受短期军训。那个苏联人走了以后,我全权接手了他的工作。1988 年末,我被调遣到卢萨卡,他们告诉我,我将成为当时的军事政治委员会首领——罗尼·卡斯里尔斯手下技术工作小组的一员。但我最初背井离乡是为了接受专业训练后荣归故里，这一任务和我的初衷相距甚远。

　　1989 年，我和安顿·弗兰施一起被派遣到南非当间谍，当时我只知道他叫穆罕默德……但和我的设想大相径庭的是，没有简报告诉我们在开普敦应该做些什么，相反我们要向上级汇报任务执行情况，也就是训练的细节。但接下来发生的事简直让人匪夷所思，我们竟然被安排做家务。我们只能在房子的某些区域活动，那里的人对我们充满了怀疑，而且毫不掩饰这一点。人和人之间的关系非常紧张，甚至是公开敌对。一个月后，我决定离开这里——因为感觉这里的人不信任我了，我在这儿命悬一线。我离开了，联系了姐姐，她安排我到别处以学生的身份过活。

【沉默良久——开口前叹了口气】

　　有一天，完全是出于偶然，我在商店里遇到了穆罕默德，我们很真诚地聊起了天。我和他讲了我的担忧，还说想要和他们碰面谈一谈。但他认为，既然我以那种方式离开了，就不能像没有这回事一样和他们见面了，而且我应该和他回去。我千求万求，让他千万不要带我去他那儿……但他还是胁迫我和他去了。到他家之后，他还不让我走，除非告诉他我住在哪儿。之后，我只能搬家。我和其他人之间的不信任让我惶惶不安。但我当时没钱了，只能决定先在父母家待三天，其间找找其他的住处。第二天三点半的时候，我听到前门一阵骚动，几个秘密警察拿枪对着我父亲的脑袋，拿他当人肉盾牌……他们在外面高声大笑，互相握手，恭喜彼此道："羊被困在羊圈里了。[①]"我以为我这辈子要完了。他们用车载着我，开始问我有关武器和穆罕默德的事情。他们先后把我带到格拉西帕克和屈伦博赫，审讯我——问我武器和穆罕默德是怎么回事，穆罕默德是不是安顿·弗兰施。他们给我看我自己的照片、穆罕默德的照片，还有记录着我们秘密潜入这个国家的相关信息的打印稿。突然，一个人径直走了进来说："你还跟这个混蛋废什么话？[②]"然后他狠狠地打了两下我的胸脯……我不停地说我身上没有武器，也不知道穆罕默德是谁。他们告诉我，我父亲也被他们抓起来了。我告诉他们，我和穆罕默德有些分歧，后来再没联系过。立本伯格说，我要是不合作的话，他们就杀了我母亲和四岁的侄子。那时候，我并不觉得他们只是想吓唬吓唬我……我当时只有十九岁，一个十九岁的孩子不应该做这种抉择……我没有办法，只能同意告诉他们，但前提是他们放了我父亲，而且别找我母亲麻烦。我试图拖延时间，要求在地图上指出

---

① 原文为阿非利卡语：Die skaap is in die kraal.
② 原文为阿非利卡语：Wat praat julle nog met die fokken donner?

他的方位。他们给我拿来一张大地图，我找了一会儿，指给他们看……【哭泣】我把他的方位……指给……他们看了。他们带着一大批警察……和我……前往他家……确认了这里就是他的住所后，又来了很多警察……他们把我的手铐在背后，头夹在两条腿中间，逼我蹲在车里……【啜泣】我以为……以为……以为……他们会逮捕穆罕默德……【啜泣】但他们二话没说就闯进了他家……我听到了枪声，也听出警察都很害怕。他们跑上跑下。有人喊道，一个警察被击中了。他们开始冲着穆罕默德大喊，叫他出来。之后是激烈的交锋，我听到有人拿手榴弹……我想，那时候我才知道他们不是来逮捕他的……有人喊道，他们不能进去，他手上有手榴弹……我听到震耳欲聋的爆炸声，就像发射火箭发出的声音一样，后来……【轻声】周围很安静……他们大声说，都结束了。我的脑海里一直萦绕着一个问题——我现在也想问这个问题：是谁把我出卖给了警方？是谁干的？【哭泣】安顿死了！安顿应该也会问这个问题……每晚我都因为这个问题而惊醒！【哭泣】不……不……后来我被带回了屈伦博赫，审问继续……继续着……中间有好几个小时我陷入了沉默。他们给我看了成百上千背井离乡者的照片，都装订在一个个相册里，标好了页码。但有一本相册他们让我来标页码，我在第四还是第五页上，看到了至今让我噩梦不断的照片……照片上是我曾经在罗安达训练过的一个人的头颅，他死不瞑目，嘴唇和两颗肾挂在了无头躯干的脖颈上，嘴唇上还残留着血液风干的痕迹。相册里的其他照片全都是他的身体器官散落在街道上的骇人场景……

应该责备谁呢？安顿·弗兰施的死并不仅仅是我一个人的责任，秘密警察所做的事必须昭告天下。【大喊】我想要……被别人认可！无论是我的身份还是为人！这样被篡改的历史才能得到更正。我想知道是谁泄露了我的身份，只有这样我才能接受发生在我身上的这些事情，以及安顿的死。【声音失控】我想要非国大承认其给我造成的伤害！并恢复我的军衔。希望真相与和解委员会能让我从这多年来挥之不去的梦魇中尽快苏醒，这样一来我才能和这个国家的其他人一样参与到治愈伤痛的过程中。

图图大主教：亚瑟，我们不知道该说些什么……我们没有经历过你所经历过的事，可能我们的看法有时会很肤浅。但我们意识到了为了取得今天的进展，人们付出了多么沉重的代价，特别是像你这样的年轻人所付出的代价……我们希望这一刻你心中的负担能减轻一些。

（亚瑟·亨利的证词）

/　第五章

第二个叙述角度的声音

　　半年来，真相委员会一直在倾听受害者的声音。在这个国家，受害者本人的叙述第一次出现。这些讲述如此真切和清晰，跨越了阶级、语言和信仰的障碍，甚至钻进那些像石头一样坚硬的耳洞，并继续不断地传播。在某些积满灰尘的街区，人们不停地讲述这些故事，一周又一周。

　　她头戴贝雷帽（当地人称之为头巾①），穿着节日礼服，坐在麦克风后面，大家都能认出她。现在轮到女人来代表真相。她粗糙的双手和扭曲的声音，让人们不再那么相信只有男人才代表真相。但到目前为止，还没人知道她是谁。

　　就像我们从来都不知道真相和假象到底是什么。

---

　　①　原文为阿非利卡语：kopdoek。

但我们总觉得还缺了点什么，于是竖起耳朵，等待着另一方——反对方——迫害者。我们越来越想听对方的叙述，而且这一角度最好是好的、有说服力的、正直不阿的，充满细节、悲伤和迷惘的。

没有对立和平衡，就不能构成故事。当声音如洪水般只从一个方向袭来时，耳朵和内心都没有能力让头颅不被洪水淹没。于是受害者听证会的相关报道变简略了，读者的热情消退了，听证会举办的次数也越来越少了。当真相渐行渐远时，谁还想听这样的真相？当委员会的权力也不过如此时，谁还会在委员们面前承认自己做过的事情？

我们时不时会在法庭禁令或新闻报道中听到迫害者被遮蔽的声音，但在八月份上交的政治提案中，没有一个政客提及这个问题。里面连一点真实的个人情感都没有。当弗雷德里克·威廉·德克勒克说"今天我站在大家面前"时，他连站都没站，而是坐在位置上的。

大约六个月后，对方的叙述最终打破沉默，浮出水面——虽漫无边际、装模作样，又带着些许绝望，但至少出现了。叙述者基本是白人，男性。

随着诺蒙得·卡拉塔在东伦敦爆发出难以言喻的悲鸣，人权听证会开始了；而随着布莱恩·米切尔下巴不受控制地抖动，迫害人也开始叙述了。米切尔正在为其参与特鲁斯-菲得镇大屠杀的罪行申请大赦,在该屠杀中,有十一人死亡。安德鲁·威尔逊法官在大赦听证会中问他:"你是说你也承受了很多痛苦吗?"米切尔给出的唯一答案就是下巴肌肉剧烈地颤动。

这一周,我们将主要听到两种人的声音:军队将领和警察总长。

我打电话给军队总部:"请问我可以采访乔格·迈林将军吗?"

"采访什么内容?"

"他的提案,星期一要讨论的那份。"

"将军不跟任何人讲话,提案就代表了他的立场,没别的好说了。"

"但我想知道为什么迈林将军没有提交前南非国防军的提案。"

有人说我没听懂他们的话语中透露出的态度,也就是那种"就算你不同意,我们也还是老大①"的态度。

星期一早上,军队开进开普敦会场,开始执行"矢口否认"的任务。人们真的已经忘记了他们的外表:修剪整齐的小胡子②,鬼鬼祟祟的眼神,回答问题时傲慢的神情。迪恩·莫蒂默将军一张口,我就感到一股寒意顺脊梁而下。我都已经忘记听证会最糟糕的部分了:残酷的阿非利卡口音和冷漠的语调。他在说"禁止"一词时充满了玩味和享受的感觉,说"恐怖分子"一词时面露鄙夷,引用数据时

---

① 原文为阿非利卡语:ons-is-nog-steeds-baas-al-dink-jy-nie-so-nie。
② 原文为阿非利卡语:snorretjies。

沾沾自喜、冷血无情。此外，他还有过很多不必要的过激行为[①]："5月20日，比勒陀利亚的空军总部外发生了车辆爆炸事件。为了报仇，我们于1983年5月23日在莫桑比克发动了'斯科维行动'，利用十二头黑斑羚和两架幻影F1AZ战斗机攻击了坐落在马普托马托拉郊区的非国大设施，两栋非国大建筑和一个总部遭到了袭击。"他不参加记者发布会，也不接受采访。

正是他的这种表现改变了委员会的口吻，艾利克斯·伯莱恩当着他们的面猛烈地抨击了他们的提案。艾利克斯说话时上半身使劲往前伸，最后只能看到他的头和脖子浮在桌子上。科扎·穆戈乔教士怒不可遏，结结巴巴地说："这些数据你一口气就说完了，好像根本不重要似的。人命哪，是真的有人丧命于此啊，我们已经听这些死者的家属讲了六个月的故事了。"委员会似乎想说的是："在我们解决你的问题之前，你必须看到这些数字后面的人脸。"

就在同一天的约翰内斯堡，约翰·冯·得莫威警察长走了进来。他没说太多话，但至少他认为自己和下属是一样的，旧体制下的达官权贵中还没有一个人这样做过。他也阐明了警察和军人的区别：警察做决定，军人执行决定。执行得越好，你就越是一个称职的军人。

[①]　原文为阿非利卡语：oordaad。

由卡德尔·阿斯马尔、路易斯·阿斯马尔和罗纳德·苏列斯·罗伯茨创作的《通过真相达成和解》一书发售时,对立者的叙述带来了意料之外的寓意。

书中明确指出:真相委员会如果对那些抨击种族隔离制的人和那些维护种族隔离制的人进行区分的话,就无法实现创建新道德秩序的使命。虽说是老生常谈,但这些作者却带来了新角度。他们认为,和委员们所做出的声明恰恰相反,在立法中区分迫害者和受害者是十分必要的。卡德尔·阿斯马尔说,这不是路的两侧都是坏苹果的问题,而是一边是坏树或者野草,另一边是苹果树的问题。书中问道:

如果真相委员会无法分辨是非,那他们该如何建立新的伦理道德?

书籍发售会那晚,我们有幸聆听副主席塔博·姆贝基对于和解的思考——他很少谈及这一话题。

"种族隔离制迫使那些人摒弃了自己的道德良知,"他说,"治愈这个国家的唯一方法就是倾听大量的真相……真相就是,种族隔离制是种族灭绝的一种形式,也是违背人道主义的罪行。"

显而易见,从这段措辞讲究的演讲可以推断:拜访百德赛·维沃尔德[1]、和阿非利卡大妈喝茶谈天的日子结束了，卑躬屈膝、咬牙切齿、忍气吞声的日子也结束了。只有当白人亲口说出"种族隔离制十恶不赦，我们要对此负责，对抗种族隔离制是合情合理的——虽然有时对抗行为有些过火"时，和解才有可能。莫贝克说，如果人们不承认这一点，和解便是无稽之谈。

虽然这一政治言论的出现非常及时，但是它也暂时阻止了单方面以黑人的立场或单方面以白人的立场提出的辩论，而且对于个人下一步应该怎么做也没有任何指导意义。

有关违反人权行为的听证会迫使真相委员会在和解问题上改变原来的立场，不再受肤色影响，并且为所有南非人提供指导。侵犯黑人人权的不只是白人，还有受白人煽动的黑人。所以真相委员会不得不承认：可耻的南非种族隔离制导致人们丧失人性，以至于对同类狠下毒手，连对动物都比对人好。再也不能发生这种事情了。

这些有关和解和改变的观点争持不下，互不相让。

关于对非国大成员实行大赦的争论方兴未艾之时，在野党中再起涟漪。眼看"鳄鱼"在水中苦命挣扎，委员会干事哈特曼夫人关注

---

① 亨德里克·弗伦施·维沃尔德（南非语：Hendrik Frensch Verwoerd），出生于 1901 年 9 月 8 日，在 1958 年 9 月 2 日至 1966 年 9 月 6 日担任南非首相。他是南非种族隔离制的支持者。死于 1966 年 9 月 6 日。在南非首都开普敦被刺杀，享年六十四岁。

起了鳄鱼的最后一颗牙齿——她告诉记者,波塔先生是虔诚的宗教人士。他谙熟《圣经》,等到时机来临时才会发出自己的声音。她也说:波塔先生无论走到哪里,脸上都挂着微笑,而且他说人们也会说希特勒的坏话。

在几周的压力之下,在质疑和批判声中,真相委员会的第二条胳膊也上阵了——第一场大赦听证会在巴佛肯市政中心召开,市政中心坐落于能俯瞰著名赌场的山峦之上。这里也是勒伯·莫洛特雷吉十四世国王的办事处,莫洛特雷吉国王是非洲最富裕的部落——巴佛肯-巴克维纳的酋长,那里的锡矿每年可带来七千五百万兰特的收入。但这些钱总是由受托人支配的:先是旧王朝,再是卢卡斯·曼格普,现在是新政府。市政中心的门把手是鳄鱼形状的,因为这个部落的祖传图腾就是鳄鱼。"巴佛肯-巴克维纳"的意思是"露珠与鳄鱼之子"。

清晨,一大波人奔赴会场,几乎把上山的斜坡都要踏平了。大赦委员会由三名法官组成——哈森·玛尔法官、安德鲁·威尔逊法官和伯纳德·恩格普法官,他们并不是真相委员会十七名委员中的成员;另外还有茜茜·可汗裴裴委员和克里斯·得·贾格尔委员。这三名法官十分难相处,他们不想和媒体有任何接触,既不发表声明,也不接受采访,更不愿意开新闻发布会。他们做事恪守法律,一点也不懂得变通。我们站在大厅周围,主席和副主席伯莱恩终于来了，但大门却紧闭着。时不时有人冲出来，回头朝大厅看几眼，然后拖几个凳子进去。

"出什么问题了吗？"我问道。问题就在于座位安排。法院里有固定位置，法官们早已习以为常。但这是个普通的会议厅，而人权听证会上的发言顺序似乎是由座位顺序决定的。这是有象征意义的。简而言之，座位安排会影响大赦结果！

那么迫害者坐哪里呢？和法官坐在同一高度？受害者呢？坐在听众席里？大多数迫害者仍在服刑，需要由一整队狱吏看守。图图和伯莱恩应该坐哪里呢？大赦委员会是独立的，真相委员会不能左右其任何决定。

台上的一张桌子被搬了下来，然后椅子也被搬了下来。这让摄像师和技术人员十分苦恼，因为他们要跑来跑去为设备选择新安置点。我们完全因为闲着无聊，就为新闻频道拍摄了一个简短的报道——知识渊博的法官就像周六晚上的派对主人一样手足无措，思考着谁坐在哪里的问题。这时法官们紧绷着脸走了进来，我们立即停止了略带戏谑的报道。玛尔法官恼怒地警告媒体注意自己的责任，不要向世界传播假话废话。其实听证会这么晚开始并不是因为位置的关系，而是因为惩教署提出的要求。后来我们听说，有一个法官的妻子是忠实的广播听众。新闻报道结束后，她打电话给丈夫，告诉他："你们别出洋相了。"

国民党孕育了阿非利卡人。上帝把南非交到了阿非利卡人手里，他们愿意为这片土地而死，也愿意为她置他人于死地。

德克·库茨的梦想就是成为出类拔萃的人，成为团队的精英，成为警卫队的核心。他被派遣到维拉科普拉斯时，这里不过是每月挣二百兰特的士兵①的宿舍而已。库茨立即改善了这里的生活和工作条件——把这里变成了人们②能放松的地方，一个"那些人"才能待的地方。

尽管维拉科普拉斯的官方任务仅仅是追踪并逮捕游击队，但在库茨任职的十八个月里，他们只抓住了一支游击队。尽管这一小队已经花费了纳税人缴纳的上百万兰特税款，却从来没有人批评或指控他们浪费钱。

原因显而易见：他们把非官方任务执行得完美无缺，即训练一支随时可以召集起来的突击小分队，专门对付那些活动家。所有的命令都采用口口相传的形式，不会记录在任务日志或任何纸质报告中。"我们之间，"库茨说，"已经形成了属于自己的肢体语言。只要眨一下眼，点一下头，一个人的命就要没了。"

德克·库茨经常被指责杜撰故事、编造细节，但正是这些编造

① 原文为斯瓦希里语：askaris。
② 原文为阿非利卡语：manne。

的细节让人们难以忽视他的证词……因为其中隐藏着真实的信息。乔·皮莱老师曾受严刑拷打，为这一事件做证时，库茨向大家描述了发生在比勒陀利亚克拉柏克普堡旁地下室的一幕幕场景，好似纳粹时期的场景重现。重要的不是拷打本身或者是通过拷打他们得到的信息，而是他们在皮莱老师死之前在他身上进行的实验。

"他们最后还是决定叫来一名军医，他穿着棕色的制服，手里拿着一瓶点滴和所谓的吐实药……他们让皮莱躺在担架上，给他打上点滴。他渐渐失去了对思维的控制，进入放松的状态。"

库茨描述了那些建筑的布局，以及一些参与讨论的重要人物，其中包括萨文比。他说他们不能喝酒，因为有很多这样的重要人物在场。

"那种点滴效果明显，如果体型不是很大的话，只要注入四滴就够了……如果注射太多的话，效果就和麻醉剂差不多了……会让人陷入深度睡眠直到死亡。我们那时候都在喝酒，也给了康戴尔一杯掺过药的酒。二十分钟后，康戴尔开始不舒服，坐了下来……之后倒在了地上。尼克·冯·兰斯伯格少校说：'来吧，小伙子们，继续工作吧。'两个年轻的警员用吉普车拉来了茂密的灌木树枝和轮胎，生起了火……一个高挑的金发男人把消音器装在马卡若夫手枪上，一枪击中了康戴尔的头，他的身体抖了一下……"

库茨很擅长引用无聊的数据。

"一具尸体要在室外烧上七个小时才能烧干净。尸体燃烧的时候，我们正围着火堆喝酒。我说这些不是为了伤害他的家人，而是为了告诉大家那时候我们多么冷酷无情。肉多的地方要烧久一些……所以我们不停翻着康戴尔的屁股和大腿……早上了，我们翻了翻骨灰，看到骨头和牙齿都烧尽了，就各回各家了。"

还有什么好说的呢？作为申请大赦的程序，他要上交有关突击小队的手稿（这些手稿的版权是受保护的），这些手稿从未被发表过。

伊姆拉姆·穆萨（斯茨维母亲查丽蒂·康戴尔的代表）：你说你想要亲眼见见康戴尔女士，但她认为你不配和她见面。如果你是真心悔过的话，你就不会申请大赦了，但现在你却为自己的所作所为接受大赦审讯……

库茨：康戴尔夫人不想见我，我尊重她的感受。但我觉得我不应该成为一个例外。我也享有这个国家的法律赋予我的权利。

库茨摊牌后，大厅里很长时间没人讲话，令人十分不适。大赦专家组、法定代表、观众、康戴尔……唯一在动的只有德克·库茨咽口水时的喉结。

一名记者走进了德班基督教中心的媒体室，说："有个操着浓厚阿非利卡口音英语的小男孩把这个大黑袋子放在我旁边，让我好好看管。你们说我应不应该告诉警察？"

"当然了。"我们催促道。自库茨的大赦听证会开始以来，警方就被牢牢地拴在了这个地方。有一次他受到了死亡威胁，屋顶上随后出现了好多狙击手。库茨本人周围有一群保镖陪同，进入大厅时为他开路，检查他要坐的椅子和他要用的坐便器。

那个记者打电话给警察局，给他们看了在墙边放了一晚的黑袋子。他们立刻采取行动。袋子周围的区域被封锁了起来，媒体室也清空了——我们都站在雨棚下抽烟，听着广播召集拆弹小组。拆弹小组牵着嗅探犬来了，只要再来三个袋子，嗅探犬就能做出选择了。我们当中的三个人把自己的袋子贡献了出来，放在了黑袋子旁边。警犬开始闻来闻去，然后坐在了黑袋子旁边。这里肯定有什么东西。我们被转移到了房子的另一边。

大厅里，轮到戴维·特什卡兰基发言了。特什卡兰基原本是库茨的园丁，最终成为维拉科普拉斯突击小队的一员。

大家都在绞尽脑汁地想怎么打开袋子、摘除炸弹，这时大厅的侧门打开了，一名年轻可爱的翻译出来了，出来时差点被绊倒。还没等大家做出任何反应，她捡起了黑袋子，扛在肩上走了——全然不顾拆弹小组成员脸上惊愕的表情。原来她是聪加族译员，今早专程从约翰内斯堡飞来，给特什卡兰基做翻译的。前三天里，由于翻译质量不过关，特什卡兰基的话听起来很愚蠢。因为航班延误，她来了之后直接去了翻译席，途中让一个人把她的包包放到媒体室里。为什么狗会坐在她的包包旁边？这里面肯定有可疑的东西。是子弹。她从射击场回来后忘记把包里的子弹拿出来了。

德克·库茨讲述着格里菲思·麦森吉是怎么被刀捅的。匕首插入他的肋骨后扭动了一下，拔都拔不出来。他的喉咙也被切断了，肠子喷涌而出。库茨说这些的时候，保镖们就坐在他身后，半边身体被帘子挡着。其中一个是克莱恩·德克，他的金发女友今天也和他一起来了。她穿着一条细条纹黑裙子。库茨叙述细节时，观众不时发出恐惧的惊叹声，而她却忙着涂指甲油。她把左手伸到克莱恩·德克的大腿上——他帮她拿着指甲油瓶，让她把一层层黑色指甲油涂在指甲上。

1997年，真相委员会的工作从德克·库茨、阿蒙德·诺佛米拉、戴维·特什卡兰基等人的大赦听证会开始。但听证会的节奏很快拖拉起来。

听证会本来十点钟就应该开始了，但十点一刻的时候，工作人员还在忙着把真相委员会横幅钉到会议厅的木质镶板上。十点半的时候，才开始听第一份证词。十一点的时候，茶歇时间到，委员会休会了。我们等啊等，一直等到了十二点。十二点半的时候，克里斯·得·贾格尔委员出现在走廊里，他们已经想出了缩短听证会的方法。

"为什么不昨天就想好呢？"一名愤怒的记者问道。

"你们今早只听了半个小时的时间，但总共有上千份的申请呢，你们打算怎么处理?"另一名记者怒吼道。

"太荒谬了!"那名记者旁边的一个记者喊道，"你们拒绝十点前开始听证会，后来又因为喝茶、吃中饭、上厕所什么乱七八糟的事儿休会，天哪! 你们四点钟后就不工作了吧! 你们把这里当成法庭了吧——不对，和法庭还不太一样，你们工作的时间卡得死死的，就这样做事你们绝对做不完。"

所有记者都有些焦躁不安，因为截稿日期一天天逼近，没有哪次辩论是能持续下去的，讲了等于没讲，而且也没讲几句，那么短的时间根本不可能说出一个有趣的故事。但更让人忧虑的是，委员会好像是在故意拖慢进度以最终实现普遍大赦。

戴维·特什卡兰基和阿蒙德·诺佛米拉想在莱索托买些钻石，于是向库茨借钱(库茨是这么说的)。库茨从自己的丈母娘那儿借了五千兰特给他们。

"一天后，他们带着五颗火柴头那么小的钻石回来了，这些钻石有瑕疵和裂痕。有一颗要大一些，有我小拇指盖这么大，黄色的，我后来才知道原来那种颜色叫'金丝雀黄'。虽然我是个门外汉，但我知道他们肯定被欺骗了，你想想送给自己妻子的订婚戒指就知道了。于是我让他们把钻石还回去，把我的钱拿回来。"

库茨让乔·玛玛瑟拉和他们一起去的，那个莱索托钻石商人压根不知道他眼中愚蠢的投机者竟然是三个南非最冷血无情的杀手。

他们把钻石商人从莱索托骗出来，在林德利旁的蓝桉树种植园里杀了他，并夺走了他的车子作为补偿。这三个人回到库茨家的时候，库茨想到，在一个乡下①小镇旁边的种植园里，被人发现一具尸体肯定会引起麻烦。库茨当时本来在去德班的路上，准备监督手下刺杀格里菲思·麦森吉，当晚又急匆匆地赶回了林德利。他们把尸体装入殡仪馆的尸体袋，烧掉了。他们把车子洗劫一空，在边境那里以五千兰特的价格卖掉了，得到的钱库茨正好可以还给他丈母娘。

那么他们的政治动机是什么呢？

"如果像乔·玛玛瑟拉这样一位公众非常敏感的人物被发现了，一定会是场灾难。另外，如果我、乔或阿蒙德因为偷钻石被起诉，一定会让秘密警察蒙羞，维拉科普拉斯也会被曝光。"

维拉科普拉斯对林德利这个地方耿耿于怀。

欢乐的饮酒时光来临，五个黑人开着一辆蓝色福特雅驰特车，手臂伸出了车窗，驶向了通往林德利的国道。但他们有所不知，他们正好绕到了有着致命杀伤力的维拉科普拉斯小分队面前，后者刚好结束行动回来。"他们构成了威胁！他们无视了自己和白人间的界限。"库茨说道。他试图逼迫他们驶离这条公路，但他们拒绝了，他们便遭到了后面那辆车的射击。乔·玛玛瑟拉当时打尽了托卡

---

① 原文为阿非利卡语：platteland。

列夫手枪里的所有子弹，伤到了四个人，其中一人重伤。那些黑人立即停了下来。"乔和阿蒙德把那些人从车里拽了出来，乔就不用说了，像往常一样用日本空手道把他们打得满地找牙。这时，一个牧师——一个阿非利卡牧师①和他的妻子停了下来，问出什么事了。我怕铲除这样的公职人员不好，所以说：没什么，不用担心，一切都在控制中——我是警察。"

那时候玛玛瑟拉已经在博茨瓦纳潜入了非国大，他和秘密警察的关系绝对不能公之于众，而且他当时佩戴的还是俄国枪。所以他们把子弹壳捡干净，库茨让诺佛米拉用自己的军用手枪开了几枪。他们离伤者而去，并报告了林德利发生的事件。

后来诺佛米拉拒绝为玛玛瑟拉这一通疯狂射击背黑锅，但在维拉科普拉斯，没有什么问题是没办法解决的。

"国防总部来信：简·杜·普瑞兹旅长，经约翰·库茨将军同意，我通过犯罪调查局分局官员——韦尔科姆的冯·得莫威旅长，向布隆方丹检察总长办事处的提姆·麦克奈里辩护律师保证他们编造了整个事件。"

库茨靠在椅背上。这是德克·库茨传奇人生中的另外一件事。

听证会结束后，玛玛瑟拉打电话给一个说塞索托语的同事，告诉他库茨讲了很多废话。是库茨自己想要那些钻石，他才向丈母娘

---

① 原文为阿非利卡语：dominee。

借钱的。他发现自己被骗了的时候，就派了玛玛瑟拉出面要钱。据玛玛瑟拉所说，他、诺佛米拉和特什卡兰基在莱索托边境坐了好几个小时。他们当时进也不行，退也不行，又能怎么办呢？钻石商人是不会还钱的，但他们不能两手空空地回去见库茨。所以他们决定杀死第一个经过的有钱人，掳走他的车，献给库茨抵钱。于是他们杀死了下一个经过的人："我们在他车里发现了一家乳牛场的挤奶记录，发现他在莱索托最大的乳牛场工作，我们就把他的车献给了库茨。"

我的同事在广播上报道了这则故事。报道结束后，几个人从莱索托打来电话："感谢莱赛迪广播台，感谢玛玛瑟拉，我们这么多年来一直都在疑惑我们的爸爸究竟出了什么事儿。"

一个平常的工作日，贾皮·玛彭亚在克鲁格斯多普一家建屋互助会开始一天的工作，但他完全没有意识到两名维拉科普拉斯士兵①正透过玻璃窗死死地盯着他。他犯什么罪了？他的兄弟奥德利·玛彭亚曾经是非国大游击队员，而且还杀害了一名黑人警察。贾皮准备下班回家时，两个人冲到他面前，说是要调查他犯下的诈骗案，他应该和他们回警察局。于是贾皮被绑架到了维拉科普拉斯，被尤金·德·库克狠狠揍了一番。

---

① 原文为斯瓦希里语：askaris。

"德·库克当时怒火中烧，冲着他大喊大叫，对他拳脚相加。"一名士兵做证时说道。要让一个人开口说话，方法有千种万种。"德·库克想要一罐催泪瓦斯……他走到车后面拿瓦斯，然后我和约翰尼斯·蒙博罗蒙住了贾皮的眼睛……那里有一辆小巴士，外表有点像我们叫作"特遣队"的冰淇淋贩卖车，因为车身上一扇窗户都没有。我们把贾皮塞进了小巴士里，德·库克拿出了那罐催泪瓦斯，往贾皮鼻子上喷了一些，再把贾皮鼻子堵住，让贾皮一个人在小巴士里咳嗽。过了一会儿，库克打开了车门，把贾皮拽了出来，扔到了地上。贾皮那时候已经说不出话了。德·库克问我这个人以后会不会认出我，我说会，他就对我说：'别担心，小兄弟，他再也看不到你了。'"

贾皮死后的第三年，他的一个兄弟——贾皮正是为这个兄弟被折磨致死的——在比勒陀利亚的斯特兰电影城埋下了一颗炸弹，但导火线好像出了点问题，奥德利·玛彭亚把自己给炸死了。

这对兄弟的家人请求真相委员会带他们去见贾皮的遗体，这样一来兄弟俩也好安息了。

诺佛米拉在为谋杀案做证时，话匣子突然被打开了，他滔滔不绝地讲述着细节，因为这项罪责会让他的余生都在监狱里度过。

刚开始，诺佛米拉的问题很简单——钱。"维拉科普拉斯不给我报销差旅费了，但我有一大家子的人要养，买了个新房子，还要添置新家具,车库里还有辆车。"诺佛米拉说道。对于维拉科普拉斯的人们①来说,车是至关重要的角色。他们从不说"车",而是说"淡蓝色和白色相间的欧宝桂冠",或者"有着白色引擎盖的灰色科蒂纳"。

"然后乔尼·莫海恩说我们可以偷罗伦斯家的钱——他家里有个大袋子,里面有好多好多钱。"

那天傍晚,他们从后面溜进了他家,发现亨德里克·罗伦斯就坐在阳台上。他看到了他们,就问:"你们这些黑鬼在我家农场里做什么?"

"真的惹火我了! 他竟然叫我黑鬼——特别是回想起我在维拉科普拉斯工作的日子,我就更恼火了……因为平常我都是为压迫黑人的白人工作的,今天这儿竟然有个白人直呼我黑鬼。这个词我都恨到骨子里了。"

诺佛米拉说,那就是他的政治动机。

德克·库茨做证的时候,埃斯·摩玛的兄弟一动不动地坐在那里。德克·库茨说埃斯过于聪明了,问了太多有关维拉科普拉斯组成结构的问题。维拉科普拉斯情报人员相信埃斯就是非国大的卧底,因为埃斯和其他士兵根本相处不来。"他总在思考,"库茨说,"而且向来很保守,不喝酒,不抽烟。"他们就埃斯展开了讨论,舒恩

---

① 原文为阿非利卡语:manne。

旅长让库斯·维姆蓝队长"想怎么处置就怎么处置"。据库茨所说，这个队长极其痛恨黑人。

证词陈述过后，埃斯·摩玛的兄弟开始讲话。此时他脑海中萦绕的都是妈妈现在在家里苦苦等着他，希望得到精神慰藉的画面。"我母亲……今天不在，我父亲也已经去世了。我们今早出门的时候，她说她没办法忍受亲耳听自己的儿子死得有多悲惨……'所以啊，'她说，'你去听吧，弄清楚到底发生了什么……'现在她正在家里等着，而且对发生的事情浑然不知——她在盼着我们回家告诉她点什么……可我不确定我回家后要对她说什么才好……但无论我说什么，她都会从中得到慰藉的。"

"如果认为将死之人都是睿智的、平静的，那么一定要看看维拉科普拉斯猖獗时期的混乱状态。1991 年，哈姆斯委员会①时期，我就已经被叫去做过证了，已经经历过的事情又要经历一次。但有一点我很清楚……人们对于一个人所经受的痛苦……完全感觉不到……而且显然缺乏同情……哈姆斯委员会从一开始就是场闹剧……人们对于会议进程的期待远超过此时此刻。

"我的母亲想知道他儿子现在何处，为什么他非死不可。我来到这里是为了表达最深切的……【啜泣……喝了点水，用修长的左

---

① 哈姆斯委员会（Harms Commission），德克·库茨和其他人指控警方敢死队暗杀了异议者，引起了全国范围的大调查。1989 年，最高法院法官路易斯·哈姆斯被任命主管问询委员会，但他找不到任何有关敢死队或第三方势力活动的证据。

手捂着额头,坐了很久】尊敬的法官……我……之所以离开这个国家,就是因为曾经经历的痛苦。我曾过过流亡的生活,也曾在艰难困苦的条件下生存过,但是坐在这里讲述我们家对所发生的事的想法……真的是我这辈子最难熬的时刻之一……我能不能最后以两个问题结束讲话,就两个问题,这样我那苦等在家的母亲也好平静地入眠?

"能不能派人跟她说'是我杀的他,我对不起您'?

"能不能派人带她去某个地方,告诉她'就是在这个地方你儿子被……'"

夸祖鲁-纳塔尔省的首席检察官提姆·麦克奈里宣布,他将逮捕德克·库茨,并就杀害格里菲思·麦森吉一事对他进行审判。

当然,季节已到……

他们在深草丛中谨慎前行……感受风向,追踪足迹……把来复枪紧紧贴在身体上。

他们不是为了动物的肝脏或做肉干才出来的,而是为了捕杀五大兽①,制作成战利品挂在墙上。

荆棘树下危机四伏,浑身是伤的犀牛,只剩一颗牙齿的大象,满身伤痕的水牛、老虎——各种类型、习性、栖所的动物都把心脏提到

---

① 五大兽(The Big Five),包括大象、犀牛、野牛、狮子和豹子。

了嗓子①眼。

动物为什么会成为狩猎者？猎人看了看望远镜，说是因为正义不在原来的地方了。

在篝火闪耀的地方，谣言正在发酵，有头狮子在黑暗中咆哮，所有人立即兴奋了起来。这头狮子会不会出现？谁会第一个开枪射穿它的心脏？谁会把它的头割下来挂在自家吧台上？我们的捕猎记录上又将增添怎样臭名昭著的一笔？我们几乎能听到一些猎人正包围着这曾经威震森林的动物。

但近来真相委员会的各委员对捕猎的渴望日益浓烈，他们威胁这个人，传召那个人，但他们毕竟是业余的……篝火旁的肉钩子上仍然光秃秃的……而在着装精致的童子军部队里，大赦法官们正勉强追捕着小动物——认认真真为一些小事件录音，比如臭鼬伪装成了羚羊这种事。

究竟谁更胜一筹呢？

捕猎季里，是否连年老体衰的动物都难逃被捕的命运？是的，一名动物标本剥制师一边回答道，一边漫步至竞技农场另一边的新营地……鳄鱼不属于五大兽，而且它们连猎人和猎物都分不清楚。

库茨的律师团队身后的文件砌成了一堵墙，文件侧边贴着标

---

① 原文为阿非利卡语：keelvelle。

签,上面写着"林德利事件""洛萨·尼瑟林""哈姆斯委员会文稿"等等。库茨年轻的辩护律师搜寻证据时头一动不动,金色的小马尾辫一直搭在后背上。他向库茨提出了一些尖锐的、批判性的问题,库茨都对答如流。这是精心策划好的,目的就是让大赦委员会误以为最难的问题都问过了。辩护律师发言时,他身旁的助理律师如流水线般高效自如地翻阅着各种文件和信函。只要他稍稍点一下头,助理律师就能找出相应的文件让助理交给他。

德克·库茨就是一个产业。

而诺佛米拉的辩护团队却只有一个人,一共只进行了两次辩论。直到听证会第三天,媒体还没有收到诺佛米拉申请书的复件。他的律师就坐在他旁边,很少问问题,结果他受到了对方律师无穷无尽的盘问。每当他谈及有关库茨的事情时,都讲得含糊不清。但每当他谈及害他被判无期徒刑的谋杀事件时,都说得很清晰精确,甚至说出了日期和一些小细节,比如"傍晚"和"中午十二点前"。

难忘的一幕:我们正忙着把手提电脑、笔记本、机器和缆线装到一辆从安飞士借来的车上,这时一辆最新款的奔驰车——车的形状看起来像一只肿了的脚背——飞驰而过。贴了防晒膜的车窗缓缓打开,德克·库茨的律师团队像王者一般向我们挥了挥手。在他们之后是阿蒙德·诺佛米拉的律师的破旧不堪的梅赛德斯柴油车。

大赦申请人的律师团队本身就很值得研究。一进大赦听证会大厅，你第一眼就会捕捉到他们的身影。他们站在一旁，陶醉地吸着香烟，头顶十几年前早已过时的发型，身穿灰色西装，围着布林克团团转。布林克也是一名律师，他就是指挥攻击行为的幕后黑手。当然，并不是因为他支持"这些人的种族隔离政策"，而是因为他们也值得获得公平待遇。钱越多，也许待遇越公平？一开始国防部和警察署并不打算支付大赦申请人的费用，但这些申请人大多数有合同在手，合同明确规定国家要承担其服务期间任何法律成本。约翰·冯·得莫威将军同意申请后，警方大赦申请好似潮水般涌了进来，国家的钱也似流水般花了出去。于是红毯铺开，这些鳄鱼和他们的爪牙相继登场。一名普通律师每天能挣两千兰特，每个申请者还要多付给他们百分之二十的费用；一名辩护律师每天能挣三千五百兰特，周末提供法律咨询服务每小时收费三百兰特，工作之余不收费。

辩护律师是布林克律师团队里的耀眼明星，他一走入大厅，其他人的目光唰一下就转移到了他身上——他是他们的捍卫者和救世主。辩护律师是布林克根据规则精挑细选出来的：他必须相对年轻，这样他有没有参与过种族隔离行动就一目了然了；他必须脸色苍白，看似脆弱，这样大家就会假设令人毛骨悚然的细节一定会吓到他；他必须是说着一口地道英语的阿非利卡人，这样的人才生逢其时，南北通吃。布林克大腹便便，讲话滔滔不绝，像精心照料战马般收拾着辩护律师——把他的侧面毛发梳得平平整整，轻轻抚摸他的鬃毛，在他热身时按摩他的鼻孔和蹄子。

表演开始，辩护律师全神贯注，身子向客户倾斜。布林克在椅子上正襟危坐，像马戏团的领班一样，静静观察着一切。他偷偷把小纸条传给辩护律师，丝毫无人察觉，这时辩护律师正口若悬河地辩护着。这些律师团队在各大听证会上都激起了不少反感情绪，大家都知道他们就是来赚钱的。卡普里维听证会上，主题是训练因卡塔自由党成员对抗非国大，二十九名辩护律师整整两周每天就那么坐在那里，大多数只字未说。根据一名说英语的辩护律师所说，就是这批律师当初教人们骗人，现在又教他们说出真相，在同一帮人身上赚第二波钱。

只有左、右翼政治分子的大赦申请不用政府花钱，代表克莱夫·德比·路易斯和詹努斯·瓦卢斯的律师团队中就有哈利·普林斯鲁和路易萨·冯·得瓦特，他们共用一部手机。我打电话给他们，想看看他们对推迟哈尼大赦听证会有何反应。路易萨接了电话，说："这个呢，其实我们非常【哼鼻子、撕东西、搞破坏的噪音】难过……等一下……【她把电话放到了一边，语气充满责备，声音逐渐减小，传来刻意压制住的怒吼声】……不好意思，我们家的罗威纳和斗牛犬突然打起来了……法律规定被拘留的人享有……喂！快停

下！别让我说第二遍![1] ……优先权。但……我盯着你呢[2]……哈
尼家族在背后操纵着这一切【一个女人手里拿着手机,发出在厨房
里被生吃了一般的声音】……"断线了,我发现还不如打电话给哈尼
家族的律师。乔治·比左斯气势汹汹,看观众和法官的时间比看申
请者的时间还要长,相比之下普林斯鲁和冯·得瓦特显然黔驴技穷
了。顶尖的阿非利卡辩护律师肯定是不会接手德比·路易斯和瓦
卢斯的案子的,那为什么阿非利卡辩护律师宁愿为弗洛克和波塔辩
护,也不愿意接这两个右翼分子的案子呢？也许是因为他们两个不
是阿非利卡人吧。

　　为艾美·贝赫尔和圣詹姆斯教堂信徒的死亡申请大赦的人却
不用面临这种难题,阿扎尼亚泛非主义者大会[3]和保守党一样,并不
能像国民党和非国大一样获得国家资助。因谋杀艾美·贝赫尔被
判刑的年轻人的家人一穷二白,但这个案子却由两名辩护律师——
娜娜·高索和诺曼·阿琳德斯接手了。她们把黑人觉醒运动[4]和阿
扎尼亚泛非主义者大会政策与这个案件联系到了一起,因此真相委
员会证据长罗宾·布林克在听证会结束时表扬了她们。

---

[1]　原文为阿非利卡语:nee! stop dit! ek praat nie weer nie!
[2]　原文为阿非利卡语:ek sien jou。
[3]　PAC。
[4]　Black Consciousness。

德克·库茨从不为人知进入了《自由周刊》[①]的视野。《自由周刊》是一份极具批判性的阿非利卡语报纸，社论方针偏向于种族隔离政府左翼势力。库茨不是个普通的阿非利卡人，也不是个被严重误导的人。他不是英雄，他和那时的我们一样，也不知道是非黑白。但由于多年受到拒绝和侮辱，他开始变得偏执多疑、心理变态，从来不会用所谓的良知来衡量自己的行为。他不过是个不知出于什么原因，选择了某条路并将为此付出代价的阿非利卡人。

---

① 原文为：*Vrye Weekblad*。

/   第六章

防水袋和其他酷刑

"我站在各位面前——坦诚而又卑微，我已经决定不再为种族隔离制道歉，而是告诉大家真相。虽然这样一来我不仅背叛了我的人民，更背叛了我自己，但我必须这么做。我已经和上帝和解了，现在是时候和祖鲁-纳塔尔省人民，还有我自己和解了。这些听众的形象时常萦绕在我的脑海中，也许其中就有我曾经殴打过的人，或者不管其死活被我丢在田野里的人。"

威廉·哈灵顿警员正在为二十世纪九十年代初彼得马里茨堡周围爆发的七日战争做证，在那场战争中，两百人丧命，上百间房屋被烧成了灰烬，上千名难民从此流离失所。他承认自己在警局任职的短短两年零八个月内殴打了上千人，平均下来每天打了不止一个人。

哈灵顿被派去暗地里跟踪非国大战斗人员时，只有十八岁，而且从警察培训学院毕业一个星期都不到。

"理查德说我得紧紧跟着他。我当时很害怕,因为我们进入了非国大及联合统一战线的地盘,他指了指达列斯——上周非国大的人就朝他开过枪。后来我们去了一个黑暗的山谷,这时有口哨声从两百米外传过来——响声在山谷中回荡。'他们知道我们在这里。'理查德说。我试图逃跑,但实在是太难了——腰带上绑着猎枪①,还要保护信号弹和子弹不从口袋里掉出来。"

黑暗中他们遇到了一队人马,一个个都跪在地上以防被别人看见,并用舌头发出咔嗒咔嗒的声音向彼此示意。哈灵顿所处的小分队悄悄地蹲伏在地,向前逼近,也发出了咔嗒咔嗒的声音。五米外,突然有人喊道:"警察!②"于是所有人开始向四面八方扫射。

"当时的情形就像电影一样,深深地印在了我的记忆里。炮火连天,硝烟四起,有人被射中了跌倒在地……就像一群逃跑的野兽。"

经过这次洗礼,哈灵顿学得很快。晚上,他所在的小分队戴着套头帽,在非国大领域内播下了毁灭的种子。他们挨家挨户地搜查武器,查看每家的因卡塔自由党党员证。如果哪家拿不出党员证,房子就会被烧毁。

---

① 原文为阿非利卡语:haelgeweer。
② 原文为阿非利卡语:Amapoyisa!

"只要是非国大的建筑或非国大的团伙，我就从车上开火，还给因卡塔党的头领分发武器，帮忙运输因卡塔成员和军火。那段日子只有流血和死亡。

"那也是我个人和非国大之间的战争。上级告诉我：'行动的时候，你就当自己是一个小上帝。'他们说得对。那时我高兴怎么做就怎么做。二十岁的时候，我决定成为一名警员，所以加入了因卡塔自由党。直到今天，我还从未见过任何演讲、信件、宣传册说非国大不再属于恐怖分子的阵营。"

哈灵顿心中的英雄是因杀人不眨眼而臭名昭著的迪恩·泰尔布朗士少校。"他就像我的父亲一样。他对我的工作很感兴趣，总想知道我过得怎么样。他告诉我，作为个人，我要和非国大斗争，因为非国大的人都是共产主义者。他还说会确保我不会惹上麻烦。"

但是一名拥护非国大的临时警员①杀死了泰尔布朗士。

"我经常以泪洗面，借酒浇愁。我为他的死感到深深的悲伤，在他的葬礼上我还送了他一程——我怎么能不爱这个男人呢？但回过头来想想他做的事情，我知道我不应该爱他。可当我用心去感受他的时候，我知道那个男人就是我的再生父母……我深爱的那个男人哪。"

那哈灵顿的母亲呢？

---

① 原文为阿非利卡语：kitskonstabel。

"那时候她得了癌症,快要死了。"

一行泪水从他的左眼角流了下来,划过脸颊。镜头恰好捕捉到了这一幕。他僵硬地举起右手,悄悄抹去了泪珠。

"我是在监狱里面长大的,因为我被判刑的时候,只有二十一岁。但我的恐惧已经遗留在过去了,今天离开这个讲台后,我将一辈子都是一个被贴上标签的人。因为我已经违背了警察的宗旨:我为人人,人人为我。我将永远背负叛徒的骂名,因为我说出了所有同事的姓名。在战争年代,你们之间唯一拥有的就是信任,你们会把性命交付给彼此。但我背叛了他们——所有人……但我恳请各位原谅我。"

哈灵顿走下讲台后,再也控制不住,任凭泪水肆意流淌。他立刻被带到一间屋子里,接受心理援助。

委员会拒绝对威廉·哈灵顿实行大赦。

亨德里克·约翰尼斯·派特鲁斯·波塔警察的大赦申请

　　罗利借口找厕纸,从巴士车里拿回了藏着武器的背包。我们五个穿过浓密的灌木丛,来到了土格拉河岸边的开阔处。罗利把背包放在地上,开始和(莫布索)沙巴拉拉、查尔斯(恩达巴)一起往河里小便,这时我和萨姆把两件消声武器从背包里拿了出来。

与此同时,罗利让查尔斯和沙巴拉拉面朝河流坐在地上。罗利跟他们说,他们会被送往北纳塔尔的藏身处。我和萨姆从后面走了过来,开枪打中了他们的后脑勺。他们倒下后,我们又朝他们的身体开了一枪。我射的是查尔斯,萨姆射的是沙巴拉拉。后来我们把他们的衣服剥个精光,罗利回到车上取水泥杆、粗麻布和绳子。

罗利把绳子剪成一段又一段,萨姆把水泥杆放在查尔斯和沙巴拉拉的胸和腿上,然后把尸体分别卷进粗麻布,然后用绳子把裹着尸体的粗麻布固定在水泥杆上。我和罗利把查尔斯的尸体扔进了河里,又帮萨姆把沙巴拉拉的尸体扔了进去。我们把衣服塞进了黑袋子里,折了树枝扔到地上,擦净了血渍。我们花了一个小时的时间用来收拾那块地和把尸体沉入水中。

戴仑·泰勒对罗伦斯·杜·普乐斯的广播采访节选

了解一个人的成长背景至关重要。我是说,成长背景塑造了我们的为人。我不是指具体某个人,但有些人受人尊敬……我觉得不是想这样就能够这样的,是人们在家长里短的聊天中口口相传的……当时我很想追随良知的引导……因为我确实……知道我们在做错事。我真的很想有足够的勇气……去坚持自己的信念，因为七十年代的时候，一些事开始让我感到不适。我在很多场合都和同事说过："你知道吗，我们做错了！我们在欺压这些人。"但是也就仅止于此。我那时候还有一大家子人要养……"

（杜·普乐斯是前南非国防军上校，他的名字曾经出现在克拉多克四人组织的"死亡信号"名单上，列在名单上的人是要永远消失的。）

戴仑·泰勒对盖瑞·雨果的采访节选

有人利用一只母狒狒和她的幼崽做了个实验，来检验母爱到底有多强大……这只狒狒被关了起来，地面开始不断变热，实验就是要看看这只狒狒要过多久才会扔掉怀中的幼崽……踩在它身上以避热。最后，这只狒狒实在是忍受不了了，把幼崽扔到了地上，踩在它身上以避免接触滚烫的地面。我觉得同样的事情就发生在安保部门里……特工就像是这只幼崽，他们老老实实地相信组织会保护他们，包括整个系统的设计者和规划者。但组织开始感觉到地面发烫了，最终……把幼崽扔到了地上……特工必须牢牢记住，这就是你的下场。你要想保护自己，唯一的方法就是现在站出来自首。

（雨果是纳米比亚和南非的前军队情报特工）

耻辱让我无法回忆

以前情况和现在大不相同,过去受害者先向真相委员会讲述自己的故事,之后在另一个大厅里,迫害者会向另一批委员解释自己的行为。但杰弗里·本钦警长的大赦听证会抓住了真相与和解的核心,让受害者和迫害者面对面,把它扯出来展现在世人面前。

真相委员会在开普敦一个狭窄拥挤的大厅里召开了这次听证会,在那个星期,媒体以前所未有的生动细致描述施虐者和受虐者之间如双刃剑般的关系。受虐者的肢体语言从一开始就清晰地传达着一个信息:"不管是大赦委员会、律师,还是观众,其他人都不重要——最重要的是我和你。我们现在坐在彼此对面,就像十年前一样。但不同的是,我再也不任你宰割了——现在轮到你任我宰割了。我要好好问问你那个从那之后一直困扰我的问题。"但事情并没那么简单。无耻的施虐者和受害人之间错综复杂的关系最早体现在托尼·严格尼的声音中。严格尼作为议会成员,因充满自信——有时甚至有些自大——的声音而为人所知,但当他面对本钦时,自信、自大都不见踪影。我做笔记的时候,会站起来确认是不是严格尼在讲话,因为他现在声音有些哽咽,和往常大相径庭。严格尼并没有趁机打击报复本钦,而是很想了解这个人。"……什么样的人……唉……会用这种办法,把防水袋套在人身上……他们也是人哪……而且不止一次……就那么听着他们哀号、喊叫和呻吟……"在严格尼的一再坚持下,本钦演示了一下具体方法。"我想亲眼看看。"对于严格遵循法庭秩序的法官来说,这一提议是个不小的突破。他们有时蹦起来,以免错过这一幕。摄影师蜂拥而至,都难以置信自己还有这等运气。一名黑人受害者脸朝下躺在地上,这个人高马大的白人蹲在他后背上,把一个蓝袋子套了他头上——这将是真相委员会史上最沉重的、最让人无法平静的画面之一。

但严格尼却为这一时刻付出了昂贵的代价。

回到座位上后,本钦不露声色地转向严格尼,以致命一击让严格尼的政治形象在全国人面前砸得粉碎。"严格尼先生,你记不记得你曾在三十分钟内出卖了詹妮弗·史瑞娜?你记不记得你曾在高速公路上把邦格尼·乔纳斯指给我们看?"

严格尼坐在那里,似乎在求他把所有事情都说出来,似乎只有在这个人面前,他才知道什么是背叛或懦弱。

本钦说他和阿什利·福布斯之间"关系不一般",而福布斯紧咬着上唇,试图让本钦承认自己做过的事。因为这些事他终日过着地狱般的生活,甚至产生了自杀的想法。

　　本钦:我对你印象特别深刻,因为在你出狱后的几个
　　星期里,我觉得我们之间的关系特别近……这个说法可能

不太对，但从某种程度上来说我们是好朋友……第一天，我确实打了你……但之后我就带你去旅游了呀……我可不是随便说说的……你说过那是你吃过的最正宗的肯德基……后来我们还去了西德兰士瓦，你还指给我看秘密军火商店……你记不记得你第一次看雪的场景……还有发生在 N1 高速公路边的事情……还有科尔斯伯格之旅，我们俩一起烧烤①？

福布斯：那你把 16 号当作抓住我的纪念日，每个月的那一天都折磨我一番是真的吗？

本钦：你这样做是错误的，在和解精神下……

福布斯：还有一次，你用毯子把我裹得严严实实的……脱掉了我的衣服，还把防水袋那一套用在了我身上……你记不记得你说要把两根大拇指插进我的鼻孔，掐到鼻血流出来为止？

本钦：我知道你流过鼻血，但我觉得那是因为我打了你一巴掌。

本钦提醒福布斯，他经常周日给福布斯带水果吃，还有他冒了多大的风险才把福布斯最喜欢的西部小说偷偷带进监狱。雪和水

---

① 原文为阿非利卡语：braaied。

果构成的画面让他们之间有着看起来好像是保护者和被保护者的关系，而这可能孕育出美梦，也有可能孕育出噩梦。福布斯提到肛交时，本钦矢口否认："这个我没做过。你竟然这么说，让我感到非常失望。"

阿什利·福布斯的妻子全程都坐在虐待她丈夫的人的后面一排。当提及她早上和自己打招呼多么和善时，本钦百感交集。

施虐者能否成功，取决于他对人类心理掌握的好坏，而本钦在这方面确实是个行家。在最初的几分钟里，他能够操控大多数受害者，让他们回想起曾经和他的关系和彼此扮演的角色——他是强大的一方，而他们是弱小的一方。他在大赦听证会中还用了很多技巧来达到这一目的，比如他一个人坐、连续三天穿同一套灰色西装、戴同一条领带。在之后的新闻发布会上，受害者们说，看到他如此孤单，他们都觉得很怪。他不停地喝水；告诉大家因为人们恨他恨得牙痒痒，他的孩子出行都要有警方陪同；告诉大家他家浴室里常放着一条湿毛毯，以备房子遭汽油弹轰炸时使用。本钦记得每个受害者的代号、说过的每个字和特有的行为特征。这些受害者都说全国人民都怕他，因为他能在三十分钟内得到想要的信息。"开普敦和约翰内斯堡、比勒陀利亚、德班一样，超市里都有可能被人放置炸弹——但是尊敬的主席先生，我的工作是出色的。"

格力·克鲁斯是现任警察局署长，指挥着 VIP 保护小组。他问了本钦一个干脆而又专业的问题："你抓到我之后做了什么？"

"我可没抓过您，先生，"本钦说，"您是想把我弄糊涂吧。"

克鲁斯恶狠狠地说道："我认识你，就是你！"

但本钦不记得了。

克鲁斯：你在电影院外抓住了我，然后在路上，和谷森一起一直对我拳打脚踢……你还坐在了我头上，难道不是吗？

本钦：我不记得抓过你……但是你要说我们在小车里殴打你的话，那我承认我们很有可能是这么做的……但我不知道怎么打的你……

克鲁斯：你记不记得我们到了屈伦博赫后，你们把我吊了起来？

本钦：吊了起来！你说的"吊了起来"是指把你的手铐在防盗窗上？

克鲁斯：是的……这样一来我的脚就碰不到地面了，然后你们开始打我的胃部……

克鲁斯突然精神崩溃了，本钦瞪大了眼睛，看到自己的上司竟然失声痛哭，显得很是关切。但考虑到目前发生过的这么多事，本钦的表情似乎在说——发生在你身上的事也没那么糟糕。

但对于克鲁斯来说，他的身心难以承受这一切。这些经历几乎毁了他的生活,而本钦却一丝一毫都不记得了。

克鲁斯:【声音坚定】你有没有调查过我的信息?

本钦:【简明干脆】没有!

克鲁斯:有没有人因为我而被逮捕?

本钦:没有!

于是克鲁斯正襟危坐,恢复了听证会开始前的坐姿。

本钦身后坐着的都是他曾虐待过的受害者,友情和背叛将他们串联了起来:严格尼背叛了乔纳斯;乔纳斯在照片中指认了别人;皮特·雅各布出卖了福布斯;福布斯指出了秘密军火商铺;亚瑟·亨利出卖了安顿·弗兰施。休息时间,他们一起聚在走廊里,讲述着自己充满胜利和耻辱的真相。当大家离席时,本钦紧紧抓住阿什利·福布斯的双手,福布斯稀疏的胡须下绽开了羞涩的笑容。

标准银行/真相与和解委员会/雅各布

杰弗里·本钦警长虐待的第一个受害者——皮特·
雅各布指责他没有在大赦委员会上把全部事实讲出来。
雅各布现在是国家犯罪情报局主管,他说本钦所说的内容
只限于在与受害者对质的过程中提到的事情,并承认了使

用的施暴方法。安缇耶·塞缪尔在报道中写道:

据皮特·雅各布所说,本钦并没有坦白整件事。在盘问阶段,本钦承认了自己用电子设备击打了雅各布的鼻子、耳朵、阴部和直肠。警察调了调手表上的时间,让雅各布以为审讯已经持续到了下午,本钦说这就是所谓的"手表计谋"。本钦也说,警察告诉雅各布,第二天还要继续审问,这时他主动供出了阿什利·福布斯的藏身之处,而且他知道福布斯下午前就离开那里了。本钦也承认自己对雅各布说过"我会让你痛不欲生的,要多少次就多少次"。

(安缇耶·塞缪尔,南非广播公司新闻频道,开普敦,口头报道实录)

"葡萄藤屏障之上"——桑迪尔·迪柯尼(《开普敦时报》)

本钦对托尼·严格尼的严刑拷打持续进行着。本钦双手将塑料袋套在他头上,使他几近窒息,肺部发烫,半小时不到就撑不住了。严格尼虽是自由战士和反种族隔离制的特工,但对本钦来说,他不过是个随时都会倒下的懦夫。

我曾说自己再也不写这种专题文章了,但严格尼受到的虐待远不止如此。我们很多人都以为他是个叛徒、卖国贼和骗子,而且信仰、命运被扭曲的我们,以为虐待他的人是个大英雄和揭露真相的人,是他勇敢地告诉了我们一切。在我眼中,托尼·严格尼仍然是个英雄。很多非国大成员虽然知道有关非国大的一些事将会从施暴者中以最讽刺低俗的方式暴露出来,但仍支持真相与和解委员会的工作,严格尼也是其中之一。在我看来,来自谷谷勒图镇的严格尼是在当下仍给我带来希望的人。不仅是本钦,我们很多人都欠他一句道歉。

而现如今,当我看着严格尼的时候,是的,我看到的是血:本钦和这个种族隔离制国家的双手上沾染的他的鲜血,被种族隔离英雄碾压榨干的朋友和同志的鲜血(本钦在其逻辑缜密而精确的结尾中说,这个过程只用了不到四十分钟)。

我曾说自己再也不写这种专题文章了。

我错了。

(《开普敦时报》)

大赦委员会首次召见并盘问了一名心理医生——瑞亚·考茨,让她为杰弗里·本钦警长的心理状态做证。自 1994 年本钦精神崩溃后,考茨就开始为他提供心理治疗。考茨原本是为本钦的妻子治疗抑郁症的,但在他受到幻听的打击后,就被请来治疗他了。

她提交报告后，我过去问她："幻听"是什么意思？

"意思是他听到了一些声音，但我只能告诉你这些，这是本钦唯一让我不要讲的东西。"

"那是为什么呢？"

"因为这件事是他唯一剩下的东西了，他隐瞒这件事，也是在保护自己的尊严。"

本钦出来休息的时候，我又去问了他"幻听"这个词。

"我没办法告诉你，我只能说当时我以为自己疯了。"说话时他抽烟的手在颤抖。

"那是控诉的声音，新的声音，还是熟悉的声音？……"

他走了："离我远点……天哪，快离我远点吧。"

本钦的那次经历在考茨的证词中表述得最为清楚。她说有一天晚上，本钦坐在阳台上抽烟，突然回忆起了什么——回忆来得太强烈而又真实，使他放声痛哭。他的妻子打电话给考茨，说自己问本钦出什么事了的时候，他不停地说："我不能告诉你——我感觉太羞耻了。"考茨说本钦有着强烈的自我厌恶感。

大赦委员会趁考茨在场，好好探讨了一番失忆的问题。一些迫害者说自己有些事已经记不得了，而委员会又没办法确定他们是真的内心受到巨大创伤，还是故意隐瞒实情才这样的，所以这些人往往无法满足告知全部实情的大赦要求。

受害者律师提出的第一个问题就是教科书上对"创伤后压力"

的定义：只有受害者才能对此有所体会，而受害者最根本的特征就是有无助感、无力感和极度恐惧感。

那么本钦不能被归在受害者一列了？

（如果这一定义准确的话，为什么委员、通报官、声明人、记者都要接受心理治疗？）

考茨说，本钦是极不人道的工作条件的受害者。他在谋杀和抢劫组是个好警察，但是因为做得太好了，他被调到了安全组。他必须在那里构想出这些严刑拷打的方法，以不辜负人们对他的期望。这使他的自我认知彻底崩塌了。

大赦委员会想知道本钦是如何在这一分钟说他不记得了，下一分钟又说某些事根本没有发生过的。人能不能同时忘记和确定一些事有没有发生过呢？

这一切的中心事件是罗宾·布林克所说的"恶心的扫把事件"——著名的西开普敦民族之矛①的成员尼克拉·佩德罗被逮捕了，他是在去莱索托见民族之矛的干部的路上被捕的。因为他手上有一封信，信上写着这些干部的名字，他本来会在越过边界后打开信来看。被逮捕的时候，他告诉警察他已经把这封信吞到肚子里去了——"我撒谎了。"佩德罗说。于是本钦把他带到一个房间里，摊开一张报纸，让他排便。后来这个全国闻名的施暴者戴上手术手

---

① 民族之矛（Umkhonto we Sizwe）：非国大的军事部门。

套,在报纸上的那堆东西里找。结果什么都找不到,他把手指插入了佩德罗的肛门。然后他拿来一个扫把,对佩德罗说:"就算是插进你的胃里,我也要找到这封信。"

刚从戒酒所里出来的佩德罗在大赦委员会面前泪流满面地说着证词,但本钦却坚决否认自己用过扫把。他听到佩德罗这么说的时候大惊失色,一遍又一遍地否认着。

这个心理学家说,重建、美化记忆是人之常情,大多数人都这样,但也许失忆有三种:第一种,主动失忆——在你受到威胁,或难以背负着真相活下去的时候,你会主动改变自己的记忆;第二种,被动失忆——一件事让你如此痛苦,使得记忆被扯开了个洞,于是这件事前后发生的事情你都不记得了;也许还有第三种,就是在公开做证时的失忆。考茨说,本钦知道自己必须做证,而且知道做证对于他和妻子、孩子一起的最后的那点生活的影响,因而感到焦虑。两者相互作用,使他的压力水平飙升。在这种情况下,他可能比平常记得的东西更少。

如何分辨说谎和失忆呢?

她好像在自言自语似的,慢悠悠地说道:"在我的工作中,从某种程度上讲,世上根本没有谎言——所有谎言都源于真相,是对真相的反应和修饰……"

/ 第七章

两个女人——倾听用另一种语言叙述的故事

那一天是圣诞节,我们看到很多戴着白围巾的义务警察①和其他吹哨子的人。

回家后我发现门口有很多白人,他们踢开了我家大门,然后冲了进来。我觉得那天我差点就要丧命,但他们开枪总是射不中——他们没有射中我的脑门。又来了一个士兵,他坐在车顶上,拿枪指着我。我试着开门的时候,他开始朝我射击,子弹看起来像黑色的小弹丸。我逃到了另一个房间,一直在想孩子该怎么办。

那时候恩达马纳先生已经逃不动了,因为他年纪太大了。他朝房顶扔了块石头,喊道:"啊!他们怎么能就那么杀死了杰克逊!"他

———

① 原文为阿非利卡语:witdoeke。

们杀死了我的丈夫杰克逊后，把他扔到了花园里，然后回到屋里。

这些人冲进来以后，一个女人跪在地上开始祈祷。有些房子已经被烧了，到处都是开枪射击的白人。我们听到他们说要去卫生间——上帝啊，快来救救我啊！——我关上了房门，听到卫生间传来开枪的声音。有个人敲了敲我的房门，原来是我的孩子，他说："妈妈，我们离开这儿吧，出来吧。爸爸来了，他在叫我们。"

那是他人生中最后一次开口说话，那些戴白围巾的人用斧子朝他砍去。房子着火了，火舌吞没了一切，子弹横飞，而我根本不知道到底发生了什么。大约下午四点时，我以为我们都已经死了。外面漆黑一片，浓烟滚滚，显然他们那时候开始撤离这片地方了。我们脚下踩着一具又一具尸体，数也数不清，有些孩子甚至被放在火上烤。他们让我上车的时候，车里已经坐满了人，而我被带到了泰格堡。

我十五岁的儿子伯尼斯勒和他的姐妹们逃走了，等他们再回来的时候，发现他们的父亲已经死了，他们哭了。那天活下来的人到我家里，把他的尸体放在他儿子的前面，然后走了……那个孩子浑身是血，但他不停地问着："爸爸，你能看见我吗，能看见我吗？爸爸，你能看见我吗？"我听说在去康拉迪医院的路上时，这个孩子也死了。

……我体内的子弹就像钢刺一般……

殡仪员带我们去了殡仪馆，我和大女儿在那里看到了他。我们到的时候,他还没有瞑目。我们看到他身体上到处都是黑色的弹孔,也看到了孩子头上斧子砍出来的伤口。

我至今都生着病……手脚都已经烂了,身体上有好多弹孔,根本睡不好。

有时候我要睡觉的时候,会感觉有什么东西从我的脑中蒸发。直到吃了安眠药,才能感觉舒服些。这一切都是我身体里的子弹造成的。

我的儿子伯尼斯勒,自从沾上了他爸爸的血后,状态就再没有好过,从此有了心理障碍。

戈博得·马迪克赞拉夫人:他以 A、B、C 的成绩通过了第六级标准测试……具体我不是很了解,但从证书上来看,好像对应着百分之六十、百分之七十、百分之八十。在看到他父亲那恐怖的一幕之前,他看起来似乎是个好儿子。谢谢你,妈妈,我现在要让你解脱了。

(艾尔西·吉施的证词)

圣诞节派对上……我突然听到像放烟花爆竹一样的声音。我看到罗达·麦当劳张开了双臂,倒地而死,伊恩也是如此。我转过身去看门外发生了什么,结果看到一个头上裹着套头帽的男人,他手里拿着把 AK-47 步枪,我的第一反应就是:"天哪,是恐怖袭击!"后来我就晕过去了,什么都不记得了,直到坐在前往布隆方丹的直升机上，我才恢复了记忆，听到有人告诉我："你刚经历过一次恐怖袭击，我们现在要把你送到重症监护病房。"

再次恢复意识时，我已经躺在重症监护病房里了，我能感觉到家人和朋友都围在我身边。在那段时间里，最美好的经历就是每天夜幕降临之时，都会有一个男人出现在窗户边，我一开始以为那是个保安。我没法和家人沟通，只能以笔代言，因为我全身上下到处都插着管子。我那时给他们写道："请让他们把那个男人从窗边赶走。"

我的大女儿很聪明，大约两周后……她把一个可疑的人的照片拿给我看……那个……在窗边的人……就是在门口拿着 AK-47 步枪的那个人……其实那对我的病情来说特别重要，因为我突然间找到了他，知道了重症监护室里那个幻影是谁。

在重症监护室里的那一个月实在是太痛苦了，我得再次学习怎么走路。回家后，发现孩子们对我好得难以置信，他们会因为让谁给我洗澡、穿衣服、喂饭而争论。我真不知道，要是没有他们，我能不能挺过来。我做了心脏手术，因为大动脉上有个洞，当时我都停止呼吸了。一半大肠都被切除了，肚子上留下了丑陋的疤痕。大拇指被弹片切坏了，而且我体内有残余的弹片。所以每次在机场过安检的时候，警铃声都会响起，让我的生活十分刺激。另外，我的膝盖也受伤了。但无论如何，我必须说，这些苦痛的折磨让我感觉自己更富有了。这次苦难是一次充实自我的经历，也是我的成长曲线，它赋予了我和其他遭受痛苦的人们产生共鸣的能力。

　　住院期间，一些非国大成员竟然来看望我了，虽然都是在看到我怎么样了之后就马上走了，但我还是感激涕零。布隆方丹，甚至全世界都在报道我的事情，让我感觉自己都快被宠坏了。

　　（贝丝·萨维奇关于金·威廉姆市高尔夫俱乐部袭击的证词）

第八章

负罪感正披着层层外衣袭来

3月的第一个周一，五点四十五分，大赦委员会已经休会。比勒陀利亚的姆尼托利亚大楼废弃的一角里，只有广播组还在工作。我要上交一份报道，但我的大脑已经超负荷了，我一直在想：什么是叙述？今天，大赦申请人向委员会提交了有关1987年11月理查德·姆塔斯警员及其妻子谋杀案的两种证词。罗兰·巴特曾说："叙述不能表明什么，也不能模仿其他版本……它的功能不在于场景再现，而在于场景构建。"这是不是说姆塔斯夫妇谋杀案的证词不是真实的，只是为了某一场合而刻意构建的？而这个场合恰好是大赦听证会？

以下转录的是雅克·赫克多警长的版本：

> 我们离姆塔斯家有一段距离。我们当时穿着黑衣服，

戴着套头帽。玛玛瑟拉没有用帽子把脸裹住，而是拉低了一些。他敲了敲姆塔斯家的大门，问理查德在不在，而我们站在角落里偷听。玛玛瑟拉告诉我们理查德的妻子在等他回来，于是我们决定到里面去等他。玛玛瑟拉又敲了敲门，那个女人开门了。玛玛瑟拉用枪眼对着她，把她逼到了一间后屋里，这样她就看不到我们了。我们关掉了灯，把电视机开着，营造屋里有人的假象，然后躲到了沙发后面。后来有辆车开来了：是他的马自达。他来到门前，发现房门被锁住了。就在他试图开锁的时候，我们猛地把他拉了进来。他立刻意识到大事不妙，激烈地反抗着——像老虎一样搏斗，鬼哭狼嚎的。为了控制住他，我开始勒他的脖子——

我关掉了录音机——我以后是不是还要听别人如此津津有味地讲这种事情？赫克多咬牙切齿地说："我勒死你……①"但 r 的音比平常拖了半拍，g 干涩刺耳的音卡在了喉咙里。

　　冯·福伦用枕头捂住他的脸，用 AK-47 朝他开了四枪——枕头充当了消声器。卢茨当时也在场，他的弹筒不小心戳到了我的胳膊。我们呼唤着玛玛瑟拉："快点！我

---

① 原文为阿非利卡语：Ek het hom gewurg...

们完事儿了。"我们往外走时，听到屋子里传来一声枪响。

玛玛瑟拉赶上来时，我们问他刚才那声枪响是怎么回事。

他说他把那个女人杀死了，因为她看见了他的脸。后来我

们才知道，当时房子里还有一个孩子。

安吉正戴着耳机，闭着眼睛剪辑声音片段。突然不知从哪里传来了一阵门铃声，但我们毕竟是这儿的访客，就没在意。突然她放下耳机，皱了皱鼻子，说道："有东西烧起来了，我闭眼时，嗅觉就变得格外灵敏。"

我走出媒体室，往走廊深处走去。途中还经过了我一个祖先的画像：克里格地方法官。画像镶着金框，挂在墙上。画像中，厚重的汗毛遮挡了他的脖子。后来我在走廊尽头的转弯处看到了一团滚滚浓烟，马上就往回跑。"走廊尽头起火了！"安吉却镇定自若地继续工作。我径直往电梯跑去，去告诉保安起火了。电梯门关闭的时候，我突然想到火灾时禁止使用电梯。这一注意事项已经被重复了千遍万遍，但太晚了，电梯已经在下降了，我吓得直冒冷汗。我从没害怕过什么，但就害怕自己做傻事！蠢事！糗事！"南非广播公司无所畏惧的烧焦·克里格！"一个同事后来嘲笑我道。电梯总算是到了一楼，一开门，我看到空气中弥漫着浓浓白烟。

"快出来，你这个蠢货——整座大楼都着火了啊！"保安把我从电梯里拽出来时大喊道。

"但我的同事还在三楼工作呢。"我边咳嗽边奔向楼梯。

"消防员会来救他们的……"但我们还是冲上了楼梯。楼上——我们要拿什么，丢下什么？因为确定火情很快就能被控制住，我们丢下了手提电脑、录音机、笔记本和一包还没抽过的烟，只带了包和手机。外面警笛发出刺耳的响声，我们看到一大团白色、灰色、黑色的烟雾，但并没有看到火焰。

我站在人行道上，从包里掏出了一本阿非利卡小说，上面以小说化的口吻记载了姆塔斯夫妇谋杀案的经过。小说名为"震耳欲聋的沉默"①，是约翰·迈尔斯根据姆塔斯的律师给他的文件改编而成的。

以下是约翰·迈尔斯的版本：

　　　　他朝屋子前门走去，一步步走向了陷阱。第二天早上，外卖打包盒仍然躺在半掩着的车门旁。

　　　　他关上了前门，按了开关，可啪嗒一声后灯却没亮。灯坏了吗？他想：我得去沙发后面找找藏在那里的枪。

　　　　就在他把头转向左边时，有人朝他的眼睛猛地一拳打了过去，他立即摔倒在沙发边。有人抓住了他的肩膀，有

---

① 　原文为阿非利卡语：*Kroniek uit die doofpot*。

人抓住了他的大腿。他们激烈地厮打着，他一阵乱踢，试图寻找标记。他使劲咬着捂住自己嘴巴的手指……眼睛！有东西滴入了他的眼睛，使他陷入了绝望……他已经筋疲力尽了，毕竟寡不敌众，而他们也倒下了。我的眼睛啊！和聋了的耳朵在同一边！天哪，他们是要让我成为半面人啊！

他有没有听到……笑声？他闻到了汗臭味，他太熟悉这种味道了！汗水浸湿制服散发出来的酸臭味，也就是制服汗臭味，你永远也忘不了这种味道。

他倒在厨房里新买的烤箱前面，脸色如沥青般乌黑；我从没见他这么黑过，还有那张脸，或者说他剩下的那部分脸。他的头贴在黏腻腻的地板上，后脑勺还被打了个大洞。他们用枕头当消声器……用枕头捂住他的脸，朝着枕头开枪，然后羽毛漫天飞舞。房子里乱七八糟的！看起来像被龙卷风侵袭过一样：所有东西都弄坏了，电视机修也修不了了，厨房里的橱柜和椅子什么的全都坏了，除了新买的那个烤箱。

迈尔斯也提供了《索韦托人报》[1]的版本：

---

[1]　原文为 *Sowetan*。

　　周一晚，前博普塔茨瓦纳警察与其护士妻子在哈曼斯克拉尔旁的坦巴小镇家中惨遭枪杀……他们六岁的儿子特施迪索并无大碍，只是当晚在家中以泪洗面，因为他不知道该怎么处理父母的尸体。邻居称，他们晚上听到了枪响，但并没有在意。枪声响后，民众看到三名男子乘上一辆蓝色巴士离开了现场。

　　我在人行道上掏出了手机，打电话给时事频道："我们正忙着编写有关理查德·姆塔斯和艾琳·姆塔斯谋杀案的一套新闻包。"

　　"请你告诉我们：他们是谁？"

　　"姆塔斯曾经被一名白人上司殴打，耳膜都被震破了。于是他起诉了这个人和法治部长，不久后，他和他的妻子惨遭谋杀。你明天可以约见一下作家约翰·迈尔斯，他根据这件事情写了本书，因为他在姆塔斯的故事中，看到了一个在种族隔离时代追求正义的普通人，更看到了一个榜样。"

　　"我们什么时候能拿到新闻包？"

　　"现在我们正坐在姆尼托利亚大楼前面的人行道上，因为楼里起火了，我们被疏散出来了。"

　　"抽根烟休息下吧。"制作人笑道，"新闻最后一段可以顺便提提这场大火。"

可后来火势的发展远远超越了顺便提提的程度，一小时内，姆尼托利亚大楼旁展开了比勒陀利亚史上规模最大的消防行动。大火从浓烟滚滚升级为熊熊燃烧，火舌爬上了一层又一层楼梯，我们在手机上向新闻频道做出了详尽的报道。

我打电话给大赦委员会的证据长："那五名警察藏身的大楼着火了。"

电话那端是良久的沉默："又来了？"

我又说了一遍："你没听见警笛声吗？"

他开始歇斯底里地大笑起来。

赫克多和冯·福伦今天都讲述了自己的故事，但他们的故事还只是整张叙述网的一部分，这张网包括城镇故事、文学记载、真相委员会证词、新闻报道……谋杀案就像一团泥土，政治气候、大赦条件、特施迪索·姆塔斯和他祖母、律师都在塑造着这团泥土。其实只有两种故事：表面故事和深层故事——它们发生的背景和外界的推动决定了人们在叙述时省略什么、利用什么、怎么利用，而最核心的推动力就在于大赦条件。依据大赦条件，人们用长篇大论叙述了是谁在发号施令，以渲染政治动机形成的背景；也细致入微地描述了杀人犯的特征，以制造和盘托出的假象。

是提供丰富的细节以震惊律师团队，还是为了姆塔斯一家避而不谈骇人的细节，叙述人常常游走在这两者之间。但艾琳·姆塔斯的母亲生动形象地描述了姆塔斯死后的一幕：白色的东西从他的耳朵里冒了出来。描述时，她的目光死死地盯着冯·福伦和赫克多。

但有些观众是看不见的——叙述者的家人、同事和新政府都坐在地平线的某一端，每位听众都分析着这些故事的真实程度。叙述也因此无法保持中立性，因为叙述的选择性和顺序都影响着听众的解读。

一车车消防员接踵而至，他们穿着厚重的防护服从我们面前一列列走过。他们大多数都不超过二十岁。从外面看，火势似乎还没有蔓延到媒体室，毕竟那些翻译、声音和电视设备都比较昂贵。

我和安吉被叫到了一边，原来是国家情报局的人来了。他们接到命令，要来解救大赦委员会文件。有人告诉他们我们是委员会的人，于是他们问我们知不知道文件在哪里。我们两个只能内疚地面面相觑。有一天晚上，我们两个加班到很晚，我想偷点茶叶或者咖啡，走进了第一个敞开门的房间——大赦法官的办公室。哦，对了，这里有文件，我还翻了翻。墙边有一排柜子，其中几个放着一摞摞保密的大赦申请书，我在一个柜子里找到了茶叶、咖啡和蘸着白巧克力的可口饼干。

"我们是广播台的，不是真相委员会的人，"我们嘟囔道，"不过文件在三楼走廊右侧第三个房间，门边第二、三、四个柜子里。"

以下是保罗·冯·福伦的版本：

那时候声音很响，他一直在惨叫。我和赫克多警长……【叹气】齐心协力地合作，一句话都没讲，我们都知道他要做什么……

我只能跟大家说，行动到了那一阶段，时间至关重要，我们那时候已经来不及思考了……那一晚，我们并没有讨论那个女人有没有看到玛玛瑟拉的样子。我们根本没考虑过这个问题，这确实是我们的错，应该考虑一下的。但我知道赫克多警长的妻子那时候在跟他闹离婚，我们不想给彼此施加压力。

在和理查德·姆塔斯经过一番较量后，赫克多警长用枕头捂住了他的脸，我用 AK-47 朝他开了四枪，之后卢茨警长和赫克多警长走出了房门……我不记得赫克多警长有没有让我去找玛玛瑟拉，反正我进了那个房间……要是记得没错的话，那个女人的头埋在毛毯或者床单下，总之是被盖住的。我告诉玛玛瑟拉："快来，我们完事了。"然后我就转身跑出去了，随后听到了枪响。我走到外面时，玛玛瑟拉来到了我身边。我问他："你干什么了？"他说自己朝那个女人开了枪，因为她看见他的脸了。这里我想提一下，那个时候人们能认出玛玛瑟拉并不奇怪。因为我们两个是老朋友,他跟我说,过段时间国家会出钱让他做整容手术,他经常和我讲些私事。所以我觉得,玛玛瑟拉的容貌是在那之后才发生改变的。

我们上交的报道是这样写的:"昨日傍晚发生在市政大楼里的大火仍未被扑灭,但火情尚未殃及召开五名前秘密警察听证会的大厅。国家情报局人员仍在现场,以确保大赦场地得到严密封锁。他们昨晚被派遣到此处,正是要取回敏感文件和重要文件。目前尚不明确大火有没有损坏南非广播公司或真相委员会的设备,但消防部门称一切财物都将浸泡在水和煤烟当中。"

还有这一篇报道:"人们正将满载着大赦委员会文件的小推车从普利陀利亚市政大楼被损坏的一侧推出来,其中有法庭记录,有些被浸湿了,有些边边角角已经被烧焦了,夸恩德贝勒部长皮特·努图里的案件和其他几个案件的文件也已经湿透了。工作人员正在组织安排临时场地,真相委员会成员站在周围,心情十分郁闷。技术人员称,翻译设备无法赶在今天的听证会开始前变干。"

电脑因受热而变形,表面凝结着一块块煤烟灰,不过好在录音机还能用。桌子上到处都是一团团黏糊糊的胶体,肯定是有一包软糖被烧得爆裂了。我们的提包闻起来满是烟味。

"我的东西也是,"哈森·摩尔法官第二天说道,"都能当纪念品了。"

之后的几个月里，味道迟迟不散。

火灾几个月后，在一次采访中，乔·玛玛瑟拉就姆塔斯夫妇谋杀案一口气诉说了自己的版本：

"我在跟她（指躲在后屋的艾琳·姆塔斯）聊天，骗她说她丈夫涉嫌参与一起抢劫案，还问她她丈夫有没有带钱回来。她很忧虑，说没有，他什么钱也没带回家。其实潜意识里我感觉很内疚……不知道该怎么帮她……突然赫克多进来了。他们打她丈夫的时候，她忧心忡忡的，但一直都很镇定，因为我尽量让她维持这个状态。但在他们搏斗的时候，我自己也受到了影响，感到焦虑不安，她也感到痛苦不堪。赫克多进来之后说：'你在那里傻站着干什么，为什么不杀了她？①'然后他一把夺过我的手枪，逼着她爬上床，朝着她的头开了四枪。我亲眼看着她的尸体流出了鲜血……"

"那孩子呢？"

"孩子不在那里，在另一个房间里睡觉。之后他递给我枪，说：'快去……去杀死那个孩子。②'我接过枪，打开那

---

① 原文为阿非利卡语：Jy staan en gaap, hoekom maak jy nie die vrou dood?

② 原文为阿非利卡语：Nou gaan maak die kind … gaan skiet daai kind.

扇门,看到这个无辜的小宝贝,我在他的脸上看到了我自己孩子的脸……我做不到啊。"

"所以周围有这么多吵闹声和枪击声,他也能睡着?"

"不是,只有吵闹声的时候他还睡着……手里拿着把枪,我原本可以无情地杀死那个小男孩的,但那就像在杀我自己的孩子啊……于是我朝他妈妈所在的卧室开了两枪,关上了门。赫克多对我说:'你根本没开枪,我没听到开枪的声音。'我说:'不,我开枪了。'他说:'把你的武器拿来。'他接过手枪,打开来检查了一下。我很庆幸自己随便开了几枪,不然被发现了的话,我会因为违背命令而被杀掉。所以从某种程度上来说,没杀那个孩子让我感觉很庆幸。因为如果我杀了他的话,我余生都会为此感到烦恼,而且我的精神也不会像现在这么正常了。"

这些故事在我脑中萦绕,我在想它们是如何遥相呼应,又如何大相径庭的。口头叙述有自己的特点,虽然这些故事并没有指向同一高潮,却提供了很多细节:谋杀和破门而入同样重要,屋内采用的战略和后来发生的事情同样重要。

还有一些画面也很重要:赫克多勾勒出漆黑的房子里只有电视机的光在闪烁的画面。冯·福伦在描述搏斗、窒息和枪击场景时,反对者毫无异议,他还时不时增添几句感性的话:"我知道他妻子在跟他闹离婚……我没有给他额外施加压力。"作家迈尔斯描述了车边散落的外卖打包盒，还有枪击后枕头里的羽毛如万千尘埃般漫天飞舞的一幕。玛玛瑟拉还谈到了熟睡的孩子。他们在叙述这些故事时，通常使用第一人称，每一幕里的角色不超过两个人，而且从一个故事迅速切换到下一个故事。

每种叙述都烙有叙述者的印记。赫克多喜欢从细节中寻找乐趣，他会干脆简洁地描述故事，发某些音时声音变尖。他还会提及"像老虎一般搏斗""开锁很费劲""卢茨的枪不小心戳到我"。相比之下，保罗·冯·福伦的语调就随意了很多，他的发音铿锵有力，狂放不羁的语调后隐藏着工人阶层背景。他坚持使用正确的头衔，组织长句子时还会停顿。他说："我们和理查德·姆塔斯'搏斗'之后"——好像这是场公平的较量。而同时在他的故事里，他把自己塑造成了赫克多和玛玛瑟拉的朋友。玛玛瑟拉急促流畅的故事中充满了陈词滥调，他还把自己刻画成了敏感的人：分心……不是，是因死亡而焦虑。

专家学者曾说，口头叙述是由浓缩整个故事精华的核心词语和画面组成的，再从这些核心中扩展出动作、人物和结尾。叙述中内含的信息不尽相同，但核心成分大同小异，而且是有交集的。

这些故事的一个共同核心成分就是冲突的过程，赫克多、冯·福伦和迈尔斯都重点强调了姆塔斯进入房间的那一刻。他们都提及了核心意象——枕头，虽然最开始他们说是沙发上的坐垫。赫克多说冯·福伦先用枕头捂住了姆塔斯的头,然后用它当消声器。在迈尔斯的书中,一名家庭成员讲述了他们射中卧室枕头后羽毛到处乱飞,鲜血四处飞溅,房间乱七八糟的场景。玛玛瑟拉讲述了赫克多为了杀那个女人,把毯子射得千疮百孔。但所有故事都创设了同一个场景:强大对弱小,全副武装对赤手空拳,到处都充斥着冲突与不和。

值得一提的是,这些故事在谁应该负责任的问题上态度截然不同。没人承认自己杀死了艾琳·姆塔斯,因为一个人不可能出于任何政治动机杀死一名普通护士。据赫克多所说,他们叫了玛玛瑟拉之后,走出了房间,然后才听到枪响。但据冯·福伦所说,他先去后屋叫了玛玛瑟拉,出来后,玛玛瑟拉已经到了他身边,还说自己已经开枪打死了她。而玛玛瑟拉说站在他身边的是赫克多,不是冯·福伦,而且是赫克多朝艾琳·姆塔斯开的枪。那么冯·福伦和玛玛瑟拉之间是否还存在所谓的友谊呢?

"等一下,"我脑中突然传来了贬低的声音,"这样'读文本'有什么意义? 你不过想对理查德·姆塔斯与艾琳·姆塔斯之死有更中性的认识,让内心摆脱恐惧的控制。一旦这些细节只和学术相关,你就能坦然视之了。"

但我反驳道:"我所读的故事所反映出来的东西一点也不学术化,再说每个相关人员都在试图推卸责任,这有什么'学术'的?"

"那就拿枕头来举例吧。'同学们,这就是意象。'枕头不过是文学手段罢了。"

"但是难道枕头没有使重要信息浮出水面吗？姆塔斯夫妇在松软的枕头和柔软的毯子下惨遭杀害，这一幕充分表明了罪犯的惨无人道。而且小小的枕头引发了一系列老生常谈的话题——如白人害怕被谋杀在床，或者香香的枕头如乌云般笼罩着你的头顶，而你只能在乌云下生活。"

尽管眼前吞噬一切的火焰正摧毁着市政大楼，我却只管和自己辩论，对比着各个故事。

现在必须决定：这是真相吗？肯定是。

人们说，真理掌握在多数人手中。或许你可以带着自己对真相的理解前往历史冷酷无情的竞技场，只有这样人们才能想象过去发生的事情，人们才能在同一个世界里共处。

如果你相信自己的理解，或者说自己的谎言，你怎么知道自己是不是在误导别人呢？你能装傻到什么程度？到最后，谎言已经不重要了，是你内心的想法让你接受了扭曲的事实。

赫克多和玛玛瑟拉之中一定有一个人杀死了艾琳·姆塔斯，真相不可能模棱两可，两个版本也无法兼容。

只有逝者才知道真相吗？

这对夫妇虽然已经死去，但他们的孩子特施迪索幸存于世。他会相信哪个真相？就算只是为了他，我们也要找出真相。

所以如果这个国家要人们相信真相的话，真相就必须由承担后果的人来决定。

要让每个人都相信真相委员会给出的真相，或者宣称这一真相必将解放人民、治愈人民、协调人民，确实有些苛刻。但仅凭这些叙述就足以说明真相委员会存在的合理性，人们再也不能沉溺于任意否认的自我世界里了。

　　　我们不能评判自己的祖国，正义之剑将与我们个人的
　　耻辱同在。

　　　　　　　　　　　　　　　　——约瑟夫·布罗茨基

　　　我之所以还没有失去理智，是因为和我的兄弟不同，
　　我能感觉到愧疚，而失去理智之人永远不会如此。

　　　　　　　　　　　　　　　　——弗兰克·毕达尔

是他们！真的是他们……认出他们的那一刻，我的身体一阵寒栗。那猥琐的笑声，那像兄弟似的拍着彼此毛发浓密的肩膀，用粗俗而又地道的阿非利卡语边聊边哈哈大笑的一幕。那些人①，确切来说——那些阿非利卡人，那些叫孩子"爸爸的小羊羔②"或"我的小

---

①　原文为阿非利卡语：manne。
②　原文为阿非利卡语：pa se ou rammetjie。

牛犊①"的人，是我年轻时的噩梦。

这些恶霸和他们的妻子。他们的妻子往往聒噪且双峰饱满，他们的孩子倒是规规矩矩的。几十年来，这些胡子拉碴的男人把农场②变成了十八层地狱，这里充满了毁灭、屠杀和恐惧，布满屠宰后的羊毛③。

科伦耶、冯·福伦、赫克多、文特尔、曼茨五个人站在一起，而记者、律师、受害者、访客都对他们敬而远之，匆匆走向比勒陀利亚大赦会场的大厅。因为我们都知道：他们是凶手。杀人这个词对于他们来说，没有得到"根除""铲除""去除"这些官方辞藻的粉饰。他们的工作不是演讲或整理文件，而是杀人。

我心生厌恶，想要远离他们，因为他们对于我来说一文不值。

我对他们来说也是如此。

现在困在他们的烂摊子里，我感到怒不可遏。当我用余光瞟着他们，想尽力表现得正常些，比如像往常一样笑和抽烟时，一种恐惧侵占了我的身心。保罗·冯·福伦阴郁沉闷的大肥脸、坚硬浓黑的头发和胡子、空洞无神的黑色瞳孔都散发着令人畏惧的气息。他的阿非利卡语让我听得口干舌燥，那种语调、不用嘴唇发出的元音、沉

---

① 原文为阿非利卡语：my ou bul。
② 原文为阿非利卡语：platteland。
③ 原文为阿非利卡语：Ingal'enoboya。

重又自负的节奏一定是每个积极分子的噩梦。

大赦听证会开始了，我坐在了离他们很近的位置上，以便在他们的手上、指甲上、眼睛里、嘴唇上寻找着一些标志，以证明他们长着一张凶手的脸或"恶魔的脸"（之后将会提及）。

1989 年，一个平常的乡下午后，我和小儿子在厨房里坐着，背诵人体血液流动图。

"非常好，再来一遍，从肺开始……"突然电话响了，狗狗叫了。

"24543。"

"是安缇耶吗？"

"是的。"我说道。我捂住了话筒，对儿子说："水壶，去把水壶关掉。"

"你是和非国大交流的那个人吗？"

我缄默不言，听着他那蹩脚的阿非利卡语。

"你知道白狼组织①吗？我们今晚会来找你的，像你这样的叛徒和荡妇应该像狗一样被一枪击毙。"电话挂断了。

我呆住了，突然间好像什么都看清了，还能听到血液流动的声音。我听到心脏像熟透的梨一样杂乱地跳动着，看到桌上有一粒吉卜赛奶油面包的面包屑，空气从鼻孔进进出出，我还感觉房子突然

—————————

① 原文为阿非利卡语：Wit Wolwe。

间被一丛丛茉莉花淹没了。我把电话听筒放好，精心细致地煮了壶咖啡。

我把孩子们带到农场上去，然后自己回家了。已经傍晚了，我应不应该锁上门？是不是要关上百叶窗？要不要把灯打开？

后来我听到约翰在书房里，他拿着把很久没有用过的手枪走了出来。

"你他妈这是在干吗？"

"我不知道你是怎么想的，但我绝对不允许一个种族歧视的疯子在我家杀死我。"

"你疯了吗？你想他妈的像个先锋①一样，手里拿把枪，在客厅里坐一晚上吗？"

我们看了看那把枪，枪管已经生锈了，还有蜘蛛网挂在上面。我们都笑了。"我连子弹都没有。"他说。我们两个瘫坐在地板上，双腿也软了下来。

我们一人倒了一杯酒，我打开了一包已经变黑了的花生。我回了回头，似乎在听有什么声响。约翰锁住了门，和我坐在电视机前，关掉了电视机的声音："不然你就听不到门那边的动静了。"

"如果枪好使了，我今晚开枪了，你会不开心吗？"

"我会绝望透顶的。如果那个人要开枪，就开枪吧，这就是他犯

---

① 原文为阿非利卡语：Voortrekker。

下的过错，但我不会朝别人开枪的。"

"天哪，你这个女人真是，又不是让你开枪，是我开枪。谁要是把枪口对准我、你或我们的孩子的话，我一定开枪打死他。"

狂躁的情绪在我心中慢慢累积。"这关乎原则问题啊，我们现在只剩下这个原则了。如果你开枪打死了他，他也可以开枪打黑人，大家想射谁就射谁。你真的想生活在这样的地方吗？你想让咱们的孩子生活在这样的国家里吗？"

"别再说这些陈词滥调了，现实点吧，我们现在被困在家里，一个小时后我们说不定都他妈的死了！"

"死"这个字眼在我们之间摇摇欲坠。

九点钟。我们边等边喝酒，但一点效果都没有。如果有人从阳台瞄准你，他很可能射中你的身体。但如果从街道上瞄准的话，一枪就没那么致命了。每次有车经过时，我们都竖起耳朵听着，狗狗也不停地叫着。

十点钟。我意识到，我们在等的是最后入侵的声音。也许真正杀死你的不是子弹，而是想到脆弱的躯体将被永远摧毁时油然而生的恐惧。

十一点钟。我知道和这个国家其他人的遭遇相比，我们这点事不算什么，真的不算什么，但我多么渴望那个声音赶紧到来。快来吧，快过去吧。

十二点钟。因为听得太久，身体已经酸痛了，我们就上床睡觉了。我们躺在彼此身边,目光划破了黑暗。燕子在下水沟里翻来翻去找食物时,我们睡着了。在这农场小镇上,天渐渐破晓,一切像往常一样。

一个多月以来,这五名秘密警察一直和受害者面对面坐着,讲述着自己的行为。和总是袖手旁观的德克·库茨不同,这些人是真正做事的人,他们用双手实践、用双眼见证、用脑子铭记着每个骇人听闻的细节。他们的证词改变了南非白人争论的矛头,以前人们否认那些滔天罪行曾经发生过,而现在人们声称不知道那些滔天罪行有没有发生过。一周周过去了,不良后果愈加明显。听证会最后一天,大部分法律术语和法律程序消失得无影无踪,五个秘密警察筋疲力尽,五个大赦委员会委员万念俱灰,他们一起结束了这一过程。

对我来说,他们比我自己的生命还要真实。

我问他们的律师,我能不能单独采访每个人,因为我想知道(当然我不会告诉他我是这么想的)他们究竟是精神错乱的怪胎,还是以政府的名义犯罪的杀人凶手,或者他们是在逼迫阿非利卡人面对自我。更准确来说,我和我最恨的人有哪些共同点?

出乎我意料的是,杰克·科伦耶竟然第一个答应了我的请求。他天天身穿灰色西装,戴着不难看的领带,坐在大赦委员会前面的样子,像极了我来自雷茨的阿尔伯特伯父①。杰克·科伦耶本可以坐在摩尔瓦格教堂的长老银行②里,但他却刚从归正教会③辞职:"我知道自己做了什么……我不想连累教会。"

他已经六十岁了,做证时常常会头脑混乱。

"医生在检测他有没有得阿尔茨海默病。"律师说。法官们和他年龄相仿,很难因为他的证词自相矛盾而严厉批评他。科伦耶膝下有三个孩子,女儿在警方工作,但他不愿透露儿子在哪里工作:"我不想让别人认出他们是杰克·科伦耶的儿子。"

他的胡须颤动着,他说:"我的一生都献给了这一事业……我所拥有的一切,我最好的年华,我的忠诚和荣誉,全都献给了警方。但现在政治却让我蒙羞。"

"每次任务结束后的清晨,我开车回家,看到身边的人匆匆赶在去上班的路上时,我就想:我做这一切都是为了你,为了你……我恪尽职守,你们才能安然入睡。要不是有秘密警察,这个国家连一个星期都撑不住……我做这些不是为了自己或钱财,而是为了这个国家。"

"维拉科普拉斯,"他吹嘘道,"在我的手下焕然一新。你在电视上看到过尤金·德·库克的手下长什么样……头发那么长的人一

---

① 原文为阿非利卡语:oom。
② 原文为阿非利卡语:ouderlingsbank。
③ 原文为阿非利卡语:Hervormde Kerk。

步都不敢踏入我的农场……"

　　我在比勒陀利亚希诺大厅一块安静的角落里挨个采访他们。"你知道吗，你和这些人在一起的时候，肢体语言和语调全都变了。"一位说英语的同事说道，"我没听到你具体说什么，但听起来很亲近……"我无言以对。和他们说话时，我用上了一切伴随我成长的说话方式。虽然我毕生都在和这些说话方式做斗争，但我想报道些好故事，而且我想要了解他们。我把采访录音带给了沃肯伯格精神科的精神病医生肖恩·卡利斯基。

　　"你不能坐在这富丽堂皇的大楼里解释过去发生的事情……这些人想掏空我们的灵魂，但他们根本不了解过去的情形。"我采访保罗·冯·福伦准尉时，他态度十分冷漠，不停地转着椅子。"我同意跟你聊天纯粹是因为你身上的味道很好闻。"他告诉我，后来我把这句话从录音里删掉了。

　　"坐在这里其实很不容易，"他说，"你把自己的灵魂暴露在南非所有的白人黑人面前，他们看着我的时候会觉得我就是个怪兽……我肯定能感觉到……他们对我的态度和眼神……可以说，我看到了他们眼中的恐惧和愤恨……受害者的律师说我们必须和他们沟通，但真的很难……因为每次我们说对不起的时候，他们都摇摇头说不接受……我可以接受他们这样……你虽然说了对不起，但其实说的都是空话……你知道我什么意思吗？我是说，如果我朝一个陌生人走去……对他说'听我说，我对不起你'，这难道不是空话吗？"

卡利斯基称之为脱序，即你曾经遵守的社会常规不再使用，而你被叫来在截然不同的社会框架下解释自己的行为。那五名申请人面临的就是这种情形，阿非利卡文化不再起主导作用，他们也就失去了这层保护膜。

他们要向新政府任命的委员会解释自己的行为，而且其中三个委员还是黑人。每天都有一批批黑人受害者坐在他们对面的长椅上。有的受害者操着一口地道英语，比如受人爱戴的马摩洛迪小镇的医生法毕安和他的妻子弗洛伦斯·瑞贝罗的孩子所说的标准英语，他们理解起来十分费力。有的母亲和阿姨摇着头，用一连串的母语表达自己的厌恶。

冯·福伦用 AK-47 杀死了其同僚理查德·姆塔斯，姆塔斯的妻子——艾琳那晚也惨遭枪杀，他们的小儿子特施迪索来参加了听证会。

"他坐在那里，亲眼看着我杀死了他爸爸……我【长叹一口气】理解他恨我恨到骨子里了……但我那晚根本没看到他长什么样……今天听证会上，他的眼睛里饱含着泪水……我在他的泪水里看到了自己……我真的对他感到十分抱歉……对于这种事，没人能释怀，我真的感到十分抱歉……如果他让我为他做什么事，打电话给我说：'帮我做件事。'我一定会做的……如果他说：'带我去开普敦。'我一定会载他去的……我还能做些什么呢？"

那句话从此不停地在我脑中回荡——我还能做什么呢?

卡利斯基谈到了过去这些极端暴力行为的合法性:先是立法者制定法律,律师在一系列其他专业人士的协助下通过并执行法律,由此而来的标准模式使这些杀戮有了合法性。

卡利斯基还说到,这一合法性是对共产主义的恐惧。"我们认为黑人不是人;他们更像是一种威胁,他们会把我们杀光,然后不断削弱这个国家,直到她分崩离析,沦为下一个非洲灾难区。"他谈到了最近出版的一本书——《坏人实现了好人的梦想》,当一些人疯狂地屠杀黑人时,很多白人却忙着幻想没有黑人的生活:黑人和白人遵守不同的法律,使用不同的便民设施,去往不同的教堂,生活在不同的国家、城市和家庭……

在这些警察里,雅克·赫克多警长是最让人捉摸不透的。之前就有人警告我,他从不和记者交谈。当我邀请他参与采访时,他不耐烦地转过身,拄着拐杖步履蹒跚地走远了。我跑上前拦住了他,重申了自己的请求。他咬牙切齿:"我不会和你说什么的,烦人,一切都太令人恼火了。"

"难道人们不应该知道这一切吗?"

"为什么要知道?"他大喊道,"一切不过是场闹剧,以前的政客和我们玩把戏,整个真相委员会都是新政府玩的把戏。我知道我不会得到大赦的……我只能告诉你一件事,我是不会坐牢的。"

"那你要怎么做?"

他狠狠瞪了我一眼："你自己想吧。"然后跛着脚走开了。

根据让·罗伯特斯教授给出的精神鉴定报告,赫克多小时候就患有诵读困难症。诵读困难症患者无法将个人需求、个人愿望与现实相结合,因而难以对自身和他人形成固定的认知,所以赫克多自幼年时起就变得十分孤僻。报告也说明了赫克多"人格分裂"的问题——他有两种分裂的人格,而且两种人格自觉更换主导地位。这也就解释了他在二十世纪八十年代时是如何实施恐怖统治的:白天,他是坐办公室的正义警察;晚上,他却变成了刽子手,或用他自己的话来说——"阿非利卡白人恐怖分子"。

他总是独自行动。他常戴上头套和手套,开辆旧车,到镇上屠杀平民。他在为几十起谋杀案做证时面无表情,而且发音干脆,在发颚音和闭塞辅音时充满了玩味。自始至终,他绿色的双眼总是直勾勾地盯着眼前的桌子。他告诉精神病医生,他的眼睛一直都是睁开的,无论睡觉还是祈祷,他从不闭眼。

奇怪的是,这两种人格让赫克多摆脱了创伤后压力症状的折磨。一旦其中一种人格让他感到不适和紧张,他就会切换到另一种人格。

赫克多将会因杰克逊·马可、哈罗德·瑟佛罗与安德里·马库普之死而被世人铭记。在杀死他们之前,赫克多实际上允许他们举着非国大旗帜唱《天佑非洲》①，这说明他是个正义之士。但他不记得自己对他们实施了电刑，只记得其他事。

> 伯纳德·恩格普法官：你记不记得 1987 年的某一天，你在皮纳尔斯勒菲旁的农场上对三个人实施了电刑？
>
> 赫克多：我记得……电刑……他们跟我说了之后，我想起来了，但这并非我心中所想……我刻意不让自己想这些事……我已经十年没有想过这件事了……
>
> 恩格普：但你记得琐碎的细节。
>
> 赫克多：是的，我记得太清楚了……我记得那条路……是白垩质小路……旁边有珍珠鸡。我只记得这些事情，但真的……那些可怕的事……我都不记得了。

维拉科普拉斯五人帮的生平有着诸多相似之处。

他们中大多数人从小家境贫寒，警察部门的工作（例如文职工作）对于穷困潦倒但野心勃勃的阿非利卡男孩来说，就是一顶保护伞。另外，他们都热衷于教会和国家党，而且十分认可父辈对他们的影响。罗弗·文特尔上校和屋特·曼茨上尉从不称呼自己的父亲为"爸爸"，他们更喜欢《旧约》里的"韦达"一词——在阿非利卡语

---

① 原文为阿非利卡语："Nkosi Sikelel' iAfrika"。

中，只有称呼上帝时才能用这个词。其次，他们都善于搜寻目标。文特尔很小的时候就在大人的训练下学会了跟踪——他实在太小了，他父亲只能用绳子把他绑在身边，这样他就不会迷路了。

文特尔为自己的行为做出了以下解释："我那时候并没有什么歉意，因为我以为那么做是正确的。但现在我意识到了错误，我为自己的行为感到懊悔万分。"这些话听起来稀松平常，但精神病医生说，文特尔说这些话时已经实现了飞跃性的进展——为改变提供了可能：他意识到了自己曾经以为是正确的行为现在是错误的。同时这也是心理上的跨越，因为人们很难承认自己赖以生存的真相竟然是谎言。与其瓦解自我认知，人们宁愿固执地否认自己做过的错事。

文特尔的邻居曾劝他搬到别处，因为他是个有污点的人。卡利斯基医生称这正是真相委员会工作适得其反的地方，"一些人成了往昔滔天罪行的替罪羔羊，其他公民也就因此忽视了共犯的存在"。

屋特·曼茨很少对着稿子念证词，他回答问题时声音轻柔随和——唯一透露出他内心紧张情绪的动作，就是在桌下不停地抖腿。

"我的朋友圈缩小了，家人离我而去了，我在处理人际关系上确实存在问题……我和一个律师在一起三年了……和她在一起之前我离婚了。我的头顶悬着一把剑……我并不是司法部长的证人，如果我不能在这里得到大赦，我会被起诉……然后被关进监狱，他们最后一定会处死我……所以我夜不能寐……每天都像是生命的最后一天……根本不能为下周或下个月做任何计划……我也不能出去找工作——谁愿意给我份工作？我一走到某个地方，人们就立即停止聊天，然后盯着我。我们打击恐怖分子的时候，人们还能安然入睡……现在我们变成罪犯了，但我没偷过钱，我又不是尤金·德·库克。"

精神鉴定报告显示，曼茨显现出了炮弹休克①症状，很大一部分是因为他有段悲惨的童年。他的父亲常常凌晨四点踢开他的房门，大喊："你他妈的怎么还在睡觉？"曼茨得早起照看养鸡场。他同时深受拔毛发癖的困扰——患者会强迫性地拔自己的毛发。为了被以男性为主导的文化接受，曼茨加入了警方，迫切地想成为精英部队——维拉科普拉斯小队的一员。

你怎么能做到在残忍地杀害了一个人后回家抱起女儿放在自己腿上的？

"哦，有很多次我连家都没回。"曼茨说，"如果第二天早上妻子和女儿不在家，我一般那个时候再回家……如果我杀完人立马回家的话……我做不到，我会把自己里里外外洗八遍，直到把脏东西洗尽……很多次我两三天没回家……我没办法回到家后，给自己拿瓶

---

① 炮弹休克(shell shock)，战士在战争中被炸弹击中，治愈后出现的症状，具体表现为：昏厥，有窒息感，喉咙干紧，极度疲劳，心脏部位疼痛，头疼，抑郁，失眠，被突然的声音惊吓，害怕枪声、黑暗和死亡，暂时性和局部性失忆，等等。

啤酒,给妻子倒杯红酒,告诉她我亲眼见证了这起谋杀案或那起持械抢劫案——没人能做到这种地步。"

我该怎么办？他们对我来说就像兄弟、堂兄弟和校友一样亲切,我们之间的距离被抹去了。难道除了我这些年在内心拉开的距离,我们之间从来就不存在距离吗？光是看着他们的脸庞,我就能辨别出谁是兄弟会①的一员,谁是阿非利卡男性商务和男性文化领导②,谁在兄弟会初级组③,谁是工薪阶级。曼茨一家,我想一定有音乐血统。无论你叫杰克、保罗还是约翰尼斯,你的名字是有意义的。从某种程度上来讲,所有阿非利卡人都是有关联的。如果一个人说他的父亲在这里购置了一片地,或者他是在奥登达尔斯勒斯或韦尔科姆长大的——我都知道。我能从人们的口音中猜出他们在哪里买的衣服、去哪里度的假、开的是什么车、听的是什么音乐,因为我们拥有共同的文化背景。而正是因为他们,这一文化几十年来孕育了诸多恼人之处。

也就是说,真正寻求大赦的不是这些人,而是一种文化。

这几天来,我一直头昏脑涨的。我要分别给这五个人制作广播

---

① 原文为阿非利卡语:Broederbond。
② 原文为阿非利卡语:Rapportryer。
③ 原文为阿非利卡语:Ruiterwag。

我的祖国,我的头颅:
罪行、悲伤及新南非的宽恕

简介,在试着给每个人找切入点时,我找到了可尼·德·维里埃的一首歌:

凯尔文·德·维特·冯·齐尔是布尔人①,

他有一个沉睡已久的梦想,

梦中仙境没有耻辱,

不受黑暗思想的玷污。

凯尔文·德·维特·冯·齐尔深知建立国家,

需要付出代价,

所以他整装待发,

持枪站在街上,

打击黑色危险组织的恶行。

当文特尔讲打猎那一段时,可尼·德·维里埃在背景音乐中哼唱:

我爸爸是个猎人,

他是个刚毅之人。

---

① 阿非利卡人的旧称。

不要害怕，我的儿子，

你看看你的皮肤。

你是一个布尔人，

你还能问什么？

我无法忽视内心的波动——我既憎恶又喜欢这五个人。一天早上起床时，我发现自己的脸因为皮疹暴发肿起来了，头皮奇痒无比，我用了一瓶子可的松才有所缓解。有个问题一直困扰着我：我为什么想对这群恶魔投以人性的目光？

第一段简介播出半个小时后，电话响了，听众们怒不可遏。

"你在暗示所有阿非利卡人都是杀人犯。"

"那些人简直精神变态。"

"我与这些人和事毫无瓜葛，我是住在霍夫梅尔农场上的，我绝对不允许你把我和他们归为一类人。"

"杰克·科伦耶把你骗得团团转！你要不去问问那些在他家后院造游泳池的人？"（这番话最让我难过。）

不只阿非利卡听众打来了电话——"别假装白人是罪魁祸首，这一切明明就是阿非利卡人和民族主义者的杰作。"

"不论多么卑微，我尽了自己那份力——别把我归在你所谓的

'我们'一类。"

　　我紧接着又做了一些配套研究，了解了"二战"后德国神学家提出的四种罪恶感：罪犯罪恶感——实行杀戮的人；政治罪恶感——政客和投票支持他们的选民；道德罪恶感——无所作为、不加反抗、消极应对的人；最后，形而上学罪恶感——如果我活下来了，但其他人被杀害了，我会对自己的存在产生罪恶感。如卡尔·雅斯贝斯所说："在德国，上千人在和政权的斗争中丧生，或至少接触了死亡，而且大多数人都是匿名的。但我们这些幸存者并没有特意去寻死，当我们的犹太朋友被带走时，我们并没有走上街头；直到我们自身也被摧毁时，我们才发出呼声。我们更想活在这个世上，是因为我们的死帮不到任何人。这个理由似乎有些站不住脚，却又符合逻辑。我们也因此为活在这个世上而感到愧疚。"

　　皮肤科医生诊断出我感染的是和精神创伤有关的皮炎，并给我开了口服药和药膏。我想到了应该在网络搜索引擎上输入什么关键词——集体负疚。

　　阿得勒大街上的文化历史博物馆里，国民党正在鹅卵石庭院里招待各位记者。国民党领导人面容和善，在一个个小圈子间走动。有人提醒他："现在恐怕不是加入我们这个小圈子的最佳时机，因为我们在讨论真相委员会。"

　　"但我喜欢谈论真相委员会呀，"领导人说，"而且我想重申一下，我和你们一样，都对这些事感到震惊不已。"

（我曾和罗弗·梅耶尔进行过同样的对话。我问他："那天早上你打开广播，听到杜尔西·赛普坦波被枪击的消息——你是怎么想的？""我再去给你拿杯红酒吧。"他彬彬有礼地说道。）

"也许吧，"我回嘴道，"但那五个警察说他们这么做是为了我们。"

他眯了眯眼睛，显得很真诚的样子。"但我从来没让任何人以我或我们政党的名义做这些事情。"此时最后一丝理智弃我而去，我走到他面前，一巴掌拍到他脸上。

"我跟他们五个聊过了，他们曾是你们政党的成员。他们都说自己做这些邪恶的勾当都是为了你和我这样的人。我们所有人都在承担着这句话带来的责任和罪恶感的时候，你在哪儿？你他妈的在哪儿？"

警卫和很多资深政治家迅速赶到，我才恢复了理智。

"非国大刻意将罪责推到阿非利卡人身上，你彻底被他们的诡计欺骗了。对不起，我才不会为那些忽略个人职责范围的野蛮人背黑锅。他们都是罪犯，都应该受到惩罚。"

我看着眼前的这个男人，他已风华不再，原本光滑饱满的皮肤布满了皱纹，笑容嵌在深陷的脸颊里，鼻子像是另一种物质做成的。他手拿威士忌和雪茄站在那里，看着他让我想起了我的父亲，还有像他一样残忍的民族主义者，普通人，好人。我还想到了他们每个人是如何应对自己听到的话语的。

维沃尔德教授在议会中被刺死后,我的母亲写了一篇散文,描述了阿非利卡人的想法。

我一辈子都忘不了那个周四的清晨——那天我独自一人来到离家很远的草原上,来定期给这里的树丛浇水。那天天干物燥,我光着脚站在铁篱笆那里,看着潺潺水流一滴滴落到干裂的土壤里。飞机朝南飞时会经过这片农场——所以我们也就不怎么注意天上有没有飞机了。

但我突然意识到有一架无人机从东南方飞来,这架飞机的声音和我之前听到过的飞机的声音有些不一样。我看看天,突然想起来广播上说今天装有总理尸体的棺材会被运输到比勒托利亚。难道就是这架飞机?我看了又看。

不,不对,我想了想。天上只有这么一架飞机,如果要把这个人送到最后的安息处,至少也要一中队壮观绝美的飞机护航。但这是一架形单影只的重型轰炸机,飞行高度比我之前看到的任何一架飞机都要低。至于发动机,也不知道怎么处理的,竟然没有噪音。而且飞行速度慢到几乎静止,轻柔得生怕磕了碰了。我这才意识到,我独自一人站在自由州苍白的大地上,而这个伟人的身体正从我的身边经过。

霎时间,我曾经只能远远观望和敬仰的人物影响了我的人生。但我不像年轻一代,有那么大的自信(或者说自负)来控制这种影响，这种影响在我的灵魂中流淌。我在想我应该怎么办。我该不该跑到街上去把大家召集起来，问问他们我们国家发生了什么事？我该不该用在集中营时血与泪相交织的呼告声（我只知道这种）把大家号召起来？我祈祷道，日后如果我为了个人荣誉而写的文章损害了人民利益，破坏了他们几年来用泪水和鲜血换来的成果，那么愿我的手断掉。我会永远记得，用阿非利卡语写作不是一项权利，而是一种买来的殊荣，而且伴随而来的是沉重的责任。

我常常想起她，我非常爱她，她用阿非利卡人最美好、最引以为傲的品质养育了我。我常常疑惑，一个领导的职责究竟是什么，难道他不应该营造一种人民勇敢面对自己和过去的氛围吗？难道他不应该在挑战不可能时彰显出阿非利卡人的诚实直爽和无所畏惧吗？难道他不应该这样做，我们也好昂首挺胸地走在市政厅里吗？难道他不该说"我不知道怎么回事，但我会负责的，我会为国民党执政的五十个年头里犯下的一切罪行负责。我会在人们被枪击的地方放上花圈，我会为受害者筹款，我请求各位的原谅，也会天天祈祷。我会负责的，我来承担这份责任"吗？

真相和身份紧密相连吗？是的，你对真假的判断取决于你的自我认知。

我看着眼前这个阿非利卡领导人，突然意识到：和这个人相比，我和维拉科普拉斯五人帮有更多相同之处。因为他们都走过了寻求大赦这条路，我们中很多人也都借他们的口走了一遍这条路。成百上千的阿非利卡人也正走在这条路上——单枪匹马地去面对自己的恐惧、羞耻和愧疚。一些人只是口头说说,但大多数人真正经历过。我们感到万分抱歉,羞愧难当,悔不当初。但请听我们说,我们来自这片土地,也必将为了大家,在这片土地上和大家一起纠正自己的过错。

我把玻璃杯放在桌上,逃到了阿得勒大街上——领导人要演讲了,雷鸣般的掌声从我身后东南方传来。

我想起母亲写的那篇文章,从政治到语言的转换是多么轻松自然。难道语言问题不是那篇文章的核心吗?有人曾公开声明,阿非利卡人要为实行种族隔离制而牺牲阿非利卡语。难道罗本岛这么些年来不是一直在为阿非利卡人①的语言该如何处置而争辩?

我也会问:像维沃尔德这样的领导人会迷惑人民,让他们盲目地做错事;像戴克拉克这样的领导人会让人民做正确的事,但没法说服自己或人民这件事是正确的或他的立场是道德的,使得人民只能在愧疚和绝望中挣扎,和他们的受害者一样充满了怨恨。这两种领导人哪一种更好一些?

街道深处就是真相委员会办公处的入口了,我和同事赛罗在这里碰到了威尔姆·维沃尔德。"帮我分析一下那五个警察吧。"我向这位年轻的哲学教授恳求道。

---

① 原文为阿非利卡语:boere。

他微微一笑："我一直想告诉你保罗·拉塞尔说过的一句话：'如果说真相是战争最主要的牺牲品，那么模糊性也是……'战争让人们习惯了使用简单的措辞，简化一切，提出反对意见……这些习惯也在不断影响着我们的思维。"

"不是吧①，这是什么意思？"

"这和战争精神错乱有关，也就是说，过去我们没办法，只能遵从非黑即白的原则。但在和平年代，我们不能继续坚持这种过于简化的信条了，我们要试着为灰色地带腾出更多的空间。"

他离开时，赛罗问道："他是谁？"

"维沃尔德教授的孙子。"

赛罗一动不动，瞠目结舌地望着我。他瘫坐在笔记本和磁带四处散落的人行道上："这个人？"

"是的②。"我回答。

"他在哪里工作？"

"他现在在真相委员会工作。"

赛罗猛地往后一仰，双脚恰好伸到了繁忙的阿得勒大街上。他高兴地放声尖叫，双手握拳敲着地面。和旁边在扬·史末资雕像下叫卖的小贩相比，他成了独树一帜的风景。赛罗坐了起来，擦了擦

---

① 原文为阿非利卡语：nee。

② 原文为阿非利卡语：Ja。

我的祖国,我的头颅:
罪行、悲伤及新南非的宽恕

眼泪:"天哪! 你们都是布尔人哪!①"

　　我向柯代特跑去……坐在左后座的人朝我开了三枪……另外一个人把身子伸了出来……他瞄准我的时候,我看到了他的手……是个白人的手,我至今仍记得枪口擦出的橘黄色火花……我跑回家……发现我的父亲躺在院子里的下水道那儿,头上被打了二十五枪。我的母亲呈人字形躺在更远些的地方,但只被射了一枪。她身上没血,看起来并没有受伤。我把她抱在怀里,她叹了口气——那是她在人世间呼出的最后一口气。

　　　　　　　　　　　　　　(克里斯·瑞贝罗的证词)

---

　　①　原文为阿非利卡语:Jirrre! Julle Boere!

政　治

第九章

翻开政治的篇章

真相委员会办公处出现了越来越多外国人,我们这才意识到最近有特别的事要发生。但不要误会,真相委员会已经成了全球性的产业。海外记者蜂拥而至,一批批矜持谦恭的评论家和脾气温和、戴着眼镜的学者紧随其后。

是因为他们对种族隔离制的受害者特别感兴趣吗?

不是的,是因为从政者和各政党首次向真相委员会提交了提案。"在此之前,全世界已经有十七个真相委员会了,但没有一个是有政治家参与的。"一名美国教授站在举办伍斯特听证会的大楼外,阳光下眯着眼,说道,"你们究竟是怎么做到的呢?"

"我也不知道。"我回答道。

一些人只是匆匆忙忙来一个星期,他们参观完克鲁格国家公园后,挤出时间对图图大主教进行采访,参加三天听证会,没完没了地缠着当地记者问一些信息和经典的句子,然后回去写一篇文章或者一本书。我们真的很烦这些人,但这还不是主要原因,主要原因是谁都不是很理解高深莫测的政府机关。

有时候我尽量解释,这一过程从一开始决定立法内容时就具有很大的包容性了,而且这个国家的从政者对公众还是很负责任的。他们也许会说谎骗人,但向"人民群众"解释清楚事情原委才是他们做事的宗旨。这也许有些天真,所以有时他们选择默默无闻。有时候我说,投机的从政者应该意识到与群众集会相比,政党能在道德高尚的公开场合获得更多好处;受害者丰富多样的证词也使政党想要发出自己的声音。我认为南非真相委员会的相对独立性也起了一定的作用:人们从来没有参与过这一过程,因此他们不知道可以选择拒绝参与。另外,很多委员和各个政党领袖已经沟通过了,做好了前期奠基工作。

我只做出了这些解释,因为如果我回答在整个世界历史上,如何摧毁秘密警察的霸权主义这一大问题首次得到了解决,听起来就太自负了。司法联合委员会主席乔尼·德·兰克说,我们实现了大赦申请个人化。但这实际上最早是由国民党在 1994 年大选之前提出的,他们坚持个人申请赔偿,这样民族之矛成员才被准许进入这个国家。

无论如何,政治听证会和其他听证会形成了强烈的对比。看着委员们坐在一群政界精英中间实在有些奇怪,"真相解放众生"的标语和委员们的仪式、手势、语调突然失去了意义。两大政党伴随着马队和热情高涨的观众走了进来,大厅里充斥着丝绸、脱毛膏、雄性激素的味道。我想起了荷塞·扎拉科特的评论:什么是对双方来说都很重要的东西? 如果两大政党不就此私下达成共识的话,和解是不可能的。

我们付出昂贵代价换来的语言已不见踪影。几个月来,我们已经意识到每个人在真相委员会面前吐露自己的故事忍受了多么深切的痛苦,每个字都从心底迸发而出,每个音节的颤动都伴随着一世悲伤。这一切都过去了,现在轮到议会上针锋相对的人发言了。原本简单的话语变成了华而不实的空话,可这才是权力的象征和新一代主流发言风格。

万众期待的真相委员会与因卡塔自由党领袖曼格苏涂·布瑟勒兹的会议终于在年底盛大召开了,布瑟勒兹部长左右挥手,在喧闹的笑声中拿出一张他和教会元首——德斯蒙德·图图大主教的镶框照片。媒体被告知离席时,主教和布瑟勒兹部长、因卡塔自由党国会成员乔·马修斯一同入座,开始祈祷。

布瑟勒兹是委员会接见的最后一名重要政治领袖,接见目的就在于让自由党提交一份政治提案,因为自由党一直称委员会是国大党进行政治迫害的工具。

会议持续了两小时,结束后有新闻发布会。主教称:此次谈话内容充实,双方坦白真诚。

当图图和伯莱恩听发言时，因卡塔自由党领袖严厉批评了委员会。根据媒体收到的备忘录，他当时说委员会是由中央集权的非国大建立起来的不正当机构，目的在于将非国大刻画成这个国家唯一正规的反种族隔离势力。他将这个委员会比作麦卡锡委员会和西班牙宗教法庭，说因卡塔自由党认为大赦、赔偿和寻找真相是滋生邪恶之事的温床，因为人们为了得到金钱和大赦可以什么都说。

但布瑟勒兹承诺上交个人提案，以解释为什么因卡塔自由党成了非国大武装斗争的主要目标。备忘录上说，非国大杀死的因卡塔自由党成员比种族隔离制支持者还要多。

布瑟勒兹在真相委员会进程中所扮演的角色，往好里说是不情愿的参与者，往坏里说就是个破坏者。他在因卡塔自由党中起的作用，在该党派的议会出版物中可见一斑。

主标题坚定有力：因卡塔自由党议长。副标题紧随其后：因卡塔自由党全国会议党鞭的内部每周报告。

第一页引用了一句箴言："谨守口与舌的，就保守自己免受灾难。"

这本出版物的中间部分对曼格苏涂·布瑟勒兹首长做了详细介绍，他有整整五个法律名誉博士学位——一个是祖鲁兰大学授予的，一个是开普敦大学授予的，三个是美国的大学授予的。他在利比里亚时被授予非洲之星勋位，在印度时被誉为和平大使，最后一次得奖是在1989年——纳尔逊·曼德拉出狱的前一年。

最后一页上,因卡塔自由党议员写下了一周感想:"当明天来临时,今天将永远地消逝。我希望自己不会为今天付出的代价后悔。"

纵观真相委员会的发展过程,布瑟勒兹还是起到了一定的积极作用的:如果人们想让这个国家分崩离析,那么只要传唤他到委员会面前做证就行了。

另一位不愿出席真相委员会听证会的领导是尤金·泰尔布朗士。早在1996年地方选举时,极右翼南非白人抵抗组织就已明确表明,他们拒绝被纳入这个世上最荒谬的民主国家——在这里失业者管理着就业者,文盲管控着智者,寮屋居民控制着城郊居民。

泰尔布朗士在芬特斯多普的家有一个封闭式透光大阳台,阳台上的铁笼子里装着一辆马具齐全的四轮马车。

真相委员会收到政治提案,这标志着委员会已经彻底将关注点从公众身上转移开了:从个人故事转移到集体事件,从受害者转移到操纵者,从普通百姓转移到达官贵人。真相委员会要求各政党陈述自己的证词,刻画出南非人自相残杀的结构框架。他们会来吗?

无须担忧,不论他们的政策是管理、抗议、祈祷还是挣钱,他们肯定会来的。十一点时,民主党意识到,无论哪个政党都无法披着真相委员会荣耀的外衣,站在道德制高点上指点他人。对于国民党这样服从命令的组织来说,决定参加不参加肯定是个复杂的过程。

国民党第一次得知每个政党只有十分钟的时间阐述自己在南非历史中的作用时，一定如释重负。一周前，国民党在里昂·维塞尔斯的带领下（原领导请假外出）提交了一份不充分的提案，却被非国大撤回了，因此听证会时间延后了。此外，在非国大的极力坚持下，听证会地点也改变了，从真相委员会新粉刷过的小办公室变成了宽敞的好望角中心，这里曾举办过摔跤比赛、流行演唱会、宗教复兴活动和政治集会。这样一来，每份提案的书写也就有了更多的时间。而现在国民党突然发现自己有一整天的时间来讲述该政党自1960年开始是如何治理这个国家的，国民党领导弗雷德里克·威廉·戴克拉克直到最后一分钟才替换了里昂·维塞尔斯。

没人能够预料未来会发生什么。

各政党会怎么说？国民党会不会掩饰其过去三十年来应负的责任？据说，一旦碎纸机粉碎了关键文件，复印机就会大量印刷复印件，一些基层员工手里都拿着知名政客签署的文件走来走去。各政党会承认自己的过去吗？

同样，非国大自掌权后，就很难承认自己犯了错误，那么他们会收起自以为是的态度吗？他们会将自己的错事曝光于天下吗？还是说他们会用集体责任的幌子掩盖这些错事？他们会把弱势当托词，还是迫使个人供认自己的行为？

那么因卡塔自由党呢？

他们说正在忙着写提案，不过谢天谢地，他们写完后会出席的。

但大家都希望他们的政治提案能提及真相委员会最新的争论焦点——个人责任。人只不过是从政者或相关上级手里的傀儡？或者说军人和同志这些个体应该为自己的行为负责？"我不过是在服从命令罢了"是杀人的正当理由吗？

人们在走廊里和小团体会议上积极踊跃地预测着听证会的结果，那些操纵傀儡的人却沉默不语，观众们都在猜想哪个政党领导会痛哭流涕。媒体工作者在好望角中心安装着破旧不堪的设备，试图拿到提案复印件。

好望角中心如金库般牢固严实，遗世独立，不与周遭同流，散发着秘密的气息……这个建筑没有正面，没有集中的出入口，没有向外界敞开的窗口，没有通向门和供来访者观望的小径。如果建筑的外表可以反映"整个社会的精神面貌"，那这个中心所反映的社会精神面貌就是崇尚隔离和分裂。好望角中心这个名字并非其本身的诠释，更像是矛盾的说辞。

这个中心不过是有着巨大穹顶的混凝土壳，拒绝着一切低俗的诱惑，混淆着感知，压抑着生命力，控制着禁忌。好望角中心似乎并不想为世人所见，或者说这个中心摧毁了人们看清一切的能力。

在有色人种代表队的欢呼声中，弗雷德里克·威廉·戴克拉克为国民党政府的一些压迫性措施承担起责任，这些措施包括宣布1985年进入全国紧急状态，戴克拉克承认这一紧急状态为侵犯人权行为提供了有利条件。

"国民党过去做过错事，也做过正确的事情，而我的职责就是承认那些错事。"但他的提案中并没有对任何知名虐待事件做详细的解释。他说自己不能为一无所知的案件提供任何信息，还以克拉多克四人帮案件举例："如果我们知道这件事，以及是谁犯下了这个罪行……迫害人肯定会被逮捕审问的，如果有罪，还会被判刑。没有哪个党首能知道其管理期间发生的一切事情——连主教都无法做到。"

戴克拉克说，他确实批准了一些非同寻常的策略，但"我从来没有批准过暗杀、谋杀、折磨、强奸、殴打这些行为，我、内阁、国家安全理事会或任何准许这些策略的委员会所做出的决定与这些行为一点关系都没有，我本人也从未批准过这些行为。"

戴克拉克明确表示，犯下这些罪行的人被狂热情绪或疏忽大意蒙蔽了双眼，"我并不是想掩饰国民党统治期间发生的让人无法接受的事情，这些事情确实发生过。而且我想要重申一下，我对遭到迫害的人们感到深深的同情"。

非国大呈上来的文件更加详尽，篇幅也更长，里面有很多具体信息和间谍报告。与国民党自身的提案相比，非国大的提案为委员会提供了更多有关国民党暴力恶行的信息。

二十世纪八十年代，南非在五年期间攻占了三个首都城市和三个国家。同一时期，南非暗杀了两名总理，支持了在安哥拉和莫桑比克制造混乱的异军，切断了对六个国家的石油供给，破坏了开往七个国家的铁路线。超过十万人因受到直接或间接的影响而死亡，其中大多数死于饥荒。上百万人民流离失所。该地区经济损失高达 625 亿美元。

非国大提供了训练营内死亡人员的名单。我发现我队里的一名记者杜米森·尚治站在那里一动不动，他手里那份非国大提案似秤砣般沉重。

"杜米？"我问道，周围吵闹声不绝于耳。我碰了一下他，他掩藏在眼镜后的双眸空洞无光。

他翻开文件，直奔最后一页。他的手指在一长串名字上划来划去，突然停了下来。

"这是我兄弟。"

我读了一下标题——"安哥拉死亡名单"。

"我们从来都不知道他死了。"他说。

我们像秃鹰觅食般抓住了这个故事，上交了这篇报道《记者在非国大死亡名单中找到兄弟姓名》。

非国大的提案从头到尾都围绕着正义之战的说法而展开，因为这场战争是正义的，所以为之展开的斗争也是正义的。他们说，实行"轮胎项链"酷刑并不是官方政策。他们也在避免说出玛古酒吧爆炸事件的指挥链。

非国大出场后，副主席艾利克斯·伯莱恩承认，真相委员会从非国大的提案中获取的信息远多于其他提案。

民主党向委员会讲述了当不负责任的人、谎言和虚假信息三者在议会中相结合时，这三者就变成了铺就种族隔离制的砖瓦。首先，《人口登记法》是基石，后来又有了一系列法案：

《集团地区法》

《原住民劳动法》

《黑人事务管理法》

《劳动限制法》

《班图人教育法》

《隔离设施法》

《禁止跨族婚姻法》

《反共产主义法》

《恐怖主义法》

《暴乱性非法集会法》

《集会游行示威法》

《信息保护法》

《出版管控法》

......

海伦·苏兹曼说："这些法律中的信息明显不准确且刻意扭曲事实，却能一次次在议会中通过。比如说，原进步联邦党主席冯·

邹尔·斯莱伯特于1976年被告知安哥拉没有南非士兵,但实际上他们都在罗安达外一百二十五千米处。后来国家安全理事会的出现使议会进程显得更加漏洞百出,国家安全理事会常在内阁会议前聚在一起,共同商讨要做的决定以控制内阁。他们的一切活动都是暗中进行的。"

自由阵线领袖康斯坦德·维尔容将军总是带来尴尬的局面,他追问:自己在代表阿非利卡族人发言吗? 阿非利卡"族"人是什么? 是那些还在称黑人为"黑鬼子①"的人?

"如果你想问阿非利卡族人是什么人,那就说明你不是阿非利卡族人。"维尔容曾对我说,"但是像你这样误入歧途的人②因为在歧路上走得太远,到最后你们殊途同归。"

维尔容试着解释过去发生的事:"当阿非利卡族人意识到……黑人想要拥有我们享有的东西……黑人解放斗争和共产主义有关……这意味着无神论和辩证唯物主义。我们没有回头路可以走了——我们已经把自己逼上绝境了。"

"我们想起了人们过去在非洲犯下的滔天罪行,也看到了我们的生活质量确实有所下降……当富人和自由之人搬去世界上更加安全、更加有利可图的住所时,阿非利卡人仍坚守在非洲——这片

---

① 原文为阿非利卡语:kaffer。
② 原文为阿非利卡语:afgedwaaldes。

生他养他的土地。他自然而然地坚持着自己的想法,但请不要因为他考虑不周或不敏感而责备他,因为他的世界已经颠倒了。"

外媒对戴克拉克的道歉表示怀疑,一些外国记者觉得他的话戛然而止,并没有做出真正的道歉;另一些认为他并没有明确地说明在向谁道歉。

主席反驳道:"要说'对不起'……你知道吗,任何语言中最难说的几个词就是'对不起'。更何况我们在做的事情这么敏感脆弱,那我们就不要吹灭这微弱的烛光了。如果你和我们都在戴克拉克还是国家总统的时候见过他……和我们一起劝他,说'种族隔离制是可耻的'……如果你还记得他是怎么为道歉提出各种条件的……我们现在已经取得很大的进步了。"

这就是年长者的优势,主教说,你不会把一点小事无限放大。"我已经学会不再愤世嫉俗或疑神疑鬼,现在有人能在一个公开的平台上说出很多人面对面时难以启齿的话语,我觉得这样非常好。"

"但是难道他没有……"我问主教,"像一般丈夫对妻子那样说,'对不起我打了你,但是你知道吧,这是你自找的呀'?"

他扑哧一笑:"如果他什么都不说,人们会说:'太铁石心肠了!'如果他只对有些事闭口不言的话,我们会批评他。无论他怎样都没有好结果,因为即使他……你想让他怎么做?跪地求饶?让他说'拜托拜托,主教,我真的非常非常非常抱歉'?那样你又会说'他是真心的吗?不是装出来的吗?'所以我说——无论他怎样都没有好结果。"

虽然新南非国旗已经在议会大楼上方迎风飘扬了,但路易斯·波塔仍像"政客""战士""农民"一样站在马上,维多利亚女王握着瓜的雕像仍然屹立在参议院旁。不过议会大楼里的画终于被摘掉了,其中最大的三张展现了南非三段迥异的历史。

议会食堂里悬挂着一幅巨大的油画,画上是1910年统一时期的立法机构,里面的人都是留着胡子、表情阴森的白人,而且都是男性。几缕阳光透过窗户射到了画上。艺术博物馆的工作人员花了一天的时间把油画从墙上摘下来,放到地上,把画从画框里取出来,卷起来放进标着数字的袋子里,扛去了别的地方。

但餐厅里另一幅亨德里克·维沃尔德内阁的油画却得不到一丝阳光的垂青,周围没有窗户——连透光的缝隙都无处可寻。画中,内阁成员围着桌子坐在木屋里,聚精会神地听着家园意识的创立者解释这一思想。他像个老师一样,指着一张巨大的南非地图。他的手腕软弱无力,但眼神却十分坚定。他看起来好像在指明班图斯坦地区的边界,这一地区是其政策的关键。而在这一桌内阁部长的小圈子外,站着三名年轻男性——其中两个是约翰·沃斯特和彼得·威廉·波塔。

二十年后,彼得·威廉·波塔内阁的油画挂在了议会大厅里,进门右手边就能看到。这幅巨大的油画由弗勒·弗理创作而成,黄金艺术镶边被染成了代表行政机关的绿色和全新羊毛西装的蓝色,标志着波塔内阁于 1984 年 7 月 26 日最后一刻的辉煌。

　　这幅画的座位安排和《最后的晚餐》中的如出一辙,人物围坐在一张空桌子边,桌子上零零散散地放着些纸和笔。每个人的手都撑在印花木质椅子把手上,头都像是后来用螺丝旋到躯干上的,一切都让人感到脱节、分散和一种畸形的凝聚。他们虽然坐在一起,但之间没有任何互动。大家协同一致,服从上级,连一根头发都不例外。窗帘敞开,但透过窗户根本看不到外面的世界。只有一个副部长戴着手表。

　　主要的门徒围坐在桌边,但彼得·威廉·波塔并没有坐在耶稣的位置上——四个加冕王子占据着中间的座位:詹瑞特·维尔容、拉帕·姆尼科、弗雷德里克·威廉·戴克拉克和克里斯·赫尼斯。弗理预言出戴克拉克是犹大。确实,彼得·威廉被挤到了桌子一头低耸的旗子旁,他手里夹着一支铅笔,朝皮克·波塔的方向怒目而视;皮克和路易斯·勒格朗其背对背坐着;亨德里克·舒尔曼手里拿着根烟管,表情阴沉,内阁中的危险人物压得他喘不过气,弗理没给他画脖子,真可谓是个预言家。华德·大卫把手松松地搭在一本无名书上,身体被一团金黄色的光晕包围着——如果他不是救世主耶稣的话,这个前跳羚橄榄球队长至少也是受人爱戴的约翰。马格努斯·马兰戴着一枚黄金小拇指环,反射出的亮光映在了马兰的脸上,这是整张画布上最奢侈的一笔。巴兰德·杜·普乐斯坐在农业部长后面,看起来像刚好经过一样,向别人展示着自己擦伤的膝盖。唯一一个看起来很开心,且手不放在桌上的人就是皮迪·杜·普乐斯,而他现已因诈骗罪锒铛入狱。

桌子后面的角落里,一群代表远远地聚在一起交谈。

/ 第十章

和解:两恶相权择其轻

"这叫作和解……如果我理解得没错的话……和解意味着眼前这个迫害者——这个杀害克里斯托弗·皮耶的凶手能够再次恢复人性,我们都能再次拾起人道主义……那么我同意并全力支持和解。"

——谷谷勒图七人组成员克里斯托弗·皮耶的母亲辛西娅·恩格乌

从前有两个小男孩——汤姆和伯纳德,汤姆就住在伯纳德家对面。一天,汤姆偷走了伯纳德的自行车,于是伯纳德每天都会看到汤姆骑着他的自行车去上学。一年后,汤姆走向伯纳德,伸开手,对他说:"我们和解吧,过去的事就让它过去吧。"

伯纳德看着汤姆的手,问道:"那自行车怎么办?"

"不，"汤姆说，"我说的不是自行车——我说的是和解。"

摩梭里斯·莫潘巴尼神父在开普敦大学的午间座谈会上谈及和解时讲述了这个故事，这次座谈会是由真相委员会和非洲研究学院联合举办的。

康戴尔女士拒绝原谅德克·库茨杀害并"烤①"了她的儿子，她在之后的采访中说道："曼德拉和图图要原谅他是很容易的……因为他们的生活都发生过巨大的变化，从被污蔑到澄清自我。但自从我的儿子被一群野蛮人烧死了之后，我的生活根本没发生过任何变化……什么变化都没有，所以我无法原谅他。"

阿非利卡从政者最常把"和解"一词挂在嘴边，也许你以为他们是因为害怕自己要对这个国家屈辱的过去负责，所以拿和解当挡箭牌，但实际上他们更喜欢把和解当作威胁的武器："我们想要什么就给我们什么，不然我们是不会和黑人政府和解的。"他们以和解为条件提出种种要求。

在词典中，"和解"暗含着恢复、在原有状态上重建的意思。牛津词典对这个词的定义是："使和解，使和好如初；使……勉强接受；使和谐一致；使两者互容，和谐共处。"

阿非利卡词典则将其定义为："恢复友好关系②，接受；不反抗。"

---

① 原文为阿非利卡语：braaing。
② 原文为阿非利卡语：weer tot vriendskap bring。

但在这个国家,历史中没有一种状态或关系是人们愿意重新塑造的。在这种情况下,"重新塑造"这个词已经不适用了,应该改为"塑造"。

德斯蒙德·图图大主教的和解神学与和解的经典释义不谋而合。学者说,自1979年起,和解已经成为图图大主教神学思想不可或缺的一部分。但图图为和解注入了独特的非洲色彩,与之相比,西方基督教寻求和解的动机有时过于脱离现实生活,最后失去了价值。教会说:"你必须学会原谅,因为尽管你杀了上帝的儿子,上帝都已经原谅你了。"图图说:"只有在人道博爱的社会中,你才能堂堂正正地做回人。但如果你的心中满是仇恨,不仅你失去了人性,你所在的社会也失去了人性。"

"在非洲人的世界观中,人不是独立隔离的个体。人之所以为人,是因为他被群体中的其他人所包围,被生活所束缚。存在……即参与。"

美国田纳西州的非洲裔美国基督教伦理学专家迈克·巴特研究了图图独特的神学思想,他写道:"图图的生活和思想全都围绕着一个中心,那就是呼吁社会不要把种族作为划分人的标准。人们不应该因为谁是黑人谁是白人而自相残杀,而应该欣喜于各自的不同之处,这样才能创造出更多的意义和新身份认同感……图图的乌班图神学为南非人增添了新身份,也和古非洲关于个人与社会和谐共处的概念遥相呼应,正如约翰·莫比提所总结的那样:我的存在是因为我们的存在，我们的存在也是因为我的存在。"

虽然在南非最知名的和解推动者是纳尔逊·曼德拉总统，但我们不妨看看前任总统塔博·姆贝基对于和解与谅解的看法。

1996 年末，纳塔尔大学在"和解毕业典礼"上授予了姆贝基名誉博士学位。但最初姆贝基并不是获此荣誉的合理人选，而且姆贝基为了脱颖而出在典礼上展示了个人简历——连这所大学都看不懂这位候选人所进行过的和解行为。纳塔尔大学认为自己作为前"英国自由机构"授予一名非国大领袖荣誉学位，已经迈出了和解的第一步。在这个饱受暴力和仇恨折磨的省份里，姆贝基在很多维和行动中都做出了卓越的个人贡献，但这一点却无人提及。非国大情报称，姆贝基在纳塔尔省花了一周又一周的时间协商与准备和解事宜。

在典礼举行之前，姆贝基有关和解话题的演讲稿已经分发给媒体了。但他上台后，却拿出了内容截然不同的演讲提示卡，讲述了他最近访问欧洲所取得的成绩，而没有做有关和解的演讲。无论如何，其中有三段话特别发人深省。对于图图来说，和解是转型的开端（在转变自我和社会前，人们必须先超越自私的倾向）；而对于姆贝基而言，只有实现全方位的转型后，和解才有可能发生。

"要想实现真正的和解，什么才是最重要的基石？……用民主制取代种族隔离制——没有彻底的转型和民主化进程，我们就不能实现真正的和解。"

演讲后又提及："我们之所以今晚齐聚一堂，就是因为鉴于我们国家的历史，只有当我们实现社会转型后，才能达到真正的和解。我们应该把和解与转型看作打造新社会过程中互相依存的环节。"

姆贝基清晰地描述了他对转型的定义，并引用了阿尔伯特·卢图利酋长说过的话："我们目前要打造一片新天地……将我们继承下来的深厚文化集合起来……这里不一定只是黑人的地盘，但一定会是南非人的地盘。"

我也许总结得过于简单，但姆贝基和图图宣传的和解可能会互相矛盾。图图认为黑人的人道主义趋向于高级人道主义，这也使得他们做事能够超越冰冷的逻辑。如果一位女性在真相委员会听证会上说她原谅杀害她儿子的凶手，这时图图会对她说："这位母亲，能和你同是黑人让我感到非常自豪。"这个世界所缺乏的东西，黑人都有。在他眼中，正如"彩虹国家"这一理念所倡导的那样，不同肤色的人之间最需要和解。

但另一方面，姆贝基并不关心这个世界缺乏什么，这一点他在德班就已经吐露出来了。他想要黑人携手改变这个国家，甚至整个非洲。他经常谈非洲复兴，想要告诉世界黑人有能力成功地管理一个国家，甚至一个大洲。对他而言，黑人要先内部和解，然后才能和白人和平共处。

在开普敦大学举办的和解座谈会上，大部分发言主要从这两种立场出发。

"现在我们已经大规模实现和解了，个人和团体都在以自己的方式与过去和解。"图图认为人们已经在原谅彼此并互相和解了，人类学学院的帕梅拉·雷诺兹教授也强调了这一点。种种真相在听证会上被揭露出来，但并没有人复仇，这也就意味着人们已经衡量过和解与复仇的代价孰轻孰重了。对于阿伯纳·莫佛肯来说，和解与生存紧密相连。这位《南方生活》的人力资源主管的分析非常实用："南非的经验告诉我们，通过和解达到和谐共处对于国家存亡至关重要，个人的存活和他人的存活有着密不可分的联系。"

据诺兹弗·贾纽厄里·巴蒂尔说，只有当白人也受到种族歧视的侵害，而不只是感觉愧对黑人时，和解才有可能发生。（自由主义者只说不做，常把"感觉愧对黑人"挂在嘴边，心中却不一定这样想——最近这种行为已经成了终极犯罪。）

雪莉·甘恩让听众们回过头来想一些基本的问题：谁应该与谁和解？谁会从和解中得到好处？他们具体会得到什么好处？她和查丽蒂·康戴尔说的话不谋而合：对于曼德拉来说，原谅别人很容易，因为他的人生发生了改变；但对于来自贫民窟的这个女人来说，那是不可能的。

阿伯纳·莫佛肯反驳甘恩道："曼德拉不是没有考虑这个来自贫民窟的女人，但他胸怀更远大的目标，眼观更广阔的天下，这样未来她的孩子或孙子才能受益于此。"

一名美国教授脑中浮现出的和解场面十分不可思议："在美国，

当我们在电视上看到白人和黑人一起洗劫了一家家具店时,真正的民主就有望实现了……人不可能一个人搬动家具,所以他们要为了各自的利益而合作。"

一个体型高大的年轻学生在后排站了起来,直截了当地切入人们目前为止小心翼翼地回避的话题:"我想要谈一下这些委员自身的种族歧视问题。当黑人精英抱怨种族歧视时,其实他们不过想要得到白人的权利和地位,以践行和白人一样的价值观罢了。"

大家都不敢看彼此的眼睛。

来自乌干达的马哈穆德·曼丹尼教授,也就是这所大学的乔丹教授应邀总结讨论内容,他的问题让我们震惊不已:"如果南非只寻求真相,而不追求正义,那么和解是否变成了坏事?"

我们倒吸了一口气,"大赦""普遍大赦"这些词掠过我的脑海。

"五年前,如果有人告诉我有个国家建立了新的民主政体,有个国家发生了种族大屠杀,我不确定自己能不能把南非和卢旺达对号入座。今天我仍在问自己,和迫害者共处是不是比和受益者共处要容易些。"

受益者? 大家思考时不自觉地以肤色作为划分人的标准,而曼丹尼用精准的话语让讨论从这一模糊性中解脱了出来。

《星期日泰晤士报》上的一篇文章用绝佳的例子解释了曼丹尼避而不谈的话题。该文章称,白人要通过缴税和放弃所有特权来弥补过去犯下的错误,结果不出所料,双方陷入了僵局。所有白人都说："我才不花这个冤枉钱呢，我又没犯罪，我不是迫害者。"所有黑人都说："是啊！是时候告诉这帮白人他们应该怎么做了。"

曼丹尼说：卢旺达有大量迫害者，少量受益者；而南非有少量迫害者，大量受益者。那么受害者应该与迫害者还是与受益者和解？委员会遵循的法案迫使其仅仅把谋杀和折磨当作不正义的行为，把激进分子当作受害者。如果大多数受益者被排除在外，人民可能会滋生恨意。

《南非书评》中收录过一篇关于卡德尔·阿斯马尔等人的《通过真相达成和解》的书评，曼丹尼在书评中详述了这一观点："当抵抗的历史和非国大的历史画上了等号时，就出问题了……那么种族隔离制就会降级为制造恐怖的机器，抵抗就降级为武装斗争了。"曼丹尼以 1992 年公投为例，解释了抵抗问题有多么复杂。在公投中，只有白人能投票支持或反对分权，但很多南非人都认为这次公投只是为了狭隘的个人利益举办的。实际上，那次公投是具有里程碑意义的历史性时刻，因为非洲大陆上的白人少数群体首次主动和多数群体讲和——"没有这一时刻，任何有关和解的讨论不过是一厢情愿罢了。"

曼丹尼问道：英布战争时，难道应该先惩治英国人而不是给阿非利卡人重新分配资源以达到和解目的吗？"是英国人和阿非利卡人共同参与了违反人道主义的罪行（实行种族隔离制）？还是种族隔离制是为补偿往昔的受害者而大规模重新分配现有战利品的工具？"

这一比喻提出了一大难题：1938 年重走大迁徙[①]之路是为了建立某种国家主义，而非建立新的南非认同感，真相与和解委员会是否也同样目的不纯？当年秘密兄弟会为纪念大迁徙，组织人民群众重走牛车-马车跋涉之路。艾伦·帕顿认为这是真正建立南非国家认同感的好开端，于是参与了进来。但他在南非先民博物馆的奠基仪式上听了演讲后，径直冲回了家，刮掉了阿非利卡人标志性的胡须，说："那里根本没有我的容身之处。"

曼丹尼的分析为图图和姆贝基看似矛盾的和解方法做出了诠释，他认为种族和民族内部都要实现和解，这样的和解才持久。种族指的是优势群体和城市人的自我认知，民族是受压迫群体和农村人的自我认知。因此图图致力于种族和解，姆贝基致力于民族和解，两者是相辅相成的。如果在实现和解的过程中产生了恶劣影响，只能两恶相权择其轻了。

周日早上八九点的时候，我被带到了警察局的一间办公室。这里有很多穿着便服的白人，他们把我推来推去、拉前拉后的，还用手拍我。我就像只足球一样，被他们踢

---

① 大迁徙(Ossewa Trek)：1836 年春天，大批对英国殖民政策感到不满的阿非利卡人农场主们抛弃了自己的牧场，驾着牛车，赶着牲口，带着全部家当和奴隶，离开原先居住的赫克斯河谷和布立德河谷(在开普敦附近)，开始向南非内陆地区大迁徙。

来踢去。他们一直在问我有关"车轮项链"酷刑（1986 年 3 月在乔治发生的那次）和乔治青年大会的问题，然后又把我推来推去了十五分钟……

星期一下午两点左右，库茨把我带到了莫塞尔湾……冯·得莫威警长和克鲁格也在那里，讯问我有关"车轮项链"酷刑的情况。

我说道："连狗都看得出你们有多蠢——你们应该知道我当时不在场。"

他们勃然大怒，其中一个人说："我们来看看到底谁是狗。"然后他们关上了门窗，克鲁格把纸团和一块布塞进了我嘴里，冯·得莫威捆住我的手，蒙住我的眼睛……

自从他们这样折磨我之后，我在监狱里开便始噩梦频发。每晚难以入睡，早晨很早就醒了，但之后又睡不着了。

监禁期间，我感到焦虑而又孤独。和别人在一起对此毫无帮助，因为我很难和别人相处或沟通。比如说，我和其他女人在同一个牢房时，我很难和她们共处，因为和她们共处总让我想起被虐待的时光……

——恩汤比赞尼尔·艾尔西·仲松杜，西博福特

第十一章

大赦：成为鬼魂的前奏

真相委员会将引起争议和迫害者的极力反抗，这一切都在意料之中，但真相委员会对非国大的影响却是人们始料未及的。从一开始，非国大对委员会的反应就十分迟钝，而且信息滞后，有时人们甚至会疑惑：为什么管理层在做出有关新法案的声明前不咨询一下乔尼·德·兰克、威利·霍夫梅尔和普利斯拉·杰娜？

我采访了民族之矛前司令官、现任国防部长乔·莫迪塞，问他是否会申请大赦。他说会的，因为他当司令官期间发生了很多出乎意料的事情。一名非国大发言人怒发冲冠，打来电话说：莫迪塞不会以个人名义申请大赦，他会和非国大一起申请集体大赦。

"但法律不允许实现集体大赦。"我对他说。谈及大赦问题时，他的声音突然听起来和尤金·泰尔布朗士、约翰·冯·得莫威、康斯坦德·维尔容的声音很像。

"小姐，我们两个谁更了解非国大的想法？"

不久后，另一名非国大从政者告诉我根本没有必要实行大赦。

"但人民群众会起诉你的。"我说。

"人们才不会起诉我们呢，因为我们让他们重获了自由。"

"是，但白人会起诉你们的——他们肯定会为玛古酒吧爆炸事件起诉罗伯特·麦克布赖德的。"

"这个我之后再跟你聊。"

但真正让我感到疑惑的是之后一个叫班图·霍罗米萨的男人说的话，他请求委员会给自己一个做证的机会，虽然听证会主要为没有其他场合讲述个人经历的人提供发言机会，但委员会竟然同意了，从此我们便打开了通往地狱的大门。但不是因为他曝光了国民党内幕，也不是因为他上交了满满一鞋盒文件，而是他的证词——现任公有企业部长斯特拉·斯格考在特兰斯凯黑人家园政府做部长时，索尔·柯兹纳为帮助黑人家园获得赌权给了特兰斯凯总理乔治·马坦兹玛两百万兰特贿赂款，而斯格考从中抽取了五万兰特——杜弥撒·恩兹贝沙后来称此为"一句话旧新闻"。

非国大一手提议、宣传并最终建立了真相委员会，因此上至非国大主席，下至议会基层成员显然都十分照顾真相委员会。但非国大对霍罗米萨的证词的反应却出乎大家的意料——他是不是揭露了太多真相？他是不是在用约翰·冯·得莫威将军威胁非国大领导人？他所在的政党是不是想以他说了这些证词为借口开除他？

大家都知道他是个不计后果的人。赫罗米萨被叫来参加纪律听证会，突然听证会里弥漫着一种紧张的气氛，这是一场道德制高点和当权政党的存亡、道德和团结之间的较量。

非国大借此机会，强迫党内高层成员遵循团结的政党路线。非国大坚持审核党内成员上交给真相委员会的提案，而纪律委员会主席卡德尔·阿斯玛尔要负责说出非国大这么做的道德动机。阿斯玛尔说，虽然人们可以凭借个人能力接近真相委员会，但同时也对党内其他同志负有道义上的责任。非国大让人感觉团结比真相更重要。

委员会发表了声明，称非国大的立场令人无比震惊，一个政党竟然会为了让基层党员闭嘴而要求审查他们的提案。

显然委员会获得了自行做出道德抉择的权力，即使是赋予它生命的政党也敢违抗，但这对从政者和真相委员会的委员们提出了严肃的问题。当真相委员会说"真相解放众生"时，非国大是不是还要加一句"我们判定的真相解放众生"？当委员会说"你经历了什么，就告诉我们什么"，非国大是不是还要加一句"我们同意你说什么，就告诉我们什么"？

非国大抓住了最后一根救命稻草。姆普马兰加省长、非国大法律顾问马修斯·弗撒称，非国大成员不必申请大赦，因为对抗种族隔离制的战争是正义的。伯莱恩对此发表声明：人们可以以正义的战争之名做不正义的事，就像人们也可以在不正义的战争中做正义的事。图图迎难而上,声称如果非国大擅自实行大赦,他就辞职。非国大不愿意在真相委员会前接受和其他申请者同等的待遇,图图拒绝受到这种侮辱。

至于申请大赦有哪些好处,现在出现了两种不同的声音。一些人认为所有申请者都值得表扬,因为至少他们有勇气站出来;另一些却认为承认自己做过的错事是很愚蠢的,而且对从政者来说,这一后果是致命的。人们宁愿在法庭上碰运气,也不愿申请大赦。

"有很多人想申请大赦,但如果是我的客户的话,我不建议他们这么做,因为根本没有足够的证据给他们定罪。"

"那他们为什么还是这么做了呢?"

"我想一些人肯定是被图图的甜言蜜语欺骗了,图图说从道义上来讲,申请大赦是正确的。有很多贪得无厌的律师蜂拥在他们周围,都想分一杯羹。"

第一批上交申请的现任从政者是乔·莫迪塞和罗尼·卡斯里尔斯,委员会明确表扬了他们:这些申请表明了领导人是值得信赖的,他们为后来人做出了表率。

但另一关键因素也驱使着人们申请大赦,检察总长或个人发起的官司将近,这构成了很大的威胁。戴克拉克和布瑟勒兹都没有申请大赦,对此我们应该怎么理解?

日期也是个问题。

有两个日期引起了争议：罪行终止日期和大赦申请截止日期。罪行终止日期和违法行为有关，这个日期之外做出的违法行为将被排除在大赦范围之外；大赦申请截止日期和大赦进程有关，在这个日期之后提交的大赦申请将被驳回。

我们不清楚为什么司法联合委员会从来都没有处理过这些问题。真相委员会如果想完成使命，政界领导和警方领导就必须展开合作，但从一开始，双方领导一直要求延迟罪行终止日期。委员会针对这个问题和他们争执了好几周，但在最终敲定罪行终止日期的那个早上，这个问题很快就解决了——罪行终止日期由《宪法》决定。在《宪法》中，这一日期为 1993 年 12 月 6 日。

"你为什么就这么离席了？"我问一名非国大委员。

"我不知道，我们想改日期，因为这样贝壳屋枪击事件就能烟消云散了，但显然曼德拉本人并不想让我们改变事实。"

另一名委员会委员声称，这个日期没有完全确定下来，这样一来委员会以后就能拿这个当讨价还价的筹码了。

但现在仍有人要求延迟罪行终止日期，因为 1993 年 12 月 6 日是肯普顿帕克谈判代表确定的仲裁日，当时参与暴力行为的人几乎都不知道这个日期。另外，纳尔逊·曼德拉正式就任总统，标志着这个国家要发生变化，因此我们应该确定新的日期。如果日期延迟至 1994 年 5 月 10 日，那么选举日参与海德堡小酒馆和圣·詹姆斯大教堂枪击事件的炸弹手和枪击手就都能够申请大赦了。但变更日期需要书写宪法修正案，而这又需要在全套议会程序中获得三分之二的多数票。

大赦申请截止日期的确定就要简单得多，因为总统可以变更这一日期。但复杂的是，这个日期一定程度上和罪行终止日期挂钩，改一个就得改另一个，为新一批申请腾出时间。

距离原定的大赦申请截止日期1996年12月14日只有十天了，两个日期都还没有定下来，这已经严重影响了大赦进程。两个日期都需要定下来：一个由议会定，另一个由总统定。委员会和政府约定一起开会商量日期问题，但这时副总统去了印度，把会议延迟到了截止日期的前一天。而且12月是议会休会期，在宪法中更改日期根本就不在议程当中。

委员会正在奋力维护信誉，如果不延期，而且非国大重要人物不申请大赦，那么委员会将跌跌撞撞地闯入下一年的第二阶段。这样一来和其他地方的真相委员会相比，南非真相委员会将表现平平。

距离大赦申请截止日期只有三天了，我坐在真相委员会办公室的过道上，研读着委员会对十二名大赦申请人的裁决结果。大赦委员会迫于真相委员会的重重压力，已经决定公布结果了。因为绝望的律师们一直在抱怨委员会到目前为止只做出过两次大赦裁决，使得法律代表难以想象大赦委员会是如何解读大赦法案的，也不知道给客户提什么建议或怎么准备辩护，而委员会没有给他们以任何指导。

我把这些人的名字写在笔记本上，这时我听到艾利克斯·伯莱恩在走廊尽头怒吼着："全都拿到我办公室来——真搞不懂这些人。"

我伸长了脖子：伯莱恩从未扯着嗓子讲过话。我拦住了一个跑过来的工作人员，问道："怎么了？"

"其实你现在不应该出现在这里，请不要报道大赦裁决结果，我们还要在名单里加些名字。"

我数了一下，十二名大赦申请人中，只有七个人得到了大赦资格，他们都是黑人非国大成员。另外五个没有得到大赦资格的人里，有四个是白人，这对于我们正在鼓励申请大赦的人来说并不是什么好事。

最终名单公布时，名单上成功申请到大赦资格的人又多了四个，而且都是白人右翼分子。

这是怎么回事？

后来我听说，伯莱恩见到初始名单时怒火中烧。他打电话给一个法官："你是不是没给白人大赦资格？"

"没有——呃，我们……他们的名字在哪儿呢？……肯定就在这上面。"

"那就把名单发过来。"伯莱恩低声呵斥道。

从一开始,大赦委员会就明确决定要在法律和合法程序框架下紧密合作,冷静行事。但总体上看来,委员会里似乎没有一个人真正了解政治气候或综观整体政治蓝图,他们只是像流水线工作一样处理一个又一个案例。有时人们会觉得他们的态度恶劣,这完全是因为塔博·姆贝基要求真相委员会尽快完成授予大赦资格的工作,而且不能让新政府收拾过去的烂摊子。但有时人们会想:不对,等等,想想法律的字面意思,等一下。当政治施加高压时,最后只有法律能救你。

这间办公室很小,里面有一张标准大小的办公桌,桌上、椅子上、茶几上、地上散乱地堆放着一箱箱文件,而曼迪萨·杜昆巴纳的办公桌就是所有大赦申请人重生的地方。距离截止日期只有两天了,电话响了,一个人冲进来问她一点事情。我四处窥探了一番,看到了几个寄给大赦委员会①的棕色信封。虽然她把介词写错了,但"委员会"的拼写是对的,在阿非利卡语里确实只有一个 m 和一个 t。她的桌子上还有一个邮政速递包装的大包裹。

"这些申请资料是通过不同的方式到我这里的,有些是通过邮政速递或传真送来的。一些是辩护律师拿来的,还有一些是为了以

---

① 原文为阿非利卡语:Die Komitee oor amnestie。

233

防万一送了两份，有些人是亲自送来的，他们一开始基本都很紧张，很拘谨。但看到一摞又一摞的申请资料时，他们无奈地笑了笑，放轻松了许多。"

随着大赦申请截止日期的一天天逼近，申请速度也跟了上来。杜昆巴纳说，一开始只是咨询的人数增多了，后来人们开始抓紧时间把申请资料传真过来。她也注意到，咨询的人不再是辩护律师了，而是潜在的大赦申请人本人。

"首先我把日期贴在每份申请资料上，标注检索标号，然后放到资料库里。"对于那些打电话来说无法及时上交申请资料的人，她已经做出了特殊的安排——这些人的名字被输入了资料库，等他们一交来就处理他们的申请资料。

调查小组扫描完这些申请资料后，会把它们锁在保险箱里——应该说第三个保险箱，因为另外两个已经满了，挤得满满当当的。我不禁打了个寒战：大赦委员会这么脆弱，而且天天忙着小心翼翼地严守法律程序，似乎没有精力处理满满三大黑色保险箱的秘密了。

我发现几天前，泛非主义者大会的武装势力阿扎尼亚人民解放军访问了真相委员会，他们想知道：究竟什么是大赦？大赦的有效期是多久？

他们怎么会还不知道这些事情？"截止日期这种东西最让人精神紧绷了。"图图大主教说。

　　我给新闻部留了张字条："明天曼德拉将和真相委员会讨论两个日期——切记，罪行终止日期和大赦申请截止日期是不一样的。"却得到了极其傲慢的回复："根据字典释义，终止日期和截止日期是一样的。"

　　曼德拉总统大方地同意延迟两个日期——新的罪行终止日期是 1994 年 5 月 10 日，新的大赦申请截止日期是 1997 年 5 月 10 日。人们如释重负，轻轻松松地出去度假了。

　　最近有谣言称，军队正在精心策划，以忽视真相委员会，避免参与公开听证会。一次，前军队人员聚集起来讨论怎么接近委员会，臭名远扬的简·布莱坦伯赫上校怒喊道："让我申请大赦？去他妈的！①"

　　一周后，一名澳大利亚恋童癖者在杰弗里湾被引渡回国，这让很多军队人员都警惕了起来。南非和莱索托、纳米比亚、安哥拉之间签订了哪些引渡协议？和英国、法国呢？杜尔西·赛普坦波家族会不会在巴黎指控一名嫌疑犯，然后让南非政府把人交给他们呢？明确大赦的法律含义变得至关重要。人们说，大赦意味着和过去一笔勾销，没有任何人或政府能动你一根毫毛。这是否意味着你不会被迫离职或被引渡到另外一个国家？这就引发了更多问题。其他

---

　　①　原文为阿非利卡语：Se moer!

国家需要遵守这些大赦条约吗？还是其他国家可以效仿美国和以色列的做法，潜入南非，绑架嫌疑犯，然后带回自己的国家接受审判？

简妮·戈尔登霍伊斯上校和凯特·莱本博格上校的法律代表表示，这些问题让他感到深深的担忧。人们越来越倾向于建立一个主要由联合国扶持的战争罪法庭，而他想要看到政府出台特殊的法案，明确其责任，保证获得大赦资格的申请者不被引渡、绑架、起诉或逮捕。这样一来前南非国防军成员就能够不受约束，自由自在地去海外旅游或去周边国家捕猎了。

克雷格·威廉姆森曾是一名间谍，在周边国家有着广泛的商业利益关系。最近，他在安哥拉被逮捕，因为他和造成鲁思·弗斯特、珍妮、凯特伦·舒恩死亡的爆炸事件及伦敦非国大总部遇袭事件有关。威廉姆森也要求政府保证他不会被起诉。

但时间在一点点流逝。

打造信誉和做事过火之间只有一线之差，周日报纸头条的标题是"真相与和解委员会摩拳擦掌——突袭军事基地"。第二天，真相委员会发表声明：我们没有突袭。后来，一天还没过去，报纸封面标题就变成了"真相与和解委员会在各国展开调查"。紧接着真相委员会又发表了声明：我们没有展开调查，我们不过在请求一个荷兰组织收集有关海外地下行动的文件罢了。

媒体是因为渴望看到行动而刻意挑衅真相委员会吗？将焦点

从受害者转移到迫害者身上后，委员会是否还在适应当中？还是接管旧政权的难度超出了预期？

后来发生的一件事给一切画上了句号。周五十点钟时，南非国防军发布了简短的两句话宣言：南非国防军原定于下周一向真相委员会上交提案，现将上交时间延后。十一点，艾利克斯·伯莱恩宣布周一的听证会照常举行，声音坚定而愤怒。一切都已经准备就绪——安保，翻译，专家小组。真相委员会让莫迪塞总理负责确保各位将军到场，如果不到场的话，他们会收到法院传票。法院传票？他们是认真的吗？

这是一场对权力的考验。真相委员会在政府眼中的分量足不足以使其获得官方支持？莫迪塞部长和卡斯里尔斯副部长的影响力足不足以迫使迈林将军、克洛普将军、莫蒂默将军出席周一的听证会？而且更重要的是，真相委员会有没有法律效力和意志力让他们和新旧政权对抗？

同一个周五的傍晚，南非国防军发表声明——由于国防军一直处在尝试让军队以前的成员参与申请当中，无法及时上交提案。几秒钟后，真相委员会给出了回复，但这次的回复和先前以法庭传唤作为威胁形成了鲜明的对比：周一听证会取消，因为南非国防军的拖延并没有不正当理由。

真相委员会的主要任务就是寻求真相，但要做到这点需要实实在在的信息，而这才是对委员会能力的真正考验。

大赦申请截止于 1997 年 5 月 10 日星期六午夜十二点，星期六早上大赦申请还在源源不断地涌来，直到午夜十一点五十九分，自委员会投入工作以来人们共上交了七千七百份申请。"天哪，我们刚接到这个工作时，有人告诉我们差不多只会有二百份申请。"大赦委员会的一名成员耸耸肩，对我说，"但现在竟然有七千多份！"维拉科普拉斯的尤金·德·库克指挥官在最后一刻上交了申请。委员会认为在这些大赦申请里，至少要为二千五百份召开公开听证会。

这堆文件有很多令人震惊的地方，比如皮耶·库伦霍夫申请了大赦，因为他还是合作与发展部长时，曾强迫三百万人民搬迁。库伦霍夫说，他上交这份申请是想表达这一切都是错误的，而且他感到非常抱歉。乔·沃斯特、斯达尔·伯格、斯兰·冯·邹尔和卡拉·波塔等南非国民合作社的特务也申请了大赦，这很有可能引起轩然大波。一名前军队指挥官曾说："乔·沃斯特就是军队里的尤金·德·库克，哪天他一张口，一定会把所有人拉入火海。"一名东开普敦艺术家也想得到大赦资格，因为她感觉自己没有在画作中反映种族隔离制下的种种恶行。

午饭后，一大盒子非国大的申请资料交上来了，每一份都整整齐齐地装进了棕色大信封里，其中有四十份来自非国大高级领导，四百份来自民族之矛干部和自卫小组成员，其中比较知名的是副总统塔博·姆贝基和麦克·马哈拉吉、乔·莫迪塞部长的申请。

午夜前，六名黑人小青年走进了开普敦的真相委员会办公室，他们坚持填写申请表格并宣誓。他们的申请上只写着："为无所作为而申请大赦。"周六晚，他们在黑人居住区的一家酒吧里庆祝，庆祝时谈到大赦申请截止日期，以及上百万人对现在发生的事情漠不关心，谈到现在人人都能享受自由，但这自由却是几个人牺牲自我换来的。

"那时候我们就决定要申请大赦，因为我们什么都没做。"他们走进附近一家商店，问店主能不能借他们用一下电脑，然后打出了这份题为"为无所作为而申请大赦"的声明。

"但法案里有提及无所作为该怎么办吗？"一名真相委员会官员问道。

"根据法案，不参与也是侵害人权的行为。"另一位年轻人立马解释道，"我们就是这么做的，我们并没有参与任何自由斗争，所以我们这几个人代表的是上百万无动于衷的人民。"

这些申请让大赦进程远远超越了法律的限定，大赦听证会为南非人提供了特殊的场合，在这里他们可以说：我们也许并没有侵犯他人的人权，但我们想说，我们做了一些错事，同时有些事我们没做到，这样也是不对的，我们感到十分抱歉。

每一栋令人崇敬的历史古楼里面都有鬼魂，开普敦南非议会大楼也不例外。这里有空荡荡的走廊、被遗忘的地下室、地下河流和回音缭绕的大厅,在这里熬夜工作并不是明智的选择。

圣乔治大教堂(仍受德斯蒙德·图图大主教统治)的钟声响起时,有人说议会里挤满了鬼魂。"肯定是以前的议员。"工作人员认为。

"你在盥洗池那儿低头洗手时,他们会从你背后飞驰而过。[①]"

一晚,一名保安去放置旗子。突然他看到二楼有光,听到委员会办公室传来阵阵笑声。他经过办公室敞开的大门时,看到一群手里拿着红酒杯的议员。"而且我偶然……"他告诉我,"纯属偶然地看到了他们的脚,发现这些穿着羊毛套装的人里,有一个人竟然没有脚踝——是的,他擦得锃亮的皮鞋和裤腿之间,什么都……没有……是真空的。"

从政者权力越大,化身的鬼魂就越可怕。在议会大楼的侧翼里,前发言人路易斯·勒格朗其的鬼魂昼夜不停地走上走下——"是一名高大男子的脚步声。"厨师说道。他办公室旁边的电梯总是自己开开关关个不停,只有当人们跳起来说"放手吧,勒格朗其![②]"时才会停下来。

马科斯大楼角落里的一间办公室原本是部长专用的,现在被南非广播公司电视新闻频道的上级占用了。这里也经常闹鬼,其中最

---

① 原文为阿非利卡语:Hulle skuur-skuur so langs jou boude verby as jy by die wasbak buk.

② 原文为阿非利卡语:Laat los,Le Grange!

知名的要数路易斯·波塔总理的鬼魂。据说,一个风雨交加的夜晚,波塔总理在办公室里自杀了。简·斯穆特斯发现了他的尸体,立马叫人把尸体挪到了波塔家里,然后对外宣称他是因为自然原因死亡的。雨夜时,波塔常常脸上带着苦涩的悲伤,出没于这一角落。

一天晚上,电视摄影师皮特因为时事频道的工作加班到很晚。由于外面下着雨,他待在老板的办公室里等妻子过来接他。他坐在沙发上后,感觉到桌子后面有人。"是一个男人,他低着头,胳膊和手绝望地伸在身前。我立马觉得这不是电脑或者外套什么的,肯定是个人。"

又有一次,皮特走回工作室,去取客人落下的眼镜,发现一个男人在门口等着他。"眼镜在桌子上呢。"他说。

"我知道,谢谢。"皮特说。他拿了眼镜,走到前门问保安:"还有谁在楼里?"

"今晚只有你和你的客人进去过,我是在等你,你走后我就要锁门了。"

那我知不知道内阁部长鬼魂的存在呢? 一些新来的服务员聚在一起,轻声讨论着这个鬼魂。他很高大,唉①,他们都找不到装得下他的棺材,唉。不如问问他的秘书吧,她还在这里工作……部长的妻子给秘书订了张机票,邀请她来参加葬礼,因为部长做什么都

---

① 原文为阿非利卡语:nè。

得带上她,根本离不开她。所以秘书乘飞机来到了约翰内斯堡,租了辆车,但在前往埋葬地点的路上时,灵车从她身旁经过。她拦下了灵车,说她和这个男人感情十分深厚,她能不能再看他一眼,就她自己一个人看,在周围没这么多人的地方。司机打开了棺材盖——她感觉他死了没多久——她发现这个可怜的男人的小腿被锯了下来,放在大腿旁,脚上还穿着鞋。她们告诉我,这是真的①,去问她就知道了。

我找到了那名羞涩腼腆的单身秘书,路上一直在想怎么提出这么敏感的问题。"他们到底有没有找到装得下这么高大的人的棺材?"

"他死了才没多久就被塞进棺材里了。"过了一会儿她回答道,眼睛一直死死盯着身前那片地。

"你是怎么知道的?"

"我看到他的尸体了,他的脖子被折弯了放进棺材里。"

那些工作人员坚信这肯定只是冰山一角而已。他为什么……晚上要拖着空荡荡的裤腿飘来飘去?

"维沃尔德有没有化身为鬼魂?"我问道。她们跟我说:"我们该回去工作了。"

一天早上,我在以前的会议厅里看到一个清洁工正忙着清理地

---

①　原文为阿非利卡语:Sowaar。

毯。"看这个点，"她嘟囔道，"这其实是维沃尔德溅在地毯上的血，他们以前找过专家来洗掉这块血迹，但一两天后，这块血迹就又出现了。"

一名通讯员跟我解释了为什么这块血迹在长椅旁边，而不是长椅前面。下午的会议开始前，维沃尔德就坐下了，而且把一只手臂架在了长椅背后。他被刺杀的时候，通讯员听到他说："不！孩子，你在干什么？"鲜血从他的胸膛汩汩涌出，沿着他的手臂，从袖口滴到了地毯上。那之后的几个月，国民党一直没在意过那一大块血迹，后来才用一块轻薄的毯子盖住了。几个月后，大厅里的所有地毯都被拿去干洗了——但一两天后，这块血迹又回来了。

第十二章

欲言又止的政治领袖

在副总统塔博·姆贝基的领导下，非国大成了首个被真相委员会召回来回答一系列问题的政党。这回非国大没有机会抢占道德制高点或含糊其辞了，因为委员会提出的每个问题都需要一个答案。

姆贝基说的第一句话是："我们能不能脱掉外套？这里有点热。"这句话短小精悍，同时蕴含了两层意思：今天你们最大，我们做事情前要征求你们的意见；另外，我们是来这里干正事的。

但一些问题的导向却令非国大代表们猝不及防，显然他们并不习惯被没有政治权力的人叫来，在大庭广众之下解释自己的行为，而且这些问题并不是记者们为编写新闻标题而问的小问题。马哈拉吉、莫迪塞和卡斯里尔斯穿梭于各个问题之间，辛辛苦苦地解释着。突然，姆贝基像是在警告别人似的说："我们应该避免把主要精力放在有关自由斗争的个别案件上,这样太危险了。因为人们会误以为我们在助长严重违反人权的行为,而且争取自由的斗争也是这种行为之一。"

真相委员会律师哈尼弗·瓦力提出的问题一针见血,而且证据翔实:事件、发言人或活动分子、日期和引文一个不差。这些都是非国大的拥护者和受害者时常挂在嘴边的问题,有些和黑人警察谋杀案有关,有些和自卫小组的暴力行为有关,有些和"轮胎项链"酷刑有关,有些和怂恿人民滥杀无辜的标语有关,有些和非国大营地里发生的虐待和处决案件有关。这些问题的精心编排迫使非国大摒弃了假大空的话,待非国大养成了这个习惯后,委员会主席坚定地说:"今天你们给出的证词中并没有一味粉饰自己的行为——请坚持下去。"

真相委员会一直在尝试为各政党提供安全的环境,这样他们才能直面侵犯人权的行为。

迫于真相委员会持续施加的压力,非国大也确实这么做了。从他们多方面的回答中,人们可以听出这些行为是近年来一直受到热议的话题。只不过之前人们争论的是这些行为正不正确,而现如今副总统、三名内阁部长和一名省委成员共同承认了这些行为是错误的。这些政府高级官员在这里一坐就是两天,竭尽全力地回答一个又一个问题,而手机不离手的秘书、保安、联络官员为治理国家而奔波忙碌,这种景象让人感到非常奇怪。过了一会儿,人们要稍作休息了，因为曼德拉正在和莫迪塞通电话。

在有关自卫小组的盘问中，人们提出的问题一针见血：你们怎么能不管控武器，而且让武器流落到了草根拥护者的手中？

"当事情已经发生了本质性的改变，当我们意识到人们没有枪支许可证（我们当时以为自卫小组会给民众发的），但武器已经被随机发放了的时候，我们确实应该审视一下局势的。"罗尼·卡斯里尔斯承认，"是我们做错了。"

非国大也承认了自己犯下的其他过错：非国大的第一审判庭有着根本性的缺陷，他们为获得证词对受害者严刑拷打，在没有代理律师的情况下指控并判决一些干部，拖拉了很久才制裁用"轮胎项链"酷刑杀死他人的罪犯。他们承认，"杀死布尔人，杀死农民"的口号并不是政府的说辞，不能成为人们申请大赦的理由。另外，他们也承认，非国大没有批准任何成员参与对抗因卡塔自由党的暴力行动。

听证会第一天，姆贝基还只是个解释践踏人权行为的非国大领导人。但第二天，他就变成了请求和解的准总统。他说，如果不和解，政府将面临无法解决的难题。非国大将会上交第三份提案，他说，但这次的提案与和解有关，因为和解对于一个国家的未来至关重要。

这次会议虽然很成功，但仍遗留了些令人备感不适的问题：非国大在犯下这么多过错后，是不是想通过这次听证会进行政治损害管控？为什么这份提案并没有明确说明谁做了什么或谁在发号施令？提案中的内容和公众的认知相差无几，一些家长的儿子在非国大营地里死去，但非国大并没有理会他们的连环发问。一些观察者也对非国大感到失望透顶，因为非国大并没有公开说明他们在祖鲁-纳塔尔省敢死小分队中所起的作用，而且非国大的代表队并没有发自内心地认为个人应该为自己的行为负责。

国民党的听证会即将召开，委员会小组和盘问律师都更新换代了。早上弗雷德里克·威廉·德克勒克出现时，走廊里的人就已经沸腾起来了。

"今天他会受到谴责的，"一名委员会委员在媒体室中说，"关于'烂苹果'问题，委员会已经构思出了一整套精彩的提问。我们会从底层的普通警察开始问起，他们是烂苹果吗。然后我们会逐级而上，问约翰·冯·得莫威将军是不是烂苹果。"

时机已经成熟。

像往常一样，主席摆设好双方进行终极对决的桌子，赞赏德克勒克为维持国家和平所做出的贡献，引用《圣经》中的词句，祈祷，说阿非利卡语并微笑。但在桌子的另一头，德克勒克却是一副擒纵自如的样子——他一个人宣了誓并准备发言。由于前国家总统彼得·威廉·波塔拒绝和国民党合作，德克勒克身边没有前辈，没有部长，也没有将军，只有他自己——他和高层领导人之间的隔阂已经说明了一切。

后来局势演变成了律师间的个人战。德克勒克在发言时说，国民党过去确实犯下了严重践踏人权的罪行，但那全都是判断失误、过度狂热情绪和个别警察的玩忽职守导致的。在诘问环节，格伦·古森紧接着德克勒克的说法，像编歌词似的问道："迫害克拉多克四人组织的人，是出于判断失误、过度狂热情绪还是玩忽职守才这么做的？迫害派波克三人组织的人，是出于判断失误、过度狂热情绪还是玩忽职守才这么做的？"

"你的问题太荒谬了。"德克勒克抗议道。

"请回答我的问题。"古森说。

人们很快意识到，如果这么一直盘问下去，真相委员会只会原地踏步。委员会认为德克勒克是来解释过去的行为的，但实际上，他不过是在保全自己的政党。委员会没有考虑到，国民党正陷入困境：在召开听证会的前一天，德克勒克的副手、最擅长谈判的国民党成员罗弗·梅耶尔辞职了。德克勒克来到这里，不是为了正视历史，而是为了利用其支持者的感情把伤害降到最低。所以他会说：我们当时并不知情，我们和你们一样惊讶，我们觉得这些罪犯应该受到严惩。德克勒克滔滔不绝地讲述着自己的成长历程和政治生涯，不为解释正在浮出水面的战争罪行留一点余地。是的，上至误导他的约翰·冯·得莫威将军，下至真正执行任务的虾兵蟹将，除了他，所有人都是烂苹果。他拒绝回答问题，否认涉及的文件，反驳人们做出的假设，最后连他的代表团都不禁爆发出吼声："无耻! ……说啊!① ……政治迫害啊!"

结束时,今天的听证会和昨天的听证会形成了鲜明的对比。主席一蹶不振地瘫软在椅子上,不做激励人心的总结,也不祈祷了。

我去问盘问人:"你他妈到底想让他说什么?"

"我想让他说:'虽然我当时并不知情,但我们从未公开谴责过这些谋杀行为,这可能使得一些草根群众认为我们的政策就是这样的。'"

"天哪,这也不是很难说出口啊! 但是你把他逼上了绝路,而他作为一名政治领袖,现在已经四面楚歌了,怎么敢走这条路!"

我收拾好录音机、手提电脑和磁带,走到了阿得勒大街上。有人拽了拽我的小短裙,说:"你知不知道布莱希特写过一首诗叫'独爱宽松长裙'?"

我感觉压力很大,胸中淤积着无法言说的绝望,根本无心回答他的问题。"过来。"他说。他拿下我背上的背包,叫了辆出租车,我们一起上了信号山②。"说实话,你现在应该闭上眼睛。"他引导着我穿过一个个房间。"你想喝点红酒吗?"我无语凝噎。我脚下是一个游泳池,头顶就是狮头峰,近得似乎一伸手就能碰到。我赏着奇山怪石和满眼绿意,这时他递给我红酒,帮我扎起辫子,帮我洗脚,喂

---

① 原文为挪威语:Sies!
② 原文为阿非利卡语:Vlaeberg。

我吃切得薄薄的肉。

"你说德克勒克到底在干什么？"

"很简单啊，他们昨天为非国大组织的安全势力今天并没有出席，因为这些人都跑出去抓他了，但又不可能抓到。"

"那么为什么我对委员会的期望远超过了对德克勒克的期望？"

"那你就错了，德克勒克只想掩饰他对罗弗做过的坏事，他做出任何改变都是为了这一狭隘实际的理由——他永远这么鼠目寸光。"

"但真相委员会是道德标杆，如果连他们都放弃德克勒克和阿非利卡人了，他们还怎么能期望这个国家的其他人和我们和平共处呢？"

"阿非利卡人不能再脱离过去了。"最后一个被传唤来接受询问的政党领袖康斯坦德·维尔容说道，"但我们必须为自己在这个新体制下找到合适的位置。阿非利卡人的力量被大大削弱，语言受到威胁，教育结构支离破碎，这让阿非利卡人很没有安全感——简而言之，阿非利卡人被大多数群体压得喘不过气，但又无处可逃。"

维尔容正面解决了有关正义之战的问题。"一场正义的战争必须满足四个条件——正义的目的、由人民认可的权威势力组织、相统一的手段和结果，而且战争是人们用尽其他解决分歧的方法之后不得已的选择。"维尔容认为，先前的政府和非国大还没有用尽一切办法就诉诸暴力斗争了。另外，他们运用的手段和最终结果常常不相称。"人人都做过些下三烂的事情,"他说,"恐怖主义和革命战争与核武器战争一样罪恶。"

种族隔离制带来的冲突从本质上来说是政治冲突,维尔容说,军队曾经求了政府好几年,让政府通过政治途径解决冲突,因为军队作战解决不了这个问题。

维尔容称,约翰·冯·得莫威将军向他承认过,特工已经潜入了民族之矛,但他从没有利用他们操控过局势。"我有点难以相信,我们准备得万无一失……细致入微……在肯普顿帕克的时候,我们差点就要向民主南非大会的谈判者说明我们的情况了——这时尤金·泰尔布朗士和民族之矛开着辆装甲车过来了。谁安排的这辆车?谁决定具体什么时间让他们来的?我感觉事情有蹊跷。在姆马巴托时,我们承诺保护卢卡斯·曼格普总统不受非国大暴力袭击,但同样的事情又发生了……一切都准备就绪,但我故意禁止民族之矛参与进来。那天晚上万事俱备,我们部署好兵力,组织好纪律……但这时他们却坐着卡车跨越了边境,冲了过来,到处朝人民扫射,高喊种族歧视的话语。他们的介入彻底打乱了我们的计划,让我们很难堪。秘密警察是在利用尤金·泰尔布朗士摧毁右翼势力,或加快国民党从新政府中脱离出来的步伐吗?"

一名委员把照片摊开放在桌子上,照片里有绿草如茵的斜坡、万里无云的蓝天和新鲜的土壤。

"他带我们到这个地方……我们挖啊挖……发现红色的表层土里掺杂着黑色的下层土……我们知道……然后铲子好像碰到了什么东西。"

"她特别勇敢，太他妈勇敢了，"迫害者帮我们指出了坟墓的方位，轻声吹着口哨说，"她死也不开口。"

下一张照片：泥土中挖出来的一捆骨头（包装已被凿开），烟蒂和一个空水壶。"把这些挖出来不容易啊。"坟墓引导员感慨道。

一个穿短袖衣服的男人为了拼成人形，把骨头放到了坟墓旁边的一张帆布上。一块脊椎骨……被压平的小锁骨……

头骨上方有一个枪孔。

"她当时肯定是跪在地上的。"委员看着肋骨和支撑心脏的胸骨说道。

骨盆那里围了一个蓝色塑料袋。"哦，对了，"迫害者想起来，"我们剥光了她的衣服，十天后，她就给自己做了这个塑料内裤。"他偷笑着说："天哪……她太勇敢了。"

委员的眼中闪烁着愤怒的火光，他曾说过："有时候我会半夜惊醒，醒来时怒火中烧……就好像这怒火要将我吞没了一般。"

他曾在弗雷德里克·威廉·德克勒克的政治听证会进行到最后半小时的时候，试图将国民党政策和在祖鲁-纳塔尔省死去的人牵扯到一起。但和真相委员会的律师与其他委员一样，他在德克勒克面前也退却了，头缩进了两膀之间，身体颤抖着，满脸惊愕的表情。

德克勒克和对方代表团离场后,房间和过道里弥漫着愤懑的情绪,人们淹没在了愤怒和绝望中。委员们都垂头丧气地待在那里,图图大主教脸上皮肤松弛,双肩低垂,心灰意冷。看得我都想走到他身边,做些孩子气的动作,亲亲他的戒指或摸摸他的衣服。

当德克勒克走出去时,我感觉好像有什么东西从我的指尖永远地溜走了。

我一声不吭地站在主教面前,像我们这种面对阿非利卡人无言的历史只能颤抖无助的人,还有什么好说的呢?面对脱去冠冕的骨架、耻辱、灰烬、血统,我们到底该怎么办?

那一天来了,"惨败"开始了。"毋庸置疑的分裂日"里,人们这一秒钟显得前所未有的亲近,下一秒钟又显得前所未有的疏远。

国民党立即开始煽动群众对真相委员会的反对情绪,委员会内外的人控诉了真相委员会站不住脚的地方——不仅过程难以继续,而且和解梦想最后只会竹篮打水一场空。

我们的愿望将永远都无法实现。

一些记者想采访其他片区。

"我们现在不能离开,"同事说,"我们要有头有尾,不然就半途而废了。"

我们问委员会下半年有什么计划。举办了整整六个月的迫害者听证会后,堆积了什么其他特殊活动吗?是否要为工作完结,让人们从过去中解脱了出来而举行庆祝仪式呢?委员会的回答并不明确,当下显然他们更关注报道的书写,还有怎么以现在的节奏处理两大保险箱的大赦申请。

为什么人们还迟迟不肯离去?难道真相委员会已经成为最后一个拥有天真的正义感和无法实现的梦想的地方了吗?

但委员会内外的人仍执着于自己对维拉科普拉斯小队的理解,而我们媒体界的人只能互相交流,互相调查,给彼此买东西吃,体会彼此的人生——同样的过程,我们却从不同的角度体验了千遍万遍。除了我们之外,街上任何一个行人看起来都像是委员,任何一帮人都像是要进行突破性调查的调查小队。我们和保安交情很好,我们都想辞职,都渴望过另一种生活。

我们在察嫩采访了一名年轻的茨瓦纳语口译员,他一只手放在桌面上,另一只手在大腿上不停地摩擦着。"在受害者听证会上做口译实在太艰难了,"他说,"因为我一直都要使用第一人称,每次说'我'的时候我和受害者之间一点距离感都没有了……我整个人似乎被穿透了。"

"那你是怎么克服的呢?"

"我从来没有克服过,听证会举办了三个月后,我的妻子和孩子都离我而去了,因为我会突然爆发出暴力行为。真相委员会为我提供了咨询服务,他们建议我停止这份工作,但我不愿意。因为这是我的历史,我想要参与其中——直到最后一刻。"

最后一刻,我们都在等待最后一刻,我们相信真相委员会会让我们等到的。

"这种态度很成问题，"沃肯伯格精神学家肖恩·卡利斯基医生说，"人们以为真相委员会将会是场及时雨，就像橄榄球世界杯比赛一样，人们会一起走过这段旅程并热情相拥，发誓一辈子都是亲兄弟。胡扯——完全是在胡扯。真相与和解委员会才是用真相给这个国家的人当头一棒的地方，这是个好现象。但委员会不会一次性曝光所有真相，因为每个人都需要时间想想自己要以什么方式应对这些真相。"

人们对真相委员会的反感情绪暴露无遗——委员会受到个人请求和法律威胁的狂轰滥炸，议会被有关真相委员会的辩论团团包围，报道委员会情况的人频繁收到恐吓信。

自由州的一名专栏作家写道："真相委员会用未经求证的证据将阿非利卡人刻画为十恶不赦的代表，理应遭到人民唾弃。在憎恨阿非利卡人的人①眼中，这些未经求证的证据就是真相。""不要灰心，"卡利斯基说，"有人觉得必须站出来说：'这些都是假的，都是存在偏见的。'这可是正面应对真相委员会的第一步啊。之前人们一言不发，现在人们至少进行反驳了。"他指的是绝症患者要经历的五个心理阶段：否认，愤怒和孤独，妥协，郁闷，但最终会转化为接受。

"我觉得人们太没有耐心了。我个人认为，对于让白人在一夜

---

① 原文为阿非利卡语：boerehater。

之间就接受颠覆他们世界观的信息,我有所怀疑。因为这一般要花上几十年的时间。"他说,"一代代人将会一点一点吸收有关这个国家的真相。"

卡利斯基说,阿非利卡人尤其感到被赤裸裸地暴露在外了:"如果你从个人的角度来考虑,一个人被戳穿了骄傲的外壳,以恶棍的身份公之于众,他是不会变得谦逊或感到懊悔的,相反他会大发雷霆。阿非利卡人被揭发,而且被刻画成了恶魔,肯定会感到被暴露了。对他们来说,这是很难应对的。"

和真相委员会相关的词汇千变万化,但有一个词频繁出现——"低估"。人们"低估"了真相委员会的动态平衡,唯独害怕委员会深受重创,抹杀先前的成就。最近"高估"一词更为流行,人们要在真相委员会之前把这个词用在两座不可逾越的里程碑上:和解与补偿。

和解与补偿相辅相成,缺一不可。如果人们得不到补偿,就不可能原谅;人们不原谅别人,就得不到补偿。也许这只是我个人的看法。

德克勒克不过是在寻找一个场合,来缓解同级人之间的矛盾,而人们讯问德克勒克时打破砂锅问到底的策略恰好给了他向往的场合。"别担心,"有人说,"委员会掌握了足够压制德克勒克的证据,他会收回以前说过的话的。"如果德克勒克真的收回前言并揭穿自己又会怎么样?我想知道,人们会原谅他吗?人们会因为感觉受到羞辱而帮忙弥补受害者吗？小村庄里的白人和黑人会不会为了曾经受苦受难的人而同舟共济呢？

我把一名犹太人同事拉到一旁："德国人做出了哪些补偿措施呢？"他滔滔不绝地讲了一连串，从提供养老金到免除交通费，再到领导人在犹太人纪念碑前下跪。还有给钱——以色列全面实现工业化主要归功于德意志联邦共和国的资金支持……听到这些我迷茫了，我想起了几个月前这个国家制定出来的补偿方法文件，其中最激动人心的补偿方法不过是一次性砸一笔钱。不具体划分为研究经费、住房补贴、养老金或医疗补助，就是政府一次性甩出去一大笔钱。如果政府支付不起，委员会将甩手不管，说："这又不是我们的错。"

我当然不至于蠢到问这个犹太同事人们得到补偿后有没有原谅别人。用补偿的方式表达懊恼和矢口否认一样毫无用处吗？

突然我感觉仿佛脚下暗流涌动，把我带向深海……越带越远……越带越远，我身后用颅骨建成的国家似黑夜中的帆绳一样沉没海底——然后我听到缥缈的歌声、马蹄声、毒围栏、狂热情绪和毁灭在水下慢慢发酵，咝咝作响。我退缩了，感觉浑身刺痛。我感受着血液的流动，看着残余的城池。每天我都能嗅到他们的存在，我的下场会和他们一样吗？是的，我们无法改变过去的所作所为。我们做过什么，德克勒克做过什么，直到我们之后的第三代、第四代才会显现其重要性。

人们饥渴难耐地等待康斯坦德·维尔容的政党发言,都在洗耳恭听。维尔容讲话时,似乎想抓住什么东西并恢复原位,重塑阿非利卡人的正派形象。我也希望这样,但我知道事实并非如此。当维尔容谈到英国人是怎么掠夺布尔人的土地时,一名说英语的记者讽刺地说:"呵呵,无耻!"

我情不自禁地像喷火般爆发出吼声:"你给我闭嘴!德克勒克讲话的时候你倒一声不吭……至少维尔容在尝试了!"

"你开玩笑吧——这个可悲的男人投胎时投错年代了。"听到他用英式口音说出这一真相,我熄灭了心中怒火。

维尔容曾要求未来建立特殊的和解委员会,因为"我每天都能感受到人们态度越来越强硬"——他是唯一一个提出这种要求的政治领袖。

1996 年 8 月第一批政治听证会结束后,我采访了图图大主教:"您听了四个版本的南非历史,难道不感觉烦躁吗?"

他在我面前伸出四根干瘦的手指,说:"四个版本……四个……关于耶稣的一生也有四个版本,你想要舍弃哪个版本?"

我又试探性地问了个问题:"非国大发言的最后一部分为什么听起来疑神疑鬼的?好像全世界都在算计塔博·姆贝基似的?"

图图惊讶地歪了歪头:"你最不应该问我这个问题了,你每天和我坐在一起,听过去的故事。现在很多人都是过去受害者的第二代或第三代子孙,你如果不了解过去的话,是不会理解今天的政治情况的。"

一个刚移民到南非的朋友来办公室看我,替我接了个电话,然后告诉我:"是你的孩子,他说他要写一首关于乔·玛玛瑟拉的歌,想找一个和'维拉科普拉斯'押韵的词。"她拿开电话,问道:"乔·玛玛瑟拉是谁?"我叹了长长的一口气。几个月来,我头一次松了口气。

宽恕他人(人们已经放弃这一权利),发泄情绪,达成和解,梦想制定强有力的补偿政策很重要……但也许更重要的是,我和孩子知道维拉科普拉斯是什么,玛玛瑟拉是谁,这里曾发生了什么事情。

去年真相委员会建立之时,我的直觉就告诉我:如果你不参与到这个过程中,那么你一觉醒来,会感觉自己在另一个国家——一个你不了解,也永远不会理解的国家。

回　应

第十三章

鲜血肆意流淌

"我还记得那一刻——他们把我叫了过来,对我说:'南非政府想要杀死你。'我还记得那一刻,那种孤独感难以言喻……因为他们针对的是我个人……他们想杀的不是非国大成员,而是我。"

迈克·拉普斯利神父生于新西兰,曾在澳大利亚接受神圣使命协会的培训,后成为一名圣公会牧师。1973 年,他被派遣到南非纳塔尔大学。

"我刚到南非时,是坚定的和平主义者……但我很快发现,人们在这个国家根本无法保持中立。任职期间,我遇到了很多有着不同背景的学生。他们让我清楚地认识到:如果一个白人不为改变现状做出任何努力,那么他就等同于政府实行种族隔离制的工具。

"虽然我没有任何政治信仰,但南非政府仍把我驱逐出境了,我就去邻国莱索托培养圣公会牧师了。"

一个莱索托朋友说："迈克的住所对所有莱索托人开放。我来自一个特别封闭的白人社区，对我来说，这是我第一次和南非黑人平起平坐……我们在这里讨论辩论……祈祷，因为迈克的住所本来就是祈祷的地方。"

迈克·拉普斯利去新西兰探望家人时，一群训练有素的南非士兵跨越边境，突袭莱索托。幸存下来的菲丽丝·奈杜在《贝索的罗纳》①一书中描述了那晚的情形："1982年12月9日，星期四，凌晨一点，月光笼罩着整个莱索托。月光之夜，美丽澄澈，此番美景一般只能在马洛蒂山脉上看到。但讽刺的是，正是这月光为南非国防军大开杀戒助了一臂之力。国防军在探照灯的指引下，乘着直升机挺进莱索托，晚上出来散步的人被吓得四处逃窜……那天晚上，死了四十二个人……"那时迈克·拉普斯利还是非国大的成员，被非国大调到了津巴布韦。

"那是一个稀疏平常的和煦秋日……4月……那时我成了所有邪恶势力关注的焦点。我在加拿大做了一系列讲座后回到家中，看到桌子上堆了一摞信件，其中一封的抬头是非国大，信封上写着：内含神学杂志。我一边接着电话，一边拆开了身边咖啡桌上这个马尼拉纸的信封。我拿出来的第一本杂志是阿非利卡语杂志……我放到了一边，因为我不会阿非利卡语。第二本是英文杂志，我撕掉了

----

① 原文为阿非利卡语：*Le Rona Re Batho*。

塑料包装,打开了杂志……引爆了炸弹……我感觉自己被炸到了空中……整个过程,我的神志都很清晰……"

一个莱索托朋友说:"爆炸后的第三天,我来到哈拉雷医院看望迈克……看到他这样真是太恐怖了……他的脸被烧得焦黑……胡子融化了粘在脸上,脸肿了一大圈……双手也被截断了。而且身体的残余部分要悬在空中,因为任何触碰都会带给他难以忍受的疼痛……他一只眼睛也没了……耳膜震破了……我想要安慰他,抱抱他……但连碰都没地方碰。"

迈克·拉普斯利说:"当我选择了政治,我就想到自己会死,但我从没想过变成残疾人。爆炸后,我觉得自己当时要是死了就好了,因为我失去了双手,可我……从来没见过没有手的人。

"手能够传递爱……温柔……失去双手让我感到无穷无尽、难以承受的痛苦……他们把假肢拿给我时,我泪流满面……因为假肢实在太丑了……现在我戴上了……却发现这东西真的很有用……"

听证会开始前,拉普斯利教父在真相委员会面前宣誓时举起的就是这副不锈钢钳子:"上帝啊,请帮帮我吧……"但也正是这副钳子让他不能像其他受害者那样擦去眼泪。当故事逐渐深入时,受害者常常把脸埋在手里,用餐巾纸擦眼睛。但戴着钳子要怎么才能握住柔软的餐巾纸?像擤鼻涕这种简单的动作要怎么完成?他好几次条件反射般把钳子挥到脸旁——似乎想以手掩面——在他举手投足间,南非不人道的历史在大厅里重现……钳子坚硬,锃亮且无菌。

"我不认为自己是受害者，而是实施种族隔离制期间幸存下来的人……这种想法帮助我回到南非，努力过有意义的、快乐的生活……我并没有被仇恨裹挟，因为那会摧毁我的肉体和灵魂……讽刺的是，虽然我现在没有手，而且只有一只眼睛，我感觉和对我做这些事的人相比，我更加自由……我对种族隔离制的拥护者说：'你们会得到自由的……但首先你们要经历整个过程。'

"肯定有人把我的名字打到了那个马尼拉纸做的信封上，肯定有人制造了那枚炸弹，我常常问：'这些人会和他们的孩子说自己那天做了什么吗？'但是，我恰好在 1990 年 2 月 2 日——曼德拉出狱后——收到制作如此精细的炸弹，而且那天晚上国民党和非国大要进行重要谈话——就这一点，我认为弗雷德里克·威廉·德克勒克要负全责。德克勒克知道突击小队的存在——弗雷德里克·冯·邹尔·斯莱伯特①告诉我，他告诉过德克勒克突击小队的情况，但德克勒克无动于衷。

"我可以原谅这些人，但他们必须在请求原谅时心怀悔意……可是德克勒克一丝悔过的意思都没有。我想知道，人们是怎么对过去自己摧毁的人和事进行弥补的。"

---

① 弗雷德里克·冯·邹尔·斯莱伯特（Frederik Van Zyl Slabbert）：民主党的前身——反种族隔离制的进步联邦党的前任党首。

德斯蒙德·图图大主教说:"迈克参加圣餐会时,人们总会保持安静。一开始你会以为人们怕他的钳子会碰翻杯子,所以精神紧绷,但后来大家都安静下来了。

"就好像他能散发光芒……

"他让你感觉到,战胜黑暗的光明力量近在咫尺。迈克,因为你的存在,我要向上帝表达崇高的敬意。我对你充满了感激……因为你可以和大家谈磨难和重生,而且这些都是你的亲身经历。"

图图感激涕零,站起来祈祷,随后整个大厅的人也都站了起来,而迈克·拉普斯利慢慢坐在了椅子上。

昆士敦——这是东开普敦线条柔和、植被繁茂的群山中一个看似普通的乡下小镇。但这里埋藏着最骇人听闻的历史……那些都是人们避而不谈的话题,真相委员会在昆士敦听证会上听说的案例远不足以描述这里有多恐怖。

昆士敦有其独特之处——这里被誉为"世界项链酷刑之都"。1985 年 8 月,比尔·曼图尔因无视非国大青年联盟发起的消费者联合抵制活动,成了首位受"项链酷刑"而死的人 。在接下来的三年多里,昆士敦共发生了三十九起项链酷刑谋杀案,平均每年超过四起,几乎每月一起……但在大多数南非城镇里,这种事情从来没有发生过。

诺兹贝拉·玛杜贝杜贝为发生在两个家人身上的谋杀案做证。

后来我在昆士敦市政大厅一间侧厅里碰到了她，她泣不成声地说："真相委员会根本没把我当回事，邦格尼·芬卡委员不停问我：'你难道不知道那些人和市议员水火不容吗？'所以呢？他是说我们理应受到这种刑罚？"

这个穿着海军风开襟羊毛衫、体形高大的女人向我讲述了她的故事："那天我姐姐伦格瓦特意从约翰内斯堡赶回家过生日，她原本可以过十八岁生日的。

"那天早上一些人包围了我们家，他们在外面唱着：'间谍①都去死吧。'……还大喊：'如果伦格瓦不滚出来，我们就把房子烧了。'……我和伦格瓦一起走了出来……他们一把抓住她……我放声大叫，但他们还是立即包围了她。我看不到她……但我能听到她的吼声……

"我跑到警察局……他们后来告诉我……伦格瓦被烧死的方式和其他人不太一样……他们把汽油倒在她身上，把车轮套在她脖子上……'我们会让你变漂亮的。'他们说，'戴了两条项链了……要不要再喷点香水啊？'他们往轮胎上倒汽油，还让她喝汽油，这样火苗就能连成一条线了……他们说：'来点火光吧！'于是向她扔火柴……

"他们说伦格瓦手脚被轮胎套牢，一直躺在地上，直到她身上着

---

①　原文为南非祖鲁语：impimpi。

火了，所有人都为了躲避熊熊烈火站得远远的时候，她突然变得比男人还要强壮……比动物力气还大——她还很年轻啊！——她坐在地上……手脚挣脱了轮胎……使尽全身力气挣脱了套在腰上的轮胎，朝叫嚷的人群扔去，还大喊道：'你们再也别想这样烧死别人了！'她跑向沙沟，在地上滚来滚去，把身上的火熄灭了……

"第二天，她死在了昆士敦的一家医院里。"

昆士敦现在天寒地冻。真相委员会休会了，我在一家昏暗无比的咖啡馆吃了晚饭。

"昆士敦和其他地方不一样。"服务员说，"你知道吗，这里有两家疯人院。"第二天，我查证了一下，发现确实是这样：昆士敦多年来一直有两家精神病院。在这里，每天清晨实施项链酷刑的人和受害者一同坐在晨光里。

当地的历史老师怀疑，这个地方经历了一个世纪的激烈冲突后，存在着先天性的缺陷。昆士敦是 1847 年英国人击败科萨人后建立的第一个城镇，也是最先宣称臣服于英国的黑人——芬果族人——的故乡。很早以前，芬果族人就被迫摒弃传统。据诺埃尔·莫斯泰特所说，在东开普地区，只有芬果族人拒绝接纳科伊桑人。

我一直在追查一名非国大青年联盟领袖的行踪。是的，他那个时候确实是在昆士敦，但他觉得人们在"项链酷刑"这件事上有些小题大做了：

　　"你得想想那时的情形——那时候这里是两个黑人家园交界的地方，谁都不能相信别人，谁都不能。人们晚上睡觉的时候，这两帮人得站岗放哨，虎视眈眈地听着彼此。我知道，人们说'项链'一词源自昆士敦，但我们也是从说科萨语的约翰内斯堡人那里听说这个词的。我们管这种酷刑叫作'轮子套轮子'……我们没有武器，只有轮胎和汽油是唾手可得的。而且这也是操控小团体和同志的一种方式，在实施项链酷刑时，大家都认真地观察着彼此……如果你没有其他人那么狂热，你可能在开小差……随着弗雷德里克·威廉·德克勒克的出现，人们渐渐停止使用项链酷刑杀人了……我们突然感觉到事情发生了变化。

　　"间谍①，特务——警方操控着告密者的概念。他们经过你时会对你说：'今晚六点左右都等着……看看弗尤那时候在干什么……知道吧，我们会把你们全都抓住的。'我们在出谋划策时，时刻观察着弗尤。是的，他确实时不时问几点了。六点整，他说他得走了。两天后，我们抓住了他，问他那天晚上去哪里了，只见他满脸惊愕。尽管他说了千遍万遍去医院看望姐姐了，他眼中仍充满恐惧，而且他是被警察告发的。这两者足以说明：间谍只有一个，不是我，就是他……"

　　诺兹贝拉·玛杜贝杜贝说："不对，他们针对我们是因为嫉妒。

---

　　①　原文为南非祖鲁语：impimpi。

我的父母都受过良好教育，他们还在娘胎里的时候，我父亲就加入非国大了。但因为我父亲曾任职于市议会，他们就说他出卖了黑人。"

这名非国大青年领袖说："这些资本主义议员，他们利用这一体制充实了自我，却对黑人的命运不闻不问……是我们这些年轻人——他们口中的地痞流氓，用自己的纪律、策略和行动在二十世纪八十年代推动了这个国家的改变。老玛杜贝杜贝当议员的时候……两个街道的人家要共用三个公厕；今天，他能投票，他目中无人的女儿也能投票，而这些都是我们带给这个国家的。"

诺兹贝拉·玛杜贝杜贝说："我姐姐伦格瓦死后一年都不到，一天早上有人就抓住了我，并对我做了同样的事……我吞咽汽油时，我的丈夫跪在地上大喊大叫——我从没听到过这种声音，也再也听不到了……孩子们拼命拽着他……我感觉到汽油在胃里熊熊燃烧，看到别人的鞋子在我眼前跳动着……鞋子……破破烂烂的鞋子……突然我们家邻居冲出人群，在我旁边跪了下来……'你们别碰这个女人，我认识她，她绝对不是间谍……'

"我活下来了，或者说捡回了半条命。如果有光在闪烁，我会直觉地认为着火了。我的家人……也都半死不活的……我们之间的关系没那么亲密了……开车时，我看着丈夫和孩子，感觉到……我看得到他们……又看不到他们……我碰他们时，感觉自己的双手表面有一层厚厚的皮……而且我最大的孩子总是很怕我，丈夫也看起来筋疲力尽的。1989 年,我改变了宗教信仰,接受洗礼……洗礼水冰凉冰凉的……老实说,要不是因为这点,我也不会活到现在。今早,我坐在真相委员会前,在大厅里看到了当初抓我和姐姐的两个人……他们还是那么一无是处……但现在……我也一无是处了,生命不断从我的指缝中悄悄溜走。"

安德森·乔伊酋长把圆头棒放在地上,细说着十九代祖先的名字:

> 滕布国王生了波莫伊,
>
> 波莫伊生了瑟杜马,
>
> 瑟杜马生了蒙谷图,
>
> 蒙谷图生了恩旦德,
>
> 恩旦德生了恩希格,
>
> 恩希格生了德罗莫,
>
> 德罗莫生了哈拉,
>
> 哈拉生了马迪巴,
>
> 马迪巴生了泰托,
>
> 泰托生了佐德瓦,
>
> 佐德瓦生了恩达巴,

恩达巴生了恩古贝努卡，

恩古贝努卡生了姆缇卡拉，

（马坦兹玛来自此右翼王族）

姆缇卡拉生了甘格里斯维，

达林戴波生了乔里斯维，

乔里斯维生了萨巴塔，

萨巴塔生了布耶勒卡亚，

于是我来到人世。

科萨语议员们从翻译箱里走了出来，说："天哪！这已经非常深入科萨人的历史了，我们得翻译成詹姆斯国王时期的古英语，才能让人们感觉到这个人说话的腔调。"

"您为什么要先从自己的身世说起呢？"后来我问他。

"一代代祖先的名字代表着时间的流动，"口译员翻译着，"这些名字给我的故事以庇佑，让我正视发生在自己身上的事；这些名字让我知道，我是混合了多种肤色的酋长，而且我们有能力承受过去的苦痛……和今日的磨难。"

莫隆戈：时间回到 1976 年——我坐上了从巴伯顿开往科马蒂普特的火车，中途在卡普梅登站下了车，喝了点东西。后来下一班车来了，我们上车，继续前往科马蒂普特。我的朋友们大都在赫克托斯普雷特下了车。火车到达科马蒂普特时，我睡着了……不知道是不是因为有点喝醉了。铁路警察来搜查车厢，他们问我："你去哪里？"我说："科马蒂普特。"

……一个警察把我带到铁路警察局办公室……他说，我必须说他是在边界上找到我的。我说："你说什么呢？我才不会同意呢。"他向我逼近，说我必须同意。他叫一名黑人警察过来站在门口，自己出门去找站长了。他们来时，说我是共产主义者。我说："什么是共产主义者？我连那是什么都不知道。"他们告诉我："你就是共产主义者，不然你怎么会有这份文件？这份文件是从莫桑比克来的。"我确实去过莫桑比克，我手里有这份文件是因为我当时要买牲口，和一个人讨价还价的时候他给了我这份文件。他们对我说，别反抗，然后夺走了我的身份证。他们还说我必须同意：他们抓到我时，我手里没有证明身份的文件。我说："不，我不会同意的。我是堂堂正正的南非公民——你不能这么诬陷我。"

他们还给我改了名字，我不再是马拉瑟拉·保罗·莫隆戈了，而是卡洛什·特基拉……我当时也惊呆了……

【观众的笑声……】

亚斯敏·苏卡：拜托……证人需要继续讲述自己的故事。我不是禁止大家笑……或寻开心，但我觉得大家应该让他讲完自己的故事，给他一些尊重。

莫隆戈：那一刻，他们对我说："你是卡洛什——我们给你起个新名字——你就叫卡洛什好了。"他们对我拳脚相加，我拼命反抗。于是他们拿来一根电线，把我的脚捆了起来；又拿来一条毛巾，蒙住了我的眼睛，这样我就什么都看不见了。我说不了话，看不见东西。他们电击了我，还把我的手捆在背后，对我说："你还想否认你是从莫桑比克来的吗？还想否认你是异端吗？"他们说："你就是异教徒①。"他们把我下面绑了起来，我的手绑在背后动不了，于是他们电击了我的下面……如果我说"我不是从莫桑比克来的"，他们会继续殴打我，电击我……我震惊不已！"我不是从莫桑比克来的！我不是异端！""想想清楚，你这个异教徒。"他们说……

他们折磨我时，那个黑人警官一直在旁边看着。他对我说："如果他们出去喝完茶回来……你还继续反抗的话，他们会把你装进一个大袋子，里面再塞点石头，说不定还会往里放一只猫，然后把袋子扔到河里。他们不是对你才

---

① 阿拉伯语：kaffer。

这样,其实他们对每个人都这样,谁让他们就是干这行的呢。所以我求求你,等他们回来的时候,承认自己是异端吧。"我大惊失色,因为我才发现原来他们的目的是杀了我。

他们回来后,继续对我拳打脚踢:"你还想反抗吗?"我说:"我是从莫桑比克来的。"他们说什么就是什么,我都同意了。一个黑人过来解开了绑在我下面的绳子,摘掉毛巾,给我松绑。我连走都走不动了,身体像废了一样。我不知道自己以后还能不能走路了……有件事让我感到十分忧虑……有个女人,她说……她正在家里抱怨,我再也不能进行……性事了,可那都是他们造成的。

……地方法庭并没有举行公平公正的听证会,他们把我们二十一个人带上法庭,对我们其中三个人说:"你们被判刑六个月,三个月缓期执行。"我恰好认识那天的译员约翰·斯比亚,我对他说:"兄弟,告诉这帮人我是巴伯顿人……他们竟然把我和这些莫桑比克人放在一起。"这个家伙却说:"咦,我不认识你啊。"这令我焦虑不已。

然后他们把我们带走了,还说我们被判刑了,必须进监狱……催我们上了一辆卡车,把我们带到了巴伯顿。巴伯顿人都认识我——狱吏也不例外——他们说:"莫隆戈先生,你是从哪里来的?你怎么到监狱里来了?"我不知如何回答……周围的人推推搡搡的。我得上交随身物品，因为不能带在身边——其实我身上只有圣诞节给孩子买的衣服。我得在巴伯顿的监狱里工作，但就我的身体状况而言实属不易……

【莫隆戈拒绝在监狱里工作，因为他坚称自己没做过任何错事。内政部接手了他的案件，隔年四月份他出狱了。】

我失去了一切，房子没了，房子里的东西也没了。我今天之所以来到委员会前，是因为我有个问题——我不能和我的妻子进行性行为了，我的身体已经垮掉了。我不知道下一步该怎么做，我想知道，人们能做些什么呢？虽然我在种族隔离时代被贴上了恐怖分子的标签，但我并不是恐怖分子。人们得做点什么，给我些养老金也好——不但能安慰我，也能帮我抚养六个还在上学的孩子。

一个男人丧失了男子气概——但他想要夺回来。

威南德·马兰：你谈到了你身体上发生的一些改变——但你是在遭受电击后才有的五个孩子呀……

莫隆戈：是的，我是有孩子……但我是说，我在抚养这几个孩子……我照顾着他们，但我确实怀疑我并不是他们的亲生父亲。

（马拉瑟拉·保罗·莫隆戈的证词，做证于内尔斯普雷特）

我的孩子被南非萨索尔公司开除了，他回来之后就一直在家待业。他在家里待了两个星期，第三个星期他跟我们说，不行，他不能因为没有工作就一直闷在家里。一天晚上……他回家后，走进房间睡觉去了。

早上六点半，他还在睡觉时，很多男孩来到我家，说："我们要把你的孩子带走，因为要参加一个会议。"他醒了，说："这里怎么这么吵？"他们说："有个会议。"他说："我不知道这是个什么会议。"他们说："这是同志间的会议。"于是他们把我的孩子带走了。

……他们拿出斧子，砍向了他的头。他头发很长，被砍之后……头发夹在了伤口里……他跑到一户人家，那里的两个男孩认出了他，便马上往我家跑。他们到我家时，告诉我："快起来，弗兰克要被烧死了！"我问："他做错什么了？"他们说："我们也不知道……"【啜泣】

我离开家，跑去找他。过河后，一些女的在后面把我叫住，跟我说："快回来，你上哪儿去？"我说："不行，我听说我儿子身上着火了。"她们说："别，快过来，我看到一个人从对面跑来了——一个浑身是灰的黑人。"我想那可能是我儿子，于是回过头问那人："你怎么了？谁伤害你了？"他浑身上下除了脸和鼻子都烧伤了，他说："我不知道，我不知道谁对我做了这些。"我说:"一个都不记得吗?""我明天再告诉你,"他说,"等我到医院再说。"我说:"拜托告诉我吧,你说过你知道凶手是谁的。"他像鸟一样嘴巴张了又闭,瞳孔变了颜色……我哭了……

我目睹了这噩梦般的一切。

(1986 年 9 月安娜·斯林达有关其子之死的证词)

我看到我十二岁的小儿子跑了过来,他对爸爸说,有人叫他出去。他们在门前小路那里大喊大叫,想知道我丈夫在不在家。"唉,"爸爸说,"我不出去。"孩子说:"可我想去外面看看他们是谁。"他跑到门口,碰到了这些人,其中一个人走近我,问道:"你丈夫在里面吗?"我说:"在的。"

我丈夫出来了,也没跟他们说什么话。他们其实就是一群小男孩,我不知道他们多大了,也不知道他们有什么目的。我看到院子里有很多人,混乱一片。一些人手持粗皮鞭,一些人携带着极其危险的武器,而我丈夫出来时,只拿了个大砍刀。他们对我丈夫穷追不舍,用粗皮鞭抽他,直到他倒地不起。最后,他投降了。他们检查了下他的状况,发现他的右耳已经受损了。之后,我儿子也出来了,但他的姐姐们都逃跑了。

然后一个人过来说,他们得把轮胎套我丈夫脖子上……他们把两个轮胎拿出来时，我丈夫说："如果你们想杀了我，那就杀了我吧。"他夺过轮胎，对他们说："想怎么处置我就怎么处置我吧！"有个人手里拿着一罐五升的汽油，他夺过来倒在了自己身上。然后那帮人点燃了一根火柴，我一把抢了过来……他们又点燃了一根火柴……把那根火柴递给我丈夫了，我又抢了过来……扔到了地上。有个人从我身后扔过来一节电池——他其实是想用这节电池打我的，这回他们把那根火柴递到了我手中。最后，站我前面的那个人夺过我手中的火柴，点燃了——他们说必须由他亲自点燃。

……后来他们散开了……只剩他一个人待在那里……浑身燃烧着熊熊烈火。我拎来水往他头上浇……但无济于事……我挖了些土，可那时他已经烧得很严重了……我又刨来些土，往他头上洒……小儿子去叫车了……小儿子出去了很久……叫到车以后，我用毯子把他裹住……带他去了诊所，又带他去了医院。但谁都看得出来，他已经筋疲力尽了……他连第二天都没撑过去。

（1986 年 6 月安娜·姆缇库鲁有关其夫之死的证词）

我和妻子、三个孩子周日一起去教堂礼拜，但是是开两辆车去的，因为我得早点到。晚上八点十分左右，我们离开了教堂,妻子带着三个孩子开在我前面。我们开到了农场石子路旁的岔路上,一直往前又开到了下一个分岔路口。妻子开在岔路上时,已经看到我们家房子灯亮了。三个孩子都坐在后座上,儿子坐在他妈妈后面,五岁的姐姐坐在左座上,十五个月大的小宝贝躺在姐姐的大腿上。妻子把钥匙给儿子,说:"雅各,这是门钥匙,你帮我们开一下门呗。"他站了起来,侧过身去拿钥匙。就在这时,地雷被引爆了。

由于开在他们后面,我目睹了这一切——我看到火焰从车底喷涌而出,车子蹿到了半空中。马路温度飙升到九十摄氏度,金属碎片、灰尘、泥土漫天飞溅,掉落在路边的灌木丛中。我停下车,立马跳了下来,喊道:"天哪,为什么?"我走近车子,看到妻子坐在座位上,身体几乎被压扁。她浑身是血,伤痕累累,脚也被炸飞了好几块。她呻吟着问:"我的腿呢?"原本站她身后的儿子坐在后座上,歪着脑袋,失去了意识。我另外两个孩子——小儿子和女儿胆战心惊,泪流不止。姐姐抱住小儿子,我把他俩扶了出来,放到我车上,带他们去了最近的医院。

我们把驾驶室门撬开,把妻子抬了出来。我脱掉外套,铺在地上,把她放在了上面。然后我们试着把儿子抬出来,但前座夹住了他的腿。我让邻居送妻子去医院,他去拿车时，我跪在她身边说："老婆，不要绝望，上帝在天上保佑着你呢。"我为她祈祷。大家都很疑惑……比勒陀利乌斯先生送她去了医院。

之后我把儿子的脚从车座下拔了出来，送他去了医院。第二天凌晨三点时，妻子出了手术室。医生截断了她右腿膝盖以下的部分，她的左腿脚踝被炸碎了，医生在里面钉了钢钉。她身上还有多处未愈合的伤口，喉咙被切开了；医生缝合了她喉咙上的切口，但她脸部被烧伤，胳膊被撕裂了。

天亮后，我和父亲一起去了事发现场，我知道废墟里肯定有妻子小腿以下部位的碎片。我们找了找四肢残骸，好埋起来，可一无所获。但我们找到了儿子的头骨，骨头的左上方还破了个洞。他的……脑浆也溅到了座位上，我把脑浆包在餐巾纸里，拿回家埋掉了。你知道那是种什么样的感受吗……对我会有什么影响吗？……经历过这一切后，我还怎么做人？三天后，1986 年 8 月 20 日，我的妻子死了，她再也没有开口说过话。

……有时儿子突然浑身抽搐了，就算是周二、周三我也得往比勒陀利亚跑。儿子的四个姐姐、父亲和我要一起把他压在床上，我们才知道医生给他开的吗啡量还不够，我们得借用其他病人的吗啡让他镇静下来。我有幸接他回家过圣诞节……但他连我是他爸爸都没认出来……他得重新学习怎么说话……但他经常开小差,1987 年 3 月 5 日,雅各和这个世界告别了。

这段时间,我五岁的女儿并不好过……她从来没哭过,现在也是这样。就算周围的世界已经四分五裂了,她也丝毫不在乎……

（约翰尼斯·鲁斯的证词）

我走进内尔斯普雷特酒店大厅时,天已经黑了,当时我思绪十分混乱。我听着夜晚的号叫,看着酒吧里人们喜悦的脸庞,闻着春天的味道——这一切要怎么整合在一起?

我在房间钥匙旁发现了一张纸条:

生活如此恐怖……

或喧嚷空鸣,

或囫囵吞枣,

均不切实际。

——奥西普·曼德尔施塔姆

我盯着这些话。

内心触动。

院子里的喷泉洒在了叶子上、石头上。他正坐在暗处："我们去吃点东西吧。"

"但是快下雨了，"餐厅领班说，"我建议你们坐里面。"

"可我们想坐外面。"他说。我们点了些开胃菜。

"那两个安娜——连续两个叫安娜的，儿子被烧死的那个安娜——你有没有看到坐她旁边的女儿戴了个什么东西，上面竟然有海豚的图案！看着这些罪恶的嘴脸，听着安娜描述儿子之死时连'死'字都没出现过，要是我的话肯定会疯掉的。但她们竟然毫不在乎，两人之间似乎留了一定的空间，供海豚自由鸣叫。

"另一个安娜——你在听证会上见过人们戴荷兰归正教会的帽子吗？这种薄纱做成的宽边白帽还挺好看的……她一个人坐在那里，似乎被沉默包围了一般。而且你看到了吗，她一滴眼泪都没流过……就那么直勾勾地盯着眼前的桌子……好像这些故事不是开头，也不是结尾，只是人生中连绵不绝的恐怖经历的一部分而已。这种事发生后，人们还怎么继续住在她家小区那里？每次同志们看到高大庄重的她走来走去时，内心肯定是有所波动的。"

菜上桌了。

"而且约翰尼斯·鲁斯和那些黑人受害者也有不同之处，虽然全套医疗服务来得很及时，而且各大报纸都刊登了他的照片和访谈，但事情本身的糟糕程度并没有因此而减轻。你可能不是很懂阿非利卡语，但他听起来确实有些伪善……"

"是的,我在翻译中听出来了。他怎么能把儿子的脑浆埋在家中,做出这么野蛮的事情呢?"

"看你用手吃掉一大盘菜的样子,你和他一样野蛮。为什么他们想埋腿呢⋯⋯你说他们是不是怕腿被动物吃掉?"

下雨了,餐厅领班走出来,说给我们在室内留了个空位。不用了,我们想坐在这里,我们喜欢下雨。

瞬间风起云涌,南部低地的雷阵雨突降——好一幅雷电交加的壮观景象,闪电劈开紫藤萝和紫楹花装点的紫色街区。

"哦,但莫隆戈先生直截了当地说了,种族隔离制夺走了他的男子气概,他想知道真相委员会对此要怎么处理。他深信真相委员会的人能够理解他,但他们却转变了话锋,最后他只能为抚养别人的孩子要钱了。"

服务员拿着把伞跑了出来,问我们需要什么,但我们只点了些红酒。

"鲁斯讲话时,有两个黑人记者一直在说说笑笑,这个我们该怎么理解? 一开始我也试探过,看自己是不是只有白人做证时才会掉眼泪,但还好事实并非如此。可不管受害者什么肤色,我从没见过任何黑人记者为他们哭泣。"

"那你为什么没问他们呢?"

我们慢慢走了回去。他的手搭在我脖子后面,让人感到十分安心。我们浑身湿漉漉的,走进了压抑的夜晚。

第十四章

信中回荡着伤痕撕裂的声音

提姆的来信

上一周我间接体验了和真相委员会打交道是什么滋味。星期二，我和朋友在卡文迪什广场吃完饭，旁边坐着两个阿非利卡人——一个三十几岁，一个五十几岁——他们一直在讨论真相委员会，其间我们听到他们谈及乔格·迈林这个名字。聊天间陈，我清楚地听到那个年轻一点的阿非利卡人讲到他提出了大赦申请，这让我感觉有些怪异……

星期五晚上，我应邀参加派对。派对上，我偶然和一个高大壮硕、长相帅气的阿非利卡年轻人聊天。他得知我曾参加过国防军后，拉我进了另外一个房间。他脱掉上衣,给我看了胸脯和后背——上面有一大片密密麻麻的伤痕。有一次他在执行任务时,一颗迫击炮差点要了他的命,所以身上才留下了这些疤痕。他十分沮丧,不禁潸然落泪,而我像抱小孩似的紧紧地抱着他。

周六早上,我在《邮政卫报》上读了你的文章。短短一周里,我接触了将军、年轻士兵、受害者和外面的世界。

简单来说,我的故事从 1980 年开始。那年我被大学录取后,被召集去服两年兵役。第二年,我感觉我的信仰和南非国防军在纳米比亚的行为格格不入。

我十几岁的时候,有幸到很著名的学校读书。学校传授给我们老"奇普斯先生"的价值观——"做个勇敢、坚强、真实的人,一辈子都要用爱装点世界,不论……"

我从南非国防军里逃了出来,独自一人来到博茨瓦纳边境。我想要去哈博罗内……我的长远目标就是加入民族之矛,并和我当时认为性质恶劣的体制对抗。

但我那时还很年轻愚笨,准备不充分,而且孑然一身,最后还是在拉玛特哈巴马跨越边境围栏时被逮捕了。这时噩梦才刚刚开始。我被遣送到秘密警察济勒斯特分局,他们审讯了我一个星期。其间,我遭到殴打和电击,差点窒息,天天一丝不挂。而且他们三番五次把警棍插入我的下体,强奸了我。我只记得自己在尖叫,其他细节有些记不清了，我那时候毕竟只有十九岁呀。

之后他们把我转交给沃费什湾警察分局，噩梦继续……两个月后，我又被转至军队监狱，可让我松了一口气——军队比警方对我好多了……

通过这个故事，我想说的就是——

在我踏入真相委员会在开普敦的办事处，把自己的故事告诉一名侦查员后的短暂时光里，真相委员会深深地影响了我的人生。

于我个人而言，我觉得我父母最难接受的就是我做过的事情和我的遭遇。他们直到今年才开始谈论这些事，之前他们对此都是闭口不谈的。这个体制判定我的行为有违法律，这让他们觉得很麻烦——他们是遵纪守法的中产阶级人民，因此很纠结到底该相信自己的孩子，还是该承认孩子确实犯罪了。

现在我已经告诉真相委员会自己的故事了，讲述这些经历好像并没什么大不了的。但事情在渐渐发生变化——我感觉好像已经从监禁了自己十八年的监狱里解放出来了，我的家人也解放了。我的兄弟突然对我态度更温和了，更愿意和我交流了。上次我们见面时，他跟我说，他本来应该多为我做点事情的，应该再尝试一下的。我的母亲在电视上看到尤金·德·库克的纪录片后，满脸惊恐地跑来对我说："我们当时不知道，真的不知道。"

也许真相委员会最重要的作用并不是让弗雷德里克·威廉和马格努斯这种人忏悔认罪——不是的，他们必须和自己的良心共处，去他妈的迫害者。真相委员会的意义就在于给治愈提供可能，至少一个人得到了帮助——我和我自己和解了。

沉默被渐渐打破，我们似乎刚从漫长的噩梦中苏醒一般，就连阿非利卡媒体界的反应都十分振奋人心：虽然我从未在阿非利卡报纸上读到任何支持真相与和解委员会的信函，但其中也没有任何质疑听证会证据的内容。他们在没法攻击证据的情况下，退而求其次，开始攻击委员会本身。但我们已经摆脱了沉默的压制，这一点是无可争议的。

（提姆谨上）

海伦娜的来信

（由安吉·卡皮里安妮斯从阿非利卡语译为英语）

我的故事始于青春期末期，那时候我在东自由邦伯利恒区的一家农场里工作。

我十八岁时，遇到了一个任职于最高机密组织的二十多岁的年轻男子。一段美好的恋情就此萌芽，我们甚至走到了谈婚论嫁的阶段。他活泼开朗，魅力四射，气场强大，足智多谋。虽然他是英国人，但所有阿非利卡农民都很崇拜他，我周围的女性朋友也都十分羡慕我。

突然有一天，他说他要"远行"，我们可能见不到面了……可能永远见不到了，这令我们伤心欲绝。

三年后，我搬到了以前的东德兰士瓦省，这里的朋友基本都在安保部门工作。我怎么也忘不了我的初恋，但为了忘记他，我匆匆忙忙和另一个人结了婚，可这短暂的婚姻很快就结束了。

一年多前，我通过好朋友见到了初恋情人。我才知道，原来他一直在海外执行任务，而且要申请大赦。

看到这个帅气魁梧的男人被折磨成这样，我真的难以表达内心的悲痛和苦涩。岁月在他的脸上留下了深刻的痕迹，夺走了他的尊严和生活的意义。他只有一个愿望——必须让真相大白，大赦不过是揭露真相和去除污点的手段，本身并不重要。

年初，他们无情地掠夺了他的生命。这难道就是他为自己的信仰付出的代价？难道这是为真相付出的最高代价？

经历过失败的婚姻后，我又遇到了一名警察。他不是我的初恋，但是个十分出色的人。他对我来说很特别，和他在一起很有安全感。他通情达理，关爱他人……是个能让人依赖的朋友。

一天他告诉我，他和三个朋友升职了。"我们要被调遣到特殊小分队了，现在，亲爱的，我们终于是真正的警察了。"我们欣喜若狂，还庆祝了一下。

他和那几个朋友经常到我家来，有时会待很长一段时间。有时候，他们会突然变得焦躁不安，嘴里蹦出那个让人毛骨悚然的词——"远行"，然后开车走了。

自从爱上这个人，我的生活一直在忧虑无眠中度过，总是担心他的安全，猜想他到底在哪里。我们只能用一句话来安慰自己——"无知者无畏"，我们只相信双眼看到的东西。

他加入特殊小分队三年后，我们地狱般的生活拉开帷幕。他变得沉默寡言，孤僻内向。有时他会把头埋在手里，疯狂地摇动。我发现他开始酗酒，晚上不休息，而是在窗边来回走动。他试着掩藏自己难以控制的恐惧，但还是被我看出来了。午夜过后，两点到两点半间，我会突然被他急促的呼吸声吵醒，而他也辗转难眠，面色苍白。即使是在闷热难熬的夜晚，他的身体也冷冰冰的，被汗水浸得湿漉漉的。他的眼睛充满了困惑，却如死人般呆滞。而且他的身体也会时不时颤抖。他的灵魂深处剧烈地抖动着，爆发出令人毛骨悚然的尖叫声，充满了恐惧和苦痛。有时他会纹丝不动地坐着，直勾勾地盯着前方。

我不理解，不知道，也没有意识到他"远行"时嘴里被塞进了什么东西。我只知道自己过的是地狱般的生活，天天祈祷并询问着："老天哪，到底发生了什么？他怎么了？他怎么会发生这么大的变化？他是不是疯了？我受不了这个男人了！"

今天我终于为心痛的日子和这些问题找到了答案，因为我发现了事情的起源和背景，还有"高层领袖""小团队"和执行任务的"秃鹰士兵"，以及教会和团体领导的角色。

是的，我想要回答安缇耶·塞缪尔在广播上提出的问题。尽管"高层领袖"们为了"秃鹰士兵"将目标定在了将一部分人"永远驱逐出社会"上，我仍然支持他们的行为，因为这些杀人犯确实让老一辈的南非白人能够安然入睡。

是的，尽管自由卫士们曾经肆意投掷炸弹、埋藏地雷、扳动机枪，我已经原谅他们了。世上无圣人，真相委员会首次举办听证会时，我才知道他们为什么会这样做。如果我一无所有了，我也会和他们一样。当我的子孙和父母要一生被法律所束缚，当我亲眼见证白人变得贪得无厌，我明白，他们爱的人一定会为他们的行为备受折磨。

我很羡慕，也很尊重参与其中的人，至少这些领袖有足够的勇气与胆识和"秃鹰士兵"们统一战线，看到他们做出的牺牲。但我们有什么呢？我们的领袖高高在上，故作清白，而且恬不知耻。只要"秃鹰士兵"们还有利用价值，他们就大力赞扬。而现如今，"秃鹰士兵"们不再有利用价值，只有一颗渴望得到认可和支持的心，高高在上、鹤立鸡群的正统基督教信徒——"高层"阿非利卡白人难道不能认可他们的贡献吗？

如果德克勒克说他不知道这一体系，我可以理解。但是去他的，小团体肯定是存在的。外面肯定有这么个人，为间谍活动传达上级命令。

这畸形的生活难道不是对人权的残忍践踏吗？

扼杀精神比残害肉体更加违反人权，但至少受害者还有喘息的余地，而迫害者只有一个——恬不知耻的上级领袖。他们像上帝一样，决定着谁的肉体应该被残害，谁的精神应该被扼杀。

我希望自己能够让这些可怜的废人身心恢复健康，把旧南非从人们的过去中连根拔起。

最后我想以一名"秃鹰士兵"对我说的话结尾。一晚我碰到他时，他正把枪放在大腿上翻来覆去地摆弄着。他对我说："他们可以给我大赦资格，但就算上帝和其他人原谅我千次万次，我还是要忍受这地狱般的生活，因为问题源于我的脑子和意识。只有一种方法能让我得到解脱，那就是一枪击穿我的大脑，因为这里才是地狱真正的所在。"

（请叫我：海伦娜）

斯通皮·塞佩之母曼安吉·塞佩的证词

我是曼安吉·塞佩，我住在奥兰治自由邦的图马赫小镇。

我是斯通皮·塞佩的母亲，斯通皮是我第一个孩子。我们家境清贫，直到他读标准二阶段①前，我一直在辛苦赚钱养他。他在读中学时，遇到了命中的另一半。1985年，警察把他带到了帕里斯警察局，因为警方怀疑他们两个人抢劫了一家酒坊。1986年前，有好几批警察来找过他。他们进门时会说："斯通皮在哪里？"我答道："他不在家。"他们又会说："把他给我揪出来，他肯定在家。我们真不知道，他到底是个孩子还是个成人？你为什么让他蹚政治的浑水呢？"

1986年7月9日清晨，我和斯通皮去店里买完面包走在回来的路上，碰到了他们——政治部警察。他们对我说，斯通皮得带上暖和的衣服，然后就把他带走了。斯通

---

① 标准二阶段（Standard 2）：相当于初中或高中。

皮前前后后被关进了好多不同的监狱,先是萨索尔监狱,再到卢霍弗监狱、科皮斯监狱和波切夫斯特鲁姆监狱。1987 年 5 月 26 日,斯通皮走出了波切夫斯特鲁姆监狱。6月 25 日,我才见到了他第一眼。他离开了图马赫,因为他当时正在被警方追捕,他想要逃离这里。为了躲避警方,他逃到了约翰内斯堡,但在那里待了一段时间又回来了。因为有个叫马斯特·纳科德的人去世了,他得赶回来参加那人的葬礼。

1988 年,警方逮捕了他,并把他遣送至科皮斯监狱,这样一来他就又回到了约翰内斯堡。1988 年 12 月 1 日,斯通皮因涉嫌焚烧城市汽车出庭了,就是我们过去常称为"绿豆"的那种车。斯通皮在约翰内斯堡的时候,我一直在找他,我想在 12 月 1 日见到他。我问他的朋友:"你们见过斯通皮吗?"我不敢去警察局,因为他不喜欢和警察打交道。1989 年 1 月 12 日,斯通皮应该参与下一轮听证会了,但他从未出现过。

一名帕雷斯律师问过我:"你是斯通皮的母亲吗?"我说:"是的。"我们两个讲话的时候,他告诉我斯通皮已经死了,这让我感到不知所措。

因为斯通皮的朋友们告诉我他没死,还活着。时间久了,人们见到我就问:"你在这儿过得好吗? 你不知道你儿子死了吗?"我不确定斯通皮是死是活，只确定我是一个为人权而战的女人。我完全感觉不到他已经死了。

一个女人对我说，我应该去问斯通皮的朋友他在哪里。我找到他朋友的家，结果只见到了那人的父亲，那人的父亲告诉我："他们都在撒谎，斯通皮还活着。"斯通皮常骑一辆BMX牌的自行车，那人的父亲对我说："他只是腿上有些瘀青罢了。"1989年，我留了下来，希望事情有所好转。有时我会去镇上，但我就是在这里听到了斯通皮死去的噩耗。后来我不慎跌入水中，那一刻我才感觉他已经死了，但上级并没有派人来告诉我真相。

1989年1月30日，约翰内斯堡卫理公会教堂的两位牧师——彼得·斯托里主教和保罗·韦里来到我家。他们告诉我，他们已经发现我和斯通皮的关系了。1988年12月29日，斯通皮和他的同伴一同离开了卫理公会，被带到了温妮·曼德拉女士家。牧师们告诉我，他们不知道斯通皮的下落，也不知道他是死是活，一直在找他。他们还告诉我，斯通皮的朋友告诉他们，他的脑浆都流出来了。我待在家，期待着能有消息传来，但他们告诉我："如果警察来了，而且想帮你找斯通皮的话，你一定要同意，因为他们是唯一能帮助你的人。"

2月13日，警察来到了我家，一来就问："你儿子是斯通皮吗?"我说:"天哪,是斯通皮。"他们说:"明天我们会带你去约翰内斯堡的。"

1989年2月14日,他们带我来到了布里克斯顿的迪皮科洛夫停尸房,我在那里认出了儿子已经腐烂的尸体,但是自己的孩子就是自己的孩子。那时我为权利而战,有很多地方都让我感觉他就是斯通皮。他被杀死后,又被扔进了新加拿大和索韦托交界的河里,几乎面目全非。但我能看出来,因为我是他的母亲。我仔细端详着他,看到了第一个标志性的地方。我说:"我了解我儿子,他后脑勺不长头发。"看到他的双眼被人挖了出来,我说:"这就是斯通皮。"科霍索宫被炸的时候,斯通皮也受到了牵连——一只眼睛上留下了伤疤。我看了看他的鼻子,上面确实有块胎记。我又看了看他的胸部,上面有一道伤疤,那是他在图马赫和另外一个男孩打架留下的。我看了看他的左手,和我的左手长得很像。我看了看他的大腿,他和我一样,大腿都很健壮。我看了眼他的私处,他的左腿与我相似。左腿之下,也有一个胎记。

他们问我:"斯通皮多重?"我说:"不知道,警察应该知道。"他们问我:"他高还是矮?"我说:"他很矮。"但是由于他们像扔狗似的把他扔进河里,他全身被拉长了。他们拿来了他的衣服。我说:"我认识这些衣服。"其中两样东西点醒了我,让我确信这就是斯通皮的尸体——一顶白色的帽子和一双新的跑鞋。我说:"是的,这些衣服是斯通皮的。"我说:"他之前穿4号鞋。"

我们同S. B. 约翰·冯·得莫威和理查德·马兰博先是一起回到帕雷斯,后来又回到了图马赫。路上,他们告诉我,他们不相信那是斯通皮的尸体。第二天,他们找到我,对我说,库伦霍夫和舒伯特医生认为那人并不是斯通皮。我必须回到约翰内斯堡,为我儿子的权利而战。于是我回到了约翰内斯堡。

他们问了我很多问题。"斯通皮有没有遭受什么病痛折磨?"我说:"他患有扁桃体炎,也得过癫痫,但五岁时治好了。"他们问:"他的眼睛有没有什么问题?"我说:"没有,但是他被放出科皮斯监狱时,眼睛是有问题的。他是在科皮斯监狱时染上的眼病。"他们告诉我:"我们觉得这不是斯通皮。"他只有十四岁,还非常年轻,并没有身份证明文件。

他们问我:"你说他是斯通皮,你觉得我们应该相信你吗?"我说:"当然,你们必须相信我。"他们把斯通皮的手递给我,对我说:"他是你的儿子,我们能验证他的指纹。"

他们说可以帮我埋葬斯通皮,而我对他们说:"不,我要先和家人商量一下。他是被一个机构害死的,我不能忽视法律擅自处理他的尸体。"于是我们回到了帕雷斯。我告诉他们，我的家人不同意他们帮忙。因为在种族隔离制度下，我们只能缄默无言。就算我是孩子的母亲，也不会在警察面前多说什么，因为他们很可能会来骚扰我。所以我同尼尔军士一同前往波士曼停尸间，我告诉停尸间的经理密斯皮迪先生，他们应该去约翰内斯堡把斯通皮的尸体接过来。可是他们拒绝了我，说绝对不会帮我，因为我还可以指望家人。

最后一天，星期五，记者找到了我。他们告诉我："斯通皮还活着，他现在在博茨瓦纳呢。"他们说，是曼德拉女士告诉他们的。我对他们说："我埋葬的不是一具僵尸，而是我儿子的尸体，我认得他的胎记。我一手把他拉扯大，没人比我更懂我的孩子。"

我们到停尸间看了他最后一眼，他的尸体已经腐烂发臭了，我们没办法把他接到家里。所以我同家人和父亲一起去看他，他真的是斯通皮，但密斯皮迪先生对我们说："这不是斯通皮。"他让一位员工仔细查看了斯通皮，那天很多和斯通皮同一组织的人都来了。他们散布谣言，说他是告密者。我养了斯通皮这么些年，花了这么多时间和他交流，现在人们竟然告诉我他是个告密者。

星期六，正是这一天，一些外国人来了。他们问我：

"1987年斯通皮从监狱释放后,我们来241看你,你还记得吗?"我说:"记得。"他们说:"警察在我们之后马上就到了,他们不想让我们和斯通皮讲话,你还记得吗?"我说:"是的。"他们给我看了张斯通皮和他的朋友吉利•尼塔拉的照片。"停尸房的经理说那不是斯通皮的尸体。"我说,"真是新鲜,明天我要埋葬的人是我的儿子啊。"之后我们便去了教堂。

这时发生了一件事,深深地伤害了我。又是那间停尸房的经理,他告诉我:"我仔细看了看这个孩子,发现他不是斯通皮。我让员工看,他也说这不是斯通皮。"马布扎牧师站起来说:"我是来埋葬斯通皮•塞佩的,我不管他是不是斯通皮,我来就是为了埋葬这个十四岁的孩子的。"另一位牧师也说:"我对斯通皮的了解还不如这些文件上的叙述多,但我认识斯通皮,他是个非常友好的孩子。"保罗•韦里牧师也说:"我失去了一位挚友,一位真正的朋友。"

星期六晚上,我彻夜未眠,一直在想那个机构和耶稣被门徒背叛的故事。那晚有传言称,我应该为斯通皮还活着而开心。他们在我门前跳舞抗议,伊斯贝拉•塞佩拦着我,不让我出去。星期天早上,他们又来了,哭诉道:"塞佩女士,这不是斯通皮,这个人没牙。"我沉默不语,祖母连忙驱赶他们,对他们说:"听着,如果你们再纠缠我们,告诉我们要埋葬的人不是斯通皮,我们就报警了。"他们马上闭上了嘴。星期一早上,另一个女人来告诉我:"你埋错人了,周二你会接到博茨瓦纳打来的电话。斯通皮会跟你说话,他还要给你寄钱呢。"我陷入了绝望,连忙离开那女人往家赶。

委员:塞佩女士,我们能够理解,讲述这个故事肯定让您非常痛苦。您有没有收到过斯通皮的死亡证明或其他文件呢?

塞佩女士:有,我收到了死亡证明。

委员:你亲手埋葬了儿子,心安了吗?

塞佩女士:是的,我埋葬了斯通皮,我埋的就是斯通皮。

（斯通皮·塞佩之母曼安吉·塞佩的证词）

第十五章

从德斯蒙德·图图大主教到乔·玛玛瑟拉——无人幸免

我坐在家庭教师的对面,和他讨论孩子不堪入目的数学成绩。这时,夹克兜里的传呼机响了起来——"德斯蒙德·图图大主教正在医院接受癌症检测"。

顿时我的眼前一片漆黑。

脑中萦绕着一个微弱的声音——不可能,绝对不可能。

我打电话给真相委员会的媒体主管约翰·艾伦,他也是图图大主教多年来相当信赖的助手。由于保密会引发各种各样难以澄清的流言,他们决定公之于众,图图大主教将于十二点在医院接受媒体拍照。

家庭教师把孩子的作业本一页页翻给我看,这孩子为了逃避作业,在作业本的空白处乱涂乱画。而在我脑中,我只想把这个人高马大、笨手笨脚的孩子搂入怀中。这一天已经开始散发着死亡的臭气了,早晨,巍峨的群山耸立在蓝天之下,宏伟壮观;但现在,山峦却在震惊和痛苦中无力闪烁。

我们正陷入怎样的境地呢?

如果没有图图大主教,这一过程简直不可想象。不论别人扮演什么角色,图图大主教永远是指南针。他以不同的方式引导着我们,其中最重要的便是语言上的引导。正是他用语言描述着正在发生的事情,而且这语言并不是陈词、新闻报道或提案中的语言,而是如火焰迸发般的语言——不仅指引着我们未来的走向,也掌控着我们现在的进程,正是这样的语言带领着人们共同进步。

我怎么挑也挑不出合适的花朵,也找不到足够特别的卡片。

我怒火中烧,为什么图图大主教没有得到更好的照顾?去年年底,我在采访中问他:"我们大多数人都放弃了寻求个人身体健康、精神生活和家庭琐事之间的平衡,您是怎么处理这个问题的呢?"

"牧师培训教会了我要把一天规划好,如果你一天的开端都没规划好,那么一整天你都会偏离原先的轨道。我发现,早起后在上帝的荣光中沉思一小时,并研究经文,能起到很好的精神支撑效果。我争取每天沉思两三个小时,就算做体育运动时,比如在跑步机上跑三十分钟,我也会利用这段时间祈祷。我会在脑海中画一幅世界地图,想象自己环游世界,在各个大洲间穿梭——只在经过非洲时想得更详细些,再将这一切奉献给上帝。"

一位荷兰电视导演曾问我,委员会里有哪些人是图图的朋友,我觉得一个都没有。图图和委员会里的人进行合作，非常尊敬他们，但有时也会激怒他们。比如说，一开始，图图大主教就明确地将基督教语言带入了委员会；他发现很难让自己脱离教会中根深蒂固的等级制度，以适应委员会中的民主制度；他在白人中很受欢迎；他常常提到黑人的宽容值得人们尊敬。那些有自己的主张的人认为图图是大骗子、法庭的弄臣和彻头彻尾的伪艺术家。

他承认在委员会中做事非常难："从某种程度上来说，我发现今年工作尤其繁重，因为我不常和这些人打交道，而且由于有着不同的背景，他们的意见非常不统一。可在教堂里，我有一个明确的位置，和同事有着明确的关系，我们自然而然形成了一个小组。但在这里，我们中有些人认为唯我独尊非常重要，刻意把事情变得复杂。但尽管如此，我们共同经历了不少磨难，每位委员都帮助我们渡过了难关。"

医院里，一堆记者、摄影师等在图图的房间外。看着手中捧着的鲜花，我知道自己已经打破了客观报道的准则。

我们在小推车和通信设备的嘈杂声中等待着，此时我的思绪飘到了南非共产党领导克里斯·哈尼的葬礼上。葬礼上，人们的发言义愤填膺，悲痛不已；人群怒不可遏，情绪不稳。但图图大主教站了起来，对上千名群众说道："不论肤色黑白，我们都是上帝的子民。"所有人都在空中挥舞着双手。

"你之前已经想好了要这样说吗？"我曾问他。

"是这样的,我坚信有人会为我祈祷。也许这样有些自以为是——我不知道是否如此,但我觉得这些话是上帝让我说的——也许现在人们还难以理解,但有时直到话说出口,我才意识到自己要说什么。这样说好像不太准确,好像我不受自己控制似的。但我在克里斯·哈尼葬礼上站起来的时候……我觉得上帝在我和听众之间建立了默契,让我唤醒了听众心中深埋的思想。"

但我不同意:"可您当时说的话并不合时宜,您当时冒着巨大的风险——那里有上千人,他们都可能公然拒绝你,因为您传递出的信息没有人会赞同,就连我这个白人都不想听到。当您嘴里迸出'白人'这个词时,我浑身都僵硬了。我以为您当时神志不清了……因为这个词很可能成为种族暴动的导火索。"

图图大主教说:"但我的意思是,人们会祈祷上帝与他们同在……如果你想讲究科学,这就和可信度有关了。'人们在杜杜扎第一次行使轮胎项链酷刑时,他就在那里。葬礼时他就在那里,我们受伤时他就在那里,和我们一同悲伤流泪……他可能就是我们中的一员,他可能关心着这一切。所以当他说这句话的时候,也许我们应该听听他说了些什么。'有太多的因素影响着我,但最重要的就是我不是一个人——我不是一个人。一位隐居的加利福尼亚修女曾告诉我,她每天深夜两点都会为我祈祷。在这个讲究科学、物欲横流、世俗的社会里,人们会以为我在胡言乱语。但对我来说,这给了我信心,让我相信一切都会变好。"

整个媒体小分队都来到了他的私人病房。

我看不到他，只能站在椅子上张望。

看到他躺在那里，我屏住了呼吸。这个伟大的人总能让我充分感受到人性最本真的光芒，是他用深刻见解、幽默风趣和希望照亮了我们寻求真理的荆棘之路。而他就躺在那里，身形比我记忆中还要小。这回他没有穿紫色长袍，也没有佩戴木质十字架，只穿着粗糙的医院病服。

看到他形容枯槁、脆弱不堪的样子，我突然间泪如雨下。没有他，我们如何完成这一伟大的事业？相机快门声渐渐减少，大家被引导出了病房。而我回过身，握住了他的双手。他微笑着对我说："不要担心……我会好起来的……别忘了，我们在和天使一同战斗呢。"

黑暗中，我的手机突然响了，是新闻采编部打来的。《星报》首页报道了真相委员会内部的种族矛盾问题，他们问我能不能在六点之前赶篇文章出来。他们的声音中带着一丝责备：你怎么没抢到这条新闻？我打开灯，发现已经五点半了。

这个点，我给谁打电话谁不想杀了我？

更大的问题是：我给谁打电话好？谁既不站在白人这边，也不站在黑人这边？

约翰·艾伦说："我可以跟你说一下这件事的发生背景，其实这也不是什么特别严肃的事。"

杜弥撒·恩兹贝沙捧腹大笑："委员们代表南非社会,委员会内部本来就存在各种矛盾,比如性别矛盾、年龄矛盾、种族矛盾、员工和委员间的矛盾、政治矛盾——但这个故事,说实话,不过女人内部的斗争罢了。"

尽管他们都在否认,这个故事却占了好几天头条的位置。因为这是人人都想听的故事,而且平等团体内部的种族矛盾问题是每一个公司、团体或组织在对抗的问题。随着真相委员会不断深入,每个人都想在其中找到答案。委员会必须抓出政府中的间谍,把尸体挖出来,调查一些大型组织过去做过的勾当。某种程度上,委员会发出了人民的声音——甚至有人说,只有在委员会中人们才能发出自己的声音。而现在,委员会必须在种族矛盾问题上起领导作用。

实际上,人们正在并肩作战。图图大主教发表了一份声明,其愤怒之情难以压抑:"有新闻报道称,真相与和解委员会中的黑人成员正遭到边缘化。为此,尽管我万分不情愿,还是要在病床上发表这份声明。

"首先,所有重大决定都是委员会全体成员做出的,委员会总共包括三个分委员会,每个分委员会的大部分成员都是黑人,而且主席和首席执行官也都是黑人。

"其次,委员会中有匿名人士称,委员会是由白人自由主义者操控的。这于我而言是极大的侮辱,我感到十分气愤。因为其言下之意是，我不过是个摆设，并没有实际控制权。"

祖鲁-纳塔尔省的科扎·穆戈乔教士称，自己对委员会中的种族歧视现象并不知情。

新闻报道称，去年，真相委员会收到了大量大赦申请，政府也慷慨地延长了罪行终止日期和大赦申请截止日期，为去年的听证会画上了完美的句号。但今年才刚开始，委员会主席就得了癌症，委员中也出现了种族矛盾。

委员会成员涌向阿得勒大街办公大楼，参加今年的第一次会议。城市里，东南人熙熙攘攘，而图图大主教刚做完 CT 扫描、骨骼扫描和胸透 X 光，静静地躺在家中，不受世事侵扰。医生还没有确定他需要接受哪些治疗，也许图图后期还需要接受外科手术、放射治疗、保守治疗或组合治疗。

每个人都想知道真相委员会内部是否存在种族矛盾问题，并期望以此帮助普通人解决各自遇到的种族矛盾问题。这次会议将检验：没有了图图大主教言语力量的支撑，委员们能否妥善解决这一问题。

他们确实能够做到。在之后的新闻发布会上，委员们将内部种族矛盾问题归因于"沟通不畅"，并表示一些部门已重组，以加强委员和办公室之间的沟通，仅此而已。就算委员会在做表面文章，仅仅得出这一结论也令人十分失望——图图大主教所提供的道德层面不复存在。委员会总归要解决种族矛盾问题，与其得出这种不痛不痒的结论，不如直接承认他们之所以团结一致，是因为不愿失去丰厚的薪水。相比之下，这和南非的种族矛盾问题更相关一些。

图图大主教回到了办公室。在办公室外等待对他进行采访时，我想起了第一次在主教庭院中采访他的场景。我手下的新闻编辑——皮帕·格林曾为图图大主教工作，是他说服了图图，让图图意识到了广播的重要性，当时他说：如果你真的关心那些只听得到广播和只会说母语的大众，那么请你认真对待广播。因为他的这番话，马勒利斯和我才能在星期六早上采访他。我们一进来，就看到图图大主教站在窗前，穿着及膝卡其布短裤、袜子和 T 恤衫。他说："我喜欢读书。"我们坐下来，准备全身心投入采访中。而他抬起手，让我们一起祈祷。但令我们震惊的是，他念的祷告词我们听也听不懂，这是要给我们来个下马威吗？

我还记得他在一长串名单中挑选保镖的场景——"我想要一位英国国教信徒。"他坚定地说。于是一名年轻的保镖被选中了，他从来没想过自己能每天和大主教一起享用圣餐。

在大公会教堂为图图大主教举办的退休告别仪式上，香气弥漫、戴着发冠的主教们排成长长的一列，唱着圣歌从我身边经过。保镖穿着牧师长袍，胳膊下夹着一把枪，紧跟着主教慢慢走来，庄严肃穆，看得我目瞪口呆。

整整四小时的布道，保镖一直坐在那里，毫不遮掩地打着哈欠，直到泪流满面。就连图图大主教布道，他也是哈欠连天："上帝非常有幽默感,不然你想,为什么上帝会选择'鼻子这么大的人'①做主教呢?而且这个主教的名字也很有意思,要想取笑他的名字,你可以在墙上涂鸦时写:'自从我把图和图放在一起,我便不是圣公会信徒。'或是创作一首歌《不要惹我的图图》。上帝是明智的,没人比上帝更能把握时机。过去,我们反对,反对压迫,反对种族隔离,好像我们生来就是为了反对的。但现在是时候改变了,我们应该从'反对'派变为'支持'派了。那么难道上帝在这时说'再见,图图大主教'不明智吗?"

图图是个有故事的人。

他是个矛盾调和者。约翰内斯堡的市长说,有一天,警察为驱散人们的抗议游行捉住了一位部长——汤姆·曼萨塔(后来的真相委员会成员),并对他拳脚相加。"我实在是受不了了,便走开了,这样对待一副血肉之躯太残忍了。但我永远都不会忘记,图图大主教抓住其中一个警察的手臂,气愤地质问他:'你怎么能这样对待一个人?'"

他是个虔诚的祈祷者。开普平原上的非法占地者和白色臂章组织激烈地交战时,图图大主教为双方组织了一场会议。一方不到场,他就不下车。他会在车上祈祷好几个小时,直到这些帮派都到齐再下车。"是的,不论是去游行,还是参加葬礼,他都会弓着腰在

---

① 原文为阿非利卡语:iemand soos hierdie ene met die yslike groot neus。

车后座祈祷。"皮帕·格林告诉我,"他就像个普通人一样在那里喃喃自语,但车门一打开,他置身于人群中间时,就立刻变得非凡出色——比我们都更高大伟岸。他身上散发出来的那种能量和力量,他的声音和领袖气质,使成千上万的人心甘情愿跟随他。不论他说什么,代表的都是所有人,他甚至能说出你深埋心中的伤痛"。

正因为此,南非广播电台发现在电视上展现图图大主教充满正能量的姿态,但用忧郁的音乐和不祥的文本替换他的声音十分奏效。

"人们会生病,证明人们都是肉体凡胎。超人是不存在的,没人是救世主,没人拥有超能力。"

我问他,在他离职的六个月中都发生了哪些事。

"我最近得知,克拉多克四人惨案和伊丽莎白港黑人公民组织三成员绑架谋杀案的肇事者提交了大赦申请,而且史蒂夫·比科也提交了大赦申请,这令我非常激动。因为他们从来没有这样做过,而且这个国家也需要他们提交申请,这也或多或少地证明了委员会存在的合理性。

"我对委员们之间的争吵感到些许不安,人们一定会说:'我的天哪,委员们,先解决内讧吧!你们真的知道什么是和解吗?'我为此感到很难过,因为我认为委员会已经建立了足够的信誉,而且已经被社会大部分人接受了。

"对此我感到非常苦恼,但令我高兴的是,他们并没有如愿以偿。人们以为用这些陈词滥调就能得到别人的支持,过去也许行得通,但如今大部分人则会说:'天哪,他们为什么想成为受害者呢?他们有这些精力为什么不去对抗那些排挤他们的人呢?'

"但真正令我伤心的是,我们是由总统代表国家挑选出来的,而且作为南非社会的人民代表,我们被赋予了特权。我们之所以被选中,是因为人们期待我们能冰释前嫌。虽然没有之前的矛盾,就没有现在的我们,但不同背景的人是可以团结一心的。

"如果连我们都无法摈弃前嫌,我们又怎么能期待比我们经受过更严重创伤的人得到治愈并恢复如初呢? 即使现在我们也要认真地审视自己,我们是否愿意承担国家给予我们的工作和使命。

"我们的世界很奇怪,痛苦和苦难有着非同寻常的意义——痛苦赋予我们一种特质,而这是其他任何事情做不到的。我非常清楚,我体内有一颗定时炸弹……

"我常常想起我的母亲……总是想起她……我永远不会忘记,那时候我要上高中了,可家里却没钱供我上学。我的母亲靠给别人洗衣服营生,我常常陪她一起去一位白人女士家工作。到了之后,她开始洗衣服、打扫房间,一干就是一整天,而干完后只能拿到两先令。每天早上,母亲都会给我两先令,然后我拿着钱走到车站买去韦斯特伯里上学的火车票……我常常会想,母亲辛辛苦苦工作了一天……到头来却什么也得不到……唉①……我获得诺贝尔和平奖的那一年，她去世了……我和她一样，有着矮个头和大鼻头。"

国民党给真相委员会下了最后通牒：图图无视国民党的第二次政治提案，必须为此无条件道歉；伯莱恩心存偏见，必须引咎辞职；今后，调查小组的行政长官也必须减少与组内成员的接触。如果委员会做不到，国民党就会走法律程序。国民党坚信，他们手头掌握着真相委员会违背其法案的证据——委员会理应集齐所有证据后再下结论，可伯莱恩和图图两人未经详察就对提案做出了预判。

"我们的主要目的在于和解，"图图说道，"僵局对任何人都无益，所以我常说：'这个案子能证明什么呢？'如果我们胜诉，对谁有好处？如果我们败诉，谁又将坐收渔利呢？"

实际上，国民党将会从中获利。真相委员会在上交给总统的最后一份报告中总结了国民党的角色，但我们应该给这一总结画上一个问号。就连图图在看到国民党的提案后都默默哭泣，问道："德克勒克怎么能说他不知情呢？我和他单独见了很多次面，每次都告诉他那些心无城府、没有理由说谎的人都在私下谈论，说白人参与了波伊帕顿镇大屠杀。"

我在心中恳求着图图——你不能放弃，如果连你都放弃了，我们就前功尽弃了。

---

① 原文为阿非利卡语：ja。

接着,我问道:"你是说你需要国民党吗?"

"每当我想起——"图图说道,"每当我想起那些受害者通过沉默爆发出的力量,还有他们的韧性和豁达,但国民党却无动于衷时,我都感到痛心疾首。和解是需要所有人参与进来的国家大事,每个人都很重要,因为他们都来自我们国家重要的选区。"

"那么国民党需要你吗?"我问他。

他沉默良久。"我不知道,国家既然交给我们工作,我们就应该尽力把它做好。如果他们想要打造一个团结一心、完好无损的国家,那么是的,他们需要我……如果他们认为我们是达成和解的重要工具……那么,他们确实需要我们。"

图图说,国民党是委员会最大的死对头,这一点不足为奇。因为我们曝光了令他们感到不安的往事,任何人都会做出这样的反应。然而,真相委员会不会满足国民党的一切要求。"这些要求基本上是不合理的,而这正是问题的症结所在。要让我道歉的话,没有任何问题……因为说一句'对不起'也不会伤及我一根毫毛,但我不知道自己该为什么而道歉,他们这是在转移人们的注意力。

"我全身心地投入到和解事业中,而且非常关心这个国家的子民……只要法律允许,我愿意为此做一切能做的事情。我确实已经付诸实践了,做了一些让人们以为我疯了的事情,比如我对人们说:'我们需要你,也需要你,我们真的非常需要你们。我们做到现在这步还远远不够,还有太多太多的事等着我们去做。'

"大家都知道,我们是不可能独自去天堂的。倘若我去了天堂,上帝就会问我:'德克勒克在哪里？你们应该一起的。'同样,倘若他一个人到了天堂,上帝也会问他:'图图呢？'因此我会为德克勒克默默流泪——因为他拒绝了转世成人的机会。"

　　无论哪位贵宾访问南非,都无法避免参观贫民区。本周,丹麦玛格丽特女王参观了位于伍德斯托克低洼地区的暴力虐待受害者创伤中心,这一机构在丹麦的资助下已运转多年。

　　但同样不可避免的是,此次皇家访问就像一把代表富贵和特权的长矛直插入穷人的心头。一排红白相间的小客车缓缓停下,紧接着一群小学生开始挥舞小旗,听从指挥的命令。这时一批白人从车上下来,这些人是谁呢？他们不过是门童罢了。车门一开,所有媒体立刻蜂拥而至。丹麦新闻社的记者举着相机,拿着麦克风,热情地奔向了在街边围观的伍德斯托克市群众——其中既有被忽视的儿童,也有失业人员。最后八辆黑色奔驰车队浩浩荡荡地开来了,女王和小王子大驾光临。几个身材魁梧的白人男子,头戴淡色卡其帽,几乎同时跳下了车,为贵宾打开车门。人们终于见到了这些来自地球最北端的,肤色极白,面带精致笑容的贵宾……卡叶丽莎镇的马萨尔合唱团开始唱国歌《肖肖洛扎》①,歌颂着橄榄球世界杯赛

---

　　①　原文为阿非利卡语:*Shosholoza*。

后人们仅存的一丝团结精神。

女王戴着一顶藏青色帽子，上面还饰有一只白色亚麻线绣的蝴蝶。她微笑着一言不发，对一切表示赞许。图图讲话了，开玩笑地说我们正站在神圣的土地上；迈克·拉普斯利神父感谢了人民群众，感谢他们昨天来这里植树，今早来修剪草坪，把树苗平稳运输过来，安装装饰灯，把这里粉刷一新。伴随着合唱团的歌声，受害者们讲述着骇人听闻的经历，但是玛格丽特女王只是微笑着一言不发，对一切表示赞许。

贵宾们到南非来，不仅要拜访曼德拉，参观罗宾岛和卡雅利沙镇，也一定要出席真相委员会的听证会。听证会的会址就在图图家附近，拜访图图也就自然而然被规划到了行程当中。阿尔·戈尔拜访图图时，安保人员设下警戒线，隔离了所有通往图图郊区住宅的路线，使整个米尔纳顿的交通陷入瘫痪；希拉里·克林顿参观阿得勒大街办公大楼时，大楼周围设下了铜墙铁壁。

大厅里满是等待新闻发布会的媒体人员，我们也在其中。我们惊讶地盯着那些记者，他们看起来好像刚从《X档案》节目里出来的人，实时报道着希拉里·克林顿的南非之旅。我们放眼望去，必定能看到一个浓妆艳抹的女记者。她手握麦克风，像打机关枪一般快速地报道着南非的情况，然后你会发现她说的"康斯坦蒂亚"或"司碧尔·薇恩斯戴特"你一个都听不懂。倘若你稍不留神，就会有人像抓一根海带似的抓着你的胳膊，把你推到角落里。他们中也有名人："快看！爆料水门事件那个人的孩子……还有安妮·莱博维茨，那个美国摄影家。"

直到现在，大门才打开。

记者们蜂拥而入，踩踏事件的现场也不过如此。那个摄影师竖起尖尖的胳膊肘，像伞一样撑在地上，顶住了我的肋骨——这是她的地盘。我穿过熙熙攘攘的人群，挤到了最前面，把麦克风伸到了图图和希拉里·克林顿两人中间。"拿开你的麦克风！"有人喊道。天呐，我也只是在做我的工作而已。我放低了麦克风，这时目光恰好落在了正前方希拉里·克林顿的鞋子和脚踝上。看着她那有光泽却难看的双腿，我马上陷入了抑郁。

我不想听她说什么。虽然她是世界霸主——美国的第一夫人，她的访问消灭了象征和现实之间的差别，她给予了真相委员会很多资金支持，但我还是不想知道她在说什么。

她穿的应该是人们常说的浅口高跟鞋，那是双金色的浅口高跟鞋，脚后跟上饰有精致的金色皮带扣，窄窄的鞋头让她脚上的肉显露无遗。她穿着丝袜和粉红色长筒裙，从上到下全副武装，好像穿着一副盔甲。她也必须这么做，而且不能表现出一丁点人类的样子，因为问题如狂风暴雨般袭来，聚光灯如尖刀般打在她的脸上。我的腿快麻了，于是我换了个姿势，目光落在了利亚——图图的夫人身上。利亚站在最右侧，背对着拥挤的记者们，因为她并没有看希拉里·克林顿，而是默默地看着站在身边的图图。这时我意识到，有关图图病情的报道并不全面。

出席真相委员会听证会的外国访客们时常表示，黑人听众出奇的平静，这让他们十分诧异。尽管会场每周都爆满，但从未发生过暴力冲突或攻击事件。

他们不愤怒吗？一点怒火都没有吗？

难道几十年来被压迫的历史磨灭了黑人的意识，他们不知道自己有权利愤怒吗？还是因为掌控国家的是多数人，这一点平息了他们的怒气呢？我试图从临床心理学家诺姆冯多·瓦拉萨那里寻找答案。

"人们想当然地认为黑人并没有感到愤慨，其实这是错误的，哭泣和愤怒就像硬币的正反面，"她说道，"但整个真相委员会控制住了所有的愤怒情绪，因为真相委员会常把'和解'挂在嘴边，而且委员会主席是倡导宽恕的大主教。

"所以委员会的证人发现，哭泣似乎要比愤怒和爆发更有效，因为他们知道委员会的基本原则是和解与宽恕……科萨人翻译'真相与和解'时，把'和解'翻译成了'uxolelwano'，其实这个词和'宽恕'的意思更为相近。"

瓦拉萨还不时谈到，愤怒对进步至关重要。

"我觉得黑人已经控制住了自己的愤怒情绪。我不是说所有黑人都是犯罪分子，但人们谈到镇里犯罪率上升时，我只能说这是在预料之中的，因为我确信这都是由长期愤怒郁积导致的。"

　　在自由邦省时，我经常被问及直击心底的问题。我对瓦拉萨说："一位白人女性曾对我说：'我从没在电视上看过真相委员会的听证会，因为你能看到的就只有仇恨。'我告诉她，我参加了大部分听证会，她说的不对，这里真的没有仇恨。"

　　"她那纯属是在瞎猜，"瓦拉萨说，"第一，她的本能告诉她，如果她受到种族隔离，她也会憎恨别人；第二，白人都偏向于认为黑人憎恨他们，因为这样他们就无须做出改变。然后他们就能说：'黑人非常恨我们白人。我们无法与他们共处，因为他们会杀了我们。我们不应该把他们逼到这个地步，他们本来就憎恨我们。'"

　　就在我和那位女士说话时，一位农民情绪激烈地说道："如果这些事情发生在我身上，我肯定会像俄罗斯人那样恨死他们，然后爆发出来。但黑人没有这样做，这只能说明黑人连恨别人都恨不起来。"

　　瓦拉萨和我陷入了沉默。

　　"其实我们现在谈到了人性的定义，"瓦拉萨说，"他的这番话充分证明了，像他这种自我中心、自私自利、倡导资本主义的白人是不可能领会人性的真谛的。

　　"另外，我觉得白人不能断定黑人的愤怒程度，如果白人说黑人连恨别人的胆量都没有，那就是白人自己的问题了。黑人被逼急时也会爆发，我认为索韦托起义就是最佳例证。但我们这里谈到的可能是，带有资本主义文化观的人。对于他们而言，'你的东西不仅是你的，也是你所在的群体和像你的人的'，'人们可以互相分享'，这些价值观是完全无法理解的。可是当白人来到这个国家时，尽管我并不在场，黑人很乐于分享和给予……然而后来却出了问题。虽然国家现在正大力宣传这种班图精神，当初的这种精神却变味了。

"白人正在隐藏他们的情绪，这让我十分愤怒。如果你是黑人，那么你在听证会上哭泣时，只能独自落泪；如果你很愤怒，没有迫害者会和你当面对质，他们只会隐匿在郊区中，躲藏在法庭禁令和法定代理人身后。黑人的苦难或多或少就像倾销品——容易买到，更容易被扔掉。"

"但至少他们表现出了内疚感啊。"

"内疚有什么用，"她不耐烦地答道，"内疚会让你失去行动的动力，'我很内疚——但我又能做什么呢？'此外，那些受难的人也常常滥用内疚感：'你既然感觉内疚了，那就给我一千兰特吧。'与内疚相比，我更偏向于羞愧。当你对某些事情感到羞愧时，你会想做出改变，因为羞愧的滋味并不好受。"

"白人突然装作都不支持种族隔离的样子，"我说道，"这让我觉得，好像所有黑人参与了斗争，并为自由做出了巨大牺牲。但我们不该说当今黑人做得远远不够吗？所有的黑人都付出代价了吗？"说完这句话，我突然不寒而栗。

"所有黑人都付出了代价，"瓦拉萨说，"就像你邻居家和你家小区发生的事情都会影响到你——你的情绪会有所波动,因为对别人以各种形式剥削了你的一切而感到恐惧,因为不能尽情发展自我而感到不安。所以说,一些人付出的代价大,一些人付出的代价比较小,还有一些人付出了其他代价——但这个国家的每一个黑人的确都付出了代价。但这些代价却变成了自我吹嘘的工具,这样我就觉得有问题了。无论如何,最后我们都必须站起来说:'其实有些事我们并没有做到……'"

白人对真相委员会的回应随处可见,比如信件、社论、讽刺漫画,国民党、民主党、自由阵线的主张和记者们收到的恐吓信。我就收到过这样一封邮件:

鼓动阿非利卡人滋生仇恨的关键人物,就是那位哭泣撒谎委员会中永不满足的传教士——从不为民发声的真相委员会特派全权代表安缇耶·塞缪尔。①

上午,她谈到了"监督";下午,她谈到了"范围"。她的声音变化多样,时而如葬礼进行曲般低沉缓慢,时而如《天佑非洲》般慷慨激昂,令全国为真相委员会所受到的无端

---

① 原文为阿非利卡语:Die vernaamste eksponent [van Boerehaat] is daardie onvergenoegde veldprediker van die Ween-en-Verdrietkommissie Radio sonder Mense se persoonlike Gesant en buitengewone, spesiale afgevaardigde by die WVK, Antjie Samuel.

指控潸然落泪或怒发冲冠。

（可我不知是该笑还是哭）她的声音听起来就像是从地窖中发出来的。

"真可惜，这个孩子有这么好的家庭背景，现在却如此可怜又困惑。"①

精神病医生肖恩·卡利斯基认为，南非白人对真相委员会曝光的事情有两种反应。一种是直截了当地拒绝承担责任，并指出取消委员会的原因，认为委员会的设立就是在浪费资金；另一种则积极参与到委员会中，并被委员会深深感动，但却无力改变大局。

"第一种人拒绝与委员会有交集，把自己当作路人和过客，"卡利斯基说，"他们并不知道发生了什么，即使知道，也无力改变局势。研究表明，这种人在第一次民主选举后情绪并没有多大改变。其中也包括那些讲英语的白人，他们认为往日暴行仅仅是南非白人的责任而已，但这一孤立团体中大部分本身都是南非白人。"他们管委员会叫"谎言与废话委员会"②，感觉自己受到了不公平待遇，因而否认一切，经常把"这是未经查实的证据"挂在嘴边。

作为一个局外人，卡利斯基认为南非白人领导者应该指引人民

---

① 原文为阿非利卡语：Foeitog, die arme verwarde kind. En sy kom uit so 'n goeie huis.

② 原文为阿非利卡语：Lieg en Bieg Kommissie.

处理好和委员会的关系,并重新定义南非白人间的兄弟情。

但如果领袖们拒绝这样做会怎样?

"那麻烦就大了,你必须找到其他领导者……这个领导者要站出来说:'看呐,我们才不是那样的人,我们是这样的人。'因为,我认为南非白人是幸存者,他们能够找到能为他们解释这一切的人。"

第二种人主要包括南非白人和讲英语的白人,他们在真相委员会设立之初就一直在支持其工作。电视上提到真相委员会时,他们不会关掉电视;广播频道 2000 播出听证会录音时,他们也不会关掉收音机;他们会作为少有的白人听众出席听证会;他们会给委员会写信,表达对委员会、调查委员会、女性团体和个人的祝福和支持。和第一种人相比,他们的经历完全不同——他们正感到情感、精神的双重疲劳和压抑,使得情绪不受控制。

"我感觉真相委员会在开展工作之前准备并不充分,"卡利斯基说道,"我们在揭露信息后,人们会如何串联这些信息,这些我们都没有调查过……所以我们现在不知该如何解决现状。我觉得最糟糕的是,我们并没有运用事实来达到和解的目的。

"人们必须自己接受过去发生的事情,"他说,"如果你生活在这个国家,你想要子女有个好的未来,那你就得自己想办法接受过去。"

还有另外一种沉默的声音来自南非白人的教堂。尽管一些荷兰归正会成员会偶尔参与到这一进程中,但很少有人知道这个教会和其教众("教众中的国民党")是否参与了寻求真相与和解的进程,如果参与了,那么他们是如何参与的?

真相委员会委员皮耶·迈林教授接到邀请,参加了斯泰伦波斯神学院每年一度的迎新仪式。

仪式开始,学院介绍了 1937 年发生的几件逸事,提及了几个神学家。其中一个是库特·沃斯特——沃斯特曾称二十世纪六十年代的南非白人作家为"一群肮脏的喷壶"①,另外还提及了科西·格里克等神学家。对于西开普牧师们来说,这一天是个值得庆贺的日子。每到这天,他们会不远千里赶到这里,与老友相聚。去年人挤满了整个大厅,共同讨论"约拿是不是在鲸鱼肚子里"。可今年,节日的关注点转移到了真相委员会上,和去年相比,大厅里仅仅只有一半的人——其中还包括了一排被强制规定出席的一年级学生。弗里茨·伽姆主持了开幕仪式,他说:"我就是真相和光。"他在祷告词中保证道:"我们信仰真相,是因为我们信仰上帝。"

接下来轮到传教学教授皮耶·迈林发言了:"卢旺达百分之八十五的人口都是基督教徒,而一百万人在大屠杀中丧生。我曾经问过卢旺达的一个访问者:教会在卢旺达大屠杀中扮演了什么样的角色。他很反感我的问题,因为教会本身也存在着问题,教会里的人

---

① 原文为阿非利卡语:n spul vuil spuite。

双手都沾满了鲜血……无论是牧师还是修女，他们的双手被沾满了鲜血。"

皮耶·迈林说，委婉点来讲，阿非利卡白人教会对真相委员会的反感已减轻了。他经常要与大赦申请人的牧师接触，而大部分牧师的肢体语言表明，他们不想和委员会有任何瓜葛，这是为什么？

迈林说，因为他们害怕遭到政治迫害，他们害怕真相委员会将激发复仇的欲望，这样一来委员会裁定的结果就不客观了。而且他们会说："忏悔和宽恕是宗教行为，怎么能通过世俗的方式实现呢？"

迈林说，没有人能逃避这个过程，教会理应比其他人做得更多。教堂是人民的先知，就必须先承认和坦白自己的罪行。罪行？谁有罪？皮耶·迈林解释了罪行的种类：刑事罪、政治罪、道德罪和超自然罪行。教会也是人民的牧师，必须支持大赦申请人和该地区城镇的受害者，必须帮助整个社会寻求真相与和解。迈林说，在这个过程中，南非白人已经受到了创伤。和精神病医生卡瓦萨一样，迈林也提到了心理学家伊丽莎白·库伯勒罗丝在其著作中提出的面对绝症和死亡的几个阶段：

"第一阶段：否定，真相已经摆在那里了，可人们不愿承认。第二阶段：愤怒，为上帝、政府和让你患上绝症的人感到愤怒。第三个阶段：与上帝讨价还价，其实人们已经开始这样做了，比如那些讨价还价、申请大赦的人。第四阶段：深深的沮丧，这一阶段最为重要，因为它为我们打开了接受的大门。"

我的祖国,我的头颅:
罪行、悲伤及新南非的宽恕

　　一名年迈的荣誉教授柯简·德·维利尔斯退休时说:"我的时间所剩无几了。我一生都生活在种族隔离的世界里,我请求你们,年轻人们,做点什么吧。在委员会结束工作之前,在千禧年到来之前,让真相委员会为我们教会的历史负责吧。"

　　安缇耶·塞缪尔呀,

　　你还喜欢谴责或者诽谤南非白人吗?你还没离婚吗?你真以为自己是霍屯督①吗?你真以为自己在奋力反抗国民党吗?听说你父亲是国民党忠实的维护者,你确定还要这么做吗?

K. K. K. ②

　　最近有一个研讨会,与会者将讨论真相委员会有关赔偿和康复政策的草案,媒体也可以参加。

　　补偿和康复委员会可能成就也可能摧毁真相委员会。如果犯罪者得到大赦,而那些人权得到严重侵害的受害者却没有得到补

---

　　①　霍屯督(Hottentot):指萨尔特杰-巴尔特曼,南非民族女英雄,死后尸体被陈列,供世人观看她夸张的臀部,被南非人称为"霍屯督人的维纳斯"。

　　②　原文为阿非利卡语:Ou Antjie Somers, Geniet jy nog die aanklagte en Swartsmeerdery van die Afrikaners? Is jy nog by jou man of het jy nou'n hotnot, 'n mede wapendraer in jou stryd teen die Nasionale Party waarvan jou pa so'n getroue ondersteuner is/was? K. K. K.

偿,那么补偿和康复委员会并没有什么作用,他们根本没有做出承认或补偿的任何姿态。

据说第一次听到别人描述这一法案时,一些委员潸然泪下,因为他们意识到行凶作恶者并不需要为自己的行为忏悔。有人可能会问,获得大赦的人立即被释放,而受害者却要等委员会完成调查,起草报告和政策,向委员会提交政策草案,看政府是否会实行;但在等待期间,受害者极度渴望满足生存的基本要求,为什么没有人就此抗议?

随着时间的流逝,人们越来越怀疑补偿和康复委员会的规划和能力。显而易见,委员会内部已经冲突四起,但并没有人感到惊讶,人们出席政策草案的研讨会时都表现出了极大的兴趣。

委员会的第一条建议:提供紧急临时救济。虽然还没有得到官方的正式批准,这一建议已经在小范围内实行起来了——受害者最多可以得到一千兰特的医疗服务补助。第二条建议:在本届委员会任期结束前,每一位受害者都应该得到政府提供的经济赔偿,而且量要大到能对受害者的生活产生质的影响。“这些要求并不过分”,图图大主教参加本次研讨会开幕仪式时说,“因为和国家的总体收入相比,这不过是九牛一毛罢了”。

大多数提案都说要在这里建个纪念碑,那里建个诊所,但这份提案是这个国家一年来的思想结晶。我们四目相视。

接下来,大家就受害者的定义展开了激烈讨论。对于第一类受害者，有非常明确的说法：权利被直接侵害并直接受到伤害的人是第一类受害者。但是第二类受害者的概念就比较模糊：如果受害者被杀死了，谁应该获得经济赔偿？他的妈妈？他的妻子和孩子？还是他和其他女性的孩子？而且并不是所有做证的人都是受害者，调查小组必须先证实故事是否确实发生在你身上，然后才把你划分为受害者。所以如果有人为邻居家孩子的死亡做证，那他就不能成为受害者了。设想一下这个场景，甲组织斗争，领导游行，于是被警方追捕，无法上学；有一天，从未参加这些斗争活动的乙让自己的孩子去市场买鱼，但孩子在途中被杀死了。那么乙就是受害者了，同时甲又没文化没工作，不择手段的政客们却还要争先恐后地榨取受害者的钱？

讨论进行得如火如荼，与此同时，我们为每条主要建议编写着报道。把这种政策规划文件压缩到一张易携带的硬盘中是很难的。我们两个人负责编写报道，因此要不停地听磁带，对比笔记，玩文字游戏，争论每句话的重要性。我们要写，然后检查，然后发送。

午休后，一个怒气冲天的委员走到我们身旁，说："你们怎么能说真相委员会打算给每个受害者一千兰特呢？胡说！"

"我们并没有这样说，不过我们确实写了受害者可以要求得到一千兰特的医疗服务补助。"

"好吧，我在广播里面听到的可不是这样的。"我们脸皮有点厚，并不关心他听到的是什么。

后来我听到一个新来的人问道："图图怎么能说补偿金额是九牛一毛呢？大家还没讨论这项政策，他就已经开始大加讨伐了。"

"但是他从来没这么说过……"

"那是广播说的。"

大约六点时，我们回到了南非广播公司办公室，上交第二天要广播的内容。我们浏览着电脑上的新闻简报，看到我们的故事……被改动过了。"天啊，看这句话——'真相委员会打算给受害者一千兰特。'——两句话后才提到'获取医疗服务'。

"再看这句——'大主教图图说给受害者的资金补偿不过是九牛一毛。'——到这里就没了。"

我火冒三丈，面色铁青，我们的稿子竟然受到如此粗暴、不专业的处理，看起来就好像我们昨天才开始做这个工作似的。我把错误的稿子打印出来，找到了公告编辑，把稿子甩在她面前。

"谁给你权利改动我们的稿子，把稿子弄得错误百出的？而且事先都没有和我们商量过？"

她读了一下错误稿件，又读了一下原稿件。

"但信息并没有什么出入啊，我们不过改变了角度而已，我们有权利这么做啊。"

"我说的不是视角问题，我说的是很明显的问题。'受害者将会得到 1000 兰特……'和'受害者可以要求得到一千兰特的医疗服务补助'是完全不同的！"

"但是那点内容我们后面也提到了啊，语境是完全一样的。"

我开始不寒而栗，一瞬间舌头竟有些打结。我抓住她的胳膊。

"你是一个聪明的女人，你编辑的新闻简报告诉数以千计的受害者，他们都将得到一千兰特。大错特错，这很可能会导致一场骚乱。我们像傻子似的，有人找我们算账，我们却完全不明白发生了什么事情。这些新闻报道不是我们瞎编乱造的，我们也不会现在这么说，一会儿又那么说。我们写稿时会思考，会和彼此争论。你他妈的是不是有病？"

"我不知道你在说什……"

我生气得几乎昏厥，目光注视着她淡蓝色的斑点裙和她棕色手腕处的白扣子。突然，我感觉到新闻间陷入了寂静。我感到很无力，没有办法振振有词地释放愤怒的情绪。

"胡说八道①，我不想再和你讨论这个问题了，"我冲着她的脸唏嘘不已，"一年多了，我们发给你的都是属实的硬新闻，你们部门他妈的必须尊重我。"我边说边敲击着她的办公桌。

我回到自己的办公室，吸了两根烟，然后给赔偿和康复委员会打了电话，为新闻报道的事向他们道歉。

第二天，我发现桌子上出现了好多匿名信："你真棒！竟然敢面对面和她对峙，我们从没想过你有这种胆量。"

---

① 原文为阿非利卡语：Jissis。

有人对我说:"我听说你昨天和她摊牌了,干得漂亮! 是时候给她点教训了。"

有张纸条写道:"如果有必要的话,我们会为你做证的。"下面附有一系列的署名。

后来又有人告诉我:新闻简报编辑要求对我进行纪律批评,因为我不服从上级领导,并与上级发生了肢体冲突。我双颊发烫,窘迫不已。

"'肢体冲突'用阿非利卡语怎么说?"

"肢体冲突①,就是打了她的意思。她说你当着所有员工的面打了她。"

我大大打了个哈欠,不可能,没有过的事情。这不是真的!

"我真没打过她。"

"她说你打了,而且她有人证。"

"好吧,那我也有人证啊。"

但后来我想通了,归根结底,抓住胳膊和打胳膊好像差别确实不太大。如果让我在委员会面前谈论这件事,我就死定了。

"其他人让我们一遍又一遍地描述事情经过,因为从来没有人见过你提高音量,大喊大叫,发抖,打人,或者给别人提要求。"天哪,我这是怎么了?

---

① 原文为阿非利卡语:Aanranding。

我给家里打了个电话,边打边哭。我丈夫离我那么远,他对我说:"辞职回来吧,我们很想你。"

新闻主编对我说:"回击啊。"

但是这种事情值得我回击吗?

我们在老板的办公室里谈了很久,矛盾终于解决了。我道了歉,她也撤回了控诉。

我尴尬到无以复加。

秋天,我们躺在地上。叶子像煤灰一般从火红的树上纷纷飘落,你的声音夹杂着树皮的清香。

"跟我来……"

热烈的季节突然袭来,重重地落在我的胳膊上——这一季节来得十分不合时宜,让我十分渴望放弃现在的生活。

和真相委员会相关的人要么身体崩溃,要么扬长而去,要么精神崩溃。有很多人开始抱怨,我们的广播报道太具有偏向性了。因此,公司为广播团队组织开展了讨论会。未来的两天里,我们将讨论如何不在报道中掺杂愤怒的情绪,也会有人来盘问我们。不论结果如何,我觉得我们当中确实有些人需要这次讨论会。

我们到了一家不容易引起怀疑的宾馆。有人质疑我们总是报道真相委员会,导致心理都变态了,但那天晚上我们彻底推翻了他们的想法。我们立马变身成了突击小队,聊天时口气里充满了轻蔑,并喝得酩酊大醉。有些人整晚躲在吧台后面,有些人在壁炉旁讲述着真相委员会的故事——这个人发生了什么事,那个人发生了什么事,模仿着委员和法官的矫揉造作,模仿着受害者的表现,让我们笑得在地上打滚。每个人都滔滔不绝,就好像被单独监禁了一个月似的。最后,大家都不听别人讲话了,但每个人都讲得很起劲。

第二天早上,心理学家来了,我们都紧张地围坐在桌前。他问我们,最近身体有什么不适的地方?

我们回答:脖子疼,背疼,口腔溃疡,起皮疹,没胃口,疲倦,失眠。

那么我们有什么感觉? 他说我们每个人都要回答。

蒙德利说:"我没什么感觉,因为从小到大这种事情我经历得多了。我姐姐的房子被烧了,贝基·墨兰格尼曾经是我最好的朋友。所以我是说这没什么新鲜的,通常我会嘲笑别人的证词。虽然我会听,但并不会感到痛苦。"

所有黑人记者都和他一样,感觉没什么大不了的。在委员会工作并不会影响到他们,因为他们从小到大周围都是侵犯人权的行为。

我和安吉默默地流下了眼泪,之后一发不可收拾,我们的身体好像不再运转了,什么也没错。我们的黑人同事站了起来,走了出去,有的人随他一同出去了。但他们回来时,两眼又红又肿。我们的白人同事一动不动地坐在那里："我感觉不太好，但是我知道一切是怎么回事，现在我能接受了。"

心理学家整理着论文，对我们说："我不是说你们受到了影响，我只不过问了大家一个问题而已。这里的黑人记者是不是在告诉我，他们有化解疼痛的特殊能力？大家总说，黑人被压迫了几个世纪之后，仍在这个国家生活得很好。你们真的生活得很好吗？你们是说上帝给了黑人应对苦难的特殊能力吗？你们的行为发生了什么变化？还有一点，虽然可能和委员会没什么关系，但过去一年你们发生了什么改变？这些我都很想知道。"

他的这番话揭露了一个秘密——黑人记者对真相委员会的想法。

蒙德利叹息道："我前两天用皮带抽了我的儿子，可以前我从来没打过他。"

马克哈亚说："我身上也发生了奇怪的事情。有一次在时事栏目中，我连线玛玛萨拉，问他：'你怎么能够期盼人们原谅你呢？'他回答说：'你没有权利问我这个问题，只有哈什女士才有这个权利。'于是哈什和我一起录制栏目时，我问她：'哈什女士，你来问他这个问题？'她突然流下了眼泪……由衷的眼泪。然后很奇怪，我也开始抹起了眼泪，但我从小到大从来没有哭过。我把制作人拉过来，让他替我做一会儿节目，然后去卫生间哭个不停。我洗了洗脸，心想：如果父亲知道我哭了，肯定会很失望吧。"

塔博说："从小别人就对我说，如果你忍住不哭，你会成为更好的人。在父亲的葬礼上，我一滴眼泪都没流过。但在我好朋友的葬礼上，我失声痛哭。后来我对妻子说，我的心变软了。"

赛罗说："我是有宗教信仰的人，所以我的内心非常平静。我还好，因为我知道伤心时应该去哪里。只有看《恐怖大师》的时候，我才会充满仇恨。那种感觉来得很快，但却很强烈，我感到十分惊讶。但是当我平静下来的时候，一切又恢复了平静。"

帕特里克："我以前就喜欢和各种党派凑在一起，但是现在已经不这样了。我不属于那些党派，但我也不能忍受没有组织。前些天，妻子把一碗粥放在我面前，我吃第一勺的时候，烫到了舌头，像被火烧了一般。等我恢复知觉了，才发现自己站了起来，手里拿着粥，正要砸到地上和她身上，然而我并不想成为暴虐狂。"

"你们在家里会谈论听证会吗？"我们摇摇头，大家都不会这么做。

心理学家在白板上画了一座山尖浮出水面的冰山。他说，浮出水面的这部分是人们展示给世界的一面，包括友谊、诚信、同情、爱心、诚实等；而隐藏在水面以下的这部分则代表了仇恨、欺骗、愤怒……但通常冰山内部的这两部分之间也在不停地运动，比如说一个人很容易愤怒，但很快又恢复了平静。"一旦经历了创伤，两部分之间的冰就会变厚，这样你就不会轻易产生愤怒、仇恨、嫉妒的情绪了。每一次痛苦的经历都会让这些冰越来越厚。但你的身体又不傻，它什么都知道，所以你体内积压的情绪就通过一些身体症状表现出来了。"

"你是说大主教得了癌症是因为体内积聚了太多愤怒吗？"

"天哪！你们的问题太尖锐了。"心理学家说道。他耸了耸肩膀，说："这个我不好说，但是我可以告诉你大部分委员的身体都承受着痛苦的折磨。"

他解释道，我们要在这些冰层上钻洞，哭就是一种钻洞方式。每次报道完听证会后，我们都要给自己做个汇报，以避免新冰层的形成。也就是说，我们要静坐五分钟，问自己："我感觉如何呢？"这对记者来说尤其重要，因为记者报道时要保持客观，不能掺杂主观情感。不仅如此，我们互相之间还应该进行沟通。

然后他在黑板上画了两条平行线："这条线代表真相委员会，这条线代表你的人际关系。出于一种本能，你不希望这两条线'交叉'——你想要你的朋友、家人和爱人保持单纯，远离你所经历的这些。但你发现这样一来，你不能向任何人倾诉委员会对你的影响，所以大部分人开始和家人分离。但为了保持理智，你在真相委员会这条线上又画了一条线，以代替人际关系线。你在委员会里重新建立了人际关系，找到了新的父亲、母亲、姐妹、爱人和儿子。这本身并无大碍，但前提是你要记住，真相委员会这条线在八个月后就到头了。"

我把嘴唇咬出了血，舔了舔，问道："那我们为什么会有暴力行为？"

"我发现白人记者有很强的负罪感,你有没有想过为什么真相委员会的报道团队里南非白人占多数？因为白人记者为了弥补过错会更投入工作,但这却会造成负面影响。

"你越体会受害者的感受,就变得越像受害者,所以你才会表现出无奈、无语、焦虑和绝望。但对于某些人来说,成为受害者实在难以忍受,所以他们反倒成了迫害者。他们让别人感到痛苦而自己摆脱了痛苦,而且变得暴力,让别人成了自己的受害者,所以大家要注意这一点。"

帕特里克说:"嘿,安缇耶,可研讨会上发生的事并不是这样的啊。"

"对,我知道。这几个月来,我一直在收集人们的反应和心理学家的建议,据此重新编写了报道。我不是在写演讲稿,也不是在做记录,而是在讲述。如果每次我都要说某某人说了这个,某某人说了那个,那就太无聊了。我剪辑拼凑第一层信息是为了引出第二个层次,因为这才是我真正想讲述的报道。我把其中一些人的名字改了一下,因为我觉得他们可能不喜欢暴露姓名,或者不了解其中真意。"

"但是那样你就顾不上真相了啊!"

"我当然顾得上真相……我自己的真相,这一真相已经和我们过去两年经历过或听说过的报道糅合在一起了。这一真相采取了我的视角,受到了我当时心理状态的影响,现在也受到了听众的影响。每个报道都掺杂着小道消息和假设,有些不是一起发生的事情被整合到了一起。为了让听众体会事情有多严重,有些言辞被刻意夸大;为了让听众意识到一些人的无辜,有些言辞被一笔带过。这一切都构成了整个国家的真相和谎言,以及早期的报道。"

其中也有第二人称的叙述。两年来,南非人民一直在听大赦申请者的声音,一些声音充满真诚,一些却满是虚伪;一些可怜可悲,一些投机取巧,而很多人仅仅在撒谎。

可至今人们还没有听到臭名昭著的黑人人权侵犯者——乔·玛玛瑟拉的声音,他的名字在赦免听证会上出现的频率比任何名字都要高。南非人对这个维拉科普拉斯士兵①唯一的印象来自记者雅克·保罗拍摄的视频,视频中,他有着深黑色的脸庞和厚厚的嘴唇,鼻子上架着一副厚框眼镜,看着他就好像在看慢镜头杀戮场景似的。

所以我和莱斯蒂广播台的时事新闻主播索菲·莫库纳在南非广播电台前面等待玛玛瑟拉时,内心难免充满恐惧。索菲每周五晚会用塞索托语播报真相委员会的新闻,而且这几个月来她已经和玛玛瑟拉取得了联系,使他无条件地信任她。但他让我们在大楼门口等着,因为这样他就可以看清楚是不是只有我们两个人来了,而且

---

① 斯瓦西里语:askari。

站在索菲旁边的人只是个女人。我们局促不安地站在那里，这时我的手机响了。果不其然，他们已经确认了我们的身份，但我们要到卡尔顿酒店大厅等候。我叫了辆车，但在市中心连停车的地方都找不到，只好走进这个奢华的酒店。索菲选了个能看到旋转门的位置坐下了，而我则忙着摆弄录音机，这是最后换电池和磁带的时机了。我一直在想：大厅里的人来来往往，采访时怎么才能不让他们听到"维拉科普拉斯""德克·库茨"和"麦森吉"这些词？

"他来啦。"索菲说。

大厅门口有好几个男人，我问道："哪一个是他？"

"背对我们，看着大街的那个。"

索菲站了起来，我本想提醒她小心些，可她已经优雅地走到了门前。那个男人转过身，我很确定索菲认错人了，因为他没有戴眼镜，看上去既不面色铁青，也不肥头大耳，总之其貌不扬。但当索菲伸出手时，他突然笑了，瞥了几眼身后，然后走进了宾馆。他张开双臂向我走来，说道："久仰大名！"

天哪，我该怎么回答……"嗯，我也是"还是"很荣幸见到您"？

"我差点认不出你了，你怎么不戴眼镜了？"

他笑着说："我在外面从来不戴眼镜。我们能不能去一个单独的房间，我在这里没法接受采访。"

酒店前台工作人员告诉我们，我们可以去三楼大厅，那边有沙发可以坐。他忙着打电话时，我得空打量了一下他。他穿着一身墨绿色的丝制西服,里面是熨得整齐的衬衫,脖子上系着一条普通的领带,挂着金饰,脚上穿着一双漆皮头的鞋子。我每问他一个问题,他总会先称赞我的问题,然后滔滔不绝地回答一番,句子之间的停顿比每个字之间的停顿还要短。

您什么时候出生的?

这个问题问得不错。我于 1953 年 6 月 2 号出生在索韦托,家里有六个兄弟姐妹,我是最小的。

你觉得你的母亲是个怎样的人?

谢谢你能问我这个问题。我的母亲是一个正宗的基督教徒,对我们非常慈爱,从小抚养我们,尽到了一个母亲的义务。但可惜的是,因为国内的政治环境,她不得不在我们年幼时就离开了我们,一个人住在了郊区。我们大概半年才能见她一面,因为她得攒够回家的路费和生活费。

那么是谁在照顾你呢?

和所有黑人家庭一样,我们有个很大的家庭。我们这些孩子都和祖母住在一起,就好像四五个家庭聚在一起生活。

你有多少个兄弟姐妹呢?

这个问题挺有意思的。我们一共十六个孩子,要共享四个房间。大家挤在一起非常吵闹,而且没有私人空间,一穷二白。最糟糕的是,为了维持生计,我们家变成了地下酒吧。

玛玛瑟拉说他在1992年加入了基督教,现在已经成了国际基督教会的一员。他常出入于哈特费尔德的教堂,而且在神音教堂里的小修道院做主教期间,让很多人皈依了基督教。

"只有当我安安静静地与上帝相处时,我才会感觉不被打扰。每当我感到压力大,或者运用自己的智慧无法解决一些问题时,我就对上帝说:'伟大的上帝,请您来掌控这一切吧。'"

玛玛瑟拉的声音中透着一种令人不安的熟悉感。他和我们聊天时,附近一个服务员突然愣住了,他缓缓转过身,面无表情地盯着玛玛瑟拉。

玛玛瑟拉在标准九年级辍学前,一直在单打独斗:"我必须有个健康的身体。我住在特拉迪地区,但要去雅巴富中西部的莫里斯萨克森高中上学。每次去学校我都得穿过很多乡镇,而且每个乡镇都有自己的黑帮——特拉迪小镇有斯科奇帮,莫莱特桑小镇有哈泽尔帮,麦戈文小镇则有另一个帮派。每天我都会遭到黑帮的骚扰,所以我去学了空手道,学得还不错,之后我就可以保护自己、同伴、朋友和家人了。种族隔离制实行期间,很多人患有哮喘和肺结核病,我的弟弟妹妹也因此丧命,但我的哥哥史丹利则死于小儿麻痹症……"

上学时,玛玛瑟拉积极参与学生组织的政治活动。1976 年的学生暴动后,他成了他们学校南非学生组织的主席。

"我很小就成了学生活动分子。有一个来自特福鲁普大学的才华横溢的年轻人——唐纳德·马辛格——曾赠予我一本?史蒂夫·比科写的有关南非学生组织的书。这本书是他用笔名'实言'编写的,我以前特别喜欢这本书。书中有一句话让我记忆犹新——提及黑格尔的辩证唯物主义时,他说道:'既然问题出在白人身上,那么我们需要强有力的黑人力量来平衡这个国家。'对此,玛玛瑟拉非常赞同。

刚毕业玛玛瑟拉就和诺比·杜比结婚了。"那时候我们都非常年轻,我开始工作的时候,她怀孕了,这让我感觉和她结婚是一种责任,也是一种荣幸。我们有了个儿子,他叫斯茨维,但我由于工作需要出差好几个月⋯⋯诺比那时年轻不懂事,忍不住寂寞,在外面拈花惹草。回来后,我听到了很多流言蜚语,我觉得离婚对我和她来说是最好的选择。"

雅克·保罗写了一本有关敢死小分队的书,名为《荡妇心理》,书中玛玛瑟拉的传记是这样写的:"1979 年玛玛瑟拉成了警察卧底,那时他正身陷囹圄,等待法庭对他入室抢劫罪的审判。但一名秘密警察找到了他,而且成功劝说他加入了到'打击恐怖主义'的行列,很快他就被释放了。他潜入博茨瓦纳的非国大,和其他成员一起接受情报培训。1981 年冬天,玛玛瑟拉身份暴露,遭到绑架,被带到了非国大在博茨瓦纳的基地。据说和玛玛瑟拉同行的线人惨遭虐杀，但玛玛瑟拉逃之夭夭，加入了维拉克普拉斯小队。"

但玛玛瑟拉所说的内容截然不同——他讲述的是背叛和孤军奋战的故事。

据玛玛瑟拉所说，1977 年，电视记者斯努基·兹卡拉聘请他加入了博茨瓦纳的非国大。他接受了情报培训，并且成了他所在的情报小队的队长。但 1981 年后，他屡遭挫折。一天晚上，秘密警察逮捕了他，一起被逮捕的人一共装了十六车。他惨遭毒打，鲜血染红了墙面；他受到了非人般的折磨，被电击，被严刑拷打。"我所接收的信息仅仅来源于我的上司斯弗·马克波。四十八小时后，我崩溃了……

"我和曼德拉总统一样，仅仅招供了警方已经知道的信息。曼德拉在法庭上承认了利沃尼亚审判结果，但由于他是领导人，所以这么做并无大碍；可是当我在逼迫下做出与曼德拉一样的选择时，就变成了叛徒。这不是双重标准吗！"

玛玛瑟拉在克鲁格少校的聘用下成了民兵。"他们并不是谁都会收，你必须有专业知识和智慧。"玛玛瑟拉说，十九岁的他要与种族隔离的凶残力量做斗争，除了加入民兵组织别无选择。但我在脑子里算了一下，20 世纪 80 年代初的玛玛瑟拉应该快三十岁了。

"那时候你可以选择去监狱的，"我说道，"比如说罗本岛上的……"

玛玛瑟拉嗤之以鼻:"别把罗本岛上的人想得太神圣。他们别无选择,是被迫派到岛上去的。而且被派往岛上的同志里也有假冒的……我们从中招募了一些新兵,让他们潜入了罗本岛,所以他们不全是耶稣、摩西这种救世主。"

玛玛瑟拉说,有时他希望自己能够有参孙①的力量,好让非国大垮台。但他现在只希望南非人民和他的孩子能够了解真实的他。

"我感到很开心,因为目前大多数黑人,甚至那些曾经反对我的人,都开始逐渐恢复理性,开始问一针见血的问题。虽然他们得不到什么答案。"

后来我问过一名索韦托记者:"玛玛瑟拉说的是什么意思?"

"年轻人②,你们白人对于黑人政治的内幕一无所知。你们在曼德拉的领导下摇摆起舞,你们分析非国大的政治家,但实际上你们对于黑人政治的内幕一无所知。举个例子,"他语气和蔼地说道,"众所周知,非国大在国内兴风作浪,主要经济来源就是通过枪支贩卖和贩毒谋取的黑钱,你以为这些交易网络已经停止了吗?而且第三方力量也忙于进行枪支和毒品贩卖,你以为这些交易网络也已经断了吗?为什么这几方势力不干脆联合起来呢?你以为曼德拉的女儿被抓住时身边就是一辆偷来的车仅仅是个巧合吗?如果一个

---

① 参孙(Samson):旧约圣经人物,具有神力,能够轻易杀死一头狮子。
② 原文为阿非利卡语:Jong。

政治家没有长期入狱或是长期流放的经历,那你得好好研究研究这个人。当我们得知真相委员会对非国大的提案感到非常满意时,我们只是一笑而过,然而你们白人总以为自己已经揭露了一些天大的丑闻……"

孩子呢?

玛玛瑟拉说他和第二任妻子生了三个孩子:两个儿子和一个女儿。维拉克普拉斯五人帮——科伦耶、赫克多和其他人的婚姻基本上都破裂了,唯有乔·玛玛瑟拉和德克·库茨的家庭是完整的,这两人显然以前权力比较大。玛玛瑟拉称他的妻子在豪登省健康委员会高层工作,目前正在攻读社会福利专业博士学位。他认为妻子很了解他:"1993 年,我告知孩子们,我要说出真相了。但这一过程是很艰难的……上周末,看到我出现在电视上,他们充满了忧虑;我的脸莫名其妙出现在了电视上,然后他们都来跟我说:'爸爸,我们在电视上看到你了……'连我最大的孩子都看出来了,南非广播公司内某些自诩是法律专家的人蓄意损坏我的名声……"

"但是你难道没做过错事吗?"我们紧接着发问。

"我必须为了生存而战。我是政治人质,同时也是战争首领的走狗。"

乔·玛玛瑟拉说他亲眼见证了身边的民兵是如何堕落的。但是他不抽烟酗酒,不沾毒品,所以必须找到其他保持头脑清醒的办法——收集证据。他会对维拉克普拉斯五人帮的档案进行编辑整理,他相信总有一天他会靠这些证据让别人恢复对他的信任。据玛玛瑟拉所说,这份档案会揭露维拉克普拉斯五人帮和秘密警察的真相,而且他已经把档案交到了总检察长手中。

突然,一件奇怪的事情发生了。玛玛瑟拉放在咖啡桌上录音机旁的手机突然响了起来,手机屏幕上"维尼"两个字一闪而过。他看着我,无奈地摊开手说:"怎么办呢?我得接……"

他按下了接听键:"你好,我是玛玛……"随后起身走到角落继续接听电话。坐在我对面的索菲怔怔地盯着我,我低声对她说:"可能不是维尼。"

但是索菲频频摇头否认道:"玛玛瑟拉和维尼是很要好的朋友,据说玛玛瑟拉总有一天会洗清维尼的罪名。"

索菲还提到,她经常在时事节目中连线玛玛瑟拉,同时开通电话热线,让听众致电。听众们把一切罪行都归到玛玛瑟拉头上,进行无情地控诉——然后他会说:"来吧!说啊!尽管攻击我,咒骂我啊!这样我就感觉舒服多了,人也变完整了。"

那天晚上,我对采访进行文字转录。开头的几分钟内,我听到自己的声音发生了变化,在问批判性的问题时的语气听上去都像在拍马屁。分别时,玛玛瑟拉给了我们一个大大的拥抱,说:"希望南非广播电台一切安好。"

但你是怎么做到杀了一个人还能维持平常人的生活的？

出乎意料，玛玛瑟拉的回答居然是"幽默"二字。"我以前常常用幽默感安抚自己和其他民兵。要知道我们经常苦中作乐……当民兵一个接一个被自己的指挥官——库茨或德·库克杀害时，我们也会问下一个轮到谁了。我会说：'就你了，杰夫，你看你越来越胖了，我觉得下一个肯定是你。'"

据玛玛瑟拉的同事所说，他非常独特，是维拉克普拉斯五人帮中下手最麻利的一个。保尔·冯·福伦对威尔逊法官说：玛玛瑟拉有杀戮的天赋，如果你需要下手又快又干净利索的杀手，玛玛瑟拉是最佳人选，因为他在这方面天赋异禀。

保尔·冯·福伦说："玛玛瑟拉这个人非常①聪明，我只能告诉你这些，他真的是不能再聪明了。不过我们不明白他现在在玩什么把戏——他竟然不申请赦免，实在太愚蠢了，我们觉得他有点玩过火了。"

玛玛瑟拉笑道："我告诉你件事儿：我成功地欺骗了保尔·冯·福伦。不仅仅是保尔·冯·福伦一个人，就连南非秘密警察的高层都被我给耍了。其实做到这样并不容易，尤其对我这种黑人民兵来说就更不容易了，但我成功地利用幽默的力量糊弄了他们。我曾贬低自己，称自己为'卡菲尔人'，他们也喜欢看我这样，所以他们会

---

① 原文为阿非利卡语：moerse。

说：'我们费了好大劲才让他成为我们的一员。'我也常常说：'我是布尔人。①'他们说：'什么？天啊！②''如果布尔人对我说：'杀了他们！'我就会杀了他们。'③因为我想让他们信任我，喜欢我，并让我成为他们的一员……"

玛玛瑟拉说，他做的这一切都是为了收集证据。

我和索菲开始和玛玛瑟拉对峙：人们说你曾经因为金钱背叛了人民，如今你又因为钱背叛了同僚，因为司法部长为了让你出席做证，给了你一大笔钱。

玛玛瑟拉大发雷霆："我才不会为了钱屠杀黑人同胞。当初非国大背叛了我，不费吹灰之力就把我卖给了这一残酷的体制，从来没有人承诺过给我钱，我是在为生存而战啊。我不过是战争的囚犯，没有人尊重过我的意志和信念。假如真像人们说的那样，我为了金钱而杀人……那我总共杀了四十多个人，现在早就成为千万富翁了。"

他承认自己的生活水平确实很高——孩子在最好的学校读书，一家人常享受奢侈的假期——但这是因为他在斯威士兰经商多年，可现在公司已经倒闭了，这才是司法部长给他钱的真正原因。

---

① 原文为阿非利卡语：Ek is 'n Boer.
② 原文为阿非利卡语：Wat? Jissis!
③ 原文为阿非利卡语：As my Boere sê, 'Maak hulle dood'—dan maak ek hulle dood.

玛玛瑟拉为何没有申请赦免？

"我绝对不会去真相与调解委员会上自取其辱。想到那些政客对我做的一切,我绝对不会给他们任何羞辱我的机会——无论是黑人还是白人。

"还有,让我去申请大赦实在太愚蠢了。因为我想获得大赦资格,必须承认我是因为政治原因而杀害他人的,但我没有任何杀害黑人的政治原因。"

玛玛瑟拉和他的同僚德克·库茨具有明显的相似之处,尤其是两个人说话的时候,总是给人一种无形的压力。德克·库茨总是一副笑眯眯的样子,说话时总能让人看到枯齿之间的口水丝。而采访玛玛瑟拉时,我发现他的上嘴唇总是在不自觉地颤抖。两个人的说话方式都是那么令人信服。两个人在采访中都喜欢滔滔不绝。两个人都能迅速地说出具体的名字、细节、日期、引言和一些让人印象深刻的词。两个人都称自己是谋杀现场的旁观者。两个人谈到自己时都喜欢用第三人称。两个人都为了白人的利益而杀人。两个人都说自己遭到了同僚的背叛。尽管他们之间有这些相似点,但两个人有着本质上的区别——玛玛瑟拉是黑人,而德克·库茨是白人。黑人玛玛瑟拉显然已经得到了格里菲思·麦森吉一家的宽恕,但白人德克·库茨并没有。

/ 第十六章

真理是一位女性

他们问我知不知道自己为什么遭到逮捕，我说不知道。

他们告诉我，因为我是一名波可①成员。我否认道，我压根不知道波可是什么。他们说，这就让我感受一下波可是什么。于是他们让我踮起脚尖，保持飞机起飞一样的站姿。然后打得我遍体鳞伤，我重重地摔倒在地。躺地上时，他们狠狠地踹我，折磨了我将近三天……脓液从我的耳朵汩汩流出，我无法正常排尿，整个人昏昏沉沉的。我

---

① 波可（Pogo），和泛非主义者大会相关的地下黑人民族运动团体，是南非首个明确实施暴力的黑人政治活动团体。

只听见他们一直叫我波可，说我该死，因为我不配和白人生活在同一个世界。在开普敦时，我被判处一年半有期徒刑。

让我先来讲讲自己的故事。

1968 年某月的 24 日，周三，凌晨四点。那天特别冷，我抱着三岁的孩子，想点燃火炉取暖，这时我听到有人敲窗户。身着大外套的警察破门而入，问谁是这家的主人……妻子递给我一条工装裤和一件外套，我胡乱地穿上袜子……我看到他们神情十分严肃……他们让我上了警车，我看到曼那也在车里，但他也不知道为什么自己被拉上了车……警察局里有很多我们自己人，院子都挤满了。我们都来自同一个小镇，也彼此认识。他们让我们安静下来，对我们进行分组，然后把我们载到了西博福特。那些白人看上去很高兴，但我心里一直在想到底出了什么事。后来马库拉尼先生和我分到了同一个牢房。他告诉我，有人指控我们是波可的人。然后他们又把我们带到别的地方去了，我多么希望能回家啊……【哭泣】

（图图：就算回家的路再艰险，我们也会勇往直前……）

我妻子那时候快生了，但我被带回了奥茨胡恩，然后遭到了毒打，不能陪在她身边。后来我们一行二十三个人被带到了西维多利亚,其他人也被抓过来了。有人指控我们在大坝水库里投毒,切断了西维多利亚的电力网,而且我们是一个部队的,马上要占领整个城镇。简直无中生有。后来我们被关进了波尔斯莫的监狱,这期间妻子给我寄了一封信,告诉我她生了一个男孩……

法官问我是不是奥弗斯,我回答:"我是奥威斯。"我拿出了身份证和信件,法官看了之后说:"你就是奥弗斯。"由于争议,我于一年后被释放。1969 年 5 月,我回到了西维多利亚。回来后,我发现家已经没有了家的样子——孩子们看上去很瘦弱,妻子出去为农场主冯·德瑞尔登打工了,一个月赚四兰特,可她从来没工作过。我终于看到了最小的儿子,我望着他,可他看到我就哭着跑远了,后来他渐渐地熟悉了我。他们现在也都长大成人了。

威力·曼那是一名卫理公会教徒,就是他和两个兄弟指控了我,还为此编了一整套瞎话。我恨他恨了足足五年,有时真想一刀捅死他,因为他伤害了我,还把我和波可扯到了一起。

1972 年,我和孩子在威廉姆王小镇……看到威力·曼那站在一间汽车展销店里。我的孩子先看到他,我问孩子要了一把小刀,拔开刀鞘塞进了口袋,慢慢地靠近他。"这真是上帝安排好的,终于找到你了,威力·曼那。"一个白人问我要不要买车,我说不,这时他看到了我——心里有鬼的人总是能立刻认出他愧对的人。我和他打了招呼:"最近过得怎样?"我让他和我出去走走,可他连话都说不出来,这实在出乎我的意料。从他的脸上,我能看出来他遭遇过很多不幸。我问他:"你身边的人知道你变成了这样吗?"我指的是他的兄弟。

他说他有高血压,髋骨酸疼,而且他的儿子常常毒打他。我把妻子和小儿子叫了过来,对他说:"威力,我的孩子就是你的孩子。"——因为我们的姓一样。"这些都是你的孩子,你看你都已经老了。"

他问道:"你还要继续说下去吗?"

我让妻子给他1英镑,好让他去买点吃的。他没回家,而是去了医院,那里是他生命的终点。

我发动了车,这个曾想要陷害我的男人就站在那里,朝我挥了挥手,我也不停地冲他挥手再见。这是我最后一次见到他,曾经的憎恨就这么慢慢消散了。

我们不能作恶,因为我们还要养育自己的孩子。

(奥威斯·莫拉茨,西博福特)

人们担心在真相委员会上做证的女性活动家实在太少,但她们有自己的苦衷。"我决定加入斗争的那一天,就已经想清楚了后果，但现在跑到委员会上去做证时机还不成熟。"委员会为女性活动家创立了特别论坛，在这些论坛上，女性可以诉说自己的经历，丰盈真实的历史。在一场监狱听证会上，囚犯格里塔·艾佩尔格林（现名为赞卡拉·耐卡迪恩）承认，罗伯特·麦克莱德在玛古酒吧安装炸药后，是她开车带他逃走的。

"老鼠快烦死我了，那些肥老鼠和猫一样大，总是在走廊里出没。我吃东西的时候，其中三只会一直盯着我。为了不让它们进来，我把衣服塞到缝隙那儿，但它们竟然咬碎了衣服爬了进来。有一晚，这些死老鼠竟然爬到了我脖子上……我失声尖叫，引来了狱卒。他们马上赶来，看到我躲在墙角咬衣服，狂躁不安。

"我独自一人在监狱里待了七个月，这段时间教会了我一些道理——没人能独自苟活。我感觉自己越来越堕落，每间牢房就像满载尸体的棺材。

"我已经被毁了，我必须接受这个事实。我一部分灵魂已被蛆虫吞噬，再也不完整了。

临床心理专家诺姆方多·沃拉扎说，这些女性之所以保持沉默，是因为害怕失去和文化差异。"被强奸的妇女知道，如果她们公之于众，她们会再次失去隐私和别人的尊重。如果你知道某个部长曾经被强奸过，当你在电视上看到她时,你会有什么感想? 另外,如今有些强奸犯有着很高的政治地位,所以如果她们说出此事,不仅损害了新政府的权威,同时也有可能断送了自己的未来。而且很多人已经养成了一种文化习惯,不愿和家人讨论这种事情。"

"他们强奸我之前,我的身体已经因为电击伤痕累累了,"新蒂·切斯证实道,"我的内心受到了深深的伤害,却无人诉说。我母亲就坐在那儿,这是她第一次听我说起这件事。我总感觉自己的子宫好像在颤动,身体冷得瑟瑟发抖。一旦和男人走得近一点,我就开始惶恐不安。我没有告诉过任何人这件事,因为我不想让他们可怜我,对我指指点点。"

男人在做证时不会使用"强奸"这个词,但他们会用"肛交"一词,也就是肛门被插入铁棍。这样一来,强奸就变成了只适用于妇女的词语。被迫肛交的男性不承认自己被其他男性的野蛮征服了,反而与强奸他们的人称兄道弟,协力反对其妻子、母亲、女儿出庭做证。

性虐待存在很多灰色地带,希拉·美特亚斯说。其实原因非常容易理解。"有人猜想,虐待男性是为了降低他们的性主动权、性能力和政治权力,而虐待女性是为了激发性欲。很多人都对女性心存愤怒,因为她们没有权威,但却拥有很多权力。"

丽塔·玛扎伯格身穿棕色长裙和米色开衫，头上披着头巾，这一形象与她惨遭强奸和折磨的故事形成了鲜明的对比。她本人和委员会都没有想到，她的证词竟会激起轩然大波。

玛扎伯格在安哥拉和莫桑比克接受军事训练后，被分配到了斯威士兰镇，负责设计干部们进出南非的路线。可其中九位干部遭到了枪击，非国大便开始怀疑她。她的银行账户里有三万五千兰特，对非国大而言，这足以证明她是种族隔离体制的走狗。

"突然有一天，他们将我带出了洞穴，让我去洗澡。我那身旧衣服已经穿了六个月了，脱下来的时候已经破破烂烂的了。洗头时，头发大把大把地脱落。由于三个月没洗澡了，我的皮肤又油又腻。"

然后两名同志——雅各布和姆汤格瓦对她说，她必须从他俩之中挑一个，好来接管她的案件。一些同志说她有罪，其他人则不以为然。他们继续折磨她。

"我拒绝和他们做爱。他们让我站在两个椅子中间，狠狠地折磨我。我摔到了地上，他们就像对待畜生一样，踢我的脸，把我吊在树上来回摇晃。他们把我放下来时，说：'这畜生肯定死了。'"

后来，玛扎伯格写信给马修斯·弗撒同志，因为她曾与他住在一起，照顾他的饮食。他向一位参议员说明了她的情况，但是惨遭虐待的噩梦仍未结束。"我被关在太阳城监狱时，一个叫德斯蒙德的人强奸了我九次，整整九次。

非国大委员以二万兰特的价格卖掉了她在斯威士兰的房子。她说："现在我和麦克同志住在一起，我们共睡一张床，共用一个梳妆台。"她回来时，恰巧碰到了雅各布·祖马。祖马借了她点钱，让她把这些事上报给贝壳馆。但是强奸过她的一个男人把她从贝壳馆带到了博克斯堡，而且在一个正在出售的房子里强奸了她一整晚。"他警告我，我是逃不掉的，如果我把事情说出去，他就杀了我。"

玛扎伯格告诉委员会，她现在身无分文，连身上的衣服都是借来的。为了了结这件事，她向真相委员会提交了书面声明。两周后，姆普马兰加总理马修斯·弗撒打来了电话，警告她别出庭做证，因为如果她出庭的话，他就不得不替非国成员辩护了。

"我爱上了克里斯·哈尼，还给他生了个儿子——萨姆非维尔。哈尼生前把我们的孩子带到他家人面前，但从没告诉过他妻子他的存在。我把儿子给了嫂子，因为我怕我丈夫发现后会和我离婚。"保密书面声明中，玛扎伯格特意在萨姆非维尔的名字下面画了横线，是为了申请额外赔偿吗？我也非常疑惑。

这个面容姣好的女人的证词颇为怪异，谈起强奸如此轻描淡写，而且一直强调强奸她的人都很年轻，难道她是妓女？难道弗撒在得知她的性史后，才说自己从未听说过丽塔·玛扎伯格或"玛姆兹·克斯维尔"（她在非国大的代号）这个名字吗？

她离开证人席时，合上了羊毛衫，抱着自己的胳膊，似乎在保护自己。她好像已经知道有一位手握大权的省长会再次公开质疑她的证词，威胁把她送上法庭。她好像已经知道没人会站在她那边，因为玛扎伯格辩护时，真相委员会一句话都没说。没有一位委员或倡导男女平等的人捍卫了女性的权力，站出来说："我们尊重丽塔·玛扎伯格叙述真相的权利，也尊重马修斯·弗萨叙述真相的权利，但我们期待他能行使这项权利。"

（丽塔·玛扎伯格的证词）

"后来他又回来了，满屋子追着我打我，直到把我逼到墙角，继续对我拳脚相加。我坚持不住了，倒在了地上，内心充满了恐惧。这时一个男人走了进来，他对打我的男人说：'快强奸她，快强奸她。'他走到我身边，但并没有强奸我……可受到这种威胁，那一刻我觉得自己快死了。

"我好几天没睡觉了。他们给了我一些吃的……他说自己要走了，但又回来了。吃完东西后我看到……手上和胳膊上的血管开始膨胀……胸部一阵疼痛，突然开始犯呕。我跟他们说，我感觉很难受。有一个人跑了过来，带我去了卫生间，另一个人打电话说："见效了。"直到这时，我不知道到底怎么回事【她中毒了】。我只能看到所有的血管都在膨胀，就像蠕虫要从手里爬出来一样，鼓鼓胀胀的。我感觉胸部疼痛难忍，血管好像就要爆裂了……接着杜·伯来西斯队长回来说："赞贝塔，你完了，你马上就会得心脏病，然后一命呜呼。"

"他们说：'赞贝塔，如果你不和我们合作，告诉我们……我们就拘留你的父亲。'我以为他们又在给我设套。但第二天早上，他们打了个电话，让我接听，电话那头正是我的父亲。那一瞬间我感觉天崩地裂，他们把我牵扯进来也就算了，为什么要把我的家人牵扯进来？所以挂了电话后，我就在声明上签了名。结果我感到深深的耻辱，觉得自己失去了存在的价值，违背了自己的信仰和原则。我太脆弱了，难以承受这么大的压力。"

加菲第一次被捕，受尽折磨后，决定成为专职非国大活动分子。"自从那一次饱受打击后，每天我都在想，我们必须采取行动，摧毁这个体制。我的脑子里全是这件事。"

加菲再次被捕，而这回她和丈夫关在了一起。弗兰斯·莫斯泰特中尉专门为身怀六甲的加菲准备了一瓶化学药品,他拿着药威胁她道:"如果你不透露信息,我们就让你流产。"

"我知道他们不只是吓唬吓唬我这么简单,因为第一次被捕期间的中毒惨遇,我知道他们说到做到。我蹲坐在牢房里,无所适从。最后我决定不透露信息,因为我不想让我的孩子一出生就背负压力。我觉得……如果她知道自己能活下来是因为我泄密了,这对一个孩子来说负担太重了。我体内未出世的孩子给了我莫大的勇气,我才能不向他们屈服。"

（赞贝塔·加菲的证词）

"我看了看周围的人,大家争来争去,竟然只是为了做个普通人,没有人知道我们内心多么崩溃……

"我在老城堡和维尼·麦迪卡赞拉、曼德拉、法蒂玛米尔和乔伊·塞洛克讲述了自己第一次被捕的经历。这群人非常厉害,女狱官可以直呼维尼之名。她内心十分强大,教我们要为捍卫自己的权利而战,向外界发出我们的声音。我们发现黑人女囚犯不能穿裤子,于是我们改变了这种规定。我们听到孩子在半夜里哭闹,于是要求释放那些孩子。

"恶劣的环境下,人际关系会得到提升,因为人们互相爱护,共同生存,共同建立良好人性,从而克服彼此之间的差异。住在隔壁牢房的杀人犯教我用厕所和他们交谈,偷偷把钢笔和纸带入监狱。我从来没看到过他们长什么样,直到现在我也不知道去哪里找查理斯和南迪,但他们带给我的温暖永远不会褪去。

"我在自由州的弗里德再次被捕,被拘留在菲尼克斯监狱。一周后,我要求见秘密警察。女狱警问我:'你怎么敢见秘密警察?你不知道他们会杀了你吗?你还是老老实实待在这儿比较好。'但是周六中午,两个醉醺醺的秘密警察过来了。其中一人说:'黛博拉!听说你做好准备了。'

"他们把我铐在了一个大铁球旁,我在那里站了一整晚,而他们在外面烧烤。周日,他们要我写个人经历,但他们总是不满意,看完就撕,要我重写。我的腿胀痛不已,脑子也开始变得昏昏沉沉的。

"周四,他们开始暴打我,用毛巾勒住我的脖子,我晕倒在地。我醒来时,发现自己躺在地板上,浑身都湿透了,他们肯定往我身上泼了水。罗伊·奥托扔了一包卫生巾给我,我走进浴室才意识到自己月经来了,但他是怎么知道的?

　　"牢房里满是虱子，毯子都结块了，散发着一阵阵尿骚味……我大喊大叫，犯了哮喘。但很幸运，因为一个叫迪尔亚德的南非白人走了过来，我绝对不会忘了他的名字。他说他还以为我疯了。我告诉他，我没疯，不过是一名政治犯罢了。他听得很认真，听完还偷偷塞给我一瓶哮喘喷雾和几片哮喘药，帮我藏到了厕所后面。罗伊·奥托每天都会对我说：'我们即使不杀你，你也会死于哮喘。'

　　"我曾非常美慕普法囚犯，因为他们动机纯粹。女狱警见到我们十分害怕，因为别人告诉她们，我们是恐怖分子。所以她们到了我们的牢房，只会打开门，把饭给我们踢进来，饭上沾满了蚂蚁。一个无聊的日子里，有一位叫博塔的女狱警从我的牢房前经过时，我把手伸出了牢门抓住了她。我本想和她建立良好的关系，和她聊聊女人间的事。但是她拒绝了我，不把我当人看。所以我紧紧拽住她的头发，把她的头狠狠地往铁栅栏上撞，我想让她也尝尝这种滋味。但她身边没有其他狱警，只能一个人大喊大叫。我痛打她是因为我想要让她起诉我，这样我就能和别人说话了。但我感觉很有意思，地方法官竟然进来问我需要什么，第二天他从自己家里给我带了一本《圣经》。

　　"很奇怪，突然有一天我不哮喘了，至今我都不知道为什么。后来我的家人获准来探视我，姐姐和父亲都来了。

那天我哭了，因为我和他们拥抱了，他们真真切切地站到了面前。

"乔伊·塞洛克给我带来了睡衣和拖鞋，朱蒂给我带了护发素，因为我的头发已经掉光了，艾伦·克赞维尔给我带了精油，让我用来滋润皮肤。

"后来又发生了一件事，米德尔堡监狱里有两个女狱警，一个叫卡拉·博塔，另一个叫玛丽娜·哈姆斯，没有哪个狱警有她们这么尖酸刻薄。但每次她们打开我的牢门时，都会后退一步，所以我可以肆无忌惮地四处走动。有一天，我正在院子里锻炼时，突然看到玛丽娜在大门口和她男友交谈，之后便哭了起来。下午她打开我的牢门时，眼睛又红又肿。我问她：'你怎么哭了？'她说：'关你屁事，离我远点。①'我告诉她如果她不告诉我，我就赖在牢房里不出去了。我跟她说：'我听到你男友说他要去卡迪马穆利洛，你要好长一段时间见不到他了。他去那里替谁打仗？你看你和我情况差不多。他马上要奔赴边疆，光荣牺牲了，而要杀他的正是我的兄弟姐妹。玛丽娜，你怎么能让他去送死呢？'她哭着打开牢门，我们聊起天来。"

会场内鸦雀无声，没人想打断她的故事，因为她讲述

---

① 原文为阿非利卡语：Dis nie jou besigheid nie. Los my uit.

了女性关怀他人所蕴藏的巨大力量。这时一切恐惧和惩
罚消失得无影无踪。

（黛博拉·马特秀波的证词）

　　我要么是泽夫·玛泽鹏的女儿,要么是迈克·马斯特
的妻子,好像并没有属于自己的身份。但我觉得我就是
我,所以我今天才站到了这里。我是希拉·马斯特,今天
我要在这里向大家诉说我失去的东西。

　　我出生于一个幸福的家庭,我的父母都是老师,他们
住在西奥兰多,这里有很多精英家族,如曼德拉家族、西苏
卢家族、马修斯家族、马斯卡拉斯家族,没有哪个地方能和
西奥兰多媲美……非常抱歉……我总是流眼泪……有时
是因为愤怒……这曾经是一个美丽的地方。我父亲是个
文化人,他也曾是约翰内斯堡班图音乐节的第一任主席,
在他的领导下,诗歌音乐大会和道格大楼都在那里诞生
了。我所说的句句属实。我母亲是一位花腔女高音歌手,
嗓音优美。我为什么会知道这些术语? 因为我深受家庭
文化熏陶……我和一个受过良好教育的男人结为夫妇,他
是非洲唯一一个拥有小提琴教学执照的黑人,并组建了第
一个黑人乐队。我知道我在说什么,但这一切都已经化为
泡影……我曾经拥有一个和睦的家庭,但现在已不复存

在,我再也没有实现过自己的梦想。20世纪60年代,帕勒一家,马莱博一家,还有姆吉一家都离开了,我也因此失去了儿时的榜样。父亲经常被监禁,后来母亲、丈夫和我也被监禁了,我们一家人都被击垮了。原本我们可以在隔壁家玩耍,母亲可以去安心工作,我们可以把钥匙放在别人家里保管,也不用担心会有人来偷东西。这一切都因为种族隔离制和秘密部门变得粉碎。我的父亲和母亲原本是教师,却因为参与政治被解雇了。一个哥哥流亡在外,父亲不断进出监狱,另一个哥哥变成了有暴力倾向的酒鬼。我常常看见母亲哭泣,失去了活力。泛非大会的政策规定,女性应该待在家里,不得参与政治,丈夫也不能透露太多政治信息。我曾经是富裕家庭的女儿,常常在头发上绑着缎带去上芭蕾课,穿上芭蕾舞裙简直是个美人坯子。我们读书,也谈论政治。我说这一切并不是为了炫耀,而是想告诉大家西奥兰曾经是多么的有文化、重教育、重知识。可是后来,一些人被逮捕,一些人开始流亡,整个社会都崩塌了。我们家变得贫苦,我和母亲关系不是很好,彼此都不是很会表达感情。玛玛·默托彭成了泛非大会主席的夫人,我想去参加宴会。因为我的胸部长得很漂亮,所以我没有戴胸罩,但母亲很生气。她用棍子抽打我,用言语侮辱我,冷漠地虐待我,一切都让我感觉不到她的爱,但我现在明白了她为什么是这样的。她总是独自一人,每天都要做决定,但不知道这些决定是对还是错。你能想象她有多脆弱吗?但正是她毁了自己努力守护的家庭。

我组建了自己的家庭后,也开始对儿子进行家暴。我会狠狠地打他,打到半死不活。现在他搬去了瑞士,成了梅纽因音乐学校优秀的大提琴演奏家。因为我总是打他,他六岁时把自己吊在树上,想要自杀,而他八岁的姐姐目睹了这一幕。有时我带他去商店,我会朝地板上吐口水,对他说:"你必须在口水干掉之前回来!"于是他一溜烟就跑了,不停地往前跑……对不起,我又哭了,请不要介意……口水干了后,我开始担心起来:他那么矮,柜台后面的人肯定看不见他;可能有人会绑架他;可能他死了回不来了……他回来时,我抄起粗皮鞭对他就是一顿暴打,直到邻居跳过栅栏过来阻止我,我才罢手。我的儿子啊,我是爱他的。我曾听到他对他的朋友说:"我不知道痛苦是什么感觉。"

(希拉·玛索特的证词)

20世纪80年代中期,人们追求自由的战争达到鼎盛,年轻人常在街上跳舞唱歌:

间谍,等着被杀死吧。哈依!哈依! 巫婆,等着被烧

死吧。哈依!哈依!

堕胎的人,等着被杀死吧。哈依!哈依!

"我们还飞了一会儿!"

下雨了,姆丹察内下雨了,好几年没下过这么大的雨了。体育中心外,雨滴狠狠地打在镀锌屋顶上,顺着窗户滑落到了地上,冲刷着地上的深槽。姆丹察内的女人们挤满了大厅,显然她们是来讲述自己的故事的。

真相委员会听证会马上就要在东伦敦画上句号了。一切从这里开始,关于侵犯人权行为的第一次听证会就是在东伦敦的市政厅举行的;而现在,十五个月后,一切也将在这里结束,东开普最后一次听证会的最后一天会议将在东伦敦郊外的城区举行。姆丹察内作为南非第二大的城区,被选为妇女听证会的举办地点。

"他们说要让我和其他女人挤在一个没有屋顶的洗澡间里,还说我会被她们虐待,待在排泄物堆里。他们把我扔到那堆女人那里,她们看我穿着一件毛皮大衣,一直盯着我看。警察说:'这里的跳蚤会吃掉你身上的皮毛,谁让你是恐怖分子呢。'但那些女人接纳了我,和我说话,跟我一起唱歌。一周后,他们又要带我去接受审问。他们把我绊倒,踩在我的身体上,抓着我的皮带,先把我举起来,然后再重重摔在地板上。其实我当时并没那么狼狈,至少有一

头美丽的头发。但后来他们揪着我的头发，把我提了起来。然后把一个袋子套在我的头上，往上面浇水，这样我就不能呼吸了。"

诺斯普·马克西说："他们把我的头巾扯下来，缠住我的脖子，一个人往左拉，另一个人往右拉，试图勒死我。我一点力气都使不上，还失禁了，我当时可怀着孕啊。他们说，我必须说出真相。"

受害者坐在第一排椅子上，其中一些人的腿上还坐着自己的孩子。想到要在那么多人面前做证，神情既焦虑又不适。

"六个月后，我被感染了。由于电击，我没办法小便。我还没有了胃口，只能把食物倒进厕所。我冲水时，没看到水出来，却闻到了某种味道。我打开水龙头后，闻到一股煤气味，瞬间头昏脑涨，喉咙干涩，情急之下我甚至喝了马桶水。我走到床边，看到孩子竟然还没有醒来。我开始失声尖叫，把孩子带到铁门那里，想把他从缝隙间推出去。周围烟雾弥漫，只有我的尖叫声最清晰。我知道他们想置我和孩子于死地。"

突然断电了，我们已经不知道这是这周第几次断电了，电灯、麦克风和同声传译室的设备都用不了了，听证会只能暂停了。现在是中午十一点半，但大厅一片昏暗。雨不停地下，大家哪里都去不了，只能等。一个女人唱道："马里·邦威。"其他女人也加入了进来："我们坚不可摧，我们是铁打的人，危险至极。"

另一个角落里，男人聚集在一起讲着故事和笑话。委员们有站着的，有坐着的，手里拿个手机，似乎在期盼这些女人赶紧离开。没有人提供食物，也没有人知道什么时候能恢复用电，或者听证会还能不能继续。人们越来越疲倦。一个女人站起来，从受害者桌上拿来一碗薄荷糖，分给大家吃。另一个女人从那张桌上拿来一壶水，分给大家喝。有人把纸巾盒拿到盥洗室，因为盥洗室的卫生纸早就用完了。四周一片漆黑，只为受害者点燃的大蜡烛光影摇曳。没有一个人离开会议中心。下午两点半，歌声停了，大家玩笑也不开了，全都坐了下来。姆丹察内的女人双手交叉放在胸前坐着，委员们的电话铃声频频响起。

大约下午四点时，一辆浅绿色的高尔夫奇科车轰隆隆地开到了会议中心大门口，车后轮泥土四溅。后车厢里装着一台崭新的发电机，大约到人膝盖那么高。技术人员手里拿着保险丝、手电筒和插座，爬了上去。这时一个技术员问另一个技术员："已婚男人什么时候才会停止手淫？"

"不知道，什么时候啊？"

"离婚的时候。"说话时他按下了一个按钮，有了！发动机开始发电了。

"他们把我们从公共汽车上赶了下来，让我们趴在地上。他们在我们身上踩来踩去，但大多踩在我身上，因为我怀孕了。他们说，女人肚子里怀的都是我们的敌人。"

"我听这些人用祖鲁语说：'我们来杀死这些曼德拉的走狗吧。'

这时一个穿着粉红色衣服的孕妇跳过了后院的篱笆，他们立马抓住了她，剖开了她的肚皮，她那时候已经怀孕八个月了啊。"

"我看到餐厅的地板上有一团燃烧的火球，原来那是我的女儿……"

"'妈妈，他们开枪射我……'我看见她的二头肌掉了下来，悬在手臂上。"

依迈克普·尼萨图说："他们把一个湿麻袋套在我的脸上，想把我闷死。他们这么对我的时候，我的孩子正在地板上爬，他们给了她一个垃圾袋，让她自己玩。他们扇我巴掌，坐在我的肚子上，用孩子的婴儿毯蒙住了我的脸。"

最后一个女人说完证词时，天已经黑了，一些委员已经去赶他们的飞机了。潮湿的夜晚，寒冷穿透水泥地面，渗透到各个角落。这些女人慢慢站了起来，把毯子叠起来，微笑着，互相祝贺……大雨、停电、男人，都无法阻挡她们讲述自己的故事。

我去镇上拜访一个朋友，他家有个女仆，就住在后院的小房子里。看着周围有那么多人家，我问道："她难道不想孩子吗？"

"女佣对自己的孩子和其他人不太一样，她们不喜欢老和孩子腻在一起。再说，艾丽娜现在很喜欢我。"

以前来他家时，我问道："为什么她屋里连暖炉都没有？""女佣没白人那么怕冷。"

她身上总有一股臭味,农场的人告诉了我为什么。因为农场上的水是装在大桶里,滚到各户人家的,而且女佣不喜欢洗澡。

人们为了实现内在世界和外在世界的统一,依靠自己的想象,创造了神话。神话调和了这两个世界的矛盾,打开了他们之间的沟通渠道。

因为神话的存在,你才能和无法忍受的东西共存。如果人们普遍接受了这个神话,它就会浓缩为一个词。人们一提到这个词,就好像打开了整个系统,聊以自慰的错觉随之而来。比如说"女孩①"这个词。

"我真受不了看别人在委员会前哭哭啼啼的,"一个来自北方省的农民说,"如果我看到一个黑人妇女在抹眼泪,我就会想起从小就知道的两个南非荷兰语俗语:'像女孩一样哭泣'和'像女孩一样感到恐惧'。我该怎么做呢? 我们把最卑劣的行为、怯懦、失控和黑人妇女挂上了钩,现在委员会加深了人们的这种刻板印象。"

在南非荷兰语大字典中,你会发现像"kafferbees""kafferwaatlemoen"和"kafferkombers"这样的词,每个都是贬义词:kafferbees——质量差的牛肉;kafferwaatlemoen——没有味道的甜瓜;kafferkombers——便宜的毛毯。另外,"kaffersleg"和"kafferlui"这类词

---

① 原文为阿非利卡语:meid。

意思更为强烈，"kaffersleg"——"一无是处"，"kafferlui"——"懒惰"①。

两个词相结合就变成了"kaffermeid"②。

神话为人们提供了能够缓解矛盾的逻辑模式，想要证明事情一直都是这样的，永远不会改变。

---

① kaffer，即"卡菲尔"，是南非的一个黑人种族。
② 对女孩的贬称。

/　第十七章

强大心灵化为齑粉

1996 年 4 月 23 日,第二天,三名来自谷谷勒图镇的母亲在真相与和解委员会听证会上的证词。

我是辛西娅·恩格乌……来自爱丽丝,但我是在柯霍波的特兰斯凯结的婚。我有四个孩子,但第四个孩子被阿非利卡人开枪杀死了。我还有六个孙子孙女,现在和丈夫在谷谷勒图小镇生活。

1986 年 3 月 3 日,没记错的话,那天应该是星期一。有同志们来问我有关我的儿子克里斯托弗·派特的情况,他们还告诉我,有几个孩子在马莱区遭到枪击。于是我去了警察局,问警察哪些孩子遭到枪击了。"我只是想知道我的孩子怎么样了，我想知道他是不是被枪打中了。"

他们说："我们不知道，我们会检查记录的，但我们没有这些儿童的名单，你得去索尔特河那边的停尸房问问看。"

我马上赶到了索尔特河停尸房，他们问我："你能认出他来吗?"我告诉他们："能，我能。"他们说："好，那我们继续。"

我看到他就在门旁边的那辆推车里，我马上就认出了他。他们问："你确定吗?"我说："确定。"我看到他的头上有一个伤口，血从他的耳朵里汩汩流出。我告诉大家："对，我确定这是我的儿子，他就是谷谷勒图受害的七个少年中的一个。"我们就是这七个孩子的母亲。

我告诉周围的人克里斯托弗死了，还对我剩下的孩子说："我们不知道克里斯托弗死之前发生了什么，不如看电视上有没有说吧，可能会有相关的新闻报道。"六点，还不是七点，整点新闻播报时，我看到了我的孩子。我看到他们把他拉过来，用一根绳子勒着他的腰，另一端绑到货车上，拖着他跑。我说："快关掉电视，我知道怎么回事了，快关。"

那段时期发生了太多事情，我被打击得脆弱不堪。我——我只知道，我不想看到任何白人出现在我面前，因为我那时心中充满仇恨，我的儿子死得太惨了。

他身上有多处枪伤。验尸后，医生告诉我，他身上一共有二十五个枪击伤口。

3月15日，我在纽约第四十九大道上的体育场里为孩子举行了葬礼。我记得葬礼上来了许多人；我记得当时阿非利卡人并不想让这一切发生；我甚至记得，有些人没法赶过来，因为有人让他们不要来；我还记得体育场周围被阿非利卡人挤得水泄不通。

一切都很顺利，因为没有人注意到阿非利卡人也来了。我们决定把他们当空气，专注于葬礼……我想——我独自一人时也总是在想——有谁在那次枪击中幸存下来了吗？为什么阿非利卡人置他们于死地？阿非利卡人不能只是警告下他们，或者只瞄准腿，好给他们留条命吗？

这些阿非利卡人都没有什么感觉吗？为什么他们杀光了所有孩子？连证人都不留一个？现在我们根本没法知道当时到底发生了什么事。

（辛西娅·恩格乌的证词）

我叫尤妮斯·瑟姆比索·米亚。我有五个孩子，最小的叫加布莱尼，他于1986年3月3日不幸去世。我来自布隆方丹。

1986年3月3日，我在镇上的办公室里工作。我必须早上四点半从家里出发,赶四点四十五分的火车,六点急匆匆地赶到办公室。

我儿子每早都会从卧室出来,走到厨房。但那天早上,我出门之前,他敲了敲门,我给他开了门,那时候是四点一刻,四点二十分左右。他进来后,吃了个面包,喝了杯冷水,然后对我说:"妈妈,给我两个兰特呗。"

我对他说:"我只有五个兰特,买周票用的。如果给你两个的话,我就不够了。"但我想让他出去找工作,所以还是给了他两个兰特。

他说了声谢谢,然后说:"妈妈,我想和你一起去火车站。"

我说:"不,不用了。我每天早上都是这个时候去工作的,你从来没有陪过我。没事的,你不用跟着我。"

但他坚持和我一起去……

那时候,我开始怀疑了。"不用,别吓我了,"我对他说,"听话,回去吧,我不想让你跟我一起去。"

但他非常坚定,陪着我走到了纽约第五十九大道。他还想继续陪我,但我告诉他:"不用了,回家吧。"

那一别竟是永别。

四点四十五分,我上了火车。我其实有两份工作,在办公室里工作两个小时后,我会去做小时工,挣点零花钱,因为办公室的薪水太微薄了。

我一如既往地工作再工作,但十点半左右,我的老板冯·据赫维特女士过来找我,对我说:"尤妮斯。"我记不清是从哪个广播站听到这一切的。

我看着她,问道:"怎么了,老板?"

她说:"我刚听到的消息,谷谷勒图镇有俄罗斯人被杀了,而且杀他们的也是俄罗斯人。"然后她问:"你的儿子参与政治吗?"

我说:"不,我儿子不参与政治。"

所以我也没管,继续工作。下午两点左右,该回家了。我像往常一样买东西,坐火车回家。回家后,我女儿——瑟姆比索迪瓦打开了电视……

音乐响起,新闻开始了。看了新闻报道,我才得知这七个孩子被俄罗斯的游击队杀害了。新闻中放出了其中一个孩子的照片,他躺在地上,胸口放着一支枪。又放出了第二个孩子的照片,我才发现那是我儿子加布莱尼。

我和我的女儿吵了起来,她说:"是他,"我说:"不,不可能是他,我今天早上还看到他,不可能是他。我能——我还记起他今天早晨穿的是什么——他戴着一顶暖和的羊毛帽子,上身穿了一件绿色的夹克衫,下面穿了一条海军裤子。"我祈祷道:"哦,上天啊……我希望这个消息不是真的……为什么刚好是他呢？为什么不放其他人的照片，为什么正好是他的照片呢？"

有人告诉我，他身边一个手榴弹爆炸了，他才变成这样的。那一刻我崩溃了……我不知道在那之后发生了什么……

但现在我之所以想哭，是因为这些警察，他们对待人像对待动物一样。但就算是一只狗，你也不会那么残忍地杀了它，因为你会想这只狗的主人很爱它。即使是一只蚂蚁，一只小蚂蚁，你也会有点同情心吧。但现在我们的孩子，他们甚至还不如蚂蚁。如果我说他们对我的儿子就像对待狗一样，都抬举他们了，因为在他们眼中，我的儿子连蚂蚁都不如。

（尤妮斯·米娅的证词）

停尸房里的一个工作人员说会陪着我。当我们到地方后，他们打开门那一瞬间，一阵冰冷的风袭来，我立即失去了知觉。

他们把我带到一个陌生的地方，给了我一些药丸，问我："你还想回去看一下吗？"

我说："想，我想回去。"所以我就去了，在那里看见了扎布尼克。

　　我看了一眼，发现他的尸体已经难以辨认了，我真的不忍看。他浑身血肉模糊，肿胀不堪。我只能辨认出他的腿，因为他的两条腿被扔了满地。他的一个眼睛掉出来了，整个头都肿起来了。

　　我现在只记得他的脚，我知道他的脚长什么样，就能确定他是不是我的儿子了。他们问："你安心了吗？"我说："安心了。"

　　一大早，有人告诉我们："快埋了这些孩子吧，毕竟他们已经死了很长一段时间了。"

　　葬礼过后，我感到痛苦不堪。我无处可去，只能住在一间小屋里，生活非常艰苦。某个星期四，我突然想到，我可以出去捡煤。捡煤的时候，我撞倒了一块大石头，石头砸到我的腰上。我使劲移动，好呼吸一些新鲜空气。那时只有中午十一点，他们下午五点左右才把我从那块岩石下解救出来。

　　醒来后，我感觉就像刚起床似的。我能听到绵延不绝的哭泣声，感觉自己在不停往下掉，往下掉，往下掉……我看了看周围，发现自己浑身湿透了，这里是水，那里是水。我想喝水。

　　后来，他们把我放到面包车里，我被带到了医院。医生告诉我赶紧离开医院，回到压着我的那块岩石下面。我

我的祖国,我的头颅:
罪行、悲伤及新南非的宽恕

　　什么都不是,什么是非国大,什么是非国大……

(寇尼莉女士的证词)

如释重负

第十八章

牧羊人和颅骨地貌

北开普省的听证会是在路易斯·崔卡特、墨西拿和察嫩的展览大厅里举行的，其中一些场地要求媒体待在外面的阳台上，把粗电缆搭在窗台上，连接音像和翻译设备。听证会上，人们的证词散发着焚烧女巫、僵尸和班图斯坦暴行的臭气。

真相委员会委员在路易斯·崔卡特的住所离开会场地只有两千米远，沿途空荡荡的，而且途经街道与国道主要交叉口是四道站点，但委员们一路由省交警车队陪同护送。会场里聚集了足足一百二十二名警察和军人，上尉说："我们高估了出席人数。"那一天，树下停着十几二十辆警车。直升机也来凑热闹，看看"会议进展如何"。

接近中午时，会场旁的体育场开始举办板球比赛。很显然，索特潘斯山脉这面改变越大，他们越是维持原貌。委员会旁听侵犯人

权的证词时，许多白人家庭正手拿特百惠碗，头戴遮阳帽，兴高采烈
地在外边的草坪上野餐、看比赛。我们被夹在比赛场地和会场中
间，一会儿听到痛苦的哭喊声和哽咽的话语，一会儿又听到隔壁观
众的掌声和呐喊声。这种差异体现在会场周围的巡警身上，一些白
人警察悠闲地晃来晃去，欣赏板球比赛，而黑人巡警则严肃地站在
过道上，听着证词。

生于 1895 年的威廉·马提扎可能是年龄最大的证人，他蓄着山
羊胡子，挺着笔直的身板，自己走上了台。他说，他来到这里不是因
为警察时不时借政治原因逮捕他，也并非因为上次自己被拘留时已
年近八十，而是因为他的所有身家都被没收了。房子、家具和牲畜
被没收他都能接受，因为这些损失对他来说不算什么，但是他放不
下自己的树，想要回来……他想为此申请赔偿。委员会成员局促不
安地解释道，他们没有给予补偿的权利，他只能向总统提交建议，但
可能需要点时间。"没关系，我等惯了。"马提扎回答道。

奥茨胡恩和大多数乡村小镇一样，由于高失业率，有色人种和
黑种人之间，白种人、有色人种和黑人之间的关系十分紧张，矛盾正
在不断发酵。因此和很多小镇一样，这里人口分裂，矛盾激化。但
奥茨胡恩也很特殊，人们虽然分裂，但向来勤劳肯干，共同熬过了经
济萧条时期，凭着开创精神，建造了山路，组织了节日庆祝活动，曾
经采取了种族隔离制度。所以赔偿和康复委员才会在访问中讨论

如何重申小镇历史的重要性时,突然变得活跃起来。

黑人和有色人种四目相觑时,会坦白道:"有色女性只会耍嘴皮子,却从不为自己所在的社会团体做过实事。"

"没错,但我们每个周日到会场后,都会发现会场连个人影都没有。我们已经不耐烦了。"

"分裂是奥茨胡恩的一部分……我们要像鸵鸟那样仰起头颅……往前看。"

一位老妇人说:"那些内心不懂宽恕的都还只是孩子,而我愿意原谅所有人。"

"我们要把旧矛做成园艺工具,"牧师杰拉尔·德·戴克勒克说,"我亲自拜访过其他部长,邀请他们加入我们,但经过多年的努力,只有一个人出席了会议。他听到我们谈论正义时,说:'很抱歉,我来这儿不是为了追求什么正义,而是为了寻求真理。'"

奥茨胡恩听证会上,白人并没有出席,但每个人都流露出了对他们在场的期待。所有地方的白人都希望能被委员会忽略,也只有这一团体会有这样的想法。如果这一社会群体继续和其他团体分裂,小镇还怎么统一?卖草药的街边小贩常常说:"这个镇原来叫'哈特贝尔斯诶尔',后来又叫'威斯克欧恩多普''珀尔卡多普''尼克斯普尔多普'和'卡纳兰德',名字这么多变,社会这么动荡。"

壁炉里的火烧得旺盛,丈夫坐在热气腾腾的浴缸里泡澡。我手上打好香皂,慢慢地、轻柔地揉搓他的肌肤。

"我永远不会原谅你,你把一切都毁了。"

我握着毛巾的手突然停了下来。

我该说什么? 我该引用什么定义吗? 我解释道:"叙事理解是最原始的解释形式,我们把听到的东西处理成故事,这样才能理解听到的东西。我们能叙述出来一件事时,才会理解这件事发生的缘由。国家想塑造什么样的未来,就会讲述什么样的历史。"

"别废话了。"他打断了我。

我不知道该怎么跟他解释,我不知道为什么这个世界会黑白颠倒,每种定义都漏洞百出。"宽恕意味着不去责备别人……宽恕对于任何人际关系都十分重要,但当代伦理理论并没有体现出宽恕的重要性。"

"我要了解事情的来龙去脉和细节。"他突然站了起来,跨出了澡盆,露出了棱角分明的脚踝,"然后反复地咀嚼,直到这件事再也不会伤害、羞辱我。我得说出来,好理清脉络。这件事是什么时候、在哪里、怎么发生的,你和谁有一腿,这些都是我要寻求的真相。"

"真相"这个字眼可以用不同的理论加以解释:符合论、融贯论、真理紧缩理论、实用论、冗余论、语义理论、双重真理论、逻辑真理和主观理论。实用主义真理观者认为,真理没有认知价值,也就是说,我们关心的不该是我们的信念或故事是真是假,而是他们是否能使我们感到幸福和快乐。真理和实用之间存在某种联系,但有人说真理与实用的结合是很危险的,因为信念伦理学要求我们诚实地追寻真理,即使最终结果会降低我们的物质水平。

"这些胡说八道的思想恰恰促使了残忍行为的发生。你想要我原谅你,而且我不能为难你,还得和你冰释前嫌……那我们俩玩个游戏吧,咱俩举行个听证会,你供认罪行,我打电话给那个男的,让他判断你说的是不是真话。然后我就像利姆普·哈尼一样坐在前排,低声跟孩子说:'这个混蛋!'"

"我一直都是这么想的,谈论真理是没有用的。我不想伤害你,而想诱导你,维护你的自尊,让你相信我是清白的,那么我讲什么都是由这一目的决定的。"

"胡说八道! 你以前在外面偷腥,这就是最基本的真理。你为什么要这么做? 在哪里偷的腥? 怎么偷的腥? 什么时候开始,什么时候结束的? 这些我都知道,我们也都能拿来说。所以我知道得越多,你承认得就越多。但我不知道的事,你永远也不会说。更确切地说:我了解完整的事实后,还能和你共处一室吗?"

　　比勒陀利亚的最高安全级别监狱是执行绞刑的主场所,这里为死而生……这个监狱存在的唯一目的就是给被判死刑的人吃的穿的,让他们在死前留个完整的身体。

　　为了防止死囚自杀,这里的灯二十四小时开着,犯人身上不准绑皮带。有一个犯人——福瑞克·穆勒在行刑前一天,用鞋钉割腕自杀了,此后所有犯人都只能穿软底鞋。

有些死囚没有机会上诉或申请减刑,便转而在宗教和传说中寻求慰藉,其中有一个传说最能抚慰人心:执行死刑时,死囚不是被绞死的,而是被扔进了一个大窟窿——南非造币厂,然后他们的余生就能在造钱中度过了。但他们不能出去,不然会把造钱的秘密告诉别人。总有源源不断的死囚相信这个传说,因为没有人碰到过造钱的人,也没有人见过死囚被绞死后的尸体。

行刑前一晚,监狱会给每个第二天将被处死的死囚提供一顿大餐,配上一整只无骨鸡。这也是继承了英国监狱的传统,英国监狱会给死囚提供最后的晚餐和四兰特,死囚可以拿这些钱去监狱小卖部买些吃的。行刑前一晚,大家彻夜歌唱,用歌声送他们最后一程。

第二天早上六点左右,监狱长会来看七个同时被绞死的囚犯,和他们一同祈祷半小时。真相委员会调查期间,国内共有二千五百人被绞死,每年一百人。被绞死的人中百分之九十五是黑人,而判处他们绞刑的人全是白人。截至 1989 年,比勒陀利亚已有八十人因政治原因被处死。同年,在众所周知的圣诞节抢购热潮中,二十一人于十二月第三周的周二、周三和周四被处决。

心外科专家克里斯·巴纳德是这样形容绞刑的："绳子一端绕过死囚的脖子，在耳朵旁系个结，在背后绑住他的手腕，然后在两米高的地方把他推下去。如果计算失误的话，他的骨髓会在颅骨连接处破裂；电化学放电会让他四肢胡乱挥动，看起来像在跳奇怪的舞一样；绳子的挤压会使他的双眼和舌头从面部缝隙中迸出来；大小便可能同时失禁，沿腿部滴落在地上——除非绞刑人员行动迅速，考虑周到，提前给他套上了尿布或橡胶裤。"

（保拉·麦克布莱德的证词）

之后我们就不再录用年轻的小伙子了，因为他们做这份工作已经轻车熟路了……做着做着就上了瘾，总想出现在绞刑现场。之后他们会因为一点鸡毛蒜皮的小事大打出手，开始酗酒。这种工作不好随便和别人说，谁也不好意思和家人说自己绞死了个人，只能憋在心里。

（监狱看守斯坦伯格的证词）

他们把我扔到沟里，让几个囚犯把我活埋了，只许露出脸。然后克莱因汉斯朝我嘴巴里撒尿，岛上有四个人叫克莱因汉斯。他们讥笑我："波可分子，杀你的可不是我们，而是手推车。① 就你还想治理国家，连把铁锹都拿不住。"

（约翰逊·姆兰博的证词）

第一下正好打在我屁股中间，我的屁股瞬间被劈裂。太疼了，我只能咬紧牙关忍着。他们说，没有犯人能活着离开罗本岛。很不幸，我们三个之前还没有苦力来过这个岛。每次狱警问："那三个苦力呢？"我们就会被拖来，受尽折磨……他们管我们叫苦力、黑鬼、土著、恐怖分子……我听到一个狱警大叫："插他！插他！②"……突然，我发现有人把手指插入了我的肛门，我感到耻辱至极。我听到那个狱警说："天哪，他还是个处男……"

（因德烈斯·奈杜的证词）

非国大把我们关在货物集装箱里，里面根本不通风。天冷的时候里头冷，天热的时候里头跟着热。第四集中营简直就是地狱，他们不给吃不给喝，扔给你片面包，你都会觉得这是蛋糕，而且整个集装箱里的人要共饮一杯水。

---

① 原文为阿非利卡语：Nee, my Poqo—ons gaan jou nie doodmaak nie, die krui-wa gaan jou doodmaak.

② 原文为阿非利卡语：Kak hom uit! Kak hom uit!

（迪力扎·孟坦布的证词）

罗本岛上那些人让我们这些政治犯排成一排，叫来刑事犯，跟他们说："来，挑一个。"然后，这些刑事犯就强奸了我们。

（约翰逊·姆兰博的证词）

今天我代表家人来到这里，讲一讲遭到同胞背叛的感受，我亲爱的弟弟——这个优秀的年轻人被骗走后我们的失望，来讲一讲我们的国家多么虚伪。

我们的国家因诚信的缺失而混乱不堪，人们对不属于自己阵营、部落、种族的人所做出的贡献，一律不承认。

我们进展太慢，直至如今仍受分裂的困扰。

我走访了国内外很多地方，冒着被杀头的危险，问他们我弟弟的下落。虽然我现在坐在这里，却仍不知道我弟弟的下落。当我听到那些肤浅做作的话语，想到被揭露后假装正直的人，就会感到心痛。其实他们背后都在诽谤那些无法为自己发声的人，称他们为强奸犯、谋杀犯和叛徒。

我想拿到第四集中营的真实审讯记录，希望有人来告诉我：我的弟弟到底做了什么，严重到让他们像杀畜生似的杀死他，而且还毁了他的容貌，连他最要好的朋友都认不出他了。我希望那个同志站出来，诚实点，哪怕对我家人撒个善意的谎言，比如"我们练习时不小心杀了他"。这样我们就心满意足了。

为什么连弟弟的尸骨都不还给我们？

你们凭什么认为我们的贡献一文不值？

我们不顾生命安危地请求你们回国，呼吁正义，支持上级根据《日内瓦公约》处置你们是为了什么？同样的事情发生在你们身上，你们都做不到这种地步。

回来告诉我们真相吧。我们已经通过了考验，可以宽恕你们，与你们和解，但是我们也可以形成第三方力量回击，尽管我们并不想这样。

我悄无声息地追寻弟弟的下落，因为我知道我们国家已经变了。我曾经在罗本岛上亲眼见识过，谣言和怀疑足以摧毁一个人，人们可能被贴上任何标签，然后第二天就不在人世了。这教会了我一定要暗中行事。我花了十多年的工夫寻找证据……这个小家伙性格和长相都跟我很像，但突然间竟然没人记得瑟若马尼这个人，而且他在第四集中营接受审判的记录也不翼而飞。有人为他辩护吗？

法庭有没有问责？

这里的体制某种程度上和问责制很像，因为他们处理完我的事时，把我甩在我的同胞的大腿上，说："快把这堆垃圾拿走。"可我的同胞却不能像他们一样,把我弟弟的尸骨丢到他们脸上说:"这些骨头我们用完了,你也拿走。"我要想找到自己的法庭记录,很容易就能找到,但找了这么久,我连一页弟弟审判结果的文档都拿不出。

问题既然被提出来了,就必须得到回答。因为如果人们连问题都不提,那些人就会重蹈覆辙。

我家人跟我说:"唉,波埃特·乔,你会为此付出代价的。你还可能惹到政府,巴图·贝恩那群人会加害于你的。"我不会改变当初和这种体制对抗时做出的决定,如果要我为了真理而死,那就让我为真理而死吧。

（乔·瑟若马尼的证词）

布莱姆·费希尔

布莱姆·费希尔出身于声名显赫、忠诚坚定的南非白人家庭,支持共产主义,这种背景足以让他在监狱里免遭羞辱。另外,在瑞弗尼亚审判中,他成功地为纳尔逊·曼德拉等非国大成员辩护。大家都说,多亏了他,他们才没被判处死刑。连狱警都还记得他的光辉战绩。

"但似乎有人铁了心要羞辱他,弄垮他。负责这一片区的杜·布里兹似乎尤其以羞辱他为乐,他把布莱姆的头发剪短,逼他穿特大号的衣服,让他跪在地上用抹布洗马桶……没完没了。"

布莱姆的两个女儿在真相委员会上为此做证,语气异常平静。

瑞弗尼亚审判结束后的第二天,费希尔和妻子莫莉驱车前往开普敦庆祝女儿的二十一岁生日。就在离克隆斯塔德不远处的库斯布鲁伊特,一头奶牛晃荡到了路中间,这时对面来了一辆摩托车。费希尔猛打方向盘,车子失去了控制。"一般隆冬时节,这里根本没有水域,但当时旁边竟然有一个巨大的水潭,这对于自由邦省中部来说是非常罕见的。后来车子沉到了潭里。"莫莉淹死了。

政府盯上了费希尔,事情发生以后不久,他被逮捕了。但此时他已为伦敦枢密院的案子申请到了签证。所有人都猜他会在获得保释后逃到英国,但这节骨眼上他居然回来了。他女儿露丝说:"我的父亲是南非白人,他绝对不会脱离出生的地方,这对他来说十分重要。他曾经说过,这片土地属于我们,属于所有在这片土地上出生的人。"

费希尔和另外十二个人被指控触犯了《反共产主义法》,这个案子一直持续到 1964 年 12 月,直到 1965 年 1 月 15 日才决定延期十天再审。事态逐渐明了,费希尔将被定罪。1 月底前,他消失了,转而进行地下活动。他给女儿露丝和律师各留了一封信,信中说道:"我走这一步很不容易,你一定要明白,我一直很矛盾,一方面想和被控告的同伴同舟共济,但另一方面又想继续维护我的政治信仰。我做这个决定,是因为我相信每个真正支持政府的人都有责任,为了留在这个国家,千方百计地抵制可怕的种族隔离政策。只要我能这么做,我就一定会这么做。"

布莱姆改名为布莱克,在地下生活了数月,但还是于1965 年 11 月 11 日被捕了。过程众说纷纭,但有一种说法是——一天,一名盯了布莱姆好多年的秘密警察走在路上,认出了这熟悉的步态。他的心怦怦直跳,心想只有布莱姆是这样走路的。他凑近伪装后的布莱姆,问候道:"你好啊,布莱姆·费希尔。"

费希尔被指控蓄意破坏并触犯了《反共产主义法》。接受了四个半小时的审判后,他用保罗·克留格尔的话做了结语:"我们满怀信心地将案子公布于世,不管我们是赢是死,非洲大陆终将获得自由,就像太阳终将穿透云层。"费希尔受到了十五项控告,被判处终身监禁。法官宣读判决书时,他的律师看上去比他本人更痛苦。他在过道上朝三个孩子——露丝、伊尔莎和保罗微微一笑,高举拳头致敬。紧接着他被带向了监狱,那一年是 1966 年。

1971 年,费希尔唯一的儿子保罗死于囊性纤维化。"我弟弟才……二十三岁,才刚获得开普敦大学经济学士学位。被诊断出疾病后,六个礼拜不到他就与世长辞了。"

费希尔的兄弟告诉了他这个不幸的消息,他的狱友休·卢因在《匪盗》一书中描写了当时的场景:

"他们不允许接触性探监,也就是说兄弟俩不能单独在一个房间相见,不然会威胁到国家的安全,毕竟那时是特殊时期。所以见面时,布莱姆一边站着一个人,他兄弟旁边也至少安排了两人。

"这天早上保罗去世了。

"他们却连碰都碰不到彼此。

"布莱姆走出了储藏室,因为我们整晚都要被关在那里。我们之间没有任何机会对话,因为他同往常一样被独自一人锁在牢房里,接下来的十四个小时都要独身一人待在里面。听到儿子的死讯,他只能像往常一样一个人在监狱里待着,因为他们不允许他出席葬礼。"

1974年7月,费希尔做了前列腺摘除手术。医生怀疑他可能得了癌症,要求他做进一步的检查。

二十五年后,布莱姆·费希尔的女儿们向真相委员会朗读了一份长篇叙述。叙述中,囚犯丹尼斯·戈德堡记录了布莱姆生命的最后时光。他把记录藏在了书脊里,偷偷带出了监狱。

1974年9月:布莱姆因为臀部急性疼痛看了医生,但医生并未仔细检查，只给他开了些镇痛剂，做了理疗。两周后，治疗师又把布莱姆带到医生那儿，医生让他拍光片，到骨科接受治疗，但他并没有遵循医嘱。布莱姆疼得厉害，需要拐杖支撑才走得动，X 光还是没照成。

10 月：格伦瓦尔德医生让布莱姆去做 X 光。

10 月底：布莱姆看了骨科医生，医生说他的股颈骨十分脆弱，一旦摔跤就很危险了。

11 月 6 日：布莱姆拄着拐杖走进浴室时摔倒了。

11 月 7 日：布莱姆要求见医生，但医生没来。

11 月 8 日：布莱姆要求见医生，但卫生员跟他说看医生是不可能的，他最终还是没看成医生。

11 月 9 日：布莱姆痛得厉害，卫生员给他吃了镇痛剂。

11 月 12 日：布兰德医生说他身上的骨头没有断裂，但布莱姆感到非常痛苦。

11 月 15 日：摔倒后第 9 天，布莱姆再一次去看布兰德医生，终于拍了 X 光，骨科医生断定他的股骨颈断裂了。

11 月 16 日：专家确定布莱姆骨折了，并建议他住院治疗。

11 月 19 日：摔倒后第十三天，确诊骨折后第四天，他终于去亨德里克·弗伦施·维沃尔德医院接受治疗了。

12 月 4 日：布莱姆被带回了监狱，囚犯们发现他孤零零地坐在轮椅上,脸上充满了困惑,讲不了话。我主动要求去布莱姆的牢房照看他,这一照顾便是整整四十八个小时。他发着高烧,话也讲不了,连最简单的小事都做不了。我只能把他扶起来,让他坐在马桶上。自始至终,他都痛苦不堪,却没有医生来看过他。

12月6日:布莱姆去了医院,经诊断脑癌已经扩散。

直到现在,监狱当局才把他的病情告诉他的家人。露丝飞往开普敦,恳求司法部长吉米·克鲁格释放他。但亨德里克·冯·旦卜将军却告诉她,即使布莱姆现在生命垂危,也不能获释,因为他是危险分子。

布莱姆·费希尔在比勒陀利亚的医院住了四个月之后,监狱当局虽然拒绝释放他,但同意把他转移到他的兄弟保罗在布隆方丹的住所。1975年3月8日上午,布莱姆·费希尔在布隆方丹病逝。监狱当局得知后,三十分钟之内就赶到了。他们规定家属可以保存他的遗体,但是必须一周之内在布隆方丹举行葬礼,而且遗体火化后,务必把他的骨灰送回监狱。二十年后,新民主议会上有人问他的骨灰被安置在何处,我们才知道原来葬礼一年后,他的骨灰早就不知被狱警撒向何方了。

露丝和伊尔莎在真相委员会面前陈述完证词后,大家觉得她们是那么的脆弱特殊,争先恐后地去拥抱她们。有一次我请求采访她们，她们都是有着欧洲血统的南非白人，每当我们提起布莱姆·费希尔时，我内心深处的悲痛都会蠢蠢欲动。他比我们都要有勇气，他牺牲了太多太多，做了太多太多。尽管他已驾鹤西归，但他的一生感动了千千万万的人。然而我们却知之甚少。他的女儿说英语。

"你们的父亲是南非白人，请问这种身份和他之后的政治活动有什么关联呢？"

"父亲很小时就和祖母一同到监狱里，给克里斯蒂安·德·韦特送吃的。他亲眼见证了祖父为他们辩护，说他们不是反叛者。虽然祖父是南非白人民族主义者，他也自然而然应该继承祖父的信仰，但他立志做出改变。从小祖父祖母就给他讲反帝国主义斗争的故事，比如阿非利卡人和反叛者展开斗争时，祖父①为了支持反叛者开来了救护车。但父亲却认为这不仅是南非白人的斗争，还是所有南非人的斗争。1964 年，父亲第一次被逮捕时，他非常礼貌地和祖母通了个电话。她说：'亲爱的，不要担心，我们也经历过这种处境。'父亲家的历史就是一部斗争的历史。

---

① 原文为阿非利卡语：oupa。

　　我曾经问过祖母[①]，父亲和她截然不同，对此她有什么想法时，她说：'家庭才是最重要的，其他都无所谓。'"

　　许多激进分子的子女努力铭记父母在世的样子，或者对父母进行政治活动给他们造成的伤害感到愤怒，但费希尔姐妹却一直保持着低调。但去年，布莱姆·费希尔在布隆方丹的母校邀请她们在共产党诞生七十五周年庆典上做一篇缅怀他的演讲。

　　"庆典是在格雷大学举行的，盛大而隆重。一些皮肤黑黝黝的男生引导我们入座，他们穿着格雷大学特色上衣，看起来很机灵。露丝坐的位置上贴着'P. U. 费希尔'（祖父的名字），光荣榜上写着'布莱姆'和'乌帕·亚伯拉罕'（外公的名字）。尽管晚上寒冷萧瑟，但好多人都来了。格雷大学的校长先是进行了演讲，讲述了1923级毕业生的人生历程。泰勒·莱科塔也讲得很精彩，露丝随后也做了演讲。那晚共产党、格雷大学师生和南非白人民族主义者欢聚一堂，父亲如果在世，一定会很喜欢的。"

　　"但是这么多亲人都逝世了，你们是怎么调节自己的呢？"这个问题一从我嘴里冒出来，我就后悔了。但令我吃惊的是，她们两个都笑了。

　　"把录音关了。"

---

　　① 　原文为阿非利卡语：ouma。

我照做了。

"会喝酒！有时候会喝。"她们又笑了起来。

"我们不会一蹶不振的。"伊尔莎说。

"直到今天，艾伯蒂纳·西苏鲁还对我们说：'你们是我的女儿。'她真的是这么想的。其实恰恰是因为我们父母的努力抗争，我们的生活才能如此美好。"

真相委员会的工作进入了第二阶段，同时也变得越来越让人毛骨悚然。我脑海中总是飘荡着这样一幅画面：刨开的坟堆旁，一块块褪色的骨头堆了一摞又一摞。调查部门的领导杜弥撒·恩兹贝沙说，当初一些激进分子凭空消失，其实是被押去审问了，他们惨遭折磨、杀害，最后被埋在全国各地的农场里，而委员会终于找到了相关证据。

一开始，我们只知道维拉科普拉斯是其中之一。后来我们发现，旧纳塔尔、德兰士瓦省、奥伦治自由邦和东开普敦也有很多相似的农场。恩兹贝沙认为埋葬尸骨的农场分为三种："第一种是专用非洲兵训练基地，第二种是激进分子被审问、折磨和杀害的农场，第三种是专门用于丢弃尸体的农场。

"有种规律非常明显，这种失踪事件的根源都在于邻国的冲突战争，比如著名的罗德西亚激进分子消失时，塞卢斯侦察兵正十分活跃。津巴布韦独立之后，南非定期有人人间蒸发。委员会证实了不仅是警察，南非国防军也参与了其中。人们都是在边界处被逮捕、杀害，然后被埋葬的，因为在这儿杀人不用挟持人质，而且死者的家人要想举行葬礼也找不到这些尸体。"

德克·库茨描述过，他们会烧毁尸体，或用炸药把尸体炸飞。那么为什么安保小分队会把尸体掩埋在偏远农场的墓地里呢？

"因为他们从来没想过，真相委员会会有一天会到来。"恩兹贝沙说，"或者是因为他们受不了尸体燃烧的臭味。但我怀疑真正的原因更实际一些，尸体要大概8个小时才能烧尽，可他们没时间。"

恩兹贝沙相信，以前肯定有什么政策，才会导致这些杀戮行为。他说，如果没有明确制定的方针，这些处于全国各地的农场不可能拥有同样的运行和使用模式，按照恩兹贝沙的说法，问题就严重了，委员会从来没想过有一天竟然要负责掘出尸体。"我们以前最坏的打算就是寻找被扔进矿井的尸体，但是我们从来没有想过，有一天我们竟然要挖掘尸体，所以我们的预算里根本没有这一项。我们正在和财政部长讨论，挖掘尸体到底属于财政报告中的哪一项。"

尤金·泰尔布朗士曾说："鲜血浸透了整个南非。"现在看来，这句话简直是至理名言。

你常常能在市中心、花园中央和湖边发现独一无二的农民乐团青铜像。这支乐队看起来更像是一群半吊子的学者，而不是快乐的演奏家，却是南非白人的代表。这是一座属于我们的雕塑公园，我们会一起去那里走走。

上帝就像青铜像一样，永远不会泯灭。他统治着一切，包括土地和我们的世界。他给我们铺了一圈又一圈的路，种下南非白人带来的原始树木。

上帝也掌管着动物，从出口处的长颈鹿青铜像到那边的鹈鹕和蓝鹤青铜像，都在上帝的管辖范围内。一只鱼鹰展开双翼，身下是一块石板，上面刻着一些玄学箴言："于是它抓住了鱼。"上帝并非势利小人，连卑微的驴子的青铜像都沐浴在了上帝的光辉下，发情似的翘起后蹄。驴子青铜像下写着："1871 至 1892 年黄金的搬运工——致驴子。"

上帝也统治着我们的世界。为了纪念 1976 年在安哥拉边界丧生的克里斯蒂安·拜尔斯军团成员，公园里竖立了一大块花岗岩，顶端架着一把包裹着迷彩涂层的 358 号军刀。

为了祖国付出生命的勇士们，安息吧。

看啊！公园里到处都是上帝的先知，每座青铜像上都有他们的身影——名气小些的人物做成了半身铜像，名气大些的人物做成了全身铜像，而有些人的名字只能刻在长满草的斜坡上、石阶上，或动物铜像旁。

走过汤姆·诺德——"议会元老"的全身像边，我们就来到了公园里偏僻的角落，你会在这里发现公园中唯一一位女性——里恩·格林的青铜像。你会看到她背靠着树篱，怒视着前方。这座半身像是由她的两个女儿捐赠的，雕像旁边写着："彼得斯堡第一位和唯一一位女市长。"这句话证实了我们的怀疑是正确的，上帝确实统管着女性。

这边有一座马的青铜像，躯干饱满，鼻孔外张，脖子粗壮，上面的血管纹路清晰可见。马上坐着皮特·朱伯特将军，据说彼得堡就是以他的名字命名的。他的胡须迎风飘扬，腋下夹着长枪，双手勒住缰绳。马旁边站着一位举起手臂的女人，从雕像下的介绍牌可以推断出，这是皮特将军的妻子——亨德里纳·朱伯特。她在马尤巴之战时"最先发现了英国红衣军，并告诉了将军"。但人们并没有将胜利归功于她，因为她的精神已经摆脱了肉体的束缚。平头，鹰钩鼻，瘦骨嶙峋，肩上披着代表神谕的斗篷，亨德里纳已经超脱了世俗。将军出去打仗，她总是伴其左右，但仅仅是因为她比将军更有眼力。

这里的小路蜿蜒向下。

所有小路都通向了湖边的乐队青铜像，五名乐手站在不同高度的台阶上，无声地演奏着手中的乐器。虽然他们正在"北方堡垒"的广场上演奏布尔音乐①，但其实他们是在争取保留英国带给我们的文化。

旁边的一面矮墙上坐着一个班卓琴奏手，他披着长长的卷发，

---

① 原文为阿非利卡语：boeremusiek。

留着和维也纳的约翰·施特劳斯一样的胡子,穿着宽松的衬衫和一双合脚的手工鞋。他对面站着一个男孩,他身穿风靡亨利八世时代的羊角形上衣,腿上放着一把吉他。

他们的音乐传遍欧洲、非洲和世界各地,久而久之他们也成了人类文明胜利的代表。

这位虽然只是一位六角手风琴演奏者,但他非常投入,把国家灵魂的起伏全都倾注到了波尔卡舞曲中。他把六角手风琴高高举过头顶,耳朵贴在琴身上,细心地调着音。毫无疑问,他就是围巾乐手——皮克·波塔。

皮克身旁更为高大的身影是贝斯手(介绍牌上说是大提琴)。他凝视着地面,庄严肃穆,站在乐器旁(也可能是大炮或者站马),而乐器另一边是库斯·德·拉雷将军①。

最重要的乐器——小提琴终于出现了,小提琴演奏者站在最高的台阶上,看不出是男是女。他紧紧地夹着屁股,一只手臂举得高高的,下颌架在小提琴上。但青铜音盒发不出任何声音,因为琴弓很久前就被折断了。他却浑然不知,无头无脑地微笑着演奏。

蒙上眼睛!

我们竟然能在青铜像里找到这么多天马行空的想象! 乐队青

---

① 库斯·德·拉雷将军(General Koos de la Rey):1899 至 1902 年阿非利卡人与英国人交战期间的英雄,他也被誉为"阿非利卡人的先知",因为他准确地预言了南非白人在二十世纪的境遇。

铜像后是一座巨大的鳄鱼红铜像，这只鳄鱼靠三条腿跳跃着，转过
头，猛烈地撕咬着自己的尾巴。最近彼得堡公园同意为已故的摇摆
乐之王——莱米·斯巴切·马巴塞打造一座青铜像，在这位著名的
口琴吹奏家之前，彼得堡还没有黑人受到过这种崇高待遇。他的雕
像就在农民乐团旁，看起来好像他们接下来会邀请他一起表演
似的。

> "我知道农民乐团不会介意和我一起待在这座花园
> 里。我的梦想终于成真了，我们就像兄弟姐妹一样，最后
> 终于站在了一起！"

（伯格，1997 年）

委员理查德·利斯特在莱迪布兰德听证会上致闭幕词时说道：
"结束了，莱迪布兰德的听证会结束了，受害者听证会也结束了，南
非历史上史无前例的考验结束了。政府听到了成千上万名受害者
的损失、伤痛和疾苦，终于迈完了这意义深远的一步。"

小镇散发着金色光芒，落日余晖如琥珀色外套般披在悬崖峭壁
上，结霜的草原依次呈现出金色、棕色和褐色。暴行怎么可能发生
在这么美的地方呢？

"过去的 15 个月里，受害者把我们带进了黑暗的深渊，人类性情
中最残忍孤寂的角落。我们还记得，一位游船厨师在证词中说道，

他从海上回来时,发现妻儿已经被谋杀了,而且被大卸八块后扔进了茅坑。"

最后一次人权听证会是在莱迪布兰德中部的沙石市政大厅举行的,大厅就在农民合作社旁边。农民们正忙着停小货车、装货、播种和施肥时,整片区域几乎被巴索托族人包围了。"在这儿大家只讲最正宗的索托语,"口译员勒伯亨·马蒂贝列说道,"所以只翻译出俚语还远远不够,我得翻译得地道些。"

真相委员会突然降临这个小镇,会擦出怎样的火花呢?显然委员会来之前就已经询问过能不能在这里开会,各个种族的人会不会来参加会议。然后主办方会和一些居民签订合同,由他们负责给受害者提供茶、三明治和午餐。"这是我第一次为白人机构提供餐饮服务。"一位穿着制服的黑人说道。他拿着好几瓷盘食物,一个盘子叠着一个盘子。在另一座小镇上,一位系着碎花围裙面色红润的妇女说:"我们虽然是右翼,但钱是钱,我们没必要和钱过不去啊。"

委员会成员住在宾馆里,宾馆工作人员都说英语。我问老板海拉瑟莫斯的住宿条件怎么样,老板说:"你要住那里的话,还不如住农场。整个小镇的人都等着拍图图大主教马屁呢,黑人每天都会巡游,想要彻底赶走阿非利卡人。"

我走出房门,放眼望去,莱迪布兰德周围群山环绕,悬崖好像被切得方方正正的面包,远处的马鲁提斯小镇依稀可见。这时我突然想起我的当地学生写的一首诗:

我的祖国，我的头颅：
罪行、悲伤及新南非的宽恕

冬天的马鲁提斯银装素裹，

她挑选了心爱的白毯，

披于山峦之上；

山川如人的脊梁蜿蜒延伸，

山川如银白天使列队前行，

群山美景，

尽收眼底。

我就是勒托拉，

我哺育了嗷嗷待哺的狮崽，

我的白毯散发着雨水清香；

我焦虑不安，

因为我忘记了我是谁。

如果你见过我，

你会永远记得我。①

---

① 原文为阿非利卡语：in die winter word die maluti wit sy trek aan haar bo-lyf
'n kombers waarvan sy hou aan die spits is daar rotse in 'n optog soos 'n ruggraat die
berge voer my oe ek is Lethola die een wat gesoog is deur spelende leeus die een wie se
kombers ruik na reen vol onrus verlang ek ek onthou ver daar waar ek self nie weet
rtie as jy gesien het het jy vir altyd gesien.

整个小镇充满了敌意，真相委员会的人常常会辗转多次后聚在同一个小餐馆或酒吧里。一旦我们和别人争吵，或被驱逐，至少还有目击证人和帮手，这种事情发生了不止一次了。酒吧里，有人会亲切友好地把手搭在你的肩膀上，问你："从没在这儿见过你呀，你是干什么的？"如果你的回答里有"真相委员会"这几个字眼，势必会引起一场血雨腥风。有人被侮辱，有人被泼酒，酒吧拒绝服务委员会黑人成员，还把他们驱逐出来。所以我们进一家酒吧前，会先派出一个白人"间谍"，看看有多少胖男人坐在柜台那里，有多人喝着白兰地和可乐，谈论着橄榄球，这些人肯定是我们自己人。

在莱迪布兰德度过的第一个晚上，我们坐在拥挤的意大利餐馆里，谈论来自博塔维尔的马克赫图女士的证词。博塔维尔小镇坐落于自由州北部，曾被誉为南非最富裕的地方，更确切地说，是每平方米钱最多的地方。来自英国的玉米农给这个小镇带来了巨大的财富，也开了给工人们供房供电的先河。"等等，"其他地方的农民说道，"这些博塔维尔富人以后会遭报应的，因为他们给人民带来了太多不切实际的幻想。"因此自由州首个学校暴乱事件恰恰发生在了博塔维尔，却没人对此感到震惊。"这些参加暴乱的学生就是那些工人的后代，如今他们上了高中，却看不见任何希望。"其中一个参与者名叫艾略特·马克赫图，他的妈妈不远千里从博塔维尔赶过来给他做证。她头戴粉色的针织无边便帽，脸油光发亮，手被磨得平平的,看得出她从事了多年的手工劳动工作。看着她让我想起,南非的第一次民主选举中,来的很多妇女都没有了指纹,因为已经被常年的手工劳动磨光了。她嗓音低沉地说,她不理解艾略特到底发生了什么事。

"我问道:'你们是谁?'他们说:'我们是警察,快点开门。'然后我就开了门。他们走进来后问道:'马路莫在哪?'马路莫就是艾略特。我说:'他在的,但是正在睡觉呢。'他们问:'在哪?'我把他们带去了他的房间。一进去,他们就打开了灯……他们人真不少,都穿着制服,手里拿着黑色的警棍、皮鞭和手枪。他们掀开毛毯,丢到一边,说:'站起来,把衣服穿好。'艾略特……哈哈大笑,站了起来,开始穿衣服。我对他们说:'能让他把鞋穿上吗?'于是他穿上了鞋子,但他们也不等他穿上夹克衫就把他带走了。

"审判那天,法官来晚了。艾略特和其他囚犯站在一起,律师帮他们辩护后,他们被释放了。艾略特被释放时,他已经不是原来那个他了——他开始精神错乱,疯疯癫癫,一个人哈哈大笑,想坐哪里就坐哪里。我感觉有问题,就带他去看了很多医生。我连希尔布罗医院都带他去了,但医院只给了我们一封信。他不过是个可怜人,除了他,我一无所有了。"

一个委员告诉我,这封信上说艾略特是精神分裂症患者,这样事情就复杂了。委员会必须证实听证会上人们说的每一件事,要证明这件事真的发生过,以及在哪里发生的,如何发生的,然后确定谁

410

是受害者,这些人才能够申请补偿。但是艾略特的话,人们可能会说他之前就有精神分裂症,只不过没有表现出来,被逮捕时才爆发。人们也可能会说无论如何他是有精神分裂症的,所以不能得到补偿。也就是说,精神分裂症患者的人权不是人权。但也有人可能会说他已经精神分裂了,也已经得到残疾补助金了,这就够了……

"就算这样,你也不可以玷污马克赫图的母亲,想也不能这么想。"突然间餐馆的人像水库开闸一样,纷纷站起来走了,只有我们依旧赖在那里不走。一股寒冷的气流窜进了房间,服务员说:"M-Net台六点十五分有橄榄球比赛。"

第二天早晨,本来要去镇里,但我中途绕道,走了乡间小路上。放眼望去,黄背草原广袤无垠。我停住脚步,想起自己曾经写道:"别人有多崇敬上帝,我就有多崇敬黄背草。"

我想要躺下,拥抱这片草地,歌颂这颜色光亮、挺拔向上的茎。我想把褐色的穗子织成魔毯,坐在上面,让脚踝掠过白色的穗,欣赏脚下泛红的草,无拘无束地驰骋在这片草地上。

这就是属于我的风景——平原,一望无际的草原,黄蜜色的砂岩石。我爱这片景象,我因此而生。

我沉醉在这片草木、光线、云层和暖石构成的绝美风景中,难以自拔。

我的下半身淹没在了草丛中,我听到草丛中蝗虫的声音和脚下砂石的声音,随后马鲁提斯吹来的第一阵风带来了市政厅嘈杂的人声——我听到了这片土地上所有的声音。

这片土地属于所有发出这些声音的人，其中也包括我，尽管我的声音微弱无力。

藏红花和琥珀，意大利细面条和倒钩，露水和干草，悲痛和创伤……都构成了自由州的风景。

牧羊人的故事

莱科塔萨说：从那以后，我们一家都受到了影响。在我前面做证的那个女人和我妻子长得很像，我的妻子走不了路，我们常去博特斯萨贝罗医院治病，今早我还吃了片药。从那以后，我的生活彻底改变了。那天晚上……

伊兰·拉克斯：我想先听你讲讲你的孩子。

莱克特斯：我有十个孩子，有两个已经过世了。遭到袭击那天，我和三个孩子，还有五个还在上学的孙子孙女待在家中。我有个儿子有精神疾病，他也生了孩子。老幺还生了对双胞胎，但他们的父亲也有精神疾病。

拉克斯：不要贴着麦克风讲话……麦克风很灵敏，能很好地接收原声。那么这三个孩子里，哪个还与你和妻子住在一起？

莱克特斯：托马斯·莱克特斯和我们住在一起，我就靠他养家糊口呢，他还照顾那个有精神疾病的孩子，就是我刚提到的那个。

拉克斯：能和我们讲讲那时发生了什么事吗？是 1993 年 5 月吧？

莱克特斯：可能吧。我不过是一个放羊的，字都不会写，什么时候发生的也忘记得差不多了，但是……我之前讲了那次骚扰事件，我能再讲一次吗？好好听着，我要开始讲了。

那天，那晚，有人来了，一直在敲门。我跑去开门，却发现门已经开了，我说："谁敲门这么用力啊？"他回答说："警察。"

我又说："什么警察把我们家门都给敲坏了？"他和很多警察一起破门而入，门被推倒了。

除了三个黑人警察，其他都是白人，他们一直管我们叫黑鬼。

其中很多都是白人，他们还带来了两只警犬。

他们说，哪扇门都不能放过，都得打开，还把柜子里的衣服都扯了出来。

我说："就算豺狼冲进羊群也不会这么残暴，请把这些衣服叠好放回去，放整齐。"

但他们理也不理我，还把我们轰了出去，我"哐当"一声倒在了地上。

　　我继续问:"你们到底想干什么?"但他们完全不理我,只是把我们往外赶。

　　那天特别冷,孩子们都感觉不舒服了。

　　我问他们:"要是把孩子冻坏了,你们给我钱带他们去看医生啊?"

　　他们还是没有理我。

　　我接着说:"求你们了,警察怎么能这样?"

　　我说:"如果警察来到农场,他会先到农民家转转,但如果农民不让进,他就必须走开。是谁允许你们闯入我家,还把门弄坏的,这就是你们做事的方式吗?"

　　我细看才发现,他们不仅踢了门,还用枪把把门给捅坏了。

　　直到今天,门还没修好。

　　孩子们心疼我,今年给我买了个门和框,找人来修了修。

　　天快亮时,他们消停了一些。

　　后来他们想把上锁的柜子劈开,我说:"你们竟敢把我的柜子劈开?"

　　之后我对孩子们说:"给这些人准备点茶水,他们饿了。"

　　我问他们:"你们饿了吗? 要啤酒、饮料、非洲香肠吗?"

没有回应,但我还是说:"他们饿了,我得给他们拿点吃的。"

我接着说:"你们根本不是警察,不过是布尔人罢了。"

其中一个人却把我推了出来,我又摔倒了,我的肩膀就是那个时候受的伤。我承认,我当时不该讲那种话,但我真的感觉很受伤,才说了不该说的话。

我说:"我知道,你们警察就是强盗,想把我们都赶出来,好在屋里给我们设套,把我们牵扯进来。我知道你们会把钻石、大麻藏在这里,然后连累我们,你们这群恶毒的警察!"

我那天就是这么说的,因为我真的感觉很受伤。

【观众笑了】

拉克斯:拜托……

莱克特斯:我问那些警察,"你们到底想干什么?"他们一言不发。

我告诉他们:"我没有钻石,也没有大麻,你们到底想要什么?"还是没人回答。

我对他们说:"你们把我家门弄坏了就想这么拍屁股走人吗?什么时候回来修?"

他们说:"有人会来修的。"

　　最后我对他们说:"看啊,我们一家人都在这冰天雪地里冻着,你们不如现在杀了我们,我会很感激你们的。"

　　但他们……你们应该猜到了,没理我。只可惜没有梯子,不然可以带你们去我家看看……

　　我到现在都还等着他们来给我修门呢。

　　太阳差不多升起来时,我儿子托马斯说:"别在这里搜了,去车库搜吧。"他们问:"车库在哪儿?"

　　儿子说:"等等,我去拿钥匙。"还补充道:"你们得小心点,别把我的车刮坏了。"

　　他们带着警犬进了车库,那两条警犬看起来凶神恶煞的。

　　搜完车库,儿子说:"你们是不是还没找到想要的东西?还有地方没搜完呢。我有套房子有四个房间,还有家超市,走,去那里找找。"

　　然后他们就把我儿子抓走了。

　　后来天亮了他们还赖在我家不走,我儿子整整一个月了都还没回来……

　　他们当中有三个跟我一样是黑人,其余都是白人。

　　他们的车在街上排起了一条长龙。

拉克斯：你儿子托马斯和阿扎尼亚人民解放军①或泛非主义者大会有什么联系吗？

莱克特斯：有。

拉克斯：有人起诉过他吗？

莱克特斯：我不知道他们有没有把我儿子带上过法庭，大家知道我没有什么文化，也因此很苦恼，因为很多东西我都不懂，比如那些白人叫我们"笨驴"，我都不懂。有很多事我确实不知道。

拉克斯：如果他上了法庭，应该会告诉你，是吗？

莱克特斯：我怎么回答你呢。【停顿了很长时间】

那些白人过去老说我们头发短，头脑和见识一样短，所以我坚持让孩子接受教育。但就是因为他们接受了教育，现在什么都不跟我们说了，都各忙各的了。

他们什么都不说，我们只能大眼瞪小眼地看着。【观众笑了】

拉克斯：你刚说你的肩膀受伤了，还有其他地方受伤了吗？

莱克特斯：从那次那群豺狼一样的警察闯进我家后，我就再也没受过伤，就因为肩膀上的伤，我连拿铲子打理

---

① 阿扎尼亚人民解放军（APLA）：泛非主义者大会的武装组织。

花园的力气都使不上了。除了年纪大了,有了些小病小痛外,我身体没其他毛病了。

拉克斯:你在陈述中提到你的肋骨也受伤了?我就只是提醒一下你。

莱克特斯:先生,您难道不知道肩膀跟肋骨是连着的吗?

拉克斯:你或你的儿子后来就没有报过警吗?

莱克特斯:我们从来没主动报过警,你能向警察告发警察吗?他们会联手对付我们的。

所以我当时才对他们说:"把我们都杀掉吧,杀了就没有后患了。我们都死了更好。"这样的话,政府把我们埋了也容易,而且还能把我们埋在一起,那就再好不过了。

如果当初那些警察有在现场的,请你立马上台把我杀了,我会很开心的……

午休时,我拿着磁带录音机往合作社走。一个农民从汽车上下来,我走上前问:"先生,真相委员会此次降临莱迪布兰德,请问您是怎么看的?"

他停下脚步,上下打量了我一番,像感觉恶心似的撇着嘴唇。

突然大喊道："南非广播公司和真相委员会都滚蛋①!"

他不停地喊着"滚蛋! 滚蛋!"引得路人全都死死盯着我们,他边叫边冲进了合作社。

我发现自己站在人行道上,血脉偾张,羞辱至极。天呐,我们做这一切一点作用都没有吗?

理查德·利斯特说："我们听到很多人勇敢地站出来,讲自己令人震惊的经历,他们呼吁委员会不要只看到他们,还应该看到成千上万正在遭受苦难的人们。这些受苦受难的人正在照顾、帮助其他有着同样经历的人,这些举动让我们感动不已。"

会议结束时放起了国歌,我站了起来,很惊讶这里放的竟然是塞索托语版国歌。我突然陷入了沉思——我是个白人,我必须在这片土地上重新认识自己,我的母语中携带暴力的成分,而我对此无能为力,这么多年了,我仍因为自己的种族和身份感到不安。

我唱自由州版《天佑南非》时,身旁的女人看起来很吃惊。她面带微笑,把头靠近我这边了一点,开始唱中音部分。领唱给我们起了个调,女高音开唱,贝司合音。我想知道:上帝听得见我们的声音吗? 他知道我们内心的渴望吗? 我们只想做真真正正的人,不论肤色,所有人都共享这片空气和阳光。我跟着旋律唱了起来,用的不是母语,而是我不知道的方言。这首歌自带着芬芳,虽然有些旋律

---

① 原文为阿非利卡语:Fôkôf。

让人感到悲伤苦痛,但其间的停顿十分柔和,这片土地上的人都能在这首歌中舒缓自我。

有时我们的时代充满了光明。牧羊人描述了他们一家栽在秘密警察手里的经历,他说的话前面已经一字不漏地记录下来了。他说的第一句话就是:"从那以后,我们一家都受到了影响。"尽管他开头说了妻子和自己身体不好,但这并不是他记得这件事的主要原因。那次经历之所以让他记忆犹新,是因为那一天,他对人生的看法,对世界的感知,以及对自己的定位都被摧毁了。没有这种感知,他的生活便失去了意义。从某种意义上说,他已经死了,所以他才会反复说:"从那以后,我的生活彻底改变了。"

一开始,真相委员会的伊兰·拉克斯曾多次打断他,这是有原因的。证词引导人有两个任务:把控证词方向,引导证人说出委员会用得到的事实;让证人自己发言,给证人自我修复、重拾自尊的空间。所以证词引导人通常鼓励证人用比较私人的话题开头,比如家庭情况。

但这个技巧把牧羊人逼得不耐烦了,被问及有几个孩子时,他说:"我有十个孩子……遭到袭击那天……"但他既想回答拉克斯的问题,又想在回答中掺入和故事相关的细节,集中体现在"两个"这个单词上:两个孩子死掉了,两个孩子有精神疾病,他还有一对双胞胎孙子。

那一刻气氛十分紧张,拉克斯还一直干扰他,所以牧羊人才会离麦克风太近，导致说话声音过大，所以别人才会让他说话慢一点轻一点。拉克斯让牧羊人正式讲述事件之前，用了三个长句，每句之间都有所停顿，以缓解他的紧张感，让他保持冷静。最后拉克斯才引导他从日期说起。

这让牧羊人再次偏离轨道，人生到底哪一天被毁了很重要吗？哪一天都无所谓，重要的是那件事情已经发生了。但是他不太确定，所以才说："可能吧⋯⋯"他一直在想，他毕竟是个牧羊人，不怎么识字。但他在厄运中顽强地活下来了，所以立马自信地对拉克斯说："好好听着，我要开始讲了。"

他开头的话就自相矛盾："那天，那晚⋯⋯"从这句话开始，模棱两可、紧张对抗和极不平衡的力量对比贯穿了整个故事，不仅体现在证词的内容上，还体现在象征性词语的使用上：白天与黑夜，白人与黑人，生命与死亡，接受教育的人与文盲。

莱克特斯描述了警察残暴无礼地侵犯他们家私人空间的故事——故事中，警察"用力敲门"，把门框都弄坏了；他们带着警犬闯进他的家门，辱骂他们一家；他们把柜子撬开，把里面的东西全都扔到了地上。莱克特斯作为一家之主，想与他们对抗，但每次抗争都被无视了——他问是谁那么用力地敲门，门就被弄倒了；他让他们把衣服叠好整整齐齐地放回去，他就大晚上被赶到冰天雪地里去了。莱克特斯说，就算豺狼冲进羊群也不会这么残暴。

要想分析豺狼这一形象，我们必须明确这种动物的捕猎习惯。

豺狼下手干脆利落，而且十分安静。它会故意把羊赶到角落，挑一只，用锋利的尖牙直接咬到颈部动脉上。羊失血过多而死后，豺狼会先吃脾脏和肝脏，最后吃后肢。如果有羊羔，它会杀掉一两只，但只吃胃。豺狼都用不着追赶羊，消耗它们的体力，这一过程是无声无息的。但是狗会冲进羊群，左咬一只，右咬一只，结果到处都是狗吠和羊叫。而且就算狗把羊杀了，也不会吃掉羊。

莱克特斯说，那些警察比豺狼更可恨。因为豺狼虽说是牧羊人最大的敌人，但它们只会威胁羊群，而不会威胁人。可秘密警察威胁的是他的人，所以超越了他对邪恶的认知。身为牧羊人，他有很多对付狡猾豺狼的招数，但和这些秘密警察对抗时，他就不知所措了。注意：莱克特斯最后打了个比喻——"豺狼闯进我家了"，可以看出他已经找不到其他意象了。

警察闯进牧羊人家后，第二个反复出现的话语出现了："他们没有理我。"莱克特斯问了很多次："你们想要什么？"看他们没回答，他开始追问，比如："要是把孩子冻坏了，你们给我钱带他们去看医生啊？""这就是你们做事的方式吗？""你们竟敢把我的柜子劈开？你们饿了吗？""要啤酒、饮料、非洲香肠吗？""你们想把大麻、钻石藏到我家连累我们吗？"

这类问题构成了人生观的基础，我该怎么理解我所处的世界？在这个世界里，什么是正义与公平？他的问题统统没有得到回答，这也解释了为什么那一天对他的影响如此之大：他理解这个世界的能力被剥夺了。他陷入虚幻的黑暗中,言语苍白无力,所有的问题都得不到答案。就连他的孩子们也都什么事都瞒着他,让他的耳目越发闭塞——他说,这是因为他们受过教育,而他没有。

莱克特斯想方设法去理解他人的行为,于是,他开始换位思考。首先他从农民的角度进行思考,一个农民怎么会允许这样的行为?然后从警察的角度思考,如果他们继续下去,一定会饿,所以才会给他们拿吃拿喝。之后,他想到那些警察是到他家里藏钻石和大麻的。最让人心酸的是,虽然他能进行换位思考,却没有一个人站在他的角度来理解他的心情。

他换位思考的能力,不仅体现于他描述的那个夜晚,也体现在他对听众说的话里。他想到,听众可能体会不到他家受到的破坏多么严重,所以才会说:"只可惜没有梯子,不然可以带你们去我家看看……"

这两句话成了故事的高潮,充满了诗意,令人浮想联翩。莱克特斯知道他不能要求真相委员会去他家,但要是他能架起梯子该多好,这样他们就能爬上梯子,看看他的小屋和新修好的门了。他渴望被了解,想让别人知道自己家被破坏成了什么惨状。一架梯子就能让真相委员会弄清来龙去脉,升华他的故事,让人们理解他的故事,意识到这个故事是真实的。

故事结尾,莱克特斯称自己为黑鬼和蠢驴,还指出了那些让他沦落至此的人:白人、警察、农民及他的孩子们。有自尊,他才能活下去,人生才会有价值。"从那次那群豺狼一样的警察闯进我家后,我连拿铲子打理花园的力气都使不上了。"后来他的孩子们成了比那些警察更好的人,开始奚落警察,这时他才慢慢恢复了对自我和世界的认知。

与真相委员会的接触越多,莱克特斯越感觉到沟通不畅,挫败感也越来越强。最后,拉克斯问了他两个问题,他都进行了反问。可以看出,真相委员会无法理解他的意思,他对此十分沮丧。

拉克斯问道:"你在陈述中提到你的肋骨也受伤了。"言下之意是:"怎么现在又说是肩膀了?"

这个一生杀羊无数的牧羊人反问道:"先生,您难道不知道肩膀和肋骨是连着的吗?"

接着,拉克斯又问他是否报过警。

莱克特斯又反问道:"你能向警察告发警察吗?"他又提出了要求:"所以我当时才对他们说:'把我们都杀掉吧,杀了就没有后患了。'"他还说,把他们一家葬在同一个坟墓里还省钱些。最后他又回忆了一遍那个改变他一生的夜晚,还不断提出:"如果当初那些警察有在现场的,请你立马上台把我杀了……"

美国学者科林·司科特曾经采访过祖鲁诗人马兹斯·库尼尼,库尼尼在采访中传达了非洲人的声音:"第一批白人来到这里……一些南非长者走向那些白人,问道:'你们的世界是什么样的?'在非洲人眼中,不只有一个世界,而是有许许多多个世界……非洲崇尚多元化,反对单调划一。"牧羊人的请求和这些话形成了鲜明的对比,充满了悲剧色彩。

莱克特斯迫切想要认识、接近、了解入侵者的世界和想法,这与多元化的观点不谋而合。他并不是一出生就忽视或者抵触警察的,但出于本能,他想让他们了解他的世界,反过来,他也希望能够了解他们的世界。

莱克特斯把自己作为原型,不停地探索着多元化。作为牧羊人,他是羊群和家庭的领导者和守护者;但同时,他也是领路人,带领家人走向富足和安康。

门隔绝了一个空间,同时也开启了另一个空间,这一点在莱克特斯的故事中都有所体现。警察不仅入侵了他的私人空间,还破坏了房子的入口,这样一来房子就再也不能成为私人空间了。警察虽然入侵了他的世界,却拒绝他了解他们的世界,连他们在找些什么也不告诉他,但这样有利于他重新认知自己的私人空间。(值得注意的是,豺狼般的警察是和狗一起闯入房子的。豺狼游走于夜与昼,生与死之间,而狗只忠实于一个地方,忠诚地守护着主人不可侵犯的领地。)

牧羊人为他的家人打造了安全的庇护所,但他们一家却被赶到了寒冷的荒郊野外。野外是羊群最爱的场地,现在却变成了他们一家人的墓地。

库尼尼说："你杀了个人，但真正死的是两个人。这么说吧，杀了一个人后，你同时也杀死了自己。那个牧羊人也有父亲、孩子和兄弟啊。"

莱克特斯站在千疮百孔的屋子前，感到不知所措，无法判断这是个什么样的世界，无法享受地生活在这个世界里，也无法发现或融入其他世界。他作为父亲、兄弟、儿子的价值被全盘否定了，还被称为黑鬼和蠢驴，因此失去了存在的意义。精神已经消亡了，肉体也必须一起死去，所以他才会要求结束从那晚延续至今的噩梦，死两次才会完整。所以他才会说，要是有人马上就能结束他的生命，他会感到很开心。

"坐在同传箱里特别有意思，我知道自己是在表演，我也知道之后人们会说：'李柏罕，你刚刚也太自然了，怎么做到的？'但我并不会意识到自己是在表演，受害人说话时，我就看着他，看着看着他甩手时我也会下意识地甩甩手，他点头时我也点点头……但是如果他们哭了，讲话断断续续的，就很难翻译了。他们很可能讲会儿话，然后陷入沉默，接着又开始讲话……我必须把这些片段拼凑起来……"（李柏罕·马蒂贝拉，牧羊人讲故事时的口译员）

水　坑

我们从船上下来时，已是傍晚时分，整个岛都沐浴在落日余晖中。黑人学生帮我们拿行李，沿着沙滩往前走，颇像殖民时期的场景。我们走着走着,鞋子陷进了沙子小路,看到了依海而建的旧时奴隶集中营。这里的别墅屋顶透着乳白色,玫瑰色的墙皮剥落了,留下斑驳的痕迹,就像欧洲人白皙却有雀斑的皮肤。虽然这里的资源曾被入侵者掠夺得所剩无几,却仍有人居住于此。

塞内加尔沿岸有一个奴隶小岛——格雷岛,岛上正在举行诗歌节。

我们决定加入庆典,于是划着船,穿过了海湾上升腾的银色雾气,来到了格雷岛。广场上到处都是分泌血红液体的树木,我们在这里遇到了其他诗人。远处闪烁着微光,原来是民族乐队在排练。那儿有卡萨芒斯产的原蜜、阿图格雷族的服饰和珠宝。我们和两个来自荷兰的诗人坐在一起——一个爱生气,身上疤痕累累;另一个汗流浃背,穿着白色上衣,衣服上挂着数不清的太阳镜。篮子里有塔塔粉和木槿汁供我们享用。沙滩上有很多渔船,旁边有一群年轻人在打瞌睡。随便在地上铺块布,你就可以睡下了。"谁那么吵啊?"

有人咕哝道:"肯定是旅馆里喝醉了的诗人。"

那天有表演。那个身上挂着很多副太阳镜的诗人热得汗流浃背,坐在纱窗下。旅馆老板一边急得围着他打转,一边朝着服务生大叫:"诗人的演出服怎么还没送来?"

诗人的白色亚麻演出服被人用船运到达喀尔干洗去了,但没有演出服他就拒绝表演。旅馆老板没有办法,只能修电话线。这时太阳已经洒下了银色的光辉。诗人说,如果没有演出服,他是不会从椅子上站起来的。

等待演出服期间,好几位演出者纷纷登台亮相。第一位表演者是来自马里的会跳舞的鸟,它的脚趾像刀子一样直立起来,深深扎进了沙子里,然后翩翩起舞。第二位表演者是一只骆驼,它头上戴着羚羊面具,身上挂着有粗绳编的垫子。第三个是木偶表演,令几个衣着靓丽的孩子见状哄笑着倒在了沙子上。夜幕将至,空气中弥漫着树皮、茄子、留兰香和煎鱼的香味。那位荷兰诗人依旧坐在椅子上。

终于,一个小男孩兴高采烈地拿着用牛皮纸裹着的演出服,沿着沙滩跑了过来,演出服折得就像赎罪用的祭品似的。不一会儿,诗人粉墨登场,光鲜亮丽,衣冠楚楚。这回他换了一副眼镜,穿了双闪闪发亮的鞋子。他长叹一声:"阿特·塔图姆保佑我吧!"然后走向舞台。伴奏乐队摩拳擦掌,因为一大早他们就开始围着篝火排练了。

诗歌朗诵环节开始了,最先出场的是西非诗人。他们用法语念了没几句诗时,那位墨镜诗人开始喝倒彩:"废话连篇! 全都是讲鲜血和土地的陈词滥调!"他一怒而起,向

篝火堆走去。火光下,面具和舞者的影子在广场的墙面上
交织缠绕。

第二天岛上召开了研讨会,两个塞内加尔诗人和一个
柏柏尔诗人出席了。那个柏柏尔诗人皮肤黝黑,头发金
黄,身穿紫蓝相间的长袍。我们昨晚听过他朗诵,他朗诵
时,时而放声喊叫,时而爆发出沙尘暴般沙哑的声音,时而
爆发出马匹咆哮般洪亮的声音。布雷顿·布雷滕巴赫是
此次活动的组织者,同时也是法英翻译。

欧洲人对这片大陆向来轻描淡写,总说这里比不上欧
洲,而不是不同于欧洲,这让我非常反感。我请布雷顿帮
我翻译:"在我们国家,能用新方式表达老意思的诗人才是
好诗人。比如我们一直想说'我爱你,但你却感觉不到',
但你的表达方式越新颖,证明你的作诗能力越强。那么塞
内加尔人对好诗人的标准是什么呢?"荷兰诗人默默地抽
着烟,塞内加尔诗人回答道:"在塞内加尔,想成为诗人可
没那么容易。你得先提交申请,然后会有一些较为年长的
诗人聚在一起,研究你的出身,考察你的能力。如果通过
了,你就可以当学徒,跟着首席诗人学习本国诗歌。诗歌
映射了人民的灵魂和历史,你不能用新方式读诗,更不能
改变诗的内涵,因为一旦那么做,你就编造了新内涵,改变
了原汁原味的历史。如果你天赋异禀,你也可以自己写

诗，或对前人的诗歌进行些小修小补……首席诗人看得出哪些诗人什么时候对哪些部分进行了改动和添加。所以你越能保留诗歌原本的韵味，你就越出色。"

大家都很好奇游牧诗人的回答："在我们国家，诗人的任务就是利用诗歌中的韵脚记下有水的地方。族群能否生存下去，取决于你能否在沙漠中找到水坑。而且你的记录方式必须与众不同，高于其他族群，这样你们的族群就不会抛下你，也不会觉得你笨。可是一旦你把水坑的位置泄露给了别人，你就会被族群抛弃，在茫茫沙漠里自生自灭。"

/ 第十九章

一念之差，酿成悲剧

雪的味道

"非国大和真相委员会之间签订过协议，这我们是接受的，但我们想知道这个协议的适用范围。"坐我对面的这个男人开门见山，做事果断。我觉得有些尴尬，只能扭头看向窗外。外面飘着鹅毛大雪，而我只在电影里看过这番美景。1776 年，我的祖先约翰尼斯·克里斯托弗尔·科洛戈离开了祖国，来到了南非，而眼前这个男人就来自那个国家。他跟我约好，想随便问几个有关南非真相委员会的问题。

协议？

他们之间肯定签过协议！我怎么这么天真，以前从没想过这点！我突然思绪混乱，想重新梳理一下，但一想到那个男人思路就断了。

"非国大和一些团体或个人签订协议是可能的,但是和整个真相委员会? 绝对不可能。像图图大主教这样的人,将一生的心血倾注于反压迫事业,为了维护正义做出了这么多牺牲,是绝不可能签订错误的政治协议的! 不管从策略还是心理的角度来看,都讲不通。图图大主教和一些委员宁愿辞职,然后借机讲出心声。他现在危在旦夕……只剩下无可挑剔的正直品性了。"

他点点头说:"但是图图知道委员会里到底发生了什么吗? 他知不知道……"他托了托眼镜,我这才发现镜片上没有倒影,像黑洞一下吸收了一切。"……据说非国大情报处把三个调查员安插在了真相委员会里,他知道吗? 人们都说新政府从旧政府手上接管了化学武器项目,因为这可能是核项目,他又知道吗? 据说他手下的调查组已经掌握了这一情报,他会把这点写在委员会报告里吗?"

我不知该如何回答。他递给我一杯醇香四溢的咖啡,杯子精致小巧,没有杯柄。我抿了口咖啡,润了润嘴唇,说道:"我不是调查记者,我觉得我来独家报道这些新闻有些可笑,甚至可以说有些可悲,这些头条新闻让我感到心里很不安。我该怎么报道这些事呢? 我应该起到什么作用呢?"

他毫不犹豫地回答:"你的报告应该帮助那些没有加入协议的人和与你志同道合的人。不要总把真相委员会看作一个整体,而要关注委员会内部对我们所有人有价值的个体。"

我突然很想回家,他竟然说"我们所有人",这让我很无语。一瞬间,他让我感觉眼前的鹅毛大雪突然消失得无影无踪,我朝玻璃窗外望去,眼前还是那片熟悉的景色。他想让我摒弃真实自我,从陌生人的角度看待真相委员会。

我在戴高乐机场遇到了一位多年不见的同志。他给我科普了鹅肝酱和松露的知识,还帮我挑了一瓶香槟送给我丈夫。书店里,有一本封面是温妮·曼德拉的杂志,下面的标题很引人注目:"逃犯揭露年幼积极分子谋杀案经过"。

这个老同志看过一部英国广播公司的纪录片,片中,卡提扎·切贝克胡鲁暗指温妮和斯通皮·塞佩的谋杀案有关。我们在候机室找到座位坐下来后,他和我细说了一下,但他说他还知道更多内幕。他知道纳尔逊·曼德拉曾经为了斯通皮案找温妮谈过话,想对她晓之以理。但她并没有听进去,他觉得温妮因为这件事勃然大怒,还动手打了曼德拉。"那个女人已经精神错乱了,"他说,"你觉得听证会会揭露曼德拉包庇温妮的事吗?"

我感到浑身血液凝固结冰,脱口而出:"他包庇温妮? 不,我不想听。"他一头雾水,不知道我为什么会这么说。

"我是说,我们以前常常讨论上层检查,如果有消息称最高领导人进行不法勾当,你得知后该怎么办? 一些准委员在接受采访时表示对这类消息持不同看法,我每次听到这种回答都会感到义愤填膺。现在轮到我做选择了! 让我来告诉你:如果曼德拉真的做了错事,我也不想知道,总要有些人有些事让人民保留一点希望。"

他哈哈大笑:"你们这些白人哪,光和你们说真没用。和你们说完之后,还得花好长时间让你们懂其中的道理,然后再一起说这件事……你又不是真相委员会,事情也不是你说了算的。还是说说别的吧:你觉得需要为乔·莫迪塞(民族之矛最后一位司令官)这种人召开大赦听证会吗?"

"当然! 他申请了啊,而且他所有的严重罪行都要向公众公开。非国大全体成员请求大赦的场面可能会很有趣,人们总觉得委员会在针对白人,这种听证会可以很好地打破这种偏见。"

"我有些矛盾,"他说,"一方面我觉得非国大的成员不应该出现在委员会里,因为我们进行的是正义之战……另一方面我又想起了加入民族之矛后被杀害的兄弟,我们只知道他加入了一个莫桑比克的团体。那些人认为民族之矛领导管理不善,傲慢自大并且滥用职权,再也无法忍受了,所以创建了这一团体,但谁也不知道他们在谋划什么。无论如何,听说那位领导已经听到了风声,便派莫桑比克的军队解决他们。一天早上,这个团体被团团包围,彻底铲除。"

"你会去听证会讲述自己的故事吗?"

"叔叔是我们家的主心骨,有人给了他一大笔钱作为封口费,所以我们是不会把事情说出去的。说出去又有什么意义呢?"我们两个坐在候机室里,心中充满了对南非道德观念的质疑。广播里传来登机通知,他站起来,叹了口气说:"在南非过光明磊落的生活还真是不容易。"

十月底,我从欧洲回来了。第二天,真相委员会调查组负责人格伦·古森宣布辞职。周日,一份报纸指出,古森辞职是因为有人指控他是种族主义者。一天后,真相委员会发表了声明:古森辞职是因为与恩兹贝沙意见不统一,反对重建调查小组,与种族歧视毫无关系。下周日,之前那份报纸表示已经得知古森辞职的真正原因:古森称,海德堡酒馆袭击案中,歹徒使用的据说是恩兹贝沙的车,而他在调查真相的过程中受到了阻挠。

麻烦接踵而来。周日晚上,我广播电台的同事正在手忙脚乱地准备第二天早上的时事节目,电台开通了一条热线,听众可以回答:恩兹贝沙与古森存在分歧,你是怎么看待这件事的? 我打给约翰·艾伦,他因为平息事态已经完全失去了耐性,我还要帮他善后,弄得我也心烦意乱。委员会仍然坚持上周发表的声明。我对艾伦说,我可以打电话给古森。但他说,古森不想泄露他的号码,他会打给古森,再让古森给我打电话的。但后来古森并没有打给我,艾伦于是建议我打给伯莱恩。

我很疑惑,为什么要打给他? 他准备好证实上周的传闻了吗? 在议会工作教会了我一个道理:不要轻信小道消息,但当权力机关局势紧张时,是可以根据流言的多少做出判断的。我四处打听:古森向真相委员会提交报告了吗? 一个联络人员说交了,也有人说没有交……他也不确定。要帮助关注事态发展的那些人,或者那个让我感觉雪景瞬间消失的男人想告诉我的就是这个道理。

我在上交的报告中写道:"每位议员都有过去,而且大多数都与政治相关。大赦委员会已经收到两份涉及克里斯·得·贾格尔委员的案件了,每次案件审理前,得·贾格尔都会公开要求把自己撤换下去。"

还有一点我没说,正因为如此,我们中有些人认为委员代表的不是选区,而应该是原则——首先是人权原则。这样一来,委员会就不会压迫或勒索人民了。有些人对我说:"人们只接受能够代表自己的委员会。"

接着我写道:"年初时有媒体爆料,调查小组组长的白色奥迪车与海德堡酒馆袭击案有关。艾利克斯·伯莱恩发表声明,称恩兹贝沙手下副将格伦·古森正在调查这件事,而且违法乱纪的事尚未发生,他和主席对此感到很满意。

"那时委员会明显进退两难,因为恩兹贝沙对于真相委员会来说是不可或缺的。据说他上任时,代表的是泛非主义者大会和黑人意识运动选区,因此直到报道结束时,恩兹贝沙才被临时解除调查小组组长这一职务,但恩兹贝沙不请辞的原因尚不明确。

"过去的十八个月里,恩兹贝沙成功地美化了自己的形象。他既是调查小组组长,又是副主席,这两个职位更替频繁、职务繁忙,身兼两职实属不易。问问那些被拒之门外的无名小卒,就知道没有几个委员可以做到这点。"

恩兹贝沙并未下台，这为真相委员会埋下了一颗定时炸弹：必定会有下属要调查他的上司。但众所周知，这位下属和他的上司意见相左。白人下属可有可无，但黑人上司却不可或缺。因此白人下属被指控没有做好对弗雷德里克·威廉·德克勒克和其他将军的盘问工作，与此同时，他的上司却成了继德斯蒙德·图图大主教之后为真相委员会赢得最多重点黑人选区人民信赖的人。

"从现在的媒体报道来看，古森确实已经完成了报告，并交到了图图大主教手上。没有新闻公报，没有公开信息，没有透明度，古森就这么突然辞职了。局外人只能推测古森的辞职一定与这份特别的报告有关，不然还有哪种可能？周五，我们听说根据第十九节条款，恩兹贝沙被通知出席这周的听证会，会上将有律师为他辩护，而他是否有罪是由他手下工作的人决定的。"

"我们之前没听说过这样的调查吗？这不是在重演历史吗？他们是不是在为他掩护？当然他们到底在掩盖什么？"

这篇报道在广播上播出时，我正开车前往大赦听证会会场，这次的当事人是三个袭击了海德堡酒馆的阿扎尼亚人民解放军干部。我在车载广播里听到，艾利克斯·伯莱恩打电话到电台，要求电台播出他说的话，好回应我无理的说法。他怒不可遏，结结巴巴地把我的报告批判得体无完肤。"我很惊讶，她竟然没有直接问我这些问题，不然我也不用打电话给南非广播公司，抓紧这点时间回复她了。这篇报告实在太可笑了，简直是 scurrilous①，而且信息错得离谱，很可能是根据小道消息编造出来的。"

听证会上我和广播小组碰了头，我从国外回来后还是第一次见到他们。他们的身体素质明显下降了，这让我感到震惊不已。虽然我们团队凭借真相委员会的报道工作刚刚斩获了备受南非人尊崇的新闻奖项，但他们的眼睛里却透露着绝望，愤世嫉俗，他们脏话连篇。我听说有个晚上，他们中有两个人在一个荒无人烟的小镇上大打出手。第二天早晨，两个人下楼吃饭时鼻青脸肿的。

听证会开始不久后，真相委员会的工作人员拿着一沓沓影印文件来了，里面有牵涉到恩兹贝沙的供词原件（含之后上交给委员会的供词原件）、调查部门报告、格伦·古森的报告和真相委员会的各种声明——委员会终于做到了公开透明。

那天，很多记者们到我跟前，像鼓励我似的拍拍我的肩膀。直觉告诉我，大家对我这么友好都源于一个词——scurrilous。我不知道这个词是什么意思，所以那天晚上十一点后，我回到家里马上查了《阿非利卡语—英语词典》，"scurrilous"的意思是"恶心的，下流猥琐的，粗野狡猾的"②。我顿时火冒三丈，无法思考。去他妈的艾利克斯·伯莱恩！我还是他的盟友吗？但后来我冷静了下来。或许

---

① 作者此时并不知道这个词是什么意思，因此这里用原文代替。
② 原文为阿非利卡语：laag, gemeen, vuil, plat, grof。

不同于真相委员会的其他成员，伯莱恩自执行任务以来，人生就充满了痛苦的家庭悲剧：女儿被恶意袭击，小儿子身染疾病。可我又想了想：不，他不敢对采访委员会的男性记者做出这种反应。可除了支持他，我又能做些什么呢。

第二天，我听说，图图比伯莱恩对那篇报道感到更加愤怒，而且大家都在讨论要不要正式投诉南非电视台。我在办公室的桌上发现了一封信，信中伯莱恩说，即使我不能向他道歉，至少也要给他一个合理的解释。

1993 年 12 月 30 日午夜前，六名阿扎尼亚人民解放军军官走进了开普敦天文台附近的一家酒馆，朝顾客开火，导致四人死亡，数人受伤。死者包括隔壁饭店的老板——荷西·塞尔凯拉，以及三名女学生——博纳黛特·朗福德、罗朗德·帕尔姆和林迪安妮·弗里，前两个女孩是有色人种，第三个是白人。事件发生时，谈判已进入尾声，南非的首次民主选举才刚刚过去四个月。

海德堡酒馆大屠杀的受害者中有白人也有有色人种，其中一些人肢体残疾，坐着轮椅，因为被忽视而怒发冲冠。行凶者漫不经心地弓身坐着，后排坐的就是受害者。大厅里满是泛非主义大会的支持者，一群激进的年轻人，正面冲突随时可能爆发。另一边，杜弥撒·恩兹贝沙和律师坐在一起，满脸愁容。

我采访了一位专门研究悲痛情绪的心理学家。大赦听证会本应涉及很多事情,但现在却突然集中在了一件事上——一个孩子的暴力死亡事件。

一般很少有人会关注暴力死亡事件对一个家庭的影响,但随着受害者的父母和兄弟姐妹接连讲述失去家庭成员的痛楚,人们开始关注以前没听过的声音,以前没有质疑过的事。

罗兰·帕尔姆(罗朗德·帕尔姆的父亲):我突然意识到外面在进行枪战,马上伸手把女儿从桌子那头扯了过来,对她说:"趴下。"拉她的时候,我倒在了长凳上,然后滚到了地上。我女儿摔倒了,头磕到了桌上,后背暴露在外。子弹如冰雹般向我们袭来,桌上的瓶子什么的都摔到了地上。

我试着从桌下往上看,想知道是谁在开枪。我女儿在慢慢头朝地地往下落,这时我右手边的两个女孩撒腿就跑。

下一秒,我就看见一个长得像手电筒一样的东西在空中掠过,撞到过道旁边的隔板,滚到我们这边来。我大喊道:"是手榴弹,趴下!"

我女儿趴在地上,这时我发现她的肩膀在淌血。我把她按到地上,默数到十,等手榴弹爆炸,但什么都没发生。我给她翻了个身,她沉沉地躺在我怀里。

我把她扶起来,想感知她的脉搏,却什么都感觉不到。我把她放在地上,想把她的眼睛合上,却怎么也合不上。我心头一震,才意识到她死了。

如果我们的孩子是正常死亡的,她死后我们就可以开始准备葬礼了。但她死于暴力,政治暴力,情况就不同了。司法人员和警察没完没了地进行调查,往往导致葬礼无法进行。

我立刻往家赶,想告诉妻子这件事,惊恐和悲伤的泪水模糊了我的双眼。天文台和下主干道交角处的药店门外停了一辆警车,我恰好经过。

几天后,一个叫作德斯·塞加尔的调查员到我家来录口供。录口供时,我告诉他,我跑出去时看到酒馆边上停着一辆黄色警车。看到警方能这么快赶到案发现场,对我来说是极大的慰藉。塞加尔却说我当时肯定喝醉了,因为现场并没有警车。我坚持要他把这件事写到口供里,他照做了,但开庭时,他们没有传召我。塞加尔告诉我妻子,犯罪嫌疑人们摆脱了嫌疑,因为我那天晚上喝醉了,而且警方不可能在案发现场。

讽刺的是,阿扎尼亚人民解放军认为她不是白人,所以敢死小分队杀害她是合法的。女儿无辜被杀,我无法形容这些年来我有多么愤怒。你们这么简单粗暴地结束了罗朗德的生命，好像她是一文不值的垃圾。居然还说这么做是为了解放阿扎尼亚，但我想说你们这么做完全是为了自己，为了犯罪。

种族隔离制夺取了我两个孩子的生命，我的儿子死于种族隔离制度，而我的女儿死于被这种制度保护的凶手手里。

遇害儿童的父母会想：孩子在生命的最后一刻会想些什么？他们会多么恐惧与绝望？孩子长大成人后会是什么模样？谋杀儿童扰乱了自然秩序，也摧毁了父母们对未来的希望。

珍妮特·弗里（林迪安妮·弗里的母亲）：她的黑人朋友都叫她林迪薇，对她来说，他们跟白人朋友一样重要。林迪薇本可以成为你们的朋友，但你们无情地杀害了她，造成了无法估量的伤害。她是个温和的人，是她让我认识到我的内心深处原来隐藏着种族歧视的种子。作为一个医护人员，我必须回格鲁特舒尔医院的病房治疗你们受了枪伤的同僚……尽管你们杀了我的孩子，治疗时我却不能表现出任何痛苦的神情……愿上帝能让我如此宽宏大量……我到这儿来是想知道真相，谁是始作俑者，谁策划了这些卑劣的行动。我不相信真相已经水落石出……真相尚未揭晓，你们现在逍遥法外，这让我感觉如鲠在喉。

尽管凶手才应该为受害者的死负全责,受害者家属却会因为自责而饱受折磨。受害者的意外死亡也给幸存的家庭成员留下了各种难以解决的问题,比如兄弟姐妹因自己幸存了下来而自责,父母因为自我怀疑而饱受折磨。父母不是应该不惜一切代价保护孩子,使他们远离伤害吗?

罗兰·帕尔姆:失去儿子本来已经很痛苦了,可后来女儿的死更是把这种痛苦加深了几百万倍,他们的死我也有责任,因此感到内疚不已。这四年来,我一直在自责内疚中难以自拔。

我的性格变了。尽管接受了大量的心理治疗和咨询,想到这种纵容凶手逃离制裁的制度,我还是无法摆脱愤懑、恼怒、自责、无助、绝望的情绪,无法摆脱想要复仇的想法。

约翰·弗里(林迪安妮·弗里的父亲):"噢,爸爸,不要担心①,我们会没事的。"

1993年12月30日晚上六点半左右,这是我和林迪安妮最后的对话。

我是林迪的爸爸,有责任供养她,照顾她。我们的孩子长大成人后,青出于蓝而胜于蓝,让我感觉一切付出都

---

① 原文为阿非利卡语:Ag Pappe,moenie worry nie。

是值得的,人生终于安定了下来 。但他们却把她从我和妻子——珍妮特身边夺走了,他们抢走的是我们的血与肉,是女儿对我们的爱和天伦之乐。我们再也听不见她在电话里说:"爸爸,弟弟跟妈妈还好吗?"我再也看不到她和狗狗追逐嬉闹,跑过我们身边时秀发飘扬。先生,我们不过是普通人,做着最平凡的工作……但为什么偏偏她要英年早逝,而且死得如此悲惨?

研究表明失去孩子带来的压力和高离婚率有着直接关系,而且男人和女人悲伤的方式不同,这种差异和分歧往往会使夫妻间滋生仇恨。

约翰·弗里:我的妻子已经向您讲述了她的悲伤情绪,但她更想直接跟凶手对话。而我不同,主席先生,您有权决定是否特赦他们,我想要跟您诉说。

罗兰·帕尔姆:可以说,我的婚姻已经遭受了无法弥补的伤害。妻子极其焦虑,紧张不安。我们俩都在接受长期的药物治疗。

本杰明·布劳德:我觉得自己变成了怪物,我和家人的关系变得疏远,再也无法作为一家之主引领他们。我的生活像跷跷板一样起伏不定,我的男子气概也统统不见了。我和妻子已经很久没有同床了，也没有了性生活。

曾经让家庭相聚的日子，例如生日和节日，如今只会让这些父母想起失去的一切。他们将伤痛憋在心里，引发了各种严重的病症，不久后随自己被杀害的孩子而去。

> 珍妮特·弗里：我来这儿已经一个星期了，等的就是今天，因为我要告诉你们，那天你们杀了我孩子，也把我的心挖了出来。林迪薇对这个国家来说十分珍贵，但大家却因为她是我的女儿对我心存偏见。我不喜欢大家管我叫受害者，因为至少我还活着，还有选择的机会，而林迪薇才是受害者，她没有选择。海德堡事件给我带来了巨大的压力和伤害，医生说我因为压力太大而得了结肠癌，所以我刚刚接受了一次大手术。先是你们把我的心挖了出来，现在轮到医生切断我的肠道了。看到你们都健康，我感觉很高兴……我希望你们也能保持心理健康。你们在这里说不出当时的感觉，我隐约明白或许你们经过了专业训练，所以才没有了感觉。我明白对于一台杀人机器来说，没有感觉是多么重要……赦免你们，我没有异议……谢谢你们可以直视我的眼睛……听我说这些话。
>
> 最可怕的是，原本你觉得自己坚不可摧，所以可以正

常出门、开车、允许孩子去别人家玩,但现在这种感觉完全被摧毁了。孩子意外去世后你会感到害怕、孤独、无助,这种绝望深切而真实。

本杰明·布劳德:枪击事件一个月后,我的生活混乱不堪。我脱离了之前的生活轨迹……开始酗酒,失眠,注意力溃散……后来我在米尔纳顿的蟹居饭店找了份工作。第一次轮到我的班时,搬运工正把食材从后门送进饭店。可我没意识到他们是在运食材,还以为他们是来挑衅滋事的,于是冒了一身冷汗,惴惴不安,精神崩溃,导致无法继续在饭店工作。我意识到生命变幻无常,转瞬即逝,这一点像噩梦般折磨着我……我总觉得自己没办法恢复正常了。

心理学家说,孩子死于暴力带来的悲痛是最为强烈的。

但人们无暇关注受害者家属的心理问题。人们都在怀疑杜弥撒·恩兹贝沙委员参与了海德堡酒馆袭击事件,以及真相委员会对此会做何反应。他应该申请大赦吗?还是辞职?真相委员会会接受这份内部成员迟交的大赦申请吗?

参与了海德堡酒馆袭击事件的三名凶手申请大赦时都否认了自己用过一辆白色轿车装运武器,也否认了自己认识恩兹贝沙。

一名来自凯尼尔沃思的园丁——本尼特·思巴亚双手交叉,摆在胸前,拖着脚走到了座位上。一周来,委员会一直在保护目击者,他也是其中一员。无论是在法庭上辩论,还是陈述证词,他的眼睛一次都没有抬起来过。他就那么坐着,头深深地埋进身体里,不止一次被要求放慢语速。法官让他抬起头时,他紧紧咬着双唇,双眼空洞地望着整个大厅的人。

思巴亚说,那时候他来到谷谷勒图找女朋友,突然看见五个男人把用蓝色罩衫捆着的枪械从一辆轿车上卸下来,装进了另一辆白色奥迪车的后备厢里,整个过程都鬼鬼祟祟的,于是他怀疑他们在策划谋杀。刹车灯亮起时,他看到了车牌号。车子开走后,他看到地上有张纸条,便捡了起来。纸条上写着他们的目的地,包括"哈特利维尔体育馆"和"海德堡"。他决定向警察举报这件事,但谷谷勒图警察局把地图撕得粉碎,还让思巴亚回家洗洗睡了。而且警察跟他说,海德堡在内地,不在开普敦。

午休时,我们讨论了思巴亚的证词。他说车牌号 XA12848 的方式很有意思。他是这么说的:"XA12,8,4,8。"不知为何,这种叙述方式让人感觉很真实。而且他描述的警察局的情形也非常真实:哪个黑人区的白人警察愿意在新年前夜听群众举报偷运军火的行为?新年这天,大家都沉浸在节日气氛中,只有他们还要在这个人迹罕至的地方上班。但几百公里外,确实有一个叫海德堡的小镇。

接下来是盘问环节,其间恩兹贝沙的律师克里斯汀·昆塔盘问思巴亚的方式让大家瞠目结舌。她衣着端庄,胸有成竹,高度专注。

三个大赦申请人中，有杀手和幕后主使，但谁都没遭到过如此猛烈的抨击，而思巴亚不过是个目击证人。昆塔问题尖锐，语气讽刺，嘴里冒出的每个字都像重锤般打击着思巴亚。她用精深难懂的英语提出问题，而且无情嘲笑他的回答。她还用同传耳机听他讲的科萨语原文，纠正口译员的错误。两年来，真相委员会教会我们信任受害者、相信穷人、尊重文盲，但看着她的盘问，我们目瞪口呆。委员会教会我们穷人没有撒谎的理由，但衣着光鲜的富人扯谎的理由却能装一卡车。一轮猛烈的诘问过后，一位委员会工作人员瘫倒在媒体室的椅子上说道："恶心，太恶心了。"但他接下来的话一针见血——如果恩兹贝沙只能用这种方式洗白，那他现在该有多么绝望。昆塔称思巴亚对恩兹贝沙的指控简直是无稽之谈，并要求法庭尽快做出判决，毕竟这不仅事关恩兹贝沙的名誉，更事关整个真相委员会的信誉。

昆塔在盘问中抓着思巴亚的陈述不放，尤其是事件发生四天后他在警察局录的口供和在真相委员会上的陈述存在的分歧。例如：白色奥迪车是面朝 NY115，停在 NY113 的北边，还是停在 NY129 上？双方围绕这个问题讨论了将近一小时，除了昆塔，大家都被绕得云里雾里的。最后思巴亚承认，他本以为那辆车是停在 NY113 上的，但第二天警察把他带到现场时，他才意识到那辆车其实是停在 NY129 上的。为什么他在供词中提到的女朋友现在说不认识他？他回答，因为她是他在地下酒吧随便勾搭到的，她有点不好意思承认罢了。他连自己的身份证号都记不住，又怎么能记住那辆车的车牌号呢？为什么他在警察局录口供时说英语，现在却说他只会说科萨语呢？一个只读到二年级就辍学的文盲又怎么能在黑暗中看懂纸上写的是"哈特利维尔体育馆"和"海德堡"呢？然而思巴亚坚持自我，时不时声音低沉地说："真相和谎言不可能并肩而行。"

那他银行账户里的钱又是怎么回事呢？思巴亚回答，他以前的老板回德国时，把房子留给了他，他现在把房子租了出去，那些钱是租金。昆塔大笑起来，摇了摇头。

媒体室里、过道上和真相委员会办公室里都爆发了激烈的讨论：白人认为恩兹贝沙脱不了干系，黑人则认为他是被人陷害了。虽然我们掌握的信息远没有调查单位多，但还是想从古森可疑的报告和思巴亚古怪的证词中知道真相。但是现在已经没什么可争辩的了，因为一切已经演变为种族矛盾问题。我们花了两年时间伤口才慢慢愈合，信任才一步步建立起来，团结意识才刚刚发芽，但一天之内被抹得一干二净。另外，要求道歉的信函还摆在我桌上。

但噩梦尚未结束，第二天听证会继续。法官问思巴亚能否认出那晚站在白色奥迪车后的人，思巴亚指向了大赦委员会成员恩兹思齐·山迪，人们哄堂大笑。思巴亚微笑着点点头说："那个人和他长得有点像。"他站了起来，穿着皱巴巴的褪色的 T 恤衫和破旧的鞋子绕着会议室走了一圈。走近恩兹贝沙时，他停了下来，把手指向恩兹贝沙说："是他。"

杜弥撒·恩兹贝沙那一刻的表情难以形容——屈辱，惊讶，故作镇定，百感交集。整个大厅唏嘘不已，记者知道这是最戏剧化的一幕。

恩兹贝沙后来告诉我："他指出我时，我感觉很难受，以前输了官司也是这样。还有明明知道我的客户什么都没做，却被定了罪，我也感觉很难受。我知道思巴亚在演戏，也知道自己是无辜的，但我却输了官司，因为全世界都只关注他指出我时那戏剧化的一幕，然后以为我参与其中了。"

这次事件后果十分严重，就连图图和伯莱恩都被召回国了。

星期五傍晚，随着最后一名受害者昆廷·科尼利厄斯陈述完证词，大赦听证会就此结束，但我们并没有认真听。

> 昆廷·科尼利厄斯：我在文达碰到了林迪安妮，她爸爸从斯特尔拜过来接我们，回他们家一起过新年。
>
> 我使劲往桌子下面钻……子弹急速飞来，击中了我的脊椎，导致九处粉碎性骨折。但我的朋友林迪就没那么幸运了，四发子弹穿透了她的胸膛，她当场死亡，坐我对面的博纳黛特·朗福德也不幸遇难。
>
> 看到这些人提交大赦申请，我感觉五味杂陈。1993年12月30日后，过去的生活一去不返……原因很明显，我得坐着轮椅生活……生活变得很艰难，剧烈的神经疼痛成为

家常便饭,有时我真的不知道该怎么熬下去。一个肾和几段肠子被切除了,膀胱和其他部位常常感染,每年要进两次医院。

失去了强壮健全的双腿后……我要让每个行凶者看着我,然后回答我,如果有人拿着步枪抵着他们的脊椎,再扣动扳机把他们的脊椎打得粉碎,给他们留下身体和心灵上的创伤,变成和我一样的残疾人,他们是否会无动于衷,还是更愿意蹲进监狱,为他们的罪行赎罪?或者更愿意跟我交换,他们来坐轮椅? 如果是我,我知道该怎么选择……

我凝视着申请大赦的人们,希望在他们脸上看到一丝悔恨,一丝动容,看到他们听到了他的话,明白他的苦楚,希望做出改变。但他们面无表情,还有人满脸不可一世。我指责自己——我怎么会知道他们怎么想的呢? 我不懂黑人的肢体语言,仅此而已。采访伯莱恩和其他真相委员会白人成员时,他们不说实话时,我一听就知道;我还可以从他们瞳孔颜色的变化、微红的脸庞、放松的脸颊、头部的动作看出他们是在组织中立无害的话语。但采访黑人委员时,我就迷茫了。他们说什么,我就信什么。要是有些地方听起来有点假,我还会和自己争论。图图开始"啊,啊,啊嗯"时,我就知道他在进行思想斗争,不知道该不该和我说这些。但广播时,这些"啊,啊,啊嗯"必须被剪掉，所以我的地板上堆满了被剪掉的录音带，看着这些我才知道这个采访对图图来说有多困难。

我还知道黑人受害者常误解德克·库茨的面部表情和语气。查丽蒂·康戴尔说："说到怎么烤我儿子时，他笑了。"但我知道那其实是痛苦的表情。我看到他嘴巴发干，头部微微颤抖。他要么在接受药物治疗，要么承受着创伤后压力。而康戴尔在他脸上看到的却是傲慢的笑容。

这个国家终将因为肤色差异而分裂吗？过去这里没有健全的善恶观念，而我终将被这种历史禁锢吗？我要一生这样阿谀奉承同时充满负罪感吗？

皮帕·格林是这个国家最好的记者，她正在我办公室里等我。今早她打了几个电话过来，告诉我：本尼特·思巴亚在凯尼尔沃思并没有房产。他的银行账户里不仅有几千兰特，最近他还准备在克莱尔蒙特买一栋复式公寓，并且出示过一份投资超过二十万兰特的银行证明文件。他嗜赌成性，常被开着卡皮车的白人丢到投注站。

"都三个月了，调查小组怎么还没有查出这些呢？"

"或许他们不想查？"

"那为什么没人给他们施加压力呢？"

"或许人们已经认定了恩兹贝沙参与了海德堡事件吧。"她说。

"唉，但古森的最后一份报告说明了两件事：他们认为思巴亚是可信的目击证人,但他们还是建议单独调查他。"

"那图图和伯莱恩为什么没有追查下去呢?至少应该公之于众,我们就可以检查校对了。"

我耸了耸肩。

全体危机会议召开后,周一委员会又举办了一场非同寻常的新闻发布会。大厅里除了普通的新闻记者外,还挤满了委员会成员,杜弥撒·恩兹贝沙就坐在主席和副主席对面。

我们得知,今早危机会议召开时,恩兹贝沙离开了大厅,以便人们开诚布公地讨论思巴亚事件。艾利克斯·伯莱恩说这样效果很好,委员会决定安排一个人品无可挑剔的人对思巴亚的证词进行单独调查,并要求恩兹贝沙从阿扎尼亚人民解放军干部的案件中撤换出来。

主席将一切过错归到了自己身上:"我本该跟着自己的直觉走,继续遵循公开透明的原则。我本来应该在事情变得清晰时就通知委员会的同事,告知媒体有人指控杜弥撒,而且我们也应该立即展开单独调查。警方1994年时就已经掌握了所有情报,却置之不理。委员会在任命杜弥撒为委员前,对他进行了安全调查,但却没有了下文。为什么大赦申请者宁愿说谎,冒着失去大赦资格的风险保护他呢?"

通告:本尼特·思巴亚正坐在大主教的办公室里。

办公室里鸦雀无声。虽然大多数记者都不做笔记了,但没人抬头。

是的,思巴亚已经承认了有人教唆他说谎。1994年1月,他在班特里湾偷捕小龙虾时被捕,遭到严刑拷打,被迫陷害恩兹贝沙。但现在他突然良心发现,整个周末都在四处寻找大主教。他连主教之前的住所都去过了,最后与委员会办公室取得了联系。思巴亚告诉大主教,陷害恩兹贝沙后,罪恶感压得他喘不过气来。他本来已经决定说出真相,但到听证会大厅后,他放眼望去全是白人,不管多么奋力搜寻,都没见到穿着紫袍的大主教。对他而言,大主教就是真相委员会。他在一张张白色的面孔中迷失了方向,于是决定为了保全自己,在和图图交谈之前坚持原先的说法。但到了第二天他依然没有见到大主教,所以他故意指证了无辜的恩兹思齐·山迪,好让大家明白他在说谎。可他们却给他施压,让他再好好看看。

现在思巴亚想向恩兹贝沙公开道歉,并希望广大媒体能够报道这件事。

大家一言不发,我也埋着头在笔记本上画花纹。这时思巴亚进来了,他穿着条纹衬衫,系着一条花领带,披着一件海军风双排扣外套。他给了恩兹贝沙一个尴尬的拥抱,他说,敌人试图让他们分离,但他们现在是兄弟。

我采访了主席,他叹息道:"我很难过,很难过,不管真相是什么,大家只关注欺诈手段和阴谋诡计,觉得自己受到了伤害。我对媒体处理这件事的方式也感到惊讶，你们从来没调查过思巴亚……另一方面，我又很高兴你们一直缠着我们，直到听证会结束，直到今天思巴亚做出这个决定。"

回来的路上，我突然意识到，以前采访图图时，他总要先做祷告再开始回答我的问题，而这次他竟然没有这么做。我突然觉得自己被冷落孤立了。

我坐在书桌前给伯莱恩和图图写了封信："我一直在想你们对我的愤怒、意见和请求，也开始怀疑自己的动机、处事方式、直觉、消息来源和报道方式。这一个星期里，我感觉很难受……一直在思考事情发展到这一步，我个人到底该承担多大的责任。"我表达了自己的担心——我不知道真相委员会能否让一切信息浮出水面，最后我写道："我可能方法有误，为此我毫无保留地向你们道歉，真的非常抱歉，可我从未想过要怀疑你们的品格。希望这封信能起到一定作用，我很想念你们。"

我感觉事情发生了变化，内心充满了失落感。

纳尔逊·曼德拉总统任命法官理查德·戈德斯通调查思巴亚事件，经过调查他发现所有对杜弥撒·恩兹贝沙的指控都是虚假的。"让调查小组的成员调查他们的顶头上司，这一决定所产生的消极影响显而易见，直接导致真相与调解委员会陷入紧张混乱，而且出现了内部分歧。"

我突然对真相委员会感到厌烦，委员们一个个自以为是、傲慢无礼，而且唯我独尊。走廊上流言漫天飞舞——这个爱慕虚荣，那个懒散怠工，谁又和谁睡了；这一派因没有得到媒体的关注而生气，那一派忙着钓政府的美差；那些承诺辞职却不履行诺言的人往往逃到了国外。下午，一辆辆德国大轿车悄悄开出了车库。

还有女性！在委员会里，女性永远是受害者，男性永远是领导者和战士。但她们从未颠覆过这些刻板印象，也没直接领导过别人。听证会上，她们很容易多愁善感，或不停说教。她们或自相残杀，或陶醉于自己小鸟依人的形象。

当男人忙于应对大政治时，受害者的呼声只能被安全地打包起来，存放在电脑档案里。连迫害者也无法幸免，赔偿与和解是"女人的事"。

五个多月前，最后几场受害者听证会已经结束了，但之后委员会却迷失了初衷。再也不会有声音像漏水的水龙头似的，提醒你委员会是什么样的组织；你能在电视上看到委员们聚集到大街上抗议，召开新闻记者会，或会见重要人物，但你再也看不到他们倾听普通人的心声了。对我而言，真相委员会麦克风上的小红灯一灭，一切就结束了。透过这个麦克风，我们听到了那些边缘化的声音，那些难以启齿的话语，那些难以翻译的语言，那些来自人们内心深处的故事让我们再次团结一心。为什么事情会变成这样？一切都以政治为中心了吗？

我想起了何塞·萨拉戈特的一句话：真相委员会的寿命越短，

成功的概率就越大。

以下及最后两章的对话均参照了下列作品:伊恩·布鲁玛的《还债》①,赫伯特·莫里斯主编的《内疚与羞愧》,约翰·德格纳尔的《想象,小说和神话》,以及卡尔·荣格的《灾难之后》。

死亡是来自非洲的大师——有着蓝色的眼睛。

清晨的黑牛奶我们夜里喝。

我们中午喝,死亡是来自德国的大师。

我们傍晚早上喝,我们喝呀喝,

死亡是来自德国的大师,他眼睛是蓝的,

他用铅弹射你他瞄得很准,

那房子里的人,你金发的马格丽特,

他放出猎犬扑向我们,许给我们空中的坟墓,

他玩蛇做梦,死亡是来自德国的大师,

你金发的马格丽特,

你灰发的舒拉密兹。②

---

①　原文为 Het Loon van de Schuld。

②　节选自保罗·策兰的德文诗歌《死亡赋格》,诗人以奇崛的隐喻、冷峻的细节描写、沉郁的反讽描摹出纳粹集中营里犹太囚犯的痛苦和悲惨的命运以及德国纳粹凶残的本性。本段为北岛的译文。

你说"灰"和"喝"时，每个音都融化着我的心。你合上这本二十世纪的德文书籍时，我便知道我爱你。

你解释道："每个受过教育的德国人都知道这句话：'死亡是来自德国的大师。①''二战'后，据说在德国，写有关奥斯维辛集中营的诗歌是野蛮的行为。然而保罗·策兰却写下了这样一篇《死亡赋格》，美得难以言喻。但人们对这首诗的反应却模棱两可，这首诗会不会太抒情，太美了？太容易让人恐惧了？最后，策兰自己也感受到了这种矛盾，于是请求编者把这首诗从书中删去。"

"所以我才说或许南非的作家应该少安毋躁，有些故事作家写起来很容易，但却为某些人带来了一生的痛苦和毁灭，所以作家没有权利盗用这些故事。那些人在真相委员会面前支支吾吾吐出来的每个字背后都是血与泪的代价，作家应该尊重当事人。"

"德国就存在过这种过度敬畏的态度。五六十年代时，作家都不直呼纳粹分子的名字，而是称这些穿皮衣的人为'吃野牛肉的人'。"

"但德国培养了非常优秀的作家。从某种程度来说，我们做得很失败，因为我们的文学作品完全没有反映出人们的感伤、苦痛和恐惧，也没有发出这个国家的声音。难道我们作家不应该放弃自己的特权，为那些真正值得的人腾出空间？"

---

① 原文为德语：Der Tod, ist ein Meister aus Deutschland.

"你这么说是因为自己无法叙述过去的事情吗?"

"不是。阿里尔·多尔夫曼来到南非时,我和他谈论了这件事。智利的真相委员会不对外公开,但他却写了一堆故事,我想知道,他这样假装知道发生了什么难道不是一种亵渎吗?根据我的个人经验,作家根本编造不出故事本真的语言、节奏和意象。我时常根据记忆记录下只言片语,和磁带录音校对时,却发现这些原汁原味的语言比我努力回忆写下的好太多了。多尔夫曼说,受压迫的人早就对这些故事耳熟能详了。我说:'可能吧,但公开陈述时的紧张气氛通常能全面挖掘当事人的潜力,为故事增光添彩,所以当事人在委员会上叙述的故事往往比会后在摄像机或录音机前叙述的故事更加深刻有力。'多尔夫曼还说,他写的故事中有些是亲耳听到的,有些是自己杜撰的。因此我问道:'可是借用他人为之付出生命代价的故事难道不是一种亵渎吗?'他看着我,说道:'你想听残忍的真相吗?要是那么写会有人帮你出版吗?不然该怎么叙述这些故事?'"

"我来告诉你怎么叙述……德国文学不愿直面奥斯维辛集中营事件,除了学校的教科书,博物馆和回忆录有记载,其他作品都不愿提及,就是因为害怕亵渎事实,就好像记叙任何不可言说的事物都削弱了其神圣之处。艺术家不妨在法庭上倾听受害者陈述,但不该将肮脏的手伸向这些故事。德国艺术家找不到任何艺术形式来描述奥斯维辛集中营,于是拒绝将这段历史占为己有,所以不可避免地被好莱坞抢走了。要拍肥皂剧,就需要数据、比喻和抽象概念,这就是他们眼中的奥斯维辛。"

你锁上办公室的门，而门外，傍晚天空下，校园荒芜凄凉。南非人在黑暗中探寻着自己的过错，我们也不例外。

我说："种族隔离是不是阿非利卡文化劣根性的产物？人们能不能在阿非利卡歌曲和文学中，在喝啤酒、烤肉时找到蛛丝马迹？侮辱别人的话和杀害别人的命令都是用阿非利卡语说出来的，我该如何接受这一点？听证会上，许多受害者用阿非利卡语叙述以还原事实，这就是证据啊。"

"荣格说这是种自卑，你听说过吗？""我只知道外祖父想送母亲去罗德大学读书，那样她的英语就能说得'比英国人好'了，但我母亲拒绝了，告诉外祖父她用不着这样。那你为什么要说自卑呢？你认为阿非利卡人很自卑吗？"

"根据荣格的说法，自卑导致了癔症性人格分裂，这些人会忽略自己的阴影，在别人身上寻找阴暗、自卑和有罪的一面，而不是在自己身上。所以那些歇斯底里的人总是抱怨自己周围都是些挑拨离间的人，这些人面兽心的人都该被铲除，这样超人就能保持至高无上的完美形象了。如果领导的权力不受约束，那么人们就危险了。"

"我感觉如果你只从受害者或迫害者的角度审视过去，那终将导致仇恨……"

"你觉得悲伤吗？"

"怎么可能？我有什么损失吗？为什么我觉得自己一直在收获

呢?人们不会因为种族隔离而悲伤,我应该为一个虚无缥缈的国度而感到痛苦吗?我觉得自己没有权利为死者哀悼,相反我应该为压迫者承担责任。"我们在漆黑的原野边飞驰而过。

南非的真相委员会有其独特之处,专门为媒体、卫生部门、司法部门和大企业在种族隔离制实行时期扮演的角色开设了听证会。尽管听证会通常无法曝光个别罪犯,因为他们要么辞职了,要么调职了,而且黑人会前来为他们顶罪,但有人屈从认罪,光是这点就能引起机构内部骚动了。比如一些媒体公司的记者会公然反对上司,一些企业里的员工会不依不饶地辩论,表达愤怒。

企业听证会让人有种超现实的感觉。真相委员会的委员坐在约翰内斯堡市中心的卡尔顿酒店豪华的大厅内,神情孤独而绝望,不久前我还在那儿等待乔·玛玛瑟拉。图图那紫色的外袍鲜艳醒目,略不合时宜。会议在祷告声中开始,大多数商人睁大了眼睛环顾四周,有些不知所措。

然而,富可敌国的商人和普通人一样坐在委员面前,其中有工业巨头尼基·奥本海默和约翰·鲁伯特,也有知名公司老总朱利亚·奥吉维亚·托马斯和鲍比·格赛尔。他们要像普通人那样接受盘问,承担责任,让人感觉没有人能凌驾于法律之上,富人也不例外。

满头银丝的桑皮·特伯伦斯教授用丰富的肢体语言、奇妙而又令人畏惧的自由州口音奠定了听证会的基调。

"几百百百年来，种种种族资本主义为白人带来了不不不应属于他们的财财财富。"他说，截至上世纪末，黑人农民比白人农民生产了更多玉米，所以他们不想在白人农场耕作或是采矿。但是1894年的《格伦格雷法案》和1913年的《土地法令》迫使他们离开一直辛勤耕作的土地，成了廉价劳动力。

他详细地解释了白人对黑人的剥削力度：1910年至1970年，黑人劳工的工资丝毫没有增长。1972年他们的薪水比1911年还低，但与此同时，黄金的价格上涨了百分之四十五，白人的工资翻了一倍。

特伯伦斯说，1970年，种族资本主义制度再次发生改变，从厚此薄彼，到给予企业资助和保护。在彼得·威廉·波塔的领导下，安保部门和企业展开了不正常的合作。企业并没有摧毁种族隔离制，相反辅助了波塔政府，并促进了新种族隔离制的形成。

迫害者的另一种身份——受益者第一次浮出水面，种族隔离制是否为企业带来了好处？

黑人管理层论坛的罗德·恩德洛武说，当然如此。

著名白人企业家却表示并没有，相反种族隔离阻碍了企业发挥潜能。

罗德·恩德洛武持不同观点。他说，黑人拿着微薄的工资，住着简陋的房子，工作条件恶劣，这些都扩大了白人企业的利润空间。黑人在权力机构根本没有一席之地，直到1973年德班工人组织抗议,情况才发生改变。白人企业觉醒了,开始迅速让黑人担任监察和管理职位。"但他们不过是缓冲器罢了,唯一的工作就是传达信息,告诉工人们老板说了什么并安抚他们,营造一种取得进步的假象。"

但各个企业却认为自己并没有从种族隔离制中受益。约翰·鲁伯特说,阿非利卡人在有金融影响力之前就已经开创并经营了伦勃朗公司。伦勃朗的股东和员工待遇优厚,员工流动率低于百分之二。伦勃朗给清洁工的薪水比政府给数学老师的工资还要高!鲁伯特笑着说,伦勃朗也缴了不少税,过去几年共计一百亿兰特。伦勃朗为反对种族隔离制或许做得还不够多,但它仍然留在南非本土,这一点足以证明其清白了。

接下来轮到阿非利卡贸易协会澄清真相,参与辩论了。和国外企业相比时,国内企业感觉自己被剥夺了很多东西。种族隔离制使南非无法拥有强大的购买力和经济实力,因此企业觉得这种制度阻碍了其发展和盈利。鲁伯特等企业领导人提供的数据表明,海外分公司虽然面临更加严峻的挑战,但发展更加迅速。但希尔·冯·维克说,我们不应该和海外同行相比较,而应该和黑人企业相比,就会发现我们受益匪浅。

朱利亚·奥吉维亚·托马斯用维多利亚口音宣读英裔美国人的提案时,媒体室有人大声喊道:"就凭这种口音你也应该申请大赦。"托马斯痛苦地指出,英裔美国人与国民党毫无关联。约翰·沃斯特担任首相的十三年里,公司只找他谈过一次话,因为沃斯特请求从矿洞中挖出奥瑟瓦·布兰德威格①成员的尸体。他说,这个国家最大的企业居然和统治者毫无关联,实在非同寻常。

这些阿非利卡商人引用了诗人冯·维克·罗的一句话:"宽阔而悲伤的土地。②"如桑皮·特伯伦斯教授所说:"哦! 广袤而又悲哀的土地。"

约翰·鲁伯特说:"我相信不依不饶的抵抗。"这句话出自冯·维克·罗的一首短诗。

奥吉维亚·托马斯说:"读查尔斯·狄更斯的书吧。"

"所有压迫过我们的老板都在这里了,"一位工人背诵道,"我感到他们正居高临下地盯着我们。"

鲁伯特说:"看在史蒂夫·比科的面子上,请原谅我们吧。"

尼格·布鲁斯说:"特伯伦斯教授是地平说协会的成员,我们英国人从未从种族隔离制中获利。"

听证会已经开了三天,提案的主旨发生了巨大的改变,着实令人震惊。第一天,巴洛·兰德和矿业协会坚持他们从未从种族隔离中获益,得到了人们的广泛支持。他们滔滔不绝地背了好几页的决议、陈述和新闻报道,以证明他们一直在勇敢地与种族隔离制进行

---

① 奥瑟瓦·布兰德威格(Ossewabrandwag):1939 年阿非利卡人为反对对德国发动战争而建立的组织。

② 原文为:O wye en droewe land.

斗争。

"太棒了！"南非贸易联盟大会的秘书长萨姆·时罗瓦说，"所有南非人都是革命者！"

第二天，英裔美国人和其他大公司的代表们坐在后排仔细聆听别人的发言。不久后他们明白了，再三声明自己的清白在八点档播出的新闻中看来并不出彩。第三天，所有人都承认他们从中获利了，开始道歉并承诺纠正错误。

大多数公司试着组建自己的代表团，成员必须包括一个白人、一个黑人，甚至一个女人。土地银行最明目张胆，他们呈上了两份提案：一份是由黑人提交的左翼提案，另一份是由阿非利卡人提交的右翼提案。他们中间还坐着海伦娜·多尔尼，她不仅是他们的最高上司，也是南非共产党员乔·斯洛沃[①]的遗孀。

我们的脸上仿佛阴云密布，我感觉身上的毛发沾着滴滴露水。

今天是最后一天。

那天深夜，我从梦中醒来。你的头偏向另一方，仿佛沉浸于床沿上那细碎的月光。你沉沉的臂膀压在我的胸前，就像黑色的犁头。

---

① 乔·斯洛沃（Joe Slovo）：南非共产党的前书记，南非政府长期以来的"一号公敌"。

我们开往机场,一路沉默不语,我一直在想你在阳光下拍打着脚丫的场景。你把我的行李放在手推车上。

"你不用这么做。"你的声音听起来那么陌生。

我转过身,独自走向滑门。门打开那一瞬间,我回过头,看见你站在那里——双臂抱在胸前,就像一堵胸墙,一块石头,一段愤怒的树桩。我走进机场,心脏怦怦直跳,刹那间疼痛不已。

国母面向全国

官方给这次听证会定下的标题是"曼德拉联合足球俱乐部①违反人权行为听证会"，但其实这次听证会就是"温妮听证会"。这对南非媒体来说是大事件，其轰动性不亚于1990年纳尔逊·曼德拉出狱。国际消息平台称：温妮听证会将成为1997年12月最后一周最大的国际新闻。

来自十六个国家的二百多名记者，来自世界各地的二十多位外国电视工作人员和一百多家新闻机构都得到了真相委员会的许可，来此报道，这些数字十分惊人。除了录音和视频外，这些记者需要

---

① 曼德拉联合足球俱乐部（Mandela United Football Club）：南非有一些无家可归的年轻男性，温妮·马迪克泽拉·曼德拉曾经收留这些政府口中的"失足青年"。为了获得国际资助，这些年轻人组建成了拥有专属教练和运动服的足球俱乐部。同时，他们也一直是温妮和其家人的保镖。但不久后，他们变成了街头黑帮，为当地造成恐惧与破坏。

电话线、手提电脑调节器和非洲语言翻译文本，还需要知道：谁在做证？律师是谁？什么案件？这个姓怎么读？

真相委员会媒体部主任来到约翰内斯堡办事处选择的听证会地点时，火冒三丈。这里不过是个普通、廉价的娱乐中心，墙壁单薄，空间狭小，天花板低矮，装修简陋。而听证会的要求复杂得多，只接待媒体是不够的。

34个证人会来做证，其中有支持温妮的，也有反对温妮的。所有证人都需要私人空间，以咨询律师，哭泣落泪，回答创伤顾问的问题，以及被告不在场时，表达对他们的愤怒。温妮·马迪克泽拉·曼德拉需要自己的咨询室，而且房间要足够大，好容纳她的保镖、家人和律师团队。由于听证会尚未开始前，就有传言称她恐吓证人，所以她不能在现场接触任何证人。有些证人仍在监狱服刑，必须在安全设施完备的地方做证。委员也需要谈论、休息和商量对策的空间。另外还有图图需要做祷告的地方，尤其是茶歇时间，而且最近他在接受癌症治疗，祷告的时间可能比平时更长。律师们需要独立的空间，这样他们之间才无法串通密谋。

另外要有供应食物的场所。

而这个位于约翰内斯堡梅菲尔中下层郊区的娱乐中心看起来再普通不过，却要接受这一繁重的任务了。

为什么一个来自被长期孤立的国家的黑人妇女能够引发媒体前所未有的狂热报道呢？因为她是黑美人的典范，还是因为她是黑恶魔的原型？

曼德拉夫妇离婚后，媒体大肆报道。几天后，一群愤怒的年轻人走上德班大道，游行示威。尽管他们抗议教育改革乏力，但一条标语写着："我们不想要纳尔逊·曼德拉成为圣人！我们要的是革命者！"当天，一群妇女在彼得马里茨堡的妇女节集会上迎接了温妮·曼德拉。她们唱道："温妮和纳尔逊——虽然世界将你们分离，但你们就像硬币的两面，成就了我们，无论哪个都不可或缺。"

有一个画廊，里面的大量画作都反映了人们对温妮·马迪克泽拉·曼德拉的看法。

图一：议会上，她是后座议员，很少发言；议会外，一个小贩在铁门边卖刻有她的肖像的钥匙圈。普通妇女与传奇人物的两个形象相对比，看起来十分不和谐。

图二：作为政治家，她具备掌握公众情绪的超常能力，而且能够迎合不同选区选民的喜好。国内有些人认为现行体系不起作用，她却能赢得他们的欢心；在美国电视台上，她抓住黑人全球大迁徙的契机，把自己塑造为黑人移民的母亲、国家团结的象征和非洲失传已久的神话。媒体专家说，她就像只变色龙，轻松自如地穿梭于各种结界之间，而这一殊荣源于公众的认可。

图三：温妮的权力不是用语言来表达的，她不需要大喊"权

力①",只需要举起拳头。

她是一个标志性的人物——她那性感自由的倩影,与尘土飞扬、荒凉孤寂、波形铁瓦房的布兰德福特小镇形成鲜明对比,这一场景让人过目难忘。她站着的时候,总是独自一人,欢欣鼓舞;坐着的时候,也是独自一人,周围的空气中弥漫着阴谋和恐惧。

图四:她让人们失望了,这可是弥天大罪。原谅谋杀者容易,原谅背叛者却不容易。她就像个不知疲倦的斗士,经历了一次次审判与放逐,但因此曼德拉的名字家喻户晓,她也赢得了政治信誉。但代价必不可少:当你过于出名,过于受到爱戴时,人们会期待你成为恺撒的妻子那样的贤妻。

图五:温妮也常有桃色新闻。她渴望男人,男人们也觊觎着她。她常常购物,买钻石,浑身珠光宝气。她是危险好战的军阀,大摇大摆地走在闷闷不乐的民主党人中间,消除了可有可无的话题。她拒绝成为他们的一部分,拒绝为上级服务,拒绝为实现民主创造安全的环境。

图六:温妮既是前女权主义者,也是后女权主义者。因为她,我们才能理解特洛伊的海伦和曼萨缇斯女王。曼萨缇斯女王作为其幼子瑟空耶拉的摄政王,统领特洛夸人。敌人相传她是一个丑陋的女巨人,额头上还长了一只眼睛。战斗前,她会给战士们喂奶;战斗

---

　①　南非祖鲁语:Amandla。

时，她会先放一群群蜜蜂蜇敌人。与敌人眼中恐怖的形象截然不同，她的追随者亲切地称她为"小女人①"。但是也许麦克白夫人更加贴切地涵盖了温妮的多重性格——野心勃勃、老谋深算、滥用职权、血腥暴力、罪孽深重。

图七：温妮和非洲国民大会面临着相似的困境。她和非洲国民大会一样，不仅积累了大量的政治信誉，而且要求我们以不同的方式对待她。但没有人会赞赏一个目中无人、冥顽不灵的黑人妇女，他们只想看我们烧死这个女巫。

有关侵犯人权行为的听证会三番五次提及温妮·马迪克泽拉·曼德拉的名字。一些父母在真相委员会前做证时说道，他们的孩子和曼德拉家族扯上关系后人间蒸发，因此温妮被秘密地传唤至听证会。会上她要求再举办一次公开听证会，以在非洲国民大会选举总统和副总统之前洗刷罪名。

在梅菲尔举行的这次听证会非同寻常，因为和其他人不一样，她不奢望委员会会赦免她，因此不需要说出真相。

她会来吗？她不会只派律师来吧？摄像机一字排开，记者们大喊着，推搡着。嗅探犬检查大厅异常时，所有人都被叫到了外面。

"如果她是个聪明人，她会来的，然后坐在那儿听，其他什么也

---

① 原文为阿非利卡语：Mosadinyana。

不做。"有人说，"这样一来，听证会结束后我们都会对她感到抱歉，而她自己会和没事儿人似的。"

"不对，如果她真是个聪明人，她会主动一字不落地说出所有真相。这样她一定会成为下一任总统，更不用说副总统了。"

她一出现便被媒体团团包围，我们南非人不习惯挤到前面，结果连她的影都没看到。"别担心。"一个美国记者无意间听到了我的抱怨，"她不是为你们来的，她是为美国黑人来的。她给了我们十个多小时的采访时间，国外可有很多她的支持者呢。"我记得她曾经拒绝了多个电台采访的要求，可她也有很多大字不识、电视机都买不起的穷人支持者，难道她没有兴趣和他们交谈吗？

在媒体室的显示屏上，我们看到她粉墨登场。她身材高大挺拔，穿着整洁的西装，戴着三串项链，身旁是一群美丽时髦的女儿和衣着考究的保镖。这样一位女性竟然卷入了这么多令人生厌的故事中，实在让人费解。

温妮的保镖拿来一个冷风机，放在她和她的女儿中间，这时听证会才开始。随着摄像机的闪光灯使会场温度上升，法律辩论渐渐升温，马迪克泽拉·曼德拉不停用冰块和矿泉水给自己降温。

从一开始她的出现就令人生畏——受害者们不敢看她，委员们也很少把目光转向她。媒体的镜头先是锁定了她那精致的面庞、嵌着钻石的太阳镜、一串精致的手镯和戒指，再慢慢移到受害者饱经风霜的痛苦和贫穷的脸庞。这难道就是黑人穷人和黑人精英之间的冲突吗？

大厅外，一群来自非洲妇女联合会的追随者高喊着支持温妮，她们大都满脸皱纹、穷困潦倒、年老体衰。"温妮杀人不光是为了自己！"她们喊道，"是我们让她杀人的！"我关掉了录音机，因为我不想听到这些声音，不想把这些声音放到广播里，更不想生活在一个女性教唆彼此杀人的国家。我知道，这次听证会将检验我们能否超越自我。

第二天，听证会大楼旁放置了四个大型发动机，以抽离大厅内燥热的空气。巨大的管道闪闪发光，不断地把冷气输送到大厅内。

弗丽勒·德拉米尼被马迪克泽拉的情人强奸了，已经怀孕三个月了。"温妮不喜欢这样，所以她到我家来，跟我的母亲说，她会让我回家的。我母亲跟她说'请让我的孩子回家……不要杀她……'温妮先是把我暴打一顿，然后跟足球俱乐部的队员们说：'这个女的交给你们了。'于是，他们对我实施了性骚扰。我想告他们，但是弟弟告诉我，这样的话足球队会把我们的房子烧成灰的，所以人们都不敢公开表达自己的观点。他们爱戴温妮，相信温妮是人民的母亲……但从此以后我改变了想法……我不想听人们叫她国母。"

斯伯尼索·沙巴拉拉的母亲深有同感，而且也谈到了对温妮的恐惧。

"马迪克泽拉·曼德拉威胁过你吗？"

"是的，我还见过她恐吓别人。直到现在，我还是很怕她。"

"我的手上从未流淌过非洲孩子的鲜血。"温妮曾经的朋友休利萨瓦·法拉提眼神涣散，说道，"我从来没有和她讨价还价过。我为她进了监狱，但她却忘恩负义。她不把别人当人看，把别人诋毁得一无是处，但把自己当成神……当成超级英雄……"

"我以前不知道曼德拉夫人喝这种烈性酒，她一喝这种酒就会变得暴躁激进。"20 世纪 80 年代后期，曼德拉夫人性情大变，而这唯一的解释竟然是由涉嫌给曼德拉夫人提供可卡因的女人给出的。

"抱歉，"图图大主教说，"请你回答问题，不要偏离听证会主题。"

"我一直守口如瓶，就像一瓶未开封的香槟。"法拉提怒吼道，"但现在我要爆发了……"温妮笑着摇了摇头，用手画着圈圈暗示法拉提疯了。"看，她在暗示我疯了，说我疯了……你想笑就笑吧，但你晚上肯定会睡不着的。"温妮的另一个情人也反对了法拉提的证词，法拉提轻蔑地说："呵，你这个科萨人够典型的了，见什么否认什么。科萨人都一个样，都像你这么爱说谎，你和温妮不愧是科萨人。"

但是，为什么斯通皮一案中，她要在法庭上包庇温妮做假证呢？"保护领导人是我们的信条。我当时很害怕，因为我看过领导人殴打我们时多么残忍。她给你命令，你无权质疑。"法拉提用了诗一般的语言做了总结："勿质疑缘由，仅行动付命。"

"你恨温妮吗？"律师问道。"不恨。"法拉提答道。

"那你爱她吗？"

她的脸上写满了困惑和矛盾，低声说道："我不知道。"

卫理会主教彼得·斯托里说道："斯通皮·塞佩绑架谋杀案十分重要，而且恐怖程度已经超出了我们的接受范围。因为这不仅属于普通法罪行，也与滥用职权有关，更与种族隔离制有关。"

随着听证会的深入，斯通皮的死亡成了曼德拉家族1989年变故的象征。曼德拉联合足球俱乐部的成员在索韦托的卫理会牧师住宅绑架了十四岁的未成年激进主义分子——斯通皮和另外三个成年男子，他们给出的原因是：有人指控教士（现任主教）保罗·韦里对他人实施性虐待，据说斯通皮是告密者。

斯托里抓住了这一案件的本质。"为了迎合政治利益，人们不停地捏造斯通皮的死因。沉默和谎言交织的迷雾令人窒息，驱散这些迷雾对于南非的未来至关重要。本周，人们第一次深入探索了南非人耻辱的原因。根源一直是——而且永远是——种族隔离，种族隔离就像癌症一样，继发感染了许多反对种族隔离的民族，让他们善恶不分。然而人生的悲剧就在于，我们很可能做自己最痛恨的事情——滥用职权，过度自由，打击什么做什么。"

"斯通皮之死的恐怖程度超乎寻常，因为这不仅是政治悲剧，更是道德悲剧。他的死改变了我们的思想……我们不仅需要重获自由，更需要恢复人性。"

斯通皮·塞佩的母亲穿着一条棕色印花棉布裙，腿上坐着她四岁的女儿，坐在观众席中。她戴着翻译耳机，全神贯注，目光警觉，不想错过任何一句话。

法医帕特里夏·卡莱普是这样描述尸体的："斯通皮的尸体在高温下躺了五天后才被发现，那时上面已经爬满了蛆虫。死者是一个小男孩，身高四点五英尺。大脑已经变成液体，皮肤从骨头上脱落下来。血液从喉咙右侧两个穿透的伤口流出，每个伤口由匕首刀刃割成，约一点六厘米长。他的肺破裂了，胃里充血，浑身上下瘀青一片。"

1989年1月6日，尸体被找到。一天后，另一个被绑架并被关押在曼德拉夫人官邸的年轻人——肯尼·卡加泽逃了出来，宣称只有斯通皮遭到了残忍的攻击。1月16日，另外两个年轻人——萨比索·莫诺和佩洛·米克韦被释放了，交到了恩萨托·莫特拉纳博士的手中——当时纳尔逊·曼德拉锒铛入狱，非洲民族会议领导人奥利弗·坦博流放在外，人们终于在重重压力下取得了"胜利"。

收到曼德拉危机委员会的谴责报告后，两位非国大高层领导人开始干预此事。这个委员会是在斯通皮死的几个月前成立的，在此之前一个愤怒的年轻人烧毁了曼德拉的官邸。当时社区对足球俱乐部的恐怖统治深恶痛绝，于是任凭局势恶化。为了防止俱乐部与社区之间爆发全面冲突，危机委员会应运而生。委员会由教会和社区领导人组成，并由人民尊敬的弗兰克·赤科恩教士担任主席。1989年1月，委员会开始负责四位年轻人的绑架案。

杰里·理查森是曼德拉夫人的足球教练,他说:"首先我抓住斯通皮的身体两侧,把他扔到空中,让他落到地面上。妈咪(温妮)就坐在那看着我们。我们狠狠地折磨他,突然我看得出他快死了,但我们还在像踢足球似的踢着他。"

萨比索·莫诺是被绑架的年轻人之一:"杰里·理查森说:'给妈咪拿把椅子过来。'她问我们为什么允许一个白人牧师和我们同床共枕……她开始用拳头打我们,之后所有队员都加入其中。"

卡提扎·切贝克胡鲁说:"曼德拉夫人用皮鞭抽打斯通皮,并问道:'他为什么要和一个白人睡在一起?'"

曼德拉夫人的司机约翰·摩根说:"斯通皮受虐后第二天,我发现他的身体几乎变形了,脸肿得像个足球似的。我看他已经不能自理了,就帮忙喂他些咖啡和面包。"摩根说,后来他发现斯通皮的脖子哗哗淌血,整个人倒在了血泊中。

那天,危机委员会拜访了曼德拉夫人并要求她释放这几个男孩。

"你们要看这些男孩儿吗?"

"不用了。"

"为什么?"

"这不在我们工作范围内。"

这些中性严谨的话语出自弗兰克·赤科恩教士之口。我不禁想起他在真相委员会委员资格面试中的表现,我们问他:如果你得到一些情报，这些情报暗示最高权威有违法行为时，你会怎么做？当时赤科恩的回答令人印象深刻，他答道："我对所有情报都一视同仁……否则就会产生新的不公平秩序，与之前相比毫无长进。"

斯托里说出了危机委员会不能够有效处理这一情况的原因："我觉得这里牵涉两件事：一方面，他们想要在查明斯通皮到底发生了什么事的前提下解救他；另一方面，这是一个政治议题，危机委员会要负责损害管制。"

理查森承认自己打斯通皮打得太过火了，没资格被释放。那天晚上，危机委员会离开后就决定杀了他。第二天清晨，所有住在后院的俱乐部男孩都被叫到房间里，给郁郁寡欢的曼德拉夫人唱自由之歌。当他们唱歌时，理查森把虚弱又神志不清的斯通皮拖上车，把他带到开阔的草原上，让他躺在地上，然后用园林剪像宰山羊似的宰杀斯通皮。"不是像切面包似的切他的身体，而是不停地刺。"

"我全心全意地爱着她，"理查森说，"我什么都愿意为她做。有人和我们同坐电梯时，我会想他为什么要和我们一起在这个电梯间。因为我不想任何人碰妈咪，而且担心他们会这么做。只有我才能碰妈咪——其他人都不行，因为我爱她。"

听证会上，他带来了一个软皮足球（"这个球可以保护我……它有魔力"）和一个枕套，上面用科基语写着："现在是杰里对温妮。"

绑架十天后，另两个男孩被释放了。"这里涉及劫持人质，"斯托里说，"她负责代表曼德拉家族进行谈判，她可以决定未来会发生什么事,何时、如何及在何种情况下释放人质。她知道曼德拉家族的一切。"

危机委员会看到他们身上遍体鳞伤,但是他们坚称是从树上掉下来受的伤。"我们肯定不信,但是如果我们亲自把他们从曼德拉家中带走,我们可能会被指控绑架。"危机委员会的悉尼·姆法马蒂说。

斯通皮被绑架和死亡的消息一直没让社区知道,直到1月20日《每周邮报》刊登了这则消息,他们才知晓。曼德拉危机委员会试图封锁消息,因为这个消息恐怕会影响到和狱中的曼德拉的谈判。

难道没有其他原因了吗?杜弥撒·恩兹贝沙问:"所有试图解决这一冲突的人都感觉到非常受限,因为温妮·曼德拉本身就是一位有权势的政治人物,而且她是南非最受人民尊重的领导人的妻子。她的身份甚至影响了我们寻找真相的能力,因为现在我们甚至怀疑是否要把这归咎于你。"

正如主教斯托里所说,过去八年中,人们提及保罗·韦里时,一定会联想到肛交、强奸或是性虐待。而且斯托里指出了另一点:"大家都在谈论受到这种待遇的是青年人,或者说儿童——一个是儿童,另一个是成人。除了一个人,大家都认为这不算肛交……"

保罗·韦里说:"曼德拉夫人,我对你的感情在很多方面都牵制着我。我希望我们能够和解,你对我的指控已经深深地影响到了我,我受到了伤害,受到了深深的伤害。虽然你不想得到别人原谅,甚至觉得我应该主动原谅你,但我还是去了一些地方,学习怎么原谅别人。我努力寻找和你和解的方式,不仅是为了这个民族,更为了上帝深爱着的人民。"

曼德拉的官邸绝非表面那么简单。这个官邸已经成为表面对立的态度背后的离心力,里面住着的既有解放运动时期最受尊重的政治家,也有卑微的告密者。在这里,暴躁的年轻人既能得到庇护,也可能被残忍杀害。在这里,既有有帝王风范的知名人物,也有残忍、没有安全感、习惯性撒谎的地痞流氓。奇怪的是,很多暴徒都是说着祖鲁语的农村男孩。温妮·曼德拉被称为"妈咪",她的副手休利萨瓦·法拉提被称为"超强者",她的追随者被称为"摇摆者""杀手""海绵"和"小伙子",这个房子则被称为"议会",而且她的宝座除了她自己没有一个人敢坐。"鱼肝油房"是施虐的场所,后院的"卢萨卡"小屋是被绑之人的牢房。

曼德拉官邸中有两个关键的地点时不时被提及:按摩浴缸和津齐·曼德拉的卧室。有人曾看到斯通皮的尸体躺在浴缸旁边,也曾有人在空荡荡的浴缸里热烈交谈。切贝克胡鲁最后宣称,他曾看到温妮·曼德拉在浴缸旁边举起一个闪光的物体,两次刺向斯通皮的身体。

但是年轻的津齐·曼德拉的卧室才是社交和计划游击战的场所。俱乐部的成员不仅在这里举行社交活动,而且其中一个成员告诉委员会,他曾在这个卧室上过怎么拆除 AK-47 枪的速成课。温妮的柜子里藏的全是枪支。"温妮勇敢能干，津齐和她母亲很像。"一个前足球俱乐部成员说，"她不仅漂亮，而且样样精通。"津齐·曼德拉有四个孩子，其中两个被认为是曼德拉联合足球俱乐部的成员所生。

在道德观念方面，平民阶级和上层政治阶级的共同点是：蔑视法律。上层政治阶级宣称，根据传统，他们理应受到尊敬，因为他们是社会的领导阶级，"法律应该由他们来定"。而平民阶级宣称法律应该从他们的角度来制定，不是因为他们想凌驾于法律之上，而是因为他们被排挤在法律之外。

艾玛·哈丽特·尼克尔森男爵夫人，有着象征着殖民主义的典型长相，在南非非常不受欢迎。在1997年10月英国广播公司拍摄的一个纪录片中，艾玛承诺为南非人呈上卡提扎·切贝克胡鲁有关斯通皮·塞佩案件的证据，这样一来"他们就能决定自己想怎样处理这件事"。但她提出了几点要求作为交出切贝克胡鲁这个交易的筹码，她要求得到机票，取得警方保护，警方暂停对切贝克胡鲁的逮捕，聘请律师代表，并且她要求陪着他，才能出庭为他做证。现在她就坐在切贝克胡鲁的旁边、律师的后面，脸上扬着得体的微笑。她不允许任何记者靠近他，厉声道："你们都想从他的身上赚钱。"

她在做证时说道，她是一名人权捍卫者，恰好听说有个南非人被关进了赞比亚监狱。虽然她可以把切贝克胡鲁弄出监狱，但是没有国家愿意接纳他，英国、丹麦、瑞典、美国、加拿大等先进国家都不愿意接纳他。这些国家给出了同样的理由——保护他的安全代价太大，因为他侵犯了非国大的"一分子"。

她陈述完证词后，把斯通皮的母亲叫了出去。媒体室里，众目睽睽之下，她开始说服塞佩夫人指控马迪克泽拉·曼德拉。

"我们正努力在南非实现和解，"一名记者告诉尼克尔森，"所以我们建立了像真相委员会这样的和解机制。"

"法庭要审判谋杀者，"她嗤之以鼻道，"而我希望代表塞佩夫人。"

卡提扎在《卡提扎的旅程》一书中讲述了自己的故事，由于媒体的大肆炒作，最初人们认为他是反对马迪克泽拉·曼德拉的重要证人。此外，他还是唯一一个在谋杀事件中把她直接拖下水的人。但是他的书却成了大问题，因为南非人民很快就在书中发现了与事实不符的地方。切贝克胡鲁当差期间，非国大办公室并不在贝壳大楼，而是在萨奥尔街。所以书中说他和温妮在贝壳楼十一层办公室会面，而且她强迫他离开南非时，这两点就受到了质疑；书中马迪克泽拉·曼德拉官邸的平面图也是错误的；他的口供中透露着愤怒的情绪，这在南非的各个声明中十分少见，他在口供中说道，政治领导人的妻子应该过朴素的生活。

"这个听起来更像是尼克尔森夫人的口吻，不像切贝克胡鲁。难不成是英国广播公司的布里奇兰写的？我到底在盘问谁?"马迪克泽拉·曼德拉的辩护律师以赛玛丽·萨美雅恼羞成怒,问道,"这本书写的是真的吗?"

"当然不是,"切贝克胡鲁说道,"除了贝壳大楼这部分,其他内容都是我写的。"

"斯通皮遭到毒打时在场的人大多数已经背叛了温妮,但没有一个像你这样指认温妮的,这是为什么呢?"

"他们都很害怕那个女人,"切贝克胡鲁反击道,"你难道不是因为在赞比亚监狱太过绝望了,所以为了出狱决定夸大其词吗?"

"切贝克胡鲁让我作为他的记录员。"男爵夫人表示,但她的听力有问题,很大程度上依靠读唇语来记录。切贝克胡鲁身旁的腹语师注意到,切贝克胡鲁至今为止所提供的证据和我们所掌握的证据一样,都不太可靠。

证人们要么说"呸",要么说"我不知道"。四天里,温妮·马迪克泽拉·曼德拉注意到,这些权威者不遗余力地避免说任何对她不利的话。显然当时没有勇气站出来对抗她的人,现在仍然不敢这样做。

天已经黑了,这时两位南非民主统一战线的前领导人——墨菲·莫罗贝和艾滋哈·卡查利亚站了出来。

卡查利亚表示,直到 1985 年年中,整个南非民主统一战线的领导阶层要么被羁押了,要么在接受审判。仅在一年内,约五千人被关押了起来。成千上万的年轻人生活动荡,无人领导,开始时还视自己为战士,但很快就变成了街头混混,终日闲逛、思想不稳定且无人领导的年轻人将自己视为战斗的士兵。但是,他们很快就组成了一个群体,在街上闲逛,实践着自己对正义的设想。

"他们通过对他人施以极端处罚,创立了私人领地和小型权力基地,曼德拉夫人就在这种不正之风下创建了自己的治安组织。我听说足球俱乐部时,最初的反应是:受万众尊敬的曼德拉家族做这种事实在太不合适了,曼德拉夫人难道没有其他帮助这帮年轻人的方法了吗?不久后,关于足球俱乐部犯罪活动的报道就出来了。

"当中,最令人诟病的事件就是俱乐部绑架了两名涉嫌告密的年轻人。他们在其中一个年轻人的胸上用小刀刻了字母'M',在他的大腿上刻了'非国大万岁',然后直接往这些伤口上泼了蓄电池酸液。"据说曼德拉夫人亲自监督了整个过程,但是一名俱乐部成员做证时称,其实是津齐·曼德拉用熔化的塑胶做上去的。

难怪特兰斯凯中学的学生烧了曼德拉的官邸。卡查利亚表示,1989 年年初,一些事实浮出水面:四名男子——包括斯通皮在内——被迫从卫理公会牧师住宅搬去了曼德拉的住宅;他们遭到了非人的殴打,被强制关押于此;其中一个年轻人——肯尼·可卡西逃了出来,并详述了自己所受的折磨;斯通皮的尸体被找到,并得到了确认;所有来说服温妮·马迪克泽拉·曼德拉进行合作的人都失败了,连纳尔逊·曼德拉和奥利弗·坦博也说服不了她;保罗·韦里受到了诬陷,危机委员会无效了,人们的愤怒也达到了极限。

"让我来解释一下为什么大家的愤怒达到了极限，"卡查利亚说道，"我们当时正在竭力反对年轻人在监狱受到严刑拷打，但是这种事情却发生在了曼德拉的住宅里。"

1989年年初，南非民主统一战线决定远离温妮·曼德拉，迈出了勇敢而又高尚的一步。该组织的一名领导者——墨菲·莫罗贝从小在温妮·曼德拉所在的那条街道长大，放学回家的路上经过曼德拉的住宅时，他经常会停下脚步。他在罗本岛曾听说过纳尔逊·曼德拉关于领导霸权的争论——如果一位领导者不受到任何质疑，那他很可能会滥用权力。

"整个过程中，我一直保持着自我。"墨菲·莫罗贝说道。

"我们镇上有些人被叫作'温妮的男孩'，他们活动时，我们常常躲着他们。不仅出于道德上的反感，更是由于政治原因。他们的行动会扰乱民心，让其他人不再专注于对抗政体的当务之急。"

他把自己和那些人划清了界限，这"不仅对我个人产生了巨大影响，而且……对我和马迪克泽拉·曼德拉的关系……以及我和运动内外的人的关系都产生了巨大的影响。"

"最后我想陈述的是，我确实参与其中，但那是因为我觉得这些都是原则问题……于我而言，我所在的组织和我个人都应该直面解决这些问题。"

大厅里的人起立鼓掌，但大家不知道这仅仅是因为这两位前领导人的卓越勇气，还是因为在这个国家有勇气的人要付出巨大的代价。曾几何时，他们是南非民主统一战线的领导者，而在新的体制下，他们只不过是一些政客的幕后黑手。墨菲·莫罗贝是金融财政委员会的主席，而艾滋哈·卡查利亚则是安保秘书处的领导人。

我最后一次看到我儿子时，温妮·马迪克泽拉·曼德拉就在他身边——他当时血流不止，鼻青脸肿，浑身发抖，痛哭流涕。我乞求她把洛洛还给我。"这条狗怎么处置是我们的事。"说完后，她开着蓝白相间的面包车扬长而去……打那之后我再也没有看到过我的儿子。我对不起洛洛。

后来更坏的事情发生了……我的大女儿当时正在找工作，她在郎拉赫特站看见一个长得和她弟弟一模一样的人。她站在那里，一动不动，哭了起来。一位女士问她："你怎么了？"她说："那个人和我 1989 年失踪的弟弟长得太像了。"那位女士告诉了那位先生怎么回事，并询问了他的名字。他说自己是祖鲁人，还拿出了身份证向盖尔一再保证——"我真的不是你弟弟——洛洛。"她六神无主，泪流不止。回家后，她不愿意说话，也不愿意吃东西。

直到现在我们一直惴惴不安的。我经常做噩梦，有时候我会以为自己听到了敲门声，以为洛洛回来了。有时候做梦时，我看见他飞过天空，回到家中，说："妈妈，我回来了。"然后我会张开双臂,给他一个大大的拥抱,跟他说:"欢迎回家。"今天,在全世界的面前,我向曼德拉夫人恳求——"拜托了,曼德拉夫人,请把我的儿子还给我。"

（洛洛·索诺的父亲尼科迪默斯·索诺的证词）

温妮·马迪克泽拉·曼德拉女士:"你的逻辑完全不对。为什么我打了个男孩,要把他带到他父亲面前之后再杀了他呢?为什么?为什么索诺先生会选择盲目跟风,指控我做了如此令人发指的事情?"

争论期间,同志们批判温妮·马迪克泽拉·曼德拉的恶行时,常常会冒出一句话:"看看人家艾伯蒂纳·西苏鲁,虽然她也曾被骚扰过,承受了很多痛苦,但她从来没做错过事。"正因如此,艾伯蒂纳·西苏鲁在真相委员会上的证词可以说是对其魄力的巨大考验。她是一位受人尊敬的女战士,无论她说什么,人们都会相信她——尤其是在这个充斥着谎言、借口、威胁和恐惧的听证会上。

瓦尔特·西苏鲁是纳尔逊·曼德拉最亲近的朋友之一,他的妻子曾经是索韦托医生阿布贝克尔·阿斯瓦特手下的护士。就在斯通皮尸体被发现的几天后,阿斯瓦特医生在做手术时被枪杀了,那天正好她值班。听证会刚开始时,就有证人说,马迪克泽拉·曼德拉暴打斯通皮之后,要求阿斯瓦特给他疗伤。但阿斯瓦特拒绝了,因为他说这个孩子要送去医院治疗。还有证据表明,马迪克泽拉·

曼德拉把卡提扎·切贝克胡鲁带去了阿斯瓦特面前，要求他证明保罗·韦里强奸了切贝克胡鲁。阿斯瓦特再次拒绝了她的请求，并且还把切贝克胡鲁送到专家那里接受治疗了。

西苏鲁说，那天两个陌生男子开枪杀害了阿斯瓦特。

"我听见阿斯瓦特医生当时叫了患者的名字，然后听见检查室的门'咔嗒'一声关上了。由于这扇安全门只有里面的按钮能打开，我并不知道里面发生了什么事——但是门咔嗒一声之后就安静了，我猜医生当时正忙着治疗患者。大约十分钟后，我似乎听到了一声枪响……我大喊'阿布'，但没有人答应，我以为他在做事。然后我又听见了刚才那种枪声，而且还听见了阿斯瓦特医生的尖叫声……我认得他的声音。"

"阿布贝克尔·阿斯瓦特医生就像我的亲生儿子似的。"阿尔贝蒂娜·西苏鲁说道。但温妮听证会召开前一周，有传闻称她很苦恼自己要站在真相委员会面前，而且非国大还给她派了一名律师。

西苏鲁否认了那天在阿斯瓦特医生的诊疗室见过温妮·马迪克泽拉·曼德拉和卡提扎·切贝克胡鲁。

"阿斯瓦特医生被杀的那天，你是否注意到他和马迪克泽拉·曼德拉在诊疗室起过争执？"

西苏鲁说："就算曼德拉夫人去见他了，也不会经过接待室，因为我一直待在那儿……"

但这样一来她怎么可能听见安全门的咔嗒声和杀阿斯瓦特医

生的凶手进入咨询室的声音？

还有另外一个矛盾之处。马迪克泽拉·曼德拉的律师声称斯通皮被袭击时，她正在布兰德福特。英国国家广播电台于1997年初为阿布医生之死拍摄了一个纪录片，片中显示，西苏鲁承认一张证明曼德拉夫人撒谎的医疗卡上有她的字迹。而现在，她在梅菲尔听证会上又否认了那是她写的。

杜弥撒·恩兹贝沙给出了一种解释："有没有可能，你在竭尽全力地避免谈论同志和同事，而且尽量不去控告或者暗示她的罪行……有可能因为她是你的同志？是不是因为曼德拉和西苏鲁两家人交情甚好？是不是因为你不想在南非历史上留下告密者的形象，不想揭露你的同胞，证明她参与了阿斯瓦特医生谋杀案？"

很难估量谁看起来更痛苦一些——是阿尔贝蒂娜·西苏鲁，还是她那坐在听众席上白发苍苍的丈夫。她并没有回答恩兹贝沙的问题，而是详细地讲了她做的贡献——就像在说："我做得还不够吗？"

"所以即使我想保护曼德拉夫人，我也不会站在这里说谎。我只是在说我所知道的和我所看见的事情……阿斯瓦特医生和我的孩子是一样的，如果他告诉我他和曼德拉夫人之间的事情，我会阻止他，那样他就不会死了……"

说到这里时，她用手掩住了双颊。

之后，有人看见马迪克泽拉·曼德拉向阿尔贝蒂娜·西苏鲁敞开怀抱，但西苏鲁明显拒绝了她，说道："走开！①"

听证会最后一天，西苏鲁回到了证人席，事实证明医疗卡上的笔迹不是她的，但西苏鲁没有说过任何谴责马迪克泽拉·曼德拉的话。不管她还隐瞒些什么，她的生命已经牢牢握在温妮·曼德拉的手里了。就算温妮不毁了她，也会使她的人生发生深刻变化。除她之外，还有：曼安吉·塞佩、尼科迪默斯·索诺、弗丽勒·德拉米尼、阿布医生一家、诺姆萨·沙巴拉拉、保罗·韦里、艾兹哈·卡查利亚和墨菲·莫罗贝。

听证会尚未结束，但是人们已经付出了高昂的代价。

约翰·艾伦把我叫到一边："很多人已经获得大赦资格了，但要等到在开普敦才能被释放。我不知道大赦委员会为什么决定在举办温妮听证会期间释放这些人，毕竟所有熟悉案件过程的记者都在约翰内斯堡。但是如果电台能借此挖出猛料，那这样做也挺有帮助的。"

我看了看大赦名单，上面都是非国大重要成员的名字：塔博·姆贝基，民族之矛前司令官乔·莫迪塞，麦克·马哈拉吉……共37人。

"这是不是意味着委员会不会为他们召开公开听证会了？"

"是的。"

---

① 原文为阿非利卡语：Hayi, suka wena.

窗外，汽车和卡车穿梭于浓烟之中。安吉为了减轻噪音躲在皮衣下面，写着新闻稿，而我在电脑上写着故事。

有点不对劲，我一遍遍喃喃自语道，有点不对劲。

坐在委员会右边的大多是穿着白色制服的律师，他们代表的是受害者和迫害者。"我代表洛洛·索诺一家。"一名律师说道，但他说成了"若若·叟若"。图图摇摇头，纠正道："洛洛·索诺。"有律师讨论阿布医生，向马迪克泽拉·曼德拉提问时，主席都会在空中摆动双手，表示制止。

奇里一家的律师读他们的名字时像嘴里喊着香料似的，图图这才打断了诉讼："先生，你读得不对，我实在听不下去了，应该读奇里啊。"①

"不好意思，先生，"律师自信而简洁地回答道，"我不会发那个音。"

"你收了他们的钱，就要尊重他们的姓。把舌头放到牙齿后面，说奇里。"

我们都苦苦等待，在这时候、这地方纠正他的发音？但是听啊！"我代表……奇……奇里一家。"

图图露出了慈爱的微笑。

---

① 原文为阿非利卡语：Agge nee boetie，nou't ek genoeg gehad.

　　在这些听证会当中，真相委员会主要关注三起案件：洛洛·索诺失踪案，斯通皮死亡案，以及阿布贝克尔·阿斯瓦特医生死亡案。这些案件有诸多共同点：一方面，这些案件都与温妮·马迪克泽拉·曼德拉有关……另一方面，这些案件涉及调查案件的那三个警察、失踪文件、有漏洞的调查过程及反常行为。帝王花警察局谋杀案和抢劫案小组的成员——亨克·海瑟里格、弗瑞德·邓普西和H.T.姆得利调查了这三起案件，而且在这三起案件中，所有证明马迪克泽拉·曼德拉和谋杀案有关的证据都出了问题。

　　洛洛·索诺案件中，那辆面包车的司机迈克尔·西亚科马拉录口供时证实，马迪克泽拉·曼德拉和苦苦哀求的索诺父亲谈话时，浑身是伤的索诺当时就和她一起坐在车里，但这份口供不翼而飞。真相委员会找到了迈克尔，一开始他还愿意重新录一份口供，但后来又拒绝了，因为他说"曼德拉夫人已经给我放过话了"。

　　斯通皮·塞佩案件中，一名警察卧底声明温妮和斯通皮事件脱不了干系，但秘密警察调走了他的口供，声称他们也在调查这起案件。不久后，那名卧底被尤金·德·库克炸成了碎片。后来人们发现海瑟里格曾是臭名昭著的警察小组——库武特的成员，而且他也是德·库克的同事。

　　阿斯瓦特医生案件中，两名杀手都被逮捕了，但只判了抢劫罪。录口供时他们承认偷了 R120，但阿斯瓦特医生家族一直坚持任何人都不能拿走手术室里的东西。他们承认自己遭到了严刑拷打，才会认抢劫罪,而且每当他们说了什么暗示马迪克泽拉·曼德拉是凶手的话,就会被虐待。

马迪克泽拉·曼德拉有没有和警方合作,这个问题仍然悬而未决。很明显,曼德拉家族和当地警察关系紧密。她以为自己在操纵警察,但是警察以为他们在操纵她。但是司法系统与政治家之间存在着更为广泛的裙带关系,政治家知道和纳尔逊·曼德拉在维克多·维尔斯特监狱的首次试探性谈判中双方的立场,而当时一些检察长也拒绝起诉她。

协商的代价是违反规定和滥用权力,道德界限模糊不清,而这正是阿非利卡官僚体制暮年的真实写照。

温妮·马迪克泽拉·曼德拉否认了自己损害他人人权的所有起诉,反驳时她经常用到"荒唐的"和"可笑的"两个词。由于这两个词出镜率实在太高,观众席里的受害人家属常模仿她,用这两个词揣测她的回答。

"所以伊卡能先生、米克韦先生、莫诺先生、邓普西先生、卡加泽先生、摩根先生、理查森先生和法拉提女士串通一气,一起谎称你有罪? 你是这个意思吗? 我理解的对吗?"

"他们满口胡言,先生。"……"天哪,你不是在暗示我应该为这些年轻人的行为负责吧……他们过他们的生活,我过我的生活……我不能为他们的行为负责啊。"……"我并不是在胡言乱语,你没有资格这么跟我说话。"……"我女儿开着我的车到处闲逛，那是我的事，这和侵犯人权有什么关系。"……"我为什么要那么做？"……"艾滋哈·卡查利亚是一个印度阴谋集团的成员，后来我才知道他们管墨菲·莫罗贝叫'墨菲·帕特尔'，他们都是那个集团的成员。""我已经回答你的问题了，如果你不喜欢这个答案，那我也没办法。"……"无论过去、现在，还是将来，我都是曼德拉家族的一家之主。我一直以来都是，不把这个地位让给任何一个人。"……"我只是个普通人，但他们对我做了无法让人接受的事情。很多人舒适惬意地窝在家里时，我们却在为正义而战。"

今天是星期四。

一个摄影师的 T 恤衫上写着：生命短暂。

但天哪，这个周四下午就像老太太的裹脚布——又臭又长。

温妮矢口否认时，一名保镖拿着两束红白相间的鲜花走了进来，把花放到了温妮的桌子旁。

我的头开始隐隐作痛，我从没在真相委员会听证会上感到如此压抑。现在就像三流电影的发布会，充斥着丑闻、自负、野心、谎言及无节制的犯罪。我在想，这个听证会事关我的国家，但这个国家是否有容纳我们所有人的空间，是否有这一空间存在的条件。

我也明显地感觉到这个听证会暂时和我无关，和白人无关。黑人自己会做决定，决定什么是对的，什么是错的。现在，他们正在这里做决定。也许黑人会因为种族隔离大开杀戒,也许我们当中谁也不会这么做,无论什么原因,这个听证会和过去无关,只和未来息息相关。

困在这个挤满了记者的有限空间里,我感到思绪混乱,不堪重负,于是逃出了这个电线网盘根错节的地方,去外面呼吸呼吸新鲜空气。街道上,小贩正在卖刻着人脸的小白盘子,刻有纳尔逊·曼德拉、塔博·姆贝基、乔·斯洛沃及温妮·曼德拉肖像的盘子被摆成了一排。我避开了炽热耀眼的阳光,转身而去。

去哪儿呢?

这里纳尔逊·曼德拉、乔·斯诺沃和温妮·马迪克泽拉·曼德拉的脸互相自由切换,这种地方我实在待不了。

"我们要建立一个截然不同的政体,一个崇尚道德、正直公平、尊重事实和负责任的政体。"

我停下了步伐,是图图在讲话。我立即冲过警卫的阻拦,跑上了楼。我看到他坐在委员的办公桌那里,脸色比我想象的还要苍白,人也比我上次见到他时更加瘦小干瘪。但他如利剑一般,穿透了披着法律术语外壳的肮脏谎言和借口:"我们对这个听证会上所发生的事,除了感到失落震惊之外,也感到异常振奋人心。一些卓越领导者的道德败坏程度让我们感到无比震惊,但也有一些挺身而出的杰出人物,和前者形成了鲜明对比。

"我们要证明,这个新政体在道德层面和旧政体有着本质的区别。我们要崇尚美德、真理、同情，不向权威卑躬屈膝。"

我承认，马迪克泽拉·曼德拉在我们建立新政体的斗争中扮演了重要角色。但过去常有人说可是在这个过程中出现了问题……极其可怕严重的问题……具体是什么问题，我不清楚。我们只能说："我们走到这一步都是因为上帝的恩典。"

但出现了问题……

"很多人爱着你。"

"很多人，很多人说你本该做南非第一夫人。"

"我也深深地爱着你，所以才和你说这些话……我想让你站出来承认：'确实出现了问题……'愿意对你敞开双臂的人就站在那里，我也是其中一员。"图图把手臂交叉放在了胸前，好像在拥抱她一样，"因为我爱你，深深地爱着你，很多人都是这么想的。只要你能够说：'确实出现了问题……对不起，这些问题都是我造成的，我感到非常抱歉……'我求你，求求你……求求你了……你是个了不起的人。如果你说'对不起，都怪我，请原谅我'，你都不会知道自己会变得多伟大。"图图第一次直视着她，用近乎耳语的声音说道："我求你了。"

时间静止了，图图……不惜付出一切代价。

我听到我的血液在血管里奔流。

血液跳跃着，突然向上奔涌，似乎要冲破我的皮肤。

啊,委员会! 我心灵最深处的灵魂! 只有这片土地才能孕育出这样的心灵,勇敢坚强,用牙齿紧紧咬住了真理的咽喉。这颗心是属于黑人的,而我属于这颗耀眼的心。酸涩的眼泪充斥着我的喉咙,笔掉在了地上,我用手捂着脸放声痛哭,眼镜蒙上了一层雾气。瞬间,在那闪光的瞬间,这个国家,这个国家,真正属于我了。

我的心终于安定了下来。

我远远地听到温妮·曼德拉说:"我承认,确实出现了严重的问题,而且我们也很清楚哪些因素导致了这些问题的产生。为此我感到深深的歉意。"

但她不是真心的! 大厅外,义愤填膺的受害人正在接受媒体采访。新闻记者也怒发冲冠,她不是真心的! 她不过在重复图图灌输到她脑子里的话罢了,她是为了国际媒体报道好看些才这么说的。

我把手放在胸脯上,感到激动万分,为大家感到自豪。温妮·马迪克泽拉·曼德拉终于屈服于委员会了,她不得不公开承认这个国家的精魂。她必须这么做,与这神圣的脉搏共舞。

"你太天真了,"一位难掩怒气的同事说道,"图图刚给她了个台阶下,让她说这些好话,以助她的平民主义政治事业一力。她就这么轻易脱身了,她才是唯一的赢家。"

"大错特错。"

我们卷起电线,收起设备。我想把一切都带走,然后在这片地上躺下。

"黑人中存在两种文化，而这次听证会的核心就在于两者间的碰撞——一种文化重视责任、人类美德和罪行，而另一种文化重视家族荣辱。"

他翻了翻白眼，我把他推倒在椅子上，对他说："荣誉感不论基于氏族忠心、种族还是肤色，都俨然变成了法规。任何团结一致的群体，包括没有多大影响力的群体，都崇尚着荣誉。新制度对一些人没有约束力，而温妮就是这些人的君主。她代表着集体荣誉，她是他们精神和权力地位的体现，因此她必须坚守荣誉。如果她承认自己做错了事，她会让所有人蒙羞。"

"那么你为什么希望非国大的部长承认罪行，而不是她？"

"因为民主的原则就是美德。民主强调的是人人生而平等，人人拥有尊严，人们的权利和义务与社会地位无关。温妮的荣誉感理念在根本上与其相反，她为荣誉感划分了明确的界限，设立了两套截然相反的准则：一套适用于同盟者，一套适用于陌生人。所以她才认为政府要对穷人缺少供给负责，但她并不觉得自己要为杀害这些穷人负责。她和她的团队只遵循自己的准则，结果陷入了永恒的矛盾：为一己之利自欺欺人。与此同时，他们痴迷于荣誉，认为强权即真理。"

"那么冲突在哪里？"

"图图本能地抓住她遵循的荣誉原则，在她自己的地盘上向她发起挑战。他把道德问责抛之脑后，全力追究她的荣誉问题。他告诉她：'你是个了不起的人，你本就是我们的第一夫人——那是你该有的荣誉。只要你承认出了问题，你就会变成更了不起的人。'而且他在众目睽睽之下乞求她，对她说：'我赋予你和我同等的荣誉。'在荣誉文化中，你只能答应和你社会地位相符的人的请求。她不敢拒绝，只能顺从。"

"所以道德的胜利体现在哪里？"

"她承认出了问题，这就否决了她所崇尚的荣誉文化。今天，她的追随者会说：'她是为了我们才杀人的，但却自己承认了错误。'她头一次能和追随者用光荣的方式承认了错误，还会有人穷追不舍吗？"

"所以多亏了荣誉的双面性，刽子手成了首领、暴君和部长。"他嗤之以鼻道，顺手合上了包。

"但是刽子手兼暴君首次和我们受制于同一种体制，这难道不意味着某种开始吗？"

/ 第二十一章

挚爱的祖国，悲伤而优雅

一位同事说："相比马格努斯·马兰和彼得·威廉·波塔，我们要对温妮更强硬，因为她代表着更多人的利益。她理应和我们一样，做个有原则的人。"梅尔维尔的午夜，我们在谈论魔鬼。这个同事正在制作这个主题的电视纪录片。

"你相信世上有魔鬼吗？"他问我。

"你用了'相信'这个词，这就意味着你认为这是毫无根据的。"

"当然了。"他说。

"我不能给你肯定的回答。每当我想起希特勒，我感觉他就是彻头彻尾的魔鬼。这种邪恶是摸得到的，触碰他时，就是在触碰邪恶。希特勒是庸俗和邪恶的化身，但这么说太简单了，我觉得……除此之外，对邪恶的迷恋是男人的专利。"

他笑道："越来越有意思了，为什么是男性的专利？""首先，聚焦于迫害者的记者都是男性。他们察觉到了和其他男性加深联系的机会,闻到了男权文化的气味,勇于被引入歧途,男子气概让人着迷。但女人就不同了,我觉得可能是因为女人得生孩子,这些孩子都是她们的亲骨肉。即使有的孩子很优秀,有的孩子蠢到家了,但你知道,这种孩子身上也深藏着许多优点。"

"但是再回到之前的话题,为什么很容易判断出来希特勒就是魔鬼?"

"因为你否定了他的人性……"

"他自己放弃了人性!"

"你拒绝承认他和你一样都是人,这也就意味着你没有能力做他所做的事情,这样你就能高枕无忧了。但我认为你是有这个能力的。"

"但如果不去评价他,你就否定了之前的认识——应该避免某些意识形态,某些人,因为他们代表着邪恶……应该和他们划清界限。"

我把红酒杯和夹克衫上的胸针放到了他面前。"这些东西邪恶吗?每个东西、每个分子都兼具着完美和不完美,你不能指出一个东西就说:'这肯定是好东西,或这肯定是坏东西。'美好和邪恶是相对的,好的事物也有自己的缺陷,邪恶的事物也潜藏着向好的趋势。"

"你是在否定世上存在着这样一些人,他们具有非凡的领导力、智慧和权力，足以操控所有人做邪恶的事吗？那曼德拉和维沃尔德的区别在哪里呢？温妮和彼得·威廉或温妮和图图的区别在哪里呢？"

"图图不同，他不是政治家。但我想说，真正的不同存在于人们所谓的耻感文化和罪感文化中——羞耻的本质是团体荣誉，罪恶的本质是个体对遵循道德规范的责任感。维沃尔德制定了一种政策，以建立和保护人民的荣誉，南非白人应为自己感到自豪。"

"等等，等等，请等等……能告诉我'羞耻'和'罪恶'之间的区别吗？"

"以前这两个词是用来解释日本和德国在'二战'后不同的处事方式的——日本在天皇（神授统治者）的管理下崇尚耻感文化，但德国崇尚罪感文化。比较容易理解的定义是：人们侵犯了他人权利时，就会产生罪恶感；人们觉得让自己或集体失望时，就会产生羞耻感。罪恶与侵犯有关，羞耻与失败有关。有旁观者人们才会感到羞耻，但罪行不需要。而且羞耻比罪恶更势不可挡，更让人孤立。"

"所以荣誉和这两个词有什么关系？"

"荣誉是羞耻的基础，一个人的自我认知与他人对他的认知如出一辙时，荣誉就发挥作用了。有种道德取向强调人人具有同等的尊严、平等的权利和义务，而荣誉感与此恰恰相反。当荣誉成为价值取向的根基，任何不考虑荣誉准则的选择都是无法想象的。而在做出这种选择时，集体压力是最强大的。"

我突然想起来曾经在杂志上看到过一张希特勒的照片,照片中他被孩子们簇拥着,一个女孩献给了他一束花,他们美好纯洁的脸上写满了对希特勒的敬仰。我还记得坐在父亲的肩膀上,走在约翰内斯堡的主街旁,等着维沃尔德在去开普敦的路上经过此处。他看到停在克隆斯塔德外面的车,便停下了脚步。我还记得他碰了我的胳膊,我们只在南非白人的商店买东西,就算特别贵也不在乎,而且很多南非白人店主会资助贫困的南非白人。

"追逐荣誉成了维沃尔德的动力,为了保护南非白人的荣誉,即使最无耻的政策都能予以实行。而且领导的耻辱就是集体的耻辱,所以维沃尔德心里的伤口就是南非白人心里的伤口。所以彼得·威廉才会说,如果他出现在真相调查委员面前,会使南非白人更加分裂,因为他的身上交织着荣誉和耻辱。所以波塔和像他这样的南非白人虽然做错了事也不会感到罪恶,但会因为被抓住把柄而感到耻辱。"

"好啊,有意思。① 真相委员会和普遍观点一致:南非白人是有罪的。我们违背了自己的文明和传统的价值观,给自己带来了羞愧和耻辱……世界也不会在意是冯·得莫威还是冯·得伯格造成了这样的后果,我们起了什么作用呢……我看出来了,温妮在耻感文化中发挥了作用,但曼德拉呢?"

---

① 原文为阿非利卡语:Ja. Lekker.

　　"我不确定是否所有政治家都能在罪感文化中发挥作用。政治家的理想是拥有无数言听计从又盲目跟风的追随者，所以他得会动员民众。曼德拉和姆贝基不同的地方就在于，曼德拉知道调动民众对塑造道德体系的重要性，这一点对西方国家的白人尤为奏效。他会利用人们的罪感，让自己看起来值得被宽恕。另一方面，姆贝基利用荣誉感动员非洲黑人，但他们两个都很难因为部长或媒体联络员品行不端或管理不善就解雇他们。可能解放运动转化成政府统治的基础就在于从罪感文化到耻感文化的转型。"

　　路过的人认出了我的同伴是出现在电视新闻报道中的人，大声骂道："滚蛋，狗屁真相委员会和该打的南非白人，还有你都给我们滚蛋！"

　　"这时你要怎么办呢？你感觉愤怒还是悲伤？"

　　"以前我会感觉受到了打击，因为我不是他们当中的一员！现在我想抓住这个傻瓜的脖子说：'祖国的灵魂一旦被摧毁了，那么我们的祖国就不再是以前的祖国了。难道你不清楚吗？向我们提出高要求的是我们的祖先，而不是崇尚传统南非白人民族主义的人。'"他笑着说："但这不是我说话的风格。"

　　"我们的祖先给了我们什么指示？"

　　他咧着嘴笑道："突击队策略：分为小团体，快速转变方向，唯一的原则就是保全自己。"

"看,荣誉文化……当'卖国贼'①这些词出现时,你就知道人们捍卫的已不再是道德观,而是荣誉了。"

"好吧。所以很显然,真相委员会本身是种罪行文化,但却大举进军一个由耻感文化控制了几十年的疆域。"

"从非国大的起源和行为来看,直到和国民党接触之前,非国大都是基于个体责任文化的,重视协商和人权等,但是他们逐渐发现这一文化实在难以坚持。"

"或许这就是为什么真相委员会被寄予了这么多厚望,引起了这么多关注。人们本能地意识到,如果要让多数人崇尚罪感文化和个人责任,这真的是最后的机会。如果大多数人能做到这点,那么政客不能再操控这个国家了。"

我改变了话题:"但是班图精神倡导个体因为他人的存在才存在,这不算在捍卫荣誉文化吗? 可是班图精神也倡导别人的荣誉就是你的荣誉,那么当你的团队做错了事,这不会阻止你站出来反对他们吗?"

"哦,图图为重塑班图精神做出了巨大的努力。或许更有意思的问题是:如果'我们''南非团体''非洲人'这些词的定义改变了,你也成了其中的一员,难道你不会开开心心地融入荣誉文化和耻感文化吗? 你不就是因为这个才为恩兹贝沙的事向图图和伯莱恩道

---

① 原文为阿非利卡语:verraaier。

歉的吗?"我惊愕不已。

他滔滔不绝道:"当委员会决定进行内部调查,不向媒体透露信息时,委员会就挪用了罪感文化大背景中的耻感文化。如果杜弥撒·恩兹贝沙荣誉受损,那么整个委员会就会荣誉受损,那么这一过程将以失败告终。你敢于批判,但艾利克斯·伯莱恩大费口舌,你这么做是在摧毁委员会,不得不为了大局接受一些事实。可之后发生的事情证明你是对的,这个时候你却出来道歉了,还不是因为你想融入他们的圈子,崇尚罪感文化的圈子?"

我无话可说,只能说要不是因为受害者听证会结束了,委员会也不会变得这么喧闹,这么自我,有这么多争吵、这么多政治活动。

长篇赘述

拖着长长的白色倩影,

我想,我想要远离成群的蝗虫,

我常常听到蝗虫的鸣叫和死亡的声响。

拖着长长的白色倩影,

我抓住荣光,扼住曾经耀眼纯洁的荣誉,

道听途说的真相要如何抽丝剥茧。

我沿着往日的玉米地和麦麸地走着,

我的过去用致命的膝盖抵着大地匍匐前进,

我朝着那里匍匐前进,

那个永不黯淡的光明之地。

拖着长长的白色倩影,

带着致命歪曲的真理,

把它们埋进土壤,

不用布掩藏,

不举办仪式,

它们却破土而出,

茁壮生长,

嫩芽的影子下有荣光、牛蒡和小麦,

周围传来蝗虫的声音。

拖着长长的白色倩影,

我的过去稳坐如山,

周围笼罩着硫黄和石灰的阴影,

暗杀和羞耻的时机已到。

我摆脱了真理的束缚,

我身后的白色倩影战栗不安,

变成了颤抖着散落一地的白色骨灰。

我在长长的白色倩影里游离,

不合时宜,

无迹可寻,

渴望摆脱这颤抖的命运。

拖着影影绰绰的虚空,

把我从愤怒和迷失中解放出来吧。

把我从满目疮痍,

白色伤疤,

层层苔藓,

团团灰烬中解放出来吧。

让我懊悔,

我的手似扼住咽喉般抓住了地面。

卢比肯河畔,真相水落石出

"神父兼政客。""大鳄和委员会。""检验真理的故事。"我们要利用所有的可能性。

弗雷德里克·威廉·德克勒克是唯一一个没有在真相委员会面前露过面的前政治领袖。当波塔曾经领导过的政党要求德克勒克接任他的位置时,彼得·威廉·波塔却拒绝配合这个差点取代了他的人。

图图大主教亲自去了原野小镇,和波塔交流了一番。是的,他遵纪守法,而且准备好了回应质疑。

1996 年末,你收到了一个很长的问题清单,答案呢?

还没有答案,因为这个老人需要一位律师。

图图亲自要求纳尔逊·曼德拉总统办公室付律师费。根据合同规定,国家要负责承担上届政府留下来的法律费用,所以曼德拉总统办公室必须承担彼得·威廉·波塔的律师费。

不能只请一位律师,而要请一个律师团队,因为要回答这些问题,必须进行大量研究。

好,请一个律师团队。那答案呢?

这还不行,律师在想办法拿到一些文件。但图图已经亲自要求司法部长允许波塔的律师团队获取所有文件了,答案呢?

还不行,波塔身体不好,必须做髋关节手术。

答案呢?

6 月,波塔的妻子塔妮·伊利莎意外身亡,图图亲自参加了葬礼。委员们怒发冲冠,都说图图疯了。

春天，委员会举办了一场听证会，探讨波塔的智慧结晶——国家安全委员会。波塔被传唤出庭，但他因为身体有恙，无法出席。

答案呢？

有点耐心，他都已经八十二岁了，身体也不好。

看来连一个老人都对爱情充满了美好的幻想，报纸上刊登了一张照片，照片中彼得·威廉被含情脉脉的①金发女郎深情亲吻。这个女人年轻时是一名警察，年龄只有他的一半大，拥有一家宾馆。他想把自己的房子卖了，用卖房子的两百多万在海滩边再买个房子。

夕阳余晖下，彼得·威廉·波塔面对真相委员会发表了慷慨激昂的长篇演说。

"我不会出现在真相委员会面前，因为我不想像猴子一样在这个马戏团里表演。""我不会让自己受到威胁，真相委员会正在分裂南非白人。""我不是在申请大赦，我从来没下达过杀人的命令，而且我也不会为对抗马克思主义革命攻击而道歉。"

德斯蒙德·图图："我不得不说，为此我感到伤心至极，因为我们已经破格给他特殊待遇了……我们已经考虑到他健康欠佳，年事已高，而且他曾经是我们的国家总统。"

---

① 原文为阿非利卡语：skattige ogies。

彼得·威廉·波塔："我不是傻瓜。我犯了许多错误，但我跪在上帝面前，求他给予我光明。南非白人要跪只能跪上帝，不会跪别人的。"

艾利克斯·伯莱恩："总有人告诉我们波塔身体不好，但当我们听说他和岁数比他小一半的女士谈恋爱了，而且有足够的精力攻击真相委员会时，我们必须问：他病得到底有多严重？"

德斯蒙德·图图："在他妻子的葬礼上，一名黑人电台记者向我走来，把麦克风对着我说：'嘿，你给我们的黑人听众解释一下，你在这里做什么。'"

波塔第二次被传唤，但他还是没来。图图和伯莱恩一起来到检察长办公室，指控他藐视法庭。但检察长发现传票无效，因为时间没填。

我们在商业听证会上了解到，波塔公然声称"与其卑躬屈膝，不如一贫如洗"之后，1986 年 1 月，白人商业大亨安顿·鲁伯特（约翰的父亲）给彼得·威廉·波塔写了一封信。鲁伯特在信中写道："我以个人名义请求你，请再次证实你将推翻种族隔离制。因为这种制度给我们带来了痛苦的折磨，摧毁着我们的语言，使曾经叱咤群雄的民族堕落为世界避之不及的民族。请帮一帮我们的子孙后代，让他们不必再承受违背人性的诅咒和负担……如果你辜负这一神授的使命，这个城市终将沦为下一个纽伦堡。"

但大鳄彼得·威廉·波塔是最高统治者。

二十世纪八十年代的某一天，一批学者去见彼得·威廉·波塔，告诉他不能坐以待毙了。但听完他们的话，波塔站起来说："亲爱的教授们——你们来到这里，满嘴雄辩，满怀知识，但我——彼得·威廉·波塔，凭借自己的直觉统治一切。"

"就是那番话促使我离开了国民党。"其中一名学者后来说道。

真相委员会特意留出了 1997 年 12 月 19 日星期五这一天，来听取前国家总统彼得·威廉·波塔的证词。委员会向他提出的问题很大程度上基于他所提供的 2000 页书面答案，两个星期前，他的律师就把这些材料装在小行李车上，送到了真相委员会的办公室。现如今，波塔拒绝出现在真相委员会面前已成了一种象征：他代表了昔日顽固不化的白人统治者，他们掌控着太多经济和政治特权，因此生活并未出现过大变故。

为了准备广播评论，我向音响资料库请求得到波塔的声音档案。他们调出了所有档案，发给了我他在卢比肯河进行演讲的音频材料，当时我们所有人都希望此次演讲会扭转这个国家的局势。因为他演讲的前几天有传言称，彼得·威廉要发表重要的声明，而那一年是 1985 年。

我挑出了以下片段："总统先生，我相信今天我们正在跨越卢比肯河，因为南非已经没有回头路了。为了我们国家的未来，我声明，我们必须在未来的几个月，甚至几年内采取积极行动……"

关于这篇演讲，我还记得皮克·波塔在真相委员会面前是这么说的:"波塔先生的演讲中,卢比肯河那部分是我写的。他只说了有'卢比肯河'的那句话,但前面的内容全都没说,解放非国大、释放纳尔逊·曼德拉都没说。"

这次南非历史上最令人扫兴的事件使南非陷入了政治和金融危机。尽管波塔自称正在越过代表着改革的卢比肯河,但在他的演说泡沫外,残忍压迫有增无减。八十年代中期举办了几个月的真相委员会听证会让南非人深切地意识到了这些压迫有多残忍。

我上传了这份新闻稿:"如今波塔站在了不同的卢比肯河前。有些人认为:随他去吧。他曾在议会独揽大权,而议会和真相委员会只隔一个街区,如今这个老态龙钟的家伙在真相委员会出庭受审,这番景象对打造南非为'彩虹国度'或'Shosholoza'①歌颂的'前进国度'有弊无益。

"但听过受害者的证词和迫害者的大赦听证会的人都知道,二十世纪八十年代中期,彼得·威廉·波塔走上了权力顶峰,但与此同时种族隔离制也开始展现出最冷酷无情、最残忍野蛮的一面。

"同样在二十世纪八十年代,政府突然明白了,不能再用法律压抑人们对自由的不懈追求了,制定新法律禁令或拘留新罪犯似乎都无法阻止大多数人的起义了。

---

① *Shosholoza*:一首描写南非 1996 年赢得世界橄榄球杯时人民心态的歌曲,这次胜利使南非人民在 1994 年大选后再次团结了起来。

"因此，二十世纪八十年代时，新的控制中心开始接收情报、做出决定、给出指令。法律再无用武之地，因为他们脱离了法律的束缚。纳税人的钱被无情地挥霍，打造了充斥着突击队、民团、假情报战役、跨境袭击、化学战争和国家紧急状态的时代。

"现在看到这个策划了这些制度的人穿过卢比肯河，人们再开心不过了。而且人们希望他走出用人民的血汗钱保护着的豪宅，带着用人民的钱请的法律团队，在南非真相委员会面前承担自己的责任。"

早在真相委员会成立之前，卡德尔·阿斯玛尔就引用了索尔仁尼琴的一番话，如今我再次想起了这番话："不处理过去侵犯人权的行为，我们不只是在保护犯罪者的晚年，这一点本来就微不足道，我们也削弱了下一代的正义根基。"

波塔第三次被传唤，但他再次拒绝出庭。现在真相委员会与西开普省的检察长弗兰克·科恩一起提出刑事诉讼，并发出传票传唤波塔出庭。我们不指望他说实话，但我们希望他至少能感受一下焕然一新的新南非。我们很高兴得知，黑人法官维克多·鲁卡巨将在乔治地方法院主审波塔的案件。

这是反歧视行动的胜利！多亏了新政策，政府才能在昔日的弱势群体中挑选法官，现在我们终于在正确的时间和地点有了正确的人选。

我们从波塔以前的选区——乔治机场出发，开车去荒野寻找

"大鳄"波塔的巢穴,明天他就要出庭了。我和帕特里克很快就找到了地方:摄影师们成群结队地等在门外,每个人肩膀上都夹着相机。他们告诉我们,门外的银粉色奔驰轿车是他未婚妻的。几个月来,波塔与小他三十五岁的内特·沃特·诺德的恋爱关系一直是头条新闻。塔妮·伊利莎死后仅仅六个月左右,内特·沃特·诺德就出现在了媒体的视线里。"我是基督徒,诺德小姐也是基督徒,"波塔告诉《阿非利卡语周日日报》,"作为基督徒,我们彼此相爱。《圣经》上是这么写的……我会跪求上帝,让我知道这段恋情会结什么样的果。"

夕阳洒下的瑰红、金黄的光芒,缓缓落入秀美壮丽的群山中。摄影师们正在等待前国防军康斯坦德·维尔容上校、简妮·戈尔登霍伊斯上校和马格努斯·马兰上校的到来,我们也加入了他们的行列。

我拿起仪表板上的旅游手册,看来这地方最吸引人的景点就是鳄鱼农场。在古埃及,人们把鳄鱼奉为神明,甚至建立了一座"鳄鱼城"。牧师把鳄鱼养在神圣的湖泊里,给它们的四肢套上手镯,喂它们蛋糕和蜂蜜。老鳄鱼能够躺在柔软的草地上,而年轻的鳄鱼只能躺在倾斜的堤岸上凑合凑合了。

我看着偌大的房子,突然注意到滑动门的缝隙中透出了一缕光——缝隙里站着的……就是那个老人,但我只能看到他右耳的轮廓,他正盯着我们。黄昏时分,万籁俱寂,只能听到远处公路上汽车的声音。我想叫其他人，但我的手一动，他就关上了门帘。他的动作极其迅速，让我以为刚才的场景都是我臆想出来的。

市里的非国大办公室中，非国大成员们正在墙上张贴海报。海报上写着"波塔的控诉书"，一个人念道："维拉科普拉斯死亡小分队——波塔有罪……维多利亚·麦森吉——波塔有罪……史蒂夫·比科——波塔有罪。从全程攻击到最后一击，从强制拆迁噪音营到强制出庭，全部都是波塔有罪。"（噪音营是乔治区的寮屋。）

当地的酒吧里挤满了媒体人。起初乔治区的代理法官爱尔纳·格勒布勒决定只允许两个记者进入有六十座的法庭，一片哗然之后，好吧，允许六个人进来。摄影师们威胁要扰乱诉讼程序，因为彼得·威廉·波塔出庭将成为绝佳的头版头条，他们必须进入法庭。前国家总统出现在普通地方法院里的黑人法官面前，如果不允许他们在那特殊时刻采访，他们就强行闯进来。警方打电话给格勒布勒女士，格勒布勒女士打电话给波塔，波塔又打电话给他的律师恩斯特·朋泽伦，最后他们达成共识：波塔会从侧门进入，走过这个举满相机的走廊。媒体承诺遵守法律，不记录任何诉讼内容。结束后，波塔将会在被告席上转过身，允许媒体拍摄五分钟，皆大欢喜。

第二天，整个"马戏团"都在盯着波塔。

法庭右侧，铁丝网隔开了一片区域，非国大抗议者们在此游行唱歌："波塔不是个男人，波塔是个小男孩。"法庭左侧，十几个穿着长袜和开领衬衫的中年男子①正在挥舞着南非旧国旗。大楼前,一个黑人站在一辆小卡车的后面,伴随着响亮的唱片音乐,唱出了自己的心声:"人们需要主啊。"直升机在头顶盘旋,警察四处维持秩序。

获准进入法庭的只有六个人,而我是其中一个。前排坐着波塔的女儿埃兰萨·冯瑞兹,她现在住在乔治区。"我最喜欢的车就是福特·埃兰萨汽车了。"电视台记者马克斯·杜·普瑞兹满是戏谑地小声说道。

上校们坐在第二排。"旁边那两个是谁?"马克斯问道。

"是不是拉帕·姆尼科和格瑞灵·温策尔?"

"不是,"马克斯亲切地向我保证,"这两个人早死了。"

但最终我们发现他们原来就是那两个政治家——看起来像汽车推销员的那个是姆尼科,看起来像背包客②的是温策尔,他们旁边坐着矮个子黑人乔治市长和一群自称是阿非利卡沃特尼科瓦兰德文化协会③的人。

波塔挽着娇小的金发女友一起走了进来……我的脑海里一下就蹦出"千鸟"这个词,那本旅游手册上写着:千鸟把卡在鳄鱼牙齿之间的水蛭和食物残渣啄了出来。

---

① 原文为阿非利卡语:oom。
② 原文为阿非利卡语:bywoner。
③ 原文为阿非利卡语:Die Afrikaanse Kultuurvereniging van Outenikwaland。

波塔知道自己的地位，所以没有坐在被告席上，而是坐在被告席旁边。他经常转过身来，朝着坐在家属席位上的内特·沃特·诺德微笑，发出假牙碰撞的格格声。她笑着回应他，既虔诚又亲昵。

法官进来了，大家都站了起来。诉讼开始。

才讲了没几句话，鲁卡巨就喊停了。他们就不能用英语发言吗，他听不懂阿非利卡语。有些人屏住了呼吸。他们需要一个法庭翻译吗？不，律师们喜欢用阿非利卡语讲话，然后自己翻译。

人们还没回过味的时候，法官已经把这个案件往后推迟了一个月。

其他媒体人为了那五分钟的拍摄时间一直等在外面，听到这个消息后吵得愈发沸沸扬扬。大门打开后，大家蜂拥而入。我跑上去，和其他人一样把麦克风放到了演讲台上。人们爬上法院的设备，开动摄影机，一些人已经在大喊着问第一个问题了，警察大叫着让我们退后。法院里热得像蒸笼一样，波塔手在台面上一扫，麦克风都掉下来了："把这些拿走！"我们喊着，但我们要录声音，警察过来打断了我们。我在喧闹中听到了主一般的声音："别播了！太混乱了！"他喊道："如果你们不守规矩，我就不发表演说！"他愤然离去。我们冷静了下来，按顺序拿好了设备，他才回来。

"生活充满了讽刺，"他高兴得噘起了上嘴唇，"半个世纪前，在这个法庭上，我宣誓成为乔治议会的一员。今天我在这里……"

我和帕特里克被挤到了桌子下面，我们看了看彼此，发现大家都满头大汗的,但波塔却乐在其中。他用手指敲着桌子,说道:"我相信上帝,我相信耶稣,我相信圣灵,我祈祷他们联合起来一起控制这个国家和这个世界!"天哪,这个人在说什么? 这个死亡小分队的幕后黑手!"我曾经告诉曼德拉,对了,我见过他三次,他蹲监狱的时候我还是把他看作一个绅士,我告诉他:'无政府状态、共产主义势力和社会主义势力会毁了你的。'"我们以前就听说过这番话。

"'种族隔离制'这种人云亦云的空洞概念,实在让我感到厌倦!我已经说过很多次,'种族隔离制'这个词意味着睦邻友好……"一些记者笑了。

他急转身,问:"谁在笑?"每个人都沉默不语①。

那本旅游手册上这样写着,鳄鱼的牙齿长出来很容易,一颗牙齿掉了,那个地方会立刻长出新牙,鳄鱼的一生可以换四十五次牙。

"我尊敬战士,尊敬过去的警察! 我向他们致敬!"

眼镜把他的眼睛放大成了两颗黑色呆板的棋子,他喜欢被关注。他抬起头,脸涨得通红,双手颤抖——直到他威胁着竖起了食指。

---

① 原文为阿非利卡语:tjoepstil。

"南非老虎苏醒了！"他大喊道。

"你知道吗，非洲没有老虎。"马克斯·杜·普瑞兹温柔地说。

波塔被彻底惹恼了，他冲马克斯摇晃着手指，愤怒地斥责他。"是啊，就算非洲有老虎，你也不会是它们中的一个！"他喊道。

"天哪，这个老大哥说得还挺好听！"①马克斯笑道。

律师想带着波塔离开，他们说，这是最后一个问题。"可我很开心啊。"波塔露齿微笑，就像鳄鱼在揉着柔软的白色爪子。

"你不打算道歉吗？"我问。

"为什么要道歉？"他猛然问道。

"为了跨境袭击，"我回答道，"为了死亡队，为了——"

他打断了我："你闭嘴，我会回答你的！我不想道歉……但我会为他们祈祷的。"

他直勾勾地瞪着我，我回望着他那被眼镜放大的诡异双眼和眼睛周围平坦的土黄肌肤。我知道这是个大人物，他曾让曼德拉主动提出陪他去真相委员会，让图图乞求他帮助真相委员会，让世界媒体追逐他……他不是老糊涂，也没有卒中后遗症：他不过是个傻瓜②，然而他凭着这种愚蠢已经统治了我们几十年。

我试着寻找和他在思想上的共同点——一种联系，南非白人间

---

① 原文为阿非利卡语：Aits, maar die oubaas sê dit mooi!
② 原文为阿非利卡语：dom。

的情感纽带。可我找不到。有些人正努力应对急剧变化的秩序与我们的历史,我和这些人还有些共同点——但和眼前这傲慢的傻瓜,我找不到任何共同点。

波塔终于被带走了,我起身,走出去透透气。

新鲜的空气拂面而来,我突然想到:他不会再统治我们了,感谢上帝;这个时而爬行、时而快跑、时而滑翔的鳄鱼摇着傲慢的尾巴向前挺进,但他再也无法统治我们了。

12月16号和解日的前几天,我收到了一条消息:"玛丽·伯顿委员将发布《和解书》。"我心想太好了!然后立马赶过去采访她。我一直觉得,真相委员会确切地说,补偿与康复委员会——未能调动昔日压迫者们的无助感和罪恶感。一开始举行听证会的几个星期里,教堂里举办简单的受害者集会都能吸引来成千上万的人,大家都感觉像在参加自由解放的仪式。

终于有点成效了。这些书将会保存在各个中心的真相委员会办公室,而且普通民众也能在和解书上签字,表明自己对和解的支持,互联网上会有电子版。我立马决定和解日里带我的家人去签字,因为我觉得这本书将使我们这一代血流成河的历史转化为新一代崇尚和解与责任的历史。

图图、伯莱恩和恩兹贝沙会参加新书发布会吗?不会的,他们都很忙,但他们都非常支持这个活动,其实整个委员会都觉得这主意不错。那和解日时人们可以在书上签名吗？不行，工作人员是不会在法定假日里工作的。

　　报道议会工作时，我很快意识到：如果议会委员会里只有女性，那么连那些政党都不会认真对待这个组织，而且没有一个有名的男记者会报道它的情况。上一次我在开普敦看到了《和解书》时，当时已经有七个人签字了，四十五个人也在互联网上签字了。

心中挚爱的国家，令我流连忘返

　　每年圣诞节，我们都会一路北上，开到自由州庆祝节日。路上我们看到了那么广阔的美景，震惊不已。这个国家是多么壮阔美丽啊！这种美丽给人带来的力量是多么绝妙而强大啊！海平面的景色，我一览无余。我们轮流开车，离自由州越近，我们心情越轻松。

　　我们终于开到了家乡，穿过挤满购物者的街道，慢慢曲折前行。圣诞热潮已经完全消退了。沿着这条路，我们来到了农场①。农场上的房子空空荡荡，破败不堪，电线松散，杂草丛生。我记得母亲曾告诉我，乡政府买了这块土地，建成了临时棚屋区。远远地我看到了小时候就有的桉树、杨树和柳树，午日暖阳把砂岩石房照耀得像蜂窝一样闪闪发光。

---

　　①　原文为阿非利卡语：plotte。

"什么!"我的丈夫踩了刹车,门口有一个巨大的告示牌,"如果没有预约就踏上这片农场,请准备好应对武装威胁。"一旁还有南非荷兰语和塞索托语版本。

我们猛地从回忆中惊醒。这肯定和我们无关吧? 我们慢慢地沿着砾石路开车到了院子里,房子周围的丛林郁郁葱葱,看起来和以前不太一样……灌木丛和低矮的树枝已经被剪至肩膀的高度。我们明白了,这样就没有人可以躲在房子附近了。

但人们都坐在外面,我们也加入进来,回忆着过去,享受着此时此刻的温暖。我们一大家子都在一起,弟弟亨德里克切了三个西瓜。太阳在绚丽的晚霞中缓缓落下,我们去果园后面的大水泥坝里游泳,院子里的声音愈加清晰——挤牛奶声、拖拉机停车声,蛙鸣鸟吟也如雾气般从湖中央弥漫开来。

那天晚上,我哥哥安德利斯解释道。不要在早上八点前或下午五点以后出去散步;关好大门,好让那三条狗晚上绕着房子巡逻;不要靠近停在院子里的任何车辆。最近几个月里,十九个农民惨遭杀害,其中两个就死在这片区域。

我们沉沉地躺在客房里的双人床上,孩子们在临时搭的地铺上睡觉。夜里,我被雷声惊醒。我打开百叶窗,站在那里,被暴风雨深深地迷住了——我的鼻孔里充满了湿土和石头的清新气味。这是第一个让我忍不住赞美一番的地方,哪怕过去了这么多年,哪怕我听过了这么多声音,如今我仍有这种冲动。

　　次日清晨，我去妈妈的厨房里找咖啡喝。爸爸高兴地说："你们这些南方来的人①给我们送来了雨水。"

　　我看到妈妈带着两个小孙子从养鸡场回来了，每个孩子手里都摇摇晃晃地提着一筐鸡蛋。

　　她看上去有些虚弱，但这个画面十分祥和平静。我们很幸运，很荣幸……虽然以前这种殊荣常常让我感到沮丧，但是现在我能把这种殊荣归因于众所周知的事实了。我们曾经身在福中不知福，但现在我们明白了，这种殊荣多么来之不易，多少人曾为它付出了生命的代价。

　　圣诞节那天，我们去了市中心的母教会②祷告。大教堂旁，先驱③萨雷尔·卡西利亚斯的雕像依然矗立于此——卡西利亚斯站在一个大炮上，举手向血河宣誓："上帝，如果您帮助我们打败黑人，我们将永远记住这一天——12月16号，一个神圣的日子。"

　　祷告后，我们开车回了农场。我们刚要开进岔路之前，安德利斯开着小货车，灯光一闪，加速超过了我们。我们只能减速，给他让位。他的车开到了前面，我们只好开在他后面。我看到他身边的桶里放着步枪，我嫂子贝蒂也取出了她的手枪。到了家门口，我们都

---

① 原文为阿非利卡语：Julle Kapenaars。
② 原文为阿非利卡语：moederkerk。
③ 原文为阿非利卡语：Voortrekker。

在车子里等着。

贝蒂说:"首先,你要观察狗是否不自然地走来走去。"

但是很快大家就沉浸在了准备圣诞大餐的节日气氛当中:切火腿,把火鸡切成鲜美的白色薄片,并加入龙蒿叶和百里香用来调味。孩子们在外面玩板球,从农场来的表兄妹们在教别人玩一种叫"马拉巴拉巴"①的游戏……女孩子们在摆餐桌,叠圣诞节纸巾。

我去小货车上帮安德利斯搬装满啤酒的冰桶,这时一辆小汽车开进了院子。孩子们停止了游戏,一言不发地往家里靠近。我哥哥放下了冰桶,全身绷紧,高度警惕。他女儿苏米安冲进家里,一分钟后拿着枪出来了。这时一个黑人走出了轿车。

安德利斯命令我们:"回屋去。"屋子里很安静,我们认真听着外面的动静,听到了安德利斯熟悉的笑声和流利的塞索托语。原来这个人是和我爸一起长大的小伙伴,这次是来祝他圣诞快乐的。

我问安德利斯:"你是怎么活下来的?"

"活下来很难,对爸妈来说更难。妈妈说土地是南非白人的精髓,因为土地带给我们自由。这片土地就是我曾曾曾祖父德尔波用金币买的……"

"是啊,是啊,这么多金币都要把桌子压垮了。"我插嘴道。

"我妈说她不敢相信,这个农场,她这辈子的温馨港湾,也是我

---

① 原文为阿非利卡语:marabaraba。

们一直以来认为最安全的地方，竟然已经变成了四面楚歌的孤岛。每当有汽车出现在石子小路上时，我们也不知道里面坐着的是朋友还是杀手。"

他唉声叹气道。

"但是从某种程度来说，和童年的乐园相比，我觉得现在的农场更真实，更符合国情。有些东西我们曾经拥有，却不能一直拥有……但问题是，现状会一直持续吗？"

我们坐在拖拉机轮胎上沿着河漂流，我和丈夫紧挨着躺在天鹅绒般柔软的水波里，好似丝绸衬衫上的一枚胸针。蝉鸣嘶嘶，水鸽啼叫，垂柳依依，鸟雀如宝石一般镶嵌在碧绿的芦苇丛上，远处是白色的河堤与天空。我们在水波中缓缓荡漾。

我忍不住想描写这个农场，其他季节都不能让我如此诗兴大发。我不会常常把农场挂在嘴边，也不知道这里的植物都叫什么，但因为农场的存在，我才存在，可我不能独享这片乐土。我用手拨弄着河水，丈夫亲吻着我的脖子。"你总会回到我身边……"他呢喃着，沙哑的声音一直在我耳边回响，"你让我无法自拔。"

我浑身酥软，抓住他湿滑的手腕。我的皮肤永远都不会忘记他，他是我的初恋。他已经融进了我的血液，我们水乳交融，他就是我的挚爱。

"你们这些城里人天天和政客聊天，看报纸……那你们倒说说，我们应该什么时候离开这个国家？"

我们站在火堆边，肉排和香肠被烤得吱吱作响。嫂子们剥开了蒜蓉面包的包装，打开了包着抹满黄油的帕塔塔和土豆的锡箔纸。

"你们要走的话应该早点走，现在为时已晚。"

亨德里克说："不，说正经的，你怎么知道什么时候卷铺盖走人最合适？第二个问题是，要去哪儿呢？"

我明知故问："你为什么要走？""因为这已经不再是我的国家了。"

"你怎么能这么说呢！看看我们国家现在取得的进步，走的这一路……"

"你愿意为这个国家而死吗？如果明天就爆发战争，你会上战场吗？你会送你的儿子上战场吗？"

孩子们在河里玩闹，发出阵阵欢呼声，声音突然传了过来。

"不，我不会……"

"看吧，这也不是你的国家。"

"等等，让我说完……我打心眼里觉得这就是我的国家，但是我认为任何人、任何国家、任何政客都没有权力让别人为他们而死。他们可以支配我的生命，我也可以为此牺牲，但怎么死是我自己的事。"

"你这也不是真正的爱国。你觉得英国人或者美国人会拒绝保卫自己的国家吗？为什么呢？因为他们觉得这是他们的国家，但我只会为我的妻子、孩子和这片农场战斗。"

"美国人愿意为国而战是因为他们有足够的资本,"我丈夫头脑非常清醒,"你不想打仗是因为你觉得自己一无所有,所以你只想保卫你最亲近的东西。"

安德利斯打开了一瓶啤酒,说道:"我们来聊聊真相委员会吧,因为我一直在思考,我可能还没有弄懂这是怎么一回事,但是对我来说委员会就是讨价还价的地方。政客们进行讨论,为了给我们让步,便接受了实行大赦。现在我想问问你:为什么第一批听证会结束后,我才头一次听说这个委员会? 为什么没有一个政客愿意向我们解释一下:'我们正在协商大赦事宜,过程是这样的,目标是这样的'?"

"选举结束几个月后,我在斯坦陵布什组织过一个研讨会,讨论真相委员会到底可不可行。我们邀请了政客、牧师、记者,但是他们都没来。原本戴·伯格可以把这个消息传播给开普省说南非荷兰语的人,但是他拒绝给我们报道。后来我报道了法律草案的拟定过程,国民党的政客只有一个对策——控诉非国大的片面性来为自己加分。看来哗众取宠比向选民解释清楚更适合他们。"

我有个问题:"最近农民惨遭杀害,曼德拉说这是第三方势力所为,你认同吗?"

"这是毫无疑问的。如果你像我们俩一样参过军,就知道右翼分子和黑人罪犯的暴力行为都不太专业,警察很快就能抓住他们。比如说,瓦卢斯射杀克里斯·哈尼半小时后就被抓了,而且枪还放在车里,一个受过军事训练的士兵绝不会犯这样的错误。但这些杀手很专业,动作又快又准,也不会在同一个地方杀那么多人,否则其他人就不可能继续住在那儿了。我觉得这也可能是武装抢劫犯干的,他们想杀几个农民取取乐,然后抢个银行弄点钱花。"

我问:"你什么时候走?"

"我不能走。我太老了,都四十多了。我在这儿生活了一辈子,还能去哪儿呢?但是我会留下来战斗,我绝不会让孩子、妻子和爸妈受到伤害或者被枪杀,自己却傻乎乎地站在那儿,对着电视镜头哭诉。如果真到那一天了,我会战斗。我告诉你,这个国家多的是训练有素的军人,成千上万人服过兵役。不出三个月,一个地下暴力组织就能诞生。如果有人说农民不过如此,那么我们会把他消灭得一干二净。"

"那一天什么时候来?"

"我们一无所有的时候。"

"但是你不应该把精力都投入到建设国家中去吗?"

"他们不需要我们这么做,他们只想凭自己的力量建设国家。也有道理,我从来没有听过一个白人说:'太可惜了,他们竟然抢走了我们的饭碗。'他们说的是:'太可惜了,这些抢走我们饭碗的黑人连活都干不好。'我不想听他们说:'我们要把黑人赶出学校,我们会保护好黑人的语言,我们允许黑人继续工作。'我不想这样,我想让他们意识到我们也能帮忙,我们也是国家栋梁。"

"但是当他们指控你种族歧视,让你为这些杀戮和破坏负责时,你不觉得很不公平吗?"

"不,他们说得对,我是有种族歧视。我希望一切都对我有利,我想要最好的,为此我做了很多坏事,并希望一直拥有下去。现在轮到他们了。"

"你至少会希望他们对你好一些吧?"

"不!我只希望我们想要的是一样的,也就是对彼此来说最好的结局。然后他们就会明白,我们可以帮他们得到这个结局。"

失望透顶

新年的第一个周日,委员会就登上了报纸头条:"真相与和解委员会因给予非国大大赦资格而出现分裂。"去年十一月,大赦委员会给予非国大高层领导大赦资格,仍引发争议。报纸上说,现在出现了两个阵营:以杜弥撒·恩兹贝沙为首的团队认为,人们应该接受大赦委员会的决定;另一个以艾利克斯·伯莱恩为首的团队认为这个决定有待审核。报道称,本周日委员将在罗本岛静养两天,届时紧张态势将达到高潮。

我记得,圣诞节前召开的一次新闻发布会上,图图说委员会对这一事件存在分歧。真相委员会能把下属委员会带到法庭上吗?如果最终由国民党起诉委员会,结果又会怎样?温妮听证会后,非国大大赦资格常常成为焦点，一些决定点燃了白人聚居区人民的怒火。康斯坦德·维尔容将军想知道，如果别人的赦免申请中提到了他的残暴行径的话，他是否为此申请大赦。"我作为军队主帅，每年都为上千名年轻人披上戎装，但我不知道其中一些人做了什么。我不能用这个笼统的理由申请大赦吗？"维尔容被拒绝了。真相委员会表示："非国大的律师比维尔容的律师好，这又不是我们的错。"彼得·威廉·波塔被传唤出庭做证那周，非国大被赦免的消息公之于众，当时两个南非白人委员中的一个就辞职了。克里斯·得·贾格尔随后说："我不过是个空壳，一个没有实权的空壳。"

那次新闻发布会上，我问图图："你不觉得被非国大欺骗了吗？作为记者，我一直在宣扬非国大准备好了要承担责任——'看，这个箱子里装满了申请书，所有的高层领导人都申请了，但国民党一件错事都没有承认过……'但现在他们带来的这些申请书，说好听点模糊不清，说难听点相当有误导性，太无耻了。你以前说如果他们不申请大赦，你就辞职，现在看来你不觉得被他们骗了吗？"

图图毫不犹豫地说："不会，非国大在政治提案中承认了许多重要的事实，许多被非国大迫害的人一开始就出来做证了。你必须记住，这是个有道德感的世界，真相总会浮出水面的。非国大的人一旦说谎，真相就会随之而来。"

现在出现了组织内部不和的传闻，如果这是真的怎么办？如果两大阵营已经剑拔弩张了怎么办？如果其他委员也辞职了怎么办？

你已经花了两年时间筹备资料,给法官发了这么多工资了……现在是时候站出来了,这样以后你就不用为任何错误负责了。我也很反感这个想法。这又是一次种族冲突吗?我突然对这个穿着袍子的男人充满抵触感,图图经验丰富……但是这次他能胜任吗?

自从他在美国接受癌症治疗回来后,说话就变得文绉绉的。遇到任何事只会不停地说:"神本为善,神本为善。"你却很想说:"你光说这些有什么用,有时候光靠上帝一个人是不够的。"他是不是已经对委员会没有信心了?他是不是病得太厉害了?他是不是对委员很失望?如果委员会无法运作,这个国家还有什么希望?

周二,媒体人员坐船前往罗本岛参加新闻发布会。尽管烈日炎炎,游客如织,我却被这儿的景色深深撼动了。人们常说,桌山矗立在一片澄蓝的汪洋中,雾霭缥缈的大海像天堂般平静,美得让人窒息。苏珊·克鲁杰号上,多少人的灵魂曾灰飞烟灭。苏珊·克鲁杰是司法部长吉米·克鲁杰的夫人,这位司法部长曾说史蒂夫·比科的死让他感到心寒,因此臭名昭著。船只驶出港湾之后,我就在想为什么比科的故事那么有名,却没有在真相委员会中被提及。比科的家人把委员会告上了立宪法庭,因此我们并不知道他们最后一次见面的情形,不知道他们对他是什么印象,他的孩子失去了他,要如何生活在他巨大的阴影里。

一个有前科的囚犯说:"他们不让我们坐在船上看别人,我们只能被关在下面,放轮胎的地方有一扇天窗。我们就被关在船肚子里，这样波涛汹涌时我们马上就能感觉到，很多人都晕船了，而且我们什么都看不见。"

我们坐大巴来到了岛的一角，静养的场所就在这里。我从远处张望着，看看有没有敌人。但是委员们都在晒太阳，一边喝酒，一边聊天。他们穿着夏装，踩着拖鞋，看上去十分惬意，有些我差点没认出来。

他们花了不到半个小时，就做出了如下决定。图图说，委员会将让高级法庭宣布赦免非国大的决定，并执行此决定，这件事到此为止。图图说，如果这是一场危机，那就让危机来得更猛烈些吧。"但是有些阵营似乎想和我们对着干，认为委员会一定会失败。我想跟他们说：'委员会的胜利比你们想象的关键得多，我们刚争取到的民主能否得以延续就取决于此。'

"如果 1996 年就有人告诉我，1998 年我们会变成求同存异的集体，我一定不会相信，因为那时候情况实在太糟糕了……我们每次从委员会回来时，都会感觉精神崩溃。我常常在想，如果我们既保留性别、信仰、人种、年龄等方面的多样性，又能团结一致，那么我们的国家就充满了希望。"

"什么能让我们团结一致呢？"

"某种程度上来说，我觉得是我们的共同经历，虽然这段经历并不愉快……但是来到这个岛上是一次独特的经历，我们了解了这个地方的历史，感觉到了四处飘荡的鬼魅。罗本岛一直是个适合和解的好地方。我们常说要对上帝坦诚,上帝因此给了我们不小的惊喜。在这里的日子欢乐无比——我们饮酒作乐,夜夜笙歌,自己都难以想象这些日子那么美好……我们只知道:自由会一直延续,因为我们为此付出了太高昂的代价。"

我参与了一个广播电台的问答节目,为了接收信号,我站在一面矮石墙上,面朝大陆,胸口突然激荡起一股强烈的情感。这片大陆属于我,我也属于这片大陆。我和数百年来千千万万人一样,都用同样炽热的眼光注视着这片非洲大陆。这是我们的非洲,也是我的非洲,我愿意为她而死。我胸口的感情就像神圣而悠长的声音一样喷薄而出,我知道是委员会带给了我这么强烈的归属感。

当我离开这些人时,我会退缩,失去信仰,我不想离开他们。

委员们和我们一起乘船而归,海风拂过他们的脸颊,我默默地认着他们的模样,想用这种方式记住他们。

我问其中一个委员:"做出这个决定有这么简单吗?"

她说:"是的,图图总有办法让事情成为可能,跨越局限,把问题的难度降低,好让所有人都能达成共识。"他正坐在船头开玩笑,水手帽遮住了双眼。一切都是因为他。

真相委员会原本应于 1997 年 12 月中旬解散,但直至我执笔之际,委员会仍未解散。委员会将于 1998 年 7 月底递交最终报告,但近期有消息称,连这也可能无法实现。既然大赦委员会当初选择了走缓慢完整的法律程序，以做出大赦决定，这也就意味着委员会无法及时完成大赦程序，递交最终报告。所以最终报告肯定不会是最后一份报告，六个月后委员会肯定会增加附录。"六个月！"一个委员感叹道，"可能要两年吧，大赦委员会没有完全根植于真相委员会，从一开始这就是个错误。我甚至可以说，给大赦委员会自治权更是大错特错。两年以后，最终报告肯定仍未写完，进入千禧年后上千人仍未完全获得大赦资格，给予非国大领导人大赦资格的决定仍会饱受争议……我们却只能干些苦差事。①"

有些记者转移到了新的采访区域，有些记者更愿意继续关注这个事件，而我担任了开普敦广播电台议会编辑一职。

一阵强风刮过，我和委员们一起在驶往大陆的船上颠簸着。我心里对委员会充斥着一种难以言喻的柔情。虽然委员会犯过错，傲慢无理、有种族歧视、伪善无能、谎话连篇，两年了都还没实施临时赔偿政策，还爱炫耀，它依然在谎言、仇恨和憎恶的狂风中勇往直前，单纯又固执。委员会顶着过去残酷暴行的重压，依然保留着共同的人性。委员会煞费苦心地打破了种族歧视，另辟蹊径，让我们聆听到了所有人的心声。虽然委员会曾频频受挫，但是它给我们带来了希望的火苗，让我为它感到自豪。

但是我想写得更简洁一些，而且要亲手写下来。为了我们所有

---

① 原文为阿非利卡语：en ons sit met die gebakte pere.

我的祖国,我的头颅:
罪行、悲伤及新南非的宽恕

人,所有心声,所有受害者:

　　因为你们,

　　南非从分裂走向愈合。

　　动人嗓音,

　　沙哑破损后,

　　恢复平静。

　　我的头颅里,

　　歌声悠扬,火光明亮,

　　我的舌头、耳朵和心头,

　　瑟瑟发抖。

　　随着灵魂苏醒发出轻柔的喉音,

　　我的瞳孔逐渐放大,

　　因为一千个故事如熊熊烈火,

　　把我烧焦。

　　我重获新生。

原来的我已消失不见，我只想说：

原谅我，

原谅我，

原谅我，

被我冤枉的人啊，请带我和你

一起走。

浙江师范大学外国语学院
"非洲人文经典译丛(第二辑)"

　　百年来,非洲的文化思想飞速革新,知识分子既尽力重现往日历史传统的光辉,又在全球化的碰撞下迸发出新的思想火花,在文化领域留下了不可磨灭的思想印记。非洲大陆为世界贡献了许多杰出的文学家、思想家、政治家等。在中非合作越来越紧密的今天,人文领域的相互理解也变得越来越迫切,需要双方学者进行全方位、深层次、多角度的系统研究。

　　浙江师范大学外国语学院拥有国内高校首个非洲文学研究中心。中心旨在搭建学术平台,深入战略合作,积极服务于中非文化的繁荣与传播,为推进中非学术和文化交流做出新贡献。

　　"非洲人文经典译丛(第二辑)"以"20世纪非洲百部经典"名单为基础,分批次组织非洲文学作品及非洲学者在政治学、社会学、哲学、人类学等领域的重要专著的汉译工作,在此过程中形成一个高效实干的学术团队,培养非洲人文社科领域的译介与研究人才,构建具有中国特色的非洲文学研究学术话语体系。

浙江师范大学非洲研究院
"非洲研究文库"

    非洲大陆地域辽阔，国家众多，文化独特。近年来，中国与非洲国家的交往合作迅速扩大，中非关系的战略地位日益重要。目前，中非关系已超出双边关系的范畴而对世界产生多方面的影响，成为撬动中国与外部世界关系的一个支点。

    浙江师范大学非洲研究院是国内高校首家成立的综合性非洲研究院，创建的目标在于建构一个开放的学术平台，聚集海内外学者及有志于非洲研究的后起之秀，开展长期而系统的研究工作，以学术服务于国家与社会。

    "非洲研究文库"是浙江师范大学非洲研究院长期开展的一项基础性、公益性工作，秉承非洲研究院"非洲情怀，中国特色，全球视野"之治学理念，并遵循"学科建设与社会需求并重，学术追求与现实应用兼顾"之编纂原则，由国内外知名学者、相关人士组成编纂委员会，遴选非洲研究领域的重大重点课题，以国别和专题之形式，集为若干系列丛书逐步编撰出版，形成既有学科覆盖面与知识系统性，同时又重点突出各具特色的非洲研究基础成果，为中国非洲研究事业之进步，做添砖加瓦、铺路架桥之工作。